CRÓNICAS SUBURBANAS EN LA ANTESALA

DEL APOCALIPSIS

SERGIO ALARCÓN

CRÓNICAS SUBURBANAS EN LA ANTESALA

DEL APOCALIPSIS

Bola
PUBLISHING
INTERNACIONAL

Hola Publishing Internacional
Eugenio Sue 79, int. 4, Col. Polanco
Miguel Hidalgo, C.P. 11550
Ciudad de México, México

Primera edición, Marzo 2024
ISBN: 978-1-63765-565-8

ÍNDICE

El antiguo barrio   13

Fin del verano   20

De vuelta a la escuela   30

La batalla pequeña   44

Gente conocida   53

Necrópolis   75

Acoso monográfico   83

Tonatiuh y Tristán   91

La guitarra   106

Un gran tipo   111

El gran golpe   123

Favores incómodos   136

El Jeringas 141

Prueba no superada 151

Malditos empleos 161

La chamoyada del terror 172

Sr. Vitelli 179

Una grata compañía 186

Los Aliados de Cuauhtémoc 194

El Show de Talentos 204

Yo maté a Pancho Villa 219

Una odisea extraescolar 225

Clodomiro por siempre 242

Fiesta pagana 253

Baraja Borracha 263

Reto al desnudo 271

Fantasías de alcoba 278

Noche de gallo 291

Una película trágica 298

Grandes hazañas deportivas 310

Ranch Macabre 329

Tres horas de nada 345

Una noche para recordar 354

El Peñón del Águila 374

El más allá 387

En la Víspera de Todos los Santos 394

Una aventura musical 408

Una canción de verano 421

Un gran concierto 438

Putas en la oscuridad 448

El laberinto de la suciedad 454

La canción de Isauro 473

Frío como el hielo 487

La redención de Tagoberto Iturriaga 501

Un paréntesis de realidad 514

Estimado lector,
"Eran otros tiempos".

EL ANTIGUO BARRIO

No es el tiempo que conoces a alguien lo que importa, sino la huella que dejas en el lapso transcurrido. Es por eso que siempre vi la vida como un precipicio: hay veces que sólo me quiero quedar sentado en el borde del abismo, disfrutando del paisaje, y hay otras ocasiones en las que quisiera saltar al vacío. Sin duda alguna, al igual que la muerte, crecer es un abismo en el cual todos caemos, una competencia sin tregua desde que eres espermatozoide: tienes que ser el mejor y llegar hasta el final. Es igual en la escuela, uno puede ser el más genial, el cutre, el de las mejores calificaciones, pero al hacerte adulto lo que se espera de ti es diferente.

Es triste ver cómo el valor de cada persona se mide bajo el estándar del que tiene más: la chica más linda, la casa más grande o el auto más nuevo, cuando realmente no eres ni la chica, ni el auto, ni la casa que tienes, todo eso es una ilusión, una vil pantalla para poder ser parte de una sociedad. La individualidad no cuenta, o, si es que existe, nadie la quiere ver. Una conversación se deforma, se convierte en un grupo de personas esperando su turno para hablar sin escuchar a nadie.

Es lo que es: dejar todos los sueños locos y todas las grandes aventuras atrás. Ya son otros tiempos, ya nada es igual.

Y la nostalgia invade cada partícula de tu ser. Te pone pensativo y distante. A veces me pregunto, ¿habrá alguien allá afuera que piense igual que yo?, ¿que piense de la misma forma? Es la sensación más triste del orbe, no tener la certeza de la felicidad porque, al fin y al cabo, eso es lo que se busca en la vida: tener un motivo para despertar en la mañana y no ver todo como una rutina nefasta que se va a repetir hasta que se encuentre otra y así sucesivamente hasta morir, ¿qué me espera en el futuro cuando todo lo que hago en el presente es mirar hacia el pasado y suspirar?

Y ahí estaba yo, metiendo datos en una computadora idiota, uno tras otro tras otro tras otro en una rutina gris, sentado en mi mampara gris, dentro de un cubo gris, el color de mi vida. *Este es mi trabajo y lo odio. No estoy ni remotamente donde esperaba estar hace veinte años, en efecto, es un momento de obscuridad.* Necesitaba las endorfinas que me harían sentir feliz.

La primera bocanada de humo después de cinco horas de trabajo libera esa pequeña sensación de serenidad que los fumadores tanto conocen. Miré el reloj esperando mi hora de comida, no podía pensar en nada más que el mensaje que había recibido. Uno de mis mejores amigos había muerto veinticuatro horas atrás y el velorio sería hoy.

En cuanto me enteré, busqué entre mis viejas pertenencias y tomé una foto antigua para martirizarme al admirarla y pensar que ya no estábamos todos los individuos plasmados sobre el ajado papel fotográfico. No lloré. Siempre he sido frío, no es mi estilo, tampoco es lo que mi amigo hubiera querido. Mórbidamente, debajo del mensaje venía esa misma foto digitalizada. Era una foto mía y de mis camaradas cuando éramos jóvenes, ni tan niños, ni tan viejos, tal vez pubertos, estampados para la posteridad en una digna imagen de aventura playera. Me la llevé a la oficina.

Observé fijamente la fotografía —*cómo cambia la gente con el paso de los años, todos éramos tan diferentes*—, tocaba una fibra muy sensible que difícilmente pude dejar pasar de largo en mi situación. Decidí emplear mis horas de comida en otra cosa…

Conduje el auto por el antiguo barrio, en el aire se percibía una sensación familiar. Todo lo que estaba acostumbrado a ver se había desvanecido con el tiempo, como la sal en olas del mar. Estaban las antiguas casas y las nuevas, *en cada una vive una familia, cada familia es un microcosmos, cada miembro de cada familia tiene una historia y cada historia tiene… en fin.* Detuve el auto, era momento de caminar por el viejo barrio. Es curioso cómo uno siempre piensa que el tiempo pasado fue mejor, el presente es un asco y el futuro es amenazador y atemorizante. "Todo tiempo pasado fue mejor", eso también lo decían mis padres y sus padres antes que ellos y así sucesivamente en una cadena que demerita eternamente al presente. La inconformidad de querer ser lo que ya pasó, y el saber que no hay nada que hacer para remediarlo. Sólo existen los recuerdos de una mente atormentada por el desasosiego y la ansiedad de no saber si volverás a ser feliz. Martin y El Doc no llegarán a salvarme con sus tangentes y sus paradojas del tiempo, no hay arreglo, solamente aguantarse y suspirar.

Caminaba mientras me fumaba un cigarrillo, mi fiel compañero desde la secundaria. La suavidad del humo mi silente compañía. Ahí estaban las mismas calles en donde en tiempos mejores corría junto con mis camaradas en busca de aventuras, parecíamos fantasmas de tiempos olvidados, como espejismos de algo que fue pero parece nunca haber sido, quedando archivado en la memoria de solamente el más sagaz.

En esos tiempos todo era más simple, al menos para nosotros. No había itinerarios. Todos estábamos disponibles a la hora que fuera, no teníamos que ponernos de acuerdo con un mes de anticipación para poder vernos. Vivíamos a casas o a cuadras de distancia, ese barrio suburbano era nuestro dominio y ay de aquel que se atreviera a traspasarlo porque le esperaría una lluvia de piedras y tira bolitas. Sabíamos lo que queríamos, nadie ponía pretextos burdos a la hora de salir, fuera de los convencionales del castigo por la mano iracunda e injusta de los padres, o una tarea, que es el deber de cualquier escolapio que se jacte de serlo.

Lentamente empiezas a pensar en voz alta y exclamar a los cuatro vientos: ¡Todavía recuerdo cuando todo esto era puro monte! Y te das asco, te convertiste en lo que juraste destruir.

La tiendita de la esquina, el amarillo de la acera, los carteles eran los mismos sólo que más empañados y quemados por el sol. En las ventanas todavía se distinguían las viejas promociones de las papas fritas de aquellos círculos derrumba-torres que sólo un niño podría comprender: los buenos Tazos. Viejas marcas de cigarros que ya no existían y hasta las antiguas maquinitas de videojuegos de las cuales nada más quedaba un esqueleto, ya que el interior había sido reemplazado por lo moderno y superficial: un videojuego de matar gente en la calle y robar autos a incautos transeúntes, un sano entretenimiento para las nuevas generaciones, las que no saben nada acerca de un fontanero italiano que por medio de hongos alucinógenos pretendía rescatar a su princesa destruyendo por completo un reino ajeno a sus emociones pixeladas.

La secundaria ahora contaba con un toldo metálico para librar a los escolapios de los inclementes rayos del sol. *Ya nadie se desmayará en los honores a la bandera*, pensé. Al lado de la secundaria estaba el parque, pilar de las andanzas juveniles y en cuyos charcos abundaban las aguas infestadas de dengue. Verde y lleno de juegos de colores, arena de eventos deportivos del más alto nivel en donde los vecinos de barrios aledaños también se daban cita para hacer muestra de sus habilidades físicas. Todos reunidos en una armonía competitiva que casi siempre acababa en conflicto. No pude evitar esbozar una sonrisa que fue violentamente desvanecida cuando me di cuenta más detenidamente del deterioro.

La cancha de futbol que en tiempos mejores fue uno de los escenarios de nuestras grandes proezas pedestres ahora se encontraba agrietada y despintada. Las porterías, deshechas por la corrosión, y de entre las grietas surgían grandes parches de mala hierba que eran el signo inequívoco de que el tiempo no perdona ni a lo inanimado. El parque se había convertido en mudo testigo de la apatía de la juventud hacia las actividades al aire libre, consumidas por la siempre ascendente tecnología que ahora tiene cautivos a los pedestres habitantes del barrio, sumergidos en el plasma. La nueva sangre que nutre a la era digital.

Me senté en una de las bancas que, por cierto, tenían la particularidad del error porque estaban una frente a la otra casi casi como si fueran una cama de metal.

Divisé a lo lejos a uno de mis más entrañables camaradas de aquellos años locos… Aquiles. *¿Cómo te ha ido?, "¿cuánto tiempo sin vernos?, ¿qué ha sido de tu vida?* Las típicas oraciones de cortesía cuando te encuentras con alguien que hace tiempo no veías. Reímos y lloramos, añorando, remembrando al pobre de nuestro amigo que desgraciadamente se nos adelantó en el camino, no era el primero y por obvias razones no habría de ser el último.

Después de platicar un rato, recordamos que en aquel maguey grande, debajo del árbol del fondo del parque, guardábamos todos nuestros tesoros —fuera entretenimiento impreso para adultos o tal vez otras cosillas. Nos acercamos para ver si todavía estaban ahí y, en efecto y como era de esperarse, no había nada. Suspiramos desalentados.

—No te preocupes, ya sabes que conmigo nunca falta nada. ¿Quieres?

No supe qué hacer. Aquiles extendió su mano y en ella había un carrujo de no sé qué cosa. Yo era un adulto con responsabilidades, nada es como cuando éramos unos pubertos locos aunque, por otro lado, concordé con él en que sólo se vive una vez y que sería bueno fumar para ayudarnos a desoxidar el motor de los recuerdos, esto aunado a que Aquiles se convirtió en un drogadicto sin remedio.

—Si esta no jala, aquí traigo de la otra.

Exhalé el humo viendo el cielo, era el mismo cielo de siempre, nunca cambiaba, el mismo cielo que veía de puberto, recostado sobre el pasto. Mi mente divagaba al escuchar una melodía de armónica en extremo desafinada y ferrosa, un tono que me resultaba muy familiar. Provenía de algún lugar al otro lado parque.

Qué no daría por volver a esa etapa cuando veía a mis camaradas a diario y hacíamos estupideces como esta así como así, cuando no había problemas ni responsabilidades. Bajé la mirada, y vi el parque, *ha cambiado.* Miré a Aquiles, *ha cambiado.* Me vi en el reflejo de un charco, *yo he cambiado.* Miré hacia arriba y ahí estaba: el cielo, el cielo no cambia, es el mismo de siempre. *¡Cómo quisiera volver! Que todo fuera igual que ayer.*

Sin desearlo, mi mente viajó lúcidamente a un tiempo mejor, podía ver todo tan claramente… como si fuera una película. Me estaba convirtiendo en un narrador filático, satírico que olvida quién es. En la rebobinación forzada, la cinta se detuvo ahí: al final del verano de cuando tenía catorce años, tirado en el pasto, viendo el cielo junto con mis camaradas. Una alucinante transición del futuro hacía el pasado, ¡vaya si cambiamos con el tiempo! Extrañamente, el cielo no cambia.

Fin del Verano

(o de vuelta en el tiempo, o la venganza del irónico Capitán Filático perpetuo)

El cielo, uno pensaría que podría acostumbrarse a verlo, digo, está ahí a diario, pero siempre con una estampa diferente. Ha puesto a grandes personajes a reflexionar, a pensar y a desatar la imaginación para llegar a lugares inusitados. Magnánimo e impresionante, nos hace pensar que vivimos protegidos por su gran manto azul que nos llena de emociones.

Siempre me gustó estar acostado sobre el pasto del parque buscando formas obscenas en el firmamento. Es cierto cómo puede perderse uno en sus pensamientos buscando patrones jocosillos en la siempre cambiante anatomía de las nubes. Ese era mi momento de reflexión del día después de una ardua jornada deportiva al lado de mis camaradas y carnales adoptivos: Dimas, Cruz, Isauro, Aquiles y Masiosare, todos recostados en la alfombra color verde quemado, el pasto en rollo mal puesto que la naturaleza había proporcionado para beneplácito de nuestras huestes. Los típicos catorceañeros por excelencia.

La sensación de estar así de tranquilo viendo el cielo no la volvería a tener en mucho tiempo. Jamás en mis más locos sueños hubiera pensado que los actores de esa tarde lentamente se irían desvaneciendo con el tiempo hasta quedar en sombras decadentes y borrosas. Había algo de incertidumbre en mi mente, al resto de mis camaradas no parecía importarles, pero a mí me subyugaba hasta lo más recóndito, donde se hacen nudo los cilios de las entrañas chiclosas. Mi malestar radicaba en el hecho de notar que mis horas estaban contadas, y que las vacaciones de verano ese día estaban llegando a su fin. El verano era mi momento de esparcimiento real y sin estrés donde no existía ninguna tribulación dentro de mi frágil mente suburbana. Era feliz y hacía lo que quería, vivía en una constante distopía y me encantaba. Desgraciadamente la pesadumbre empezaba a hacer mella en mi otrora feliz estado de ánimo.

—¿Qué te pasa? —preguntó mi camarada Dimas un tanto molesto al notar que no le estaba poniendo atención a sus dizque inteligentes comentarios en torno a las maneras profanas de las nubes.

—¿Han notado que el tiempo se pasa más rápido de lo normal? —contesté.

La pregunta respondía a su vez a una de las leyes más inequívocas de la física: "el tiempo vuela cuando uno se divierte", así como también "la calma antes de la tormenta" y "no dejes para mañana lo que puedes hacer hoy".

Para mí, esas afirmaciones se veían un tanto innecesarias hasta el momento en que me di cuenta de que eran las dos de la tarde de un domingo precioso, el ambiente del día no podía ser más perfecto, la temperatura era ideal: medio nublado, pero con algo de sol y con una leve brisa revoloteando álgidamente cual aire acondicionado secándome el sudor.

Pasaría mucho tiempo antes de volver a sentirnos así de libres, habíamos desperdiciado el verano jugando futbol cuando bien pudimos habernos adentrado más en terminar de descifrar las maneras femeninas que tanto nos llamaban la atención.

—Todavía nos queda casi todo el día —expresó muy optimista mi camarada Masiosare.

Eso no era lo que me preocupaba.

Lo que me atormentaba era volver a aquel castillo de opresión juvenil donde las reglas son ciegas, donde no se pude razonar mientras se esté bajo el yugo de los docentes verdugos: el regreso a las clases.

Me preocupaba también lo rápido que se había pasado el verano y que la terrible profecía que había escuchado por parte de Usnavy se estaba convirtiendo en realidad. El me relataba que, conforme vas creciendo, el tiempo se hace más y más rápido y que entre más rápido se pasa menos cosas haces. Si esta macabra afirmación llega a los oídos de un escolapio en su jornada veraniega ¡pero claro que la va a ignorar! La pesadez viene después, cuando ya no hay arreglo. En el momento en que te das cuenta de que sólo te quedan pocas horas de vida es cuando te percatas de tu error.

Tal vez estaba siendo melodramático, pero en mi situación de tiempo y espacio, ¿quién no lo sería? Entonces no era descabellado pensar en un plan de contingencia para que ese verano no pasara desapercibido dentro del resto de mi vida. Tenía que idear una fantasti-aventura —término acuñado por mis camaradas y yo cuando éramos más jóvenes— que nos sacara del letargo existencial. Aunque ellos parecían más tranquilos, yo sabía cuál era la cruz que cargaban. Se les notaba en la mirada, la tenían pérdida viendo las nubes, como si en el cielo estuviera la más específica de sus fantasías, siendo el manto celeste su mórbido proyector.

—¡Ya estoy harto! —exclamé haciendo brincar del sobresalto a mis camaradas—. No puede ser que estén tan tranquilos cuando sólo nos quedan algunas horas de paz mental. No sé ustedes, pero yo no me puedo quedar así, tenemos que hacer algo.

—¿Cómo qué? —preguntó Cruz.

—Podríamos incendiar algo, alguna excursión, molestar a alguien. ¡No lo sé! Pero tiene que ser algo importante y rápido. Sólo nos quedan unas pocas horas y no quiero sentir que desperdicié mí tiempo buscando tetas en el cielo cuando pude hacer algo realmente grande.

Mis camaradas me veían con cara de aprobación, aunque también de incertidumbre ante este nuevo reto que se nos presentaba. *Carpe diem* sería nuestra nueva consigna. Nos pusimos todos de pie, teníamos un contrato visual que nos hacía cómplices en esa nueva y titánica empresa en la cual nos íbamos a embarcar. Sin decir nada, nos alejamos del parque hacia el horizonte que, en nuestro patético caso, era el final de la calle.

Todavía recuerdo cuando salía a caminar por las calles de mi barrio a finales del verano. Existía una calle particular, de esas que por las que a uno le fascina pasar y que extrañamente emana una serenidad reflexiva. Me encantaba que, a esa edad, uno daba por sentado que lo cotidiano era algo tan común, tan magnánimo, tan inamovible, casi como la intangible eternidad o los sindicatos. Que la vida iba a ser siempre así: un círculo interminable de vivencias, todas ellas parecidas más sin embargo tan distintas entre sí. Una rutina tan bella que, a pesar de serlo, no lo parecía. Todos los lugares y los aromas, hasta los más burdos, como la fragancia matinal del camino a la escuela, el olor de la calle mojada por la lluvia, el perfume de frutas que usaba la chica de al lado y hasta la extrañamente reconfortante esencia del cine en alguna escapada con los amigos, sí, ese impregnado ambiente con el inconfundible tufo de palomitas de maíz con mantequilla que en un mal día se asemejaba al hedor del pie de atleta, eran trasfondos que quedarían tatuados en mi mente para después ser activados como una emotiva película sensorial, en retrospectiva, que nos pone felices porque reconforta saber que alguna vez fueron tan tristes; porque, ineludiblemente, ya no lo serán.

Me hipnotizaba la serenidad que emanaba del sonido de las hojas de los árboles a finales del verano, moviéndose con el aire, la luz del sol de media tarde que se filtraba intermitentemente por entre las hojas que se mecían suavemente con el viento.

De repente, un estruendo nos estremeció y un aroma familiar refrescó nuestros sentidos… había empezado a llover. Pero no era de esa lluvia tormentosa que no te deja hacer nada, sino una lluvia escasa, lo suficientemente escasa como para hacer que emanara el olor de tierra y pavimento mojado que tanto nos gustaba, en una ilusión de que puede haber lluvia con sol: el constante deleite de la palomilla.

Cuando el cielo está completamente negro de un lado y del otro el astro rey en su máximo esplendor, ese pequeño lapsus de naturaleza hizo lo suyo al hacernos correr para resguardarnos y pensar cuál sería nuestro siguiente movimiento.

Caminamos y caminamos por el barrio sin que nada se nos ocurriera hasta que, en un momento de lucidez, Masiosare divisó algo en un monte que estaba al lado de una casa. Era un tesoro y una fuente interminable de diversión barata dada nuestra precaria situación. Habíamos encontrado una caja de refrigerador vacía y lista para usarse, un poco mojada pero todavía funcional. La paramos —la caja— y tratamos de idearle un uso.

Inventamos un juego inofensivo llamado "María Sangrienta" en alusión a la Dama de Hierro de la época medieval. La premisa del juego era bastante simple: nuestra recién adquirida caja se convertiría en un instrumento de tortura. Alguien entraba a la caja, era puesto de pie y acto seguido era brutalmente golpeado. Nunca sabría quién lo golpeó. Lo interesante del juego era ver quién lloraba primero —eran otros tiempos. Es bien sabido que en las adversidades juveniles siempre surge algún intolerable llorón sensible que no aguanta nada pero que se quiere llevar sólo para tener algún sentido de falsa pertenencia.

El juego iba muy bien, todos aguantábamos los golpes hasta que ocurrió lo inevitable…

Cada barrio, villa o unidad habitacional está dividida en regiones, y en esas regiones hay distintas palomillas, pandillitas, grupos de amigos o como los quiera uno llamar, y siempre en esas pandillitas hay alguien que se cuela a ciertos eventos, una persona *non grata*, nuestro caso no era la excepción.

A lo lejos se alcanzaba a divisar una silueta delgada y torpe que venía bajando por una de las calles empinadas del barrio en dirección a nosotros. ¿Quién será el dueño de tan intrigante estampa? En efecto, era uno de los personajes más desagradables del barrio y de la escuela: Clodomiro Ayarzagoitya Tercero. Siempre tuvimos un odio mutuo y por lo general nos sacábamos la vuelta. ¿Por qué se acercó ese día? Jamás me quedó claro. Ha de haber estado demasiado aburrido como para querer hablarnos. Por el momento, sólo diré que se creía superior, el resto me lo reservaré para después.

—¿Qué actividad funesta están desempeñando? —preguntó Clodomiro con su condescendiente voz nasal e incesante ceceo.

—¡Estamos descubriendo una cura contra la claustrofobia! Queremos ser agentes de cambio —contesté sagazmente para burlarme de la condescendencia con la que él siempre nos hablaba cuando se dignaba a hacerlo, saboreando la antesala del momento orgásmico que vendría a continuación.

—Está bien, quiero ayudar.

Hay que hacer la aclaración de que Clodomiro, aunque parecía un poco ingenuo e inocente, tenía algo muy particular que lo hacía ser tan especial. ¡Era un reverendo hijo de puta! que, cada que podía, nos ponía de cabeza a mis camaradas y a mí. Siempre nos acusaba con las autoridades correspondientes, por lo tanto, aquella venganza sería deliciosa. Por mi le habría prendido fuego a la caja con él dentro para después huir al extranjero en busca de una nueva oportunidad.

—Lo único que tienes que hacer es meterte a la caja y esperar de pie dentro de ella durante dos minutos y después de que pasen esos dos minutos nos cuentas cómo te sentiste —dije casi escurriendo saliva.

El pobre Clodomiro asintió y, aunque desconfiaba, se dispuso a entrar en su sepulcro de cartón. No pasó un segundo de pie dentro de la caja cuando ya estábamos propinándole una golpiza de proporciones apocalípticas. No hubo piedad, como si la caja no contuviera un ser vivo adentro. En lo personal, quería evaporarlo a madrazos. Para terminar con broche de oro, Aquiles —que según él era karateca o algo así— propinó una patada voladora a la caja, lo que produjo la caída libre de esta. Y, volviendo al tema de los segundos, no pasó ni uno cuando se dejó escuchar un llanto tan triste y lleno de impotencia que provenía desde dentro de María Sangrienta. Al destapar la caja, nos dimos cuenta de lo que habíamos hecho.

Yo noté a Aquiles y a Cruz un tanto consternados; Masiosare, como siempre, preocupado por lo que le podría pasar si su padre se enteraba de lo acontecido; y Dimas y yo... felices de la vida porque se había hecho justicia. Nada justifica la violencia, pero ¡qué bien se sintió!

Clodomiro era un mar de sangre —un hilito nomás—, lágrimas y de todos los tipos de mucosas existentes. Sus tenis de marca Alíen estaban manchados de sangre y de mierda de perro que había pisado entre la confusión de la patada y el resbalón. Un espectáculo digno de verse. Sin darnos cuenta, mis camaradas y yo habíamos matado no sólo la voluntad de un pendejo, sino también las pocas horas de tranquilidad que quedaban de la estación más fructífera del año en cuanto a diversión se refiere.

Clodomiro exclamó una amenaza que en algún otro tiempo de mi vida me hubiera helado la sangre:

—¡Los voy a acusar! —gritó el pobre mientras se alejaba, llorando, hacia el atardecer.

—¡Acúsame esta! —contraatacó Dimas riéndose y agarrándose la entrepierna.

Uno a uno nos fuimos perdiendo en el trayecto a nuestras casas. Nos veríamos las caras dentro algunas horas, al otro día, en la escuela. Desafortunadamente, parecía que, a pesar de todo, no nos veríamos bajo las mismas circunstancias.

Llegué a mi casa y cené. Subí a mi cuarto y me encerré. Aunque me sentía muy cansado, no tenía sueño, en verdad que traté...

Hay mucha gente idiota que te dice, *acuéstate, sin darte cuenta ya estarás dormido,* lo que no te dicen es que vas a pasar horas dando vueltas en la cama, pensando, analizando todos los factores, todos los posibles escenarios que te esperan y todas las tangentes que se desencadenaran a raíz de lo que hagas o dejes de hacer. Tener esa clase de incertidumbres es una digna causa de desvelo. Y, lo más triste, siempre que me daba insomnio era cuando tenía que despertar temprano al otro día. Por el contrario, cuando no tenía nada que hacer, dormía como un ángel bajo el influjo de estupefacientes de dudosa manufactura casera. Ha de ser la tranquilidad que proporciona el saber que no se tiene nada que perder. Desafortunadamente, no era mi caso.

Hay gente que permanece en vigilia porque no tiene nada que hacer y eso la aterra. La dualidad del ocio y la ocupación, en verdad que todos los que estamos sobre esta esfera de agua lodosa estamos locos.

DE VUELTA A LA ESCUELA

Volaba en un mar de psicodelia y miraba letras sin reconocer su significado. Un perro parado en sus dos patas y de ojos rojos me apuntaba con su dedo descarnado de apariencia *non canida*, más bien humana o hasta Annunaki Repitloide. De pronto me encontré frente a frente con la cara de un gran bebé sangriento en tonalidad blanco y negro —el bebé Gerber— que surgió encolerizado por detrás de una montaña en llamas bajo un cielo multicolor. Como saetas, dos diosas esculturales completamente desnudas se acercaron a mí arrancándome la ropa. Estaba a la expectativa de lo que pudiera pasar *¿De qué placeres me haré acreedor?, ¿seré la presa carnal de estas bellas ninfas?* Miré sus ojos que comenzaron a bajar, sus bocas juntas parecen acercase a una zona debajo de mi ecuador qué está empezando a crecer y crecer y ¡crecer!

Un sonido agudo y repetitivo me sacó súbitamente de mi trance. Envuelto en un sudor frío, me tomé un momento de calma para reflexionar. La hora había llegado. Una semana antes, si me hubiera despertado a las seis y media de la mañana por algún tipo de error, pesadilla o sueño húmedo, no habría pasado nada y me hubiera vuelto a dormir. Esa mañana no tenía opción, tenía que levantarme para ir a la infernal rutina escolar.

Después de haber sido interrumpido en uno de mis muchos sueños eróticos, me dispuse a ducharme y descargar mi ira. ¿Cuánta descendencia no se habrá ido desperdiciada por el resumidero? Fácil habría llenado un millar de orfanatos o poblado una pequeña república totalitaria.

Ya tenía más de veinte minutos en el baño y pienso que alguno de mis padres se percató de mi ausencia y de que, en efecto, iba a llegar tarde. Así que mi padre hizo lo que cualquier padre hace para molestar a un hijo ocupado en el baño. Tocó la puerta y me gritó un intimidante:

—¿Ya vas a salir? Llevas mucho tiempo allí adentro. ¿Qué estás haciendo?

"¿Qué estás haciendo?" Para que chingados preguntaba eso cuando la respuesta era más que obvia.

—¡Ahí voy! —contesté con molestia y voz quebrada, como si tuviera alguna flema atorada, y, aparte, ese sobresalto atonalmente desafinado tan característico en las personas que se encuentran en la edad punzante, el bien llamado "gallo".

Se podría decir que todos los factores en mi voz se juntaron para hacer notorio lo que estaba haciendo. La realidad y la imaginación: al cerrar los ojos la mente comenzaba a funcionar.

Al terminar la ducha que se prolongó más de lo debido, me puse el uniforme —que por cierto se encontraba todo arrugado por estar colgado casi dos meses. Debo admitir que la indumentaria no era tan horrible: la camisa polo de manga corta en color blanco con el cuello en predominante azul ultramar y detalles lineales de blanco y rojo al igual que las mangas; el escudo del plantel que era una especie de símbolo raro al que nunca le encontré forma, también en su delineado azul; el pantalón gris con sus líneas de cuadros de colores y, por último, el suéter también azul royal y con su delineado rojiblanco en las mangas que sólo usaba en las mañanas — al final de la jornada terminaba o amarrado de mi cintura o hecho bola al fondo de mi mochila. Me dizque arreglé el pelo y también el cabello. Como una persona normal me miré mil veces en el espejo para corroborar que todo estuviera en orden mientras pensaba, *estás que ardes, él día de hoy vas a arrasar.*

Salí de casa. La mañana era muy fresca y algunos pájaros chileros molestaban a la distancia con su discordioso trinar para los trasnochadores. Será el sereno o yo no sé qué tenía el aroma de la mañana que lo encontraba placentero, esa sensación de frescura y humedad, tenía que ser el hecho de que había llovido la tarde anterior.

Al doblar la esquina, me encontré con mi camarada Isauro, el cual portaba un rostro completamente desangelado y no era para menos. Prontamente, ante nuestras escolapias narices, apareció aquel centro de detención juvenil, templo de conformismo y tortura mental: la Secundaria Pública Número 18 "Gilles de Rais". Un nombre un tanto raro para un plantel educativo de gobierno, le quedaba más a un colegio o algo así. De todos modos y pese a mi naturaleza un tanto curiosa y observadora, me da pena admitir que nunca me dio interés investigar tan peculiar nombre para una escuela tan simplona.

Cruzado el umbral de la desesperación cual puerta del Infierno de Dante, debo admitir que algo de gusto me dio volver a ver a algunos de los idiotas que tenía tiempo de no ver. Se apreciaban los famosos cúmulos de personajes, todos reunidos en las famosas "bolitas" que más que bolas eran como ruedas, compartiendo sus banales experiencias acumuladas durante los calurosos y ambivalentes días veraniegos.

No se debe malinterpretar mi participación en este juego de hormonas y ocurrencias que es bien llamado adolescencia —más bien pubertad tardía—, tampoco era yo un buscapleitos nato ni mucho menos, pero me resultaba hilarante la acumulación de inocencia o la falta de malicia de algunos de mis compañeritos. Era triste ver que algunos, ya con trece, catorce y hasta quince años cumplidos, no entendían ciertos aspectos de la lingüística española como "Elba Gynon" o "Zacarías Blanco" y, ¿por qué no?, los siempre populares "Benito Camela" y "Rosa Celeste", albures clichés, pues. Ni hablar, uno podía ser inmaduro pero jamás inocente y, sin embargo, había sus claras excepciones.

Con el pasar de los minutos, a mí bolita — sin albur—, se iban integrando una gama de personajes, incluidos mis camaradas antes mencionados: Dimas, Aquiles, Cruz, Isauro y Masiosare. Ni tardos ni perezosos, hicieron mención del incidente que tuvimos el día anterior con el estúpido de Clodomiro, que por cierto se veía a la distancia con su torpe caminar y utilizando lo que parecía ser una férula ortopédica para el cuello.

Nuestro círculo de camaradas, la bolita, era neutral, y no me refiero a que no teníamos injerencia en ningún acontecimiento —claro que la teníamos y en demasía—, lo que pasaba era que no solíamos ser tan conflictivos en el aspecto de riesgo. En cualquier escuela hay gente que se droga, a los que les gusta pelear a la menor provocación y, por supuesto, el desmadre organizado, también meterse en líos estúpidos con gente pesada dentro y fuera del plantel. Nosotros éramos y no éramos todo eso, teníamos la pequeña variación de las sustituciones, es decir: no utilizábamos drogas —o al menos no en esas fechas—, casi no nos gustaba pelear, abogando siempre a la razón y a la lógica cual Hipatia de Alejandría — la verdad es que éramos medio culos—, pero, cuando nos buscaban, nos encontraban. Meterse con los demás no pasaba de la siempre saludable carrilla, o en otro tipo de argot colegial transmutado "el carro sano".

Siempre pensé en la escuela como un club social, un lugar en el cual, dependiendo de tus aptitudes y méritos, podías llegar a la cima de todo lo que te rodeaba —como un empleo pero sin trabajar y sin salario. Las materias eran lo de menos, claro que había algunas pocas de interés como la siempre bienvenida Educación Física o la alegremente llamada Artísticas, ambas sumamente subjetivas en los parámetros de reforma educativa, las irreprobables por excelencia.

Del otro lado del patio estaba nuestra contraparte. Una pandilla de pastranos bien llamados Los Tonto Locos que en lo onomástico de su mote cargaban su proceder. Eran todo lo contrario a nosotros y no tenían la suficiente inteligencia para llevar a cabo el desmadre organizado. Nuestras fechorías eran de dominio público, pero los autores intelectuales de la obra se quedaban en la clandestinidad que existía en el territorio subterráneo de las aulas; los maestros se enteraban de nuestras hazañas pero no sabían quién las perpetraba y, por otro lado, nuestros compañeritos celebraban cada una de nuestras desventuras, pero todo por debajo del agua y siempre seguros de que nadie nunca nos descubriría —bien pendejos.

La banda de Los Tonto Locos estaba compuesta por varios individuos que eran cómo yo y mis camaradas, sólo que de manera bizarra. Estaba Universo, el cual desgraciadamente era nombre de pila y no apodo, su horrible apelativo se podía compensar con el brillante diminutivo de el "Uní", aunque esto se prestara a malas interpretaciones fonéticas por parte del resto del estudiantado. También estaba Atenógenes que era el idiota de ese grupo y al cual todos agarraban de bajada y empinada. Otro de los personajes Tonto Locos era Fulgencio Amador Palermo Torquemada y de Astilleros, "El Palermo", el gran fallador de penales de la escuela que, poco tiempo después, víctima de las ironías, el mote se le volvería más reverberante aún por razones que no se discutirán aquí, pero el que sabe, sabe. Por último, el más determinante e influyente de todos: Tagoberto Iturriaga, "El Tago", malévolo de nacimiento y orquestador de los ataques terroristas a los salones, los cuales incluían pedos químicos, los múltiples murales de arte urbano que adornaban las paredes y ponían en duda la sexualidad tanto de docentes como alumnos, también en lámparas, bancas, abanicos y hasta en el techo. Tago no se andaba con miramientos a la hora de buscar un lienzo para plasmar sus sentimientos peyorativos o de castigar a cualquier deudor u opositor azotándolo contra el concreto, o por cualquier otro medio que fuera necesario; de hacerle por completo la vida de cuadritos a cuanto profesor se le pusiera enfrente. A veces pensaba que no lo expulsaban por miedo a alguna repercusión de su parte, o la más segura de todas, que de todos lados se los devolverían si lo transferían a alguna otra escuela. Gran orfebre de la pelea callejera fuera de la secundaria, de múltiples altercados con la ley y con escuelas circunvecinas, amén de la nuestra. Toda una monedita de oro.

Fuera de lo que se pudiera pensar, él no era tan alto, prácticamente tenía mi estatura y, si te fijabas bien, hasta era un par de centímetros más bajo. Tampoco era musculoso ni atlético, extrañamente sí muy fuerte, como si hubiera hecho pacto con alguna entidad demoniaca. Eso sí, con su pequeño piercing de brillante en la oreja derecha, andaba casi a rape de los lados y largo de arriba, con el copete pintado en una mitad rojo y la otra mitad azul en un tono muy obscuro que para el ojo no entrenado resultaba casi imperceptible. Su mirada de cejas pobladas era pesada, más bien siniestra, ida, y oximorónicamente, penetrantemente, sutil. Sentías cuando te miraba, incluso si estabas lejos, cuándo volteabas desaparecía, pero la estela de su vislumbrar quedaba allí todavía, carcomiéndote a distancia la percepción extrasensorial. El contorno de sus ojos parecía estar delineado con negro, nunca supe si era maquillaje o sí así nació. Vestía su gorra negra de los Chicago Bulls en todo momento, sólo se la quitaba en la escuela cuando él quería. Y hablando de su moda extraescolar: siempre con sus camisetas interiores de tirantes, shorts largos y holgados en color pardo, Converse en mocasín de color limón —sin calcetines, claro está. Sus adeptos mantenían un muy similar sentido de la moda, todos menos Universo, que parecía salido de la época de los pachucos, siempre se le veía formal, con pantalón de vestir, camisa y a veces saco de gabardina o hasta de gamuza mojada, sólo que en extraños colores pastel y con un fedora negro, viejo y sucio.

Tagoberto Iturriaga, propagador de placeres y vicios paganos dentro y fuera del plantel. Ya fueran drogas o cigarros o barajitas obscenas y hasta una que otra cortesana que se quisiera dejar vejar. Robaba auto partes, estéreos y cuanta cosa que fuera de su agrado. También, posiblemente el mejor futbolista que haya puesto pie en esa mugrosa y satánica secundaria. Definitivamente ese Tagoberto era todo un loquillo.

El resto de la escuela era como un corral de borreguitos, y todos seguían por lapsos a los líderes de su predilección dependiendo el humor en el que se encontraran. Si se sentían divertí-jocosos iban con nosotros, si se querían creer los malos se iban con Los Tonto Locos aunque después regresaran con el rabo entre las patas, ya que ese era un club demasiado selecto. Al final se encontraban los ñoños, que no quiere decir necesariamente que fueran inteligentes, estaba en su naturaleza ser así. Seres antropomórficos y sebáceos faciales, encorvados cual personaje común y bizarro del *Señor de los Anillos*, de variados tamaños, todos eran torturados por igual, por nosotros o por Los Tonto Locos e inclusive por los borreguitos. No conocían del desodorante en barra y mucho menos en bolita mágica. Moqueo constante y una falta de habilidad para cualquier actividad que no fuera jugar con barajitas de personajes míticos de caricatura japonesa o, asimismo, personificar a dichos personajes en el patio de la escuela para burla de todos los presentes que ya empezaban a descubrir los placeres de la pubertad y que se habían olvidado de las pedestres actividades que realizaban en años anteriores.

Se les veía correr por toda la escuela, persiguiéndose como niños chiquitos, haciendo hincapié en su evidente manera de jugar. Lanzándose poderes imaginarios. A nadie debería importarle qué hace cada quien en el patio de la escuela, ningún individuo tiene la definición definitiva de lo que significa la palabra "normal" o "normalidad", aun así, no cabía duda de que en la escuela había una pauta muy marcada en cuanto al tema y ay de aquel que osara desafiar dichas condiciones. Era una ley no escrita que los que eran diferentes estaban destinados a perecer socialmente. Esa era la ley y había que respetarla y el que hiciera caso omiso a esas estipulaciones debía de atenerse a las siempre cambiantes consecuencias que variaban acorde al humor y la ocasión de todos los verdugos adolescentes —eran otros tiempos.

Después del vasto inventario escolar, me queda la deshonra de describir a un último personaje de esta gama tan colorida de seres. Un morillo traga años de estatura, digamos, todavía en desarrollo. No muy alto y dejémoslo así. Flaquillo, con su pelo corto de rampa, brackets, con cara de niño chiquito y con piel de pompi de bebé. De manera inverosímil estaba en medio de todo, un heraldo de las causas escolares modernas y le encantaba quedar bien con todos, asquerosamente encantador para las chicas del plantel, no así para el resto del estudiantado. Al pobre individuo nadie lo quería: ni nosotros, ni Los Tonto Locos, ni los borreguitos. ¡Vaya!, ni siquiera los ñoños que ya es mucho decir. Pobre entidad divida entre estereotipos escolares, no era de aquí ni de allá, vagaba de un lado a otro tratando de hacerse querer. Era de los que ponían todo su esfuerzo para ser amado y respetado. La realidad no podía ser más opuesta: casi todos lo odiábamos. Para mí infortunio, sí era popular, aunque a la mala.

Y para colmo era la persona con el peor problema de halitosis que jamás haya conocido en toda mi miserable vida. Su nombre era Nemesio Boca Negra, claro que todos de cariño le decíamos el "Pestalozzi" porque le apestaba el hocico. A Pestalozzi, efectivamente, le apestaba el hocico, y bien gacho. Recuerdo una vez que pisó caca de perro y el muy cínico le estaba echando la culpa a la caca por el mal olor que salía de su boca.

Un estruendoso sonido metálico nos sacó a todos de nuestra amena plática matinal. La hora había llegado. Nos formaron como si estuviésemos en el ejército o algún campo de concentración, creo haber visto a Josef Mengele a lo lejos mientras los docentes y prefectos nos gritaban constantemente, como queriendo hacerse dueños de nuestra siempre distante atención para con ellos. Una tediosa, parsimoniosa y nada necesaria ceremonia de presentación que fue en vano porque todos estábamos platicando sin cuidado alguno de cualquiera que estuviera en el podio detrás del micrófono, y, los que no estaban platicando, estaban recurriendo a lo poco que les quedaba de mente e imaginación para escapar de ahí. Finalmente, después de media hora parados, nos dejaron pasar a nuestras respectivas aulas. ¡Qué desperdicio!

Entramos en orden al salón de clases. ¡Claro! Como era el primer día, había que mostrar algo de cordura y dejar lo mejor para el final. Pasados un par de minutos entró el que sería nuestro maestro tutor. La entidad docente se plantó frente a nosotros cual interprete en escenario. Tenía un aspecto desagradable a la vista, para empezar era la viva imagen de un sapo antropomorfizado. Ñoño de costra en cuello, lentes grandes y un bigote ralo y multicolor que hacía juego con los cinco pelos que tenía de barba en la papada. Estatura media y un pantalón de pana café obscuro a la moda setentera. Cinto piteado que desaparecía con la gigantesca panza que desafiaba a la gravedad y a los resistentes textiles que conformaban la camisa guayabera que portaba el "profesor".

Dio un olvidable discurso en cuanto a su persona y sus reglas. A nadie parecía importarle lo que él decía, todos lo miraban fijamente pensando que así él creería que le estaban prestando atención. Lentamente me perdí en mis pensamientos escuchando la voz del maestro cada vez más distante. En mi más loca imaginación me pensé poseedor de un dispositivo capaz de detener el tiempo y, ya con el tiempo detenido, hacer toda clase de locuras lascivas. Ese pensamiento siempre era recurrente en mi imaginación, sólo que en la escuela resultaba un arma peligrosa. Sentía que me empezaba a erectar. Si hubiera tenido pantalón de mezclilla no habría problema alguno, la presión que ejerce la mezclilla evidenciaría menos mi notable condición erecta, simplemente me lo asfixiaría con el elástico del calzón o algo así, pero no, desgraciadamente era el orgulloso portador de un pantalón de gala gris hecho de tela ligera de gabardina absorbe olores y que siempre se rompía del trasero. No había problema, si me mantenía sentado nadie tenía por qué enterarse de mis perversiones. En ese preciso momento escuché al maestro decir repetidamente el nombre de Tolentino. Estaba llamándome.

—¡Tolentino! ¿Qué no me escucha? Le dije que pase al frente a presentarse con el grupo —dijo enfadado El Sapo.

A varios de nosotros ya nos conocía por la materia que nos impartió el año anterior.

—¿A presentarme? —pregunté, tragando saliva—. Ahorita voy, espéreme.

—¡No! —dijo tajantemente El Sapo —. Se lo estoy ordenando ahora.

Si me paraba, todo el salón iba a ver lo "parado" que estaba y me asignarían el apodo de "El Lechero" de por vida. ¿Qué podía hacer? El Sapo estaba clamando mi presencia. Se me ocurrió meter las manos en los bolsillos como si estuviera jugando un billar personal pantaloníl, acomodando todo lo acomodable para hacer menos evidente mi condición, aunque hasta cierto punto era irremediable porque los que ya me conocían sabían mi táctica que orgullosamente les proporcioné para alguna ocasión en que la necesitaran, ergo, quedaría en irónica evidencia. Decidí hacer eso, meterme las manos en los bolsillos y repetir este mantra en mi mente, *lo único que separa tu erección del maestro es este pedazo de gabardina*, y también, *tu abuelita en pelotas*, cualquier cosa que bajara la inflamación.

Gracias al destino, para cuando llegué al frente del salón con dichas imágenes tenebrosas en mi mente, ya la inflamación había disminuido. Claro que, cuando arribé, estaba sudando frío. Exhalé de alivio al ver que no le iba a picar un ojo a nadie y que todavía podía dármelas de galán con alguna chica, aunque, pensándolo mejor, si todas hubieran visto mi condición erecta, creo que no me hubiera dado abasto.

Después del exabrupto de mi presentación, que no tuvo nada de trascendente, y de un desfilar de compañeros y camaradas, terminó la segunda hora —la primera consumida por la dizque ceremonia— y El Sapo, cómo llegó, se fue brincando.

Un insensato devenir de materias aburridas torturaba mi existencia y la de mis camaradas escolapios. Nos hacíamos la interrogante por excelencia: *¿Por qué? Para qué me va servir tanta estupidez.* Mi mente divagaba en espacios lejanos y en mundos ajenos. Sentía que mi esencia se carcomía dado que no existía tregua entre el alumnado y el colegiado, y, como era el primer día de clases, nadie tenía ganas de hacer nada, y mucho menos de seguirle el juego alguien.

Finalmente escuché de nuevo ese chirrido metálico tan molesto, en ese momento me sonó como la música de los más entonados y eunucos serafines Farinelli.

Salimos despavoridos del salón de clases, corriendo hacia la cooperativa o, si se prefiere, "la tiendita". Cada minuto contaba en ese momento de la jornada satánica, ya que en el receso el tiempo parecía desafiar las leyes más estrictamente establecidas de la física, dado que se curveaba, se limitaba, se restringía a sólo ser una fracción de lo que debería ser, lo cual me dejaba con una sensación de ansiedad que nada más un fuerte medicamento me podría quitar. Acto seguido, la encrucijada del receso por excelencia: perder el descanso parado en una fila para comprar en la cooperativa, o disfrutarlo y no comer nada hasta llegar a casa. Opté por la primera.

Habiéndome hecho acreedor de unos ricos tacos de harina con frijoles envueltos en papel aluminio, me dispuse a socializar con el resto de mis camaradas y a volcarnos súbitamente en los eventos deportivos que se practicaban en el receso. Uno de los más populares era ese que se caracterizaba por hacer un caño y ay de aquel que tuviera la desdicha de ser el receptor porque se haría acreedor de una golpiza digna de reformatorio juvenil, a menos que corriera. Siendo este el caso, la golpiza sería postergada hasta nuevo encuentro.

El nombre de tan cavernaria práctica que durante los evos convirtióse en fuente inagotable de diversión para escolapios pedestres era: Samba Baño. En fin, ese era el deporte más popular del receso. Debo admitir que prefería verlo de lejos, no valía la pena ser parte de tan inútil barbarie y terminar todo golpeado y oliendo a "pasuco" —patas, sudor y culo, para el que no sepa— a mitad de jornada escolar.

LA BATALLA PEQUEÑA

A lo lejos se veía a Tagoberto haciendo de las suyas, torturando a los compañeritos junto a sus Tonto Locos. Pude notar que su mirada inequívocamente se fijó en Masiosare que, incauto, devoraba sus aplastados tacos de frijoles en tortilla de harina. Tago tenía rojo el contorno en la esclerótica de sus ojos, como si fuera la mirada de algún ente demoníaco que se decía a sí mismo, *Sic Semper Adipem,* aunque esto no tuviese sentido alguno. Sabía bien que yo no era santo de su devoción, al igual que el resto de mis camaradas, de todas maneras, siempre habíamos mantenido nuestra distancia, esta vez no. Sólo veía cómo se acercaba lentamente a Masiosare cual entidad de película de terror que no toca el piso. Lo más inteligente hubiera sido huir sigilosamente, pero el patéticamente noble e incauto de Masiosare, como era ya costumbre, se encontraba embelesado en el acto de zamparse hasta los dedos, nunca se distraía para eso, si el mundo terminaba mientras él devoraba sus tacos, no le importaría en lo más mínimo. Personalmente, y por el contrario, yo tenía esa sensación de que todos estaban al pendiente de lo que hacía y ese caso no fue la excepción.

La bola de escolapios de todas las denominaciones notó en efecto que Tago había escogido a su siguiente víctima y que no le importaba que fuera alguien, si bien no tan popular, cuando menos apreciado por el resto del estudiantado dada su naturaleza un poco semejante al entrañable y psicotrópico Winnie el Pooh.

—¿No quieres jugar Samba Baño? —preguntó Tago a Masiosare con su marcado acento característico de los niños pastranos fantoches.

—No, nada más de lejitos —inteligentemente le contestó al notar el redondel de almas juveniles que lentamente se gestaba en torno a su persona.

¿Por qué escogerlo a él, que no le hacía nada a nadie? No era como si no tuviera con quien aplicar sus torturas medievales. No lo podía comprender. ¿Sería la maldad inherente con la que algunas personas son concebidas? Lo único que sé es que, sin previo aviso, Masiosare había sido escogido para ir al matadero y ser expuesto de manera vergonzosa muy al estilo de Los Tonto Locos que, por cierto, se estaban acercando.

Yo miraba desde mi segura atalaya, preguntándome, *¿y mis colegas dónde están?*, porque, en ese momento de tribulación, habían desaparecido, lo único que veía eran caras conocidas, pero ninguna fraternal. Tenía que descubrir cuál era la razón de la gestada malignidad.

A Tagoberto no le gustó para nada la respuesta de mi camarada, me atrevería a decir que le resultó algo desafiante.

—¡Vas a jugar Samba Baño, te guste o no! —dijo Tago, sereno pero amenazante, mientras estrujaba a un asustado Masiosare de la playera.

Fue en ese preciso momento que me acerqué para tratar de menguar la amenaza.

—¿Qué pasa? —pregunté cómo si ignorara la situación.

—Tú no te metas —me respondió Tago.

Sabía que la opción correcta era dejar a Masiosare con sus problemas y alejarme, pero ¿cómo podía hacerlo? Dejar a mi camarada de toda la vida presa de un perturbado mental. Aclaré mi garganta y, con algo de seguridad, me planté firme en la encomienda defensiva.

—¿Cuál es el problema?

—El problema es que tu amiguito tiene cara de idiota y no sé, no lo soporto, se tiene que desapendejar y jugar con nosotros —respondió Tago, queriendo ocultar la verdad de su malévola intención.

—Pero no quiero —dijo Masiosare ya en un tono más preocupado.

—¿Ves? No quiere.

Tago sonrió, sabía que tenía que ponernos de ejemplo para el morboso redondel humano que se había formado.

—Tú, tú, pinche enclenque, ¡no me vas a decir qué hacer!

Tago me estrujó ahora a mí de la playera del uniforme y acto seguido me empujó con fuerza, tratando de hacerme caer. Por fortuna, nunca me caí, por el contrario, retomé el equilibrio y, presa de la ira, me abalancé sobre él, dejando de lado el qué dirán y perdiendo por completo el glamour.

Algo tenían las causas injustas —personales, obviamente— que despertaban esa chispa en mí, ese monstruo dormido salía de su letargo para manifestarse y destruir todo a su paso. Para mi mala fortuna y cegado por la ira, lancé un golpe certero en dirección a la cara de Tago sin tener ningún tipo de estrategia, ¡vaya que era pendejo!

¿Cómo se me ocurrió siquiera lanzar ese fulmínate impacto sin saber qué estaba haciendo realmente? Tago lo esquivó. ¡Y no sólo eso! Sino que, además de eludir mi ataque digno de algún personaje que nadie escoge del Mortal Kombat, me regresó la cortesía asestándome un poco contundente impacto en la boca. Sólo por reflejo me alcancé a hacer para atrás y disminuí el daño.

Me partió el labio de manera casi imperceptible. Uno veía en las películas a los Schwarzeneggers, a los Stallones, a los Willis, a Chuck Norris, al Santo y a Blue Demon, y en menor medida a Chanok y al pinche viejillo que lo acompañaba, agarrándose a trompadas a diestra y siniestra y por lógica pensaba: "los golpes no han de doler tanto", ya que, desde el primer contacto y hasta el último, todos los héroes de acción se incorporaban airosos, como si no fuesen humanos, como si fueran autómatas de metal diseñados para recibir castigo corporal. Nada podía estar más alejado de la realidad. Si bien Tago no me golpeó del todo, ¡ah cómo ardía la herida! Y ese pequeño sabor ferroso en la boca, señal inequívoca de que hubo algo de sangre de por medio, filtrándose del interior de mis fauces hacia el exterior. Hasta me sacó la lagrimita casi imperceptible por el borde del ojo que limpié instantáneamente para evitar controversias burlísticas.

Fue ahí cuando me aventé una de mis famosas frases célebres:

—Tago, con todo respeto… ¡chingas a tu madre! —nunca debí decir eso, después me enteraría por qué.

Tago puso un rostro de ira, estaba seguro de que, si pasaba más tiempo, hasta me lanzaría un Kame Hame Ha, hasta algo de Ki lo vi irradiar. Los demás Tonto Locos guardaron su distancia, no así mis camaradas que salieron de la nada para cubrir mi espalda y la de Masiosare. La batalla campal estaba a punto de comenzar.

Por fortuna, la *non grata* presencia de un maestro distraído que pasaba por ahí nos salvó de que el incidente se fuera a mayores consecuencias.

Nunca había estado tan agradecido de la presencia docente, hasta ese momento. Todos huyeron despavoridos. De ahí no debió pasar la cosa, sólo que Tago gritó, de manera inusualmente serena, la típica frase de niño de kínder con problemas de autoestima:

—¡Van a ver a la salida! —sentenció.

El timbre que indicaba el regreso a la tortura sonó sin tregua por unos segundos. Ya en clase, mi mente divagaba en torno a las últimas palabras que le escuché decir a Tago, "Van a ver a la salida". Antes de que tocara el timbre de la ultima hora, Dimas se acercó a mí.

—¿Qué vamos a hacer? —preguntó.

—¿Qué podemos hacer?

—¿Y si peleamos sucio?

Sólo a Dimas se le hubiera ocurrido semejante idea. ¿Por qué no habríamos de hacerlo? Se esperaba que ellos lo hicieran. Yo no quería verme en desventaja y mucho menos perder mi hermosa sonrisa digna de comercial de Colgate Super White Mint Fresh Prince de Bel Air.

Al finalizar las clases nos reunimos en un salón para planear nuestra estrategia. Todos afuera de la escuela aguardaban la inminente trifulca, nos veían como cristianos a punto de ser lanzados a los leones en el más funesto espectáculo de Coliseo romano. La verdad yo hubiera hecho lo mismo de haber estado del otro lado de la situación.

Tomamos piedras del suelo y cuanto pudimos para defendernos. Cruz rompió una escoba y metió la mitad rota y puntiaguda a su mochila. Aquiles ya traía unos chacos revueltos con el resto de sus útiles, dado su gusto por las artes marciales.

A paso firme y en cámara lenta, hasta alineados para la foto en un digno homenaje a las escenas de montaje de película

—con todo y "The Final Count Down" de Europa. Armados y listos para morir, no podíamos hacernos para atrás. Si algo no se perdonaba en la secundaria era rajarse en una pelea, te tacharían de cobarde por el resto del año y tal vez de tu vida. Sabíamos que al cruzar la salida sería definitivo y estaríamos a merced de la ley callejera. Cuando cruzamos el umbral, no había retorno alguno.

Si algo era de admirarse, hasta eso, pendejos no éramos. Nos alejamos unas cuadras junto con todos los curiosos detrás de nosotros. Yo no quería verlos, pero inevitablemente lo hice. Al doblar la esquina, ahí estaban, ansiosos y babeantes, jadeantes y sedientos de sangre: Tagoberto y sus Tonto Locos.

—Ahora sí, no hay maestros que te ayuden. Ya les cargó la voladora —amenazó Tago.

Un sudor frío recorrió mi espina dorsal, esto aunado a la expansión anal que estaba comenzado a sentir. Yo siempre fui pacifista, por naturaleza le rehuía al dolor físico. ¿Cómo era que me encontraba en dicha situación? Cuando menos, no estaba solo. Mis camaradas se encontraban conmigo de manera incondicional y no puedo hablar por los demás, pero en mi mente sonaba fuerte la parte central del tema "Ill triello" de Ennio Morricone.

—Nadie se mete con nosotr…

No acabó de decir Universo "nosotros" cuando fue interrumpido por una fulminante pedrada en la cara, asestada por el menos probable de todos los emproblemados: Isauro.

Se veía sereno, de pie, como un roble de edad considerable, como ignorando la magnitud de lo que había hecho. Lo miramos incrédulos y decidimos hacer lo mismo de manera fría.

—Con todo respeto… ¡chinguen a su madre! —gritamos sin saber por qué.

La lluvia de pedradas hacia Los Tonto Locos no se dejó esperar, fue vertiginosa y sin tregua. Los muy pendejos esperaban una pelea limpia.

Sangrando, tuvieron que refugiarse detrás de varios autos estacionados para resguardarse del inesperado y torrencial acribillamiento pétreo del que estaban siendo incautas víctimas. Los Tontos se separaron sin saber qué hacer. Los mirones curiosos estaban contrariados, nadie se esperaba que fuéramos nosotros los que se adelantaran al ataque y mucho menos de esa manera. Un estruendo hizo que todos nos pusiéramos pecho tierra, por un momento pensé que eran balazos dada la reputación de nuestros contendientes, pero no, eran cuetes que Atenógenes estaba lanzando para tratar de asustarnos, daba igual, de todas formas la muchedumbre corrió despavorida.

Se nos terminó el parque y ya no teníamos pierdas a la vista. Cruz sacó su palo roto de escoba y Aquiles sus chacos como una última opción. Ya nos veía, amedrentados por nuestras propias armas y con la clásica expresión "¿por qué te golpeas tú solo?".

Los Tontos salieron de sus escondites, se acercaron lentamente y con cautela en nuestra dirección. Dábamos pasos hacia atrás.

Se escuchó el sonido de la sirena de una patrulla junto con su distintivo claxon. Un aire de alivio salió de mí. Estábamos salvados de morir, mas no de ser aprendidos por la patrulla del barrio. Muy seguramente han de haber sido los cuetes y las pedradas los que sacaron de quicio a los impacientes vecinos aledaños a la escuela y más rara aún la pronta respuesta de las autoridades correspondientes.

Corrimos por nuestras vidas en todas direcciones. Sólo escuché gritar a Tago, nuevamente, una de sus tan mentadas amenazas

—¡Tienen que volver algún día a la escuela!

Por mi parte, no me importaba dejar los estudios para evitar una pelea ya más que anunciada. En lo que a mí respectaba, ser un pordiosero meado parecía ser un oficio bastante digno dadas la circunstancias en las que me encontraba.

Corrí como perseguido por un demonio volador que viene a cobrarse algún favor por medio de la tortura eterna del alma. Varias cuadras después, ya cerca de mi hogar y al ver que nadie me seguía, me detuve un momento para retomar el aliento. Si así fue el primer día de clases, no me quería imaginar cómo iba a ser el resto del año.

GENTE CONOCIDA

La tortura del primer día de clases había terminado. Por fortuna, no tenía señales evidentes de que estuve en una batalla campal, sólo una pequeña herida casi indetectable en el labio y una agitación algo sospechosa. Estaba a una cuadra de mi casa. Si mis camaradas habían encontrado el camino a su hogar, me resultaba del todo desconocido.

Abrí la puerta de mi domicilio para alcanzar a olfatear el bello aroma de comida casera recién hecha. Era en verdad una sensación reconfortante que siempre me cobijaba al arribar de la escuela al hogar. Subí a mi cuarto y tiré la mochila en el piso. Encendí el televisor y, justo cuando me disponía a acostarme para ver plácidamente la programación de medio día de la tele local, escuché un estruendoso grito del cual mi madre era la autora con su siempre recurrente potencia pulmonar para evitar subir las escaleras.

—¡Ve por las tortillas!

Siempre cuando más sosegado me encontraba, retozando en mi languidez, era cuando me mandaban a hacer algo que me sacaba de mi trance. Ni siquiera me había quitado el uniforme. Pero bien, no había por qué ponerse insolente ante una petición tan simple. Tomé mi vieja bicicleta Huffy Vagabundo —tenía partes de la una y de la otra— y me embarqué en la venturosa empresa de ir por las tortillas a la tienda de la esquina.

Llegué a la tiendita y estacioné mi biciclo-vehículo. Como siempre, ahí estaban el tendero y el idiota de su hijo. Tomé las tortillas y no pudo faltar, para mi infortunio, una maldita abuela hija de los faraones que llegó a la caja un segundo antes que yo, pendejamente me distraje durante ese lapsus, viendo unas barajitas de Dragon Ball Z. La pinche anciana decrépita tenía la costumbre de quedarse platicando con el tendero —que también ya tenía sus eones bien vividos. Hablaban de la insolencia de la juventud y de cómo en sus tiempos no existía nada, que hacían fuego con dos ramitas y un pedernal y que tenían que cazar su comida. De cómo se entretenían dibujando dentro de las cavernas y que la música actual era puro ruido, que ellos siempre iban a preferir el sonido de un tambor cuaternario a escuchar el estruendo que produce una guitarra eléctrica. Después de su plática de tiempos arcaicos, la carcamala se dispuso a pagar las cosas que compró. ¡Centavo por centavo! que, para colmo, parecían esconderse en los lugares más recónditos de su monedero de tiempos de la era de bronce.

¿Qué podía hacer en mi condición de puberto? ¡Nada! No tenía ni voz ni voto. Asentía hipócrita, una incipiente y falsa sonrisa, como deseándole la muerte silente y fulminante a la maldita vejeta que, por cierto, ya olía a azufre. Algo le estaba pisando los talones y sacándole la chanclas.

Finalmente, después de media hora, pagué las tortillas, las metí a una bolsa y las colgué del manubrio de la Huffy Vagabundo. Del coraje hasta se me olvidó gastarme el vuelto jugando en la maquinita de King of Fighters. Quería llegar a mi casa para devorar el rico platillo que se me tenía preparado, aún no sabía qué era, pero no importaba, el hambre tiene sus formas de convencernos de comer hasta lo impensable.

Picadillo con frijoles, tal vez no el más digno exponente de la gastronomía nacional —¿o tal vez sí?—, total, era comida decente, y al fin y al cabo todo sale igual.

Después de un gratificante estímulo culinario —sin albur— me dispuse a dormir una siesta para alejarme de todo lo establecido, para retomar el sueño erótico que tan abruptamente me fue arrebatado en la mañana.

Pero recordé que tenía tarea. Esa maldita labor que sólo sirve para mantenernos en vela y que jamás termina de reafirmar los conocimientos no adquiridos en clase. ¿Cómo demonios iba a reafirmar los conocimientos, si nunca hacia nada en clase? Decidí ser una persona responsable y hacerme cargo de mis encomiendas educativas. Abrí el libro y la libreta y posteriormente leí mí nefasta responsiva que decía más o menos así: <Leer de la página 15 a la 18 y después hacer un cuestionario de 200 preguntas acorde a lo leído>. Y esa era sólo una de las cuatro fútiles faenas herculinas en las que tenía que proceder.

Todas las letras del texto se empezaban a mover en espiral y de ese espiral surgían imágenes explícitas. Las fotos de algunos personajes históricos que aparecían en el libro de pronto parecían las más escandalosas estrellas de rock, muy bien ornamentadas por mi lápiz del número dos. En pocas palabras, no me podía concentrar en hacer lo que se me había puesto por lúdico encargo. Entonces pensé... *El día tiene veinticuatro horas y apenas son las tres y media p. m. Si salgo a relajarme, digamos, unas siete horas, tal vez pueda con esta titánica empresa de reafirmación cognitiva.* Palabras más, palabras menos, eso fue lo que creo haber pensado.

De pronto escuché retumbar mi nombre dentro de la habitación que convenientemente daba hacia la calle. Me asomé afuera y ahí estaba mi camarada Dimas en la misma situación que yo. Decidí salir por la ventana y no comentarle nada a nadie, al fin y al cabo no creo que mis padres notaran mi "corta" ausencia.

Caminábamos orondos por las amplias calles del barrio en busca de más agentes para nuestra tarde de entretenimiento mientras hablábamos de la pelea de hacía unas horas. Reíamos y nos regodeábamos deseando no encontrarnos con Tago y sus compinches. Habíamos de tener los ojos bien abiertos, en la espalda y hasta en las nalgas.

La primera persona en el orden era Masiosare. Esperábamos que estuviera dispuesto, ya que era el único que siempre tenía cigarros.

Creo que es el momento adecuado para describir a los actores principales de esta historia, y empezaré por la persona que a mi parecer, es la más importante... yo.

Tolentino es mi apellido. Mi nombre se reservara para otra ocasión, de cualquier forma todos me llamaban y me siguen llamando así, aunque en ocasiones también me llamaban Atole, de "cariño". Ni siquiera mis maestros se atrevían a decir mi nombre completo so pena de muerte. Era delgado, de estatura media y odiaba a casi todo el mundo, obviamente para mis adentros, a todos los quería de dientes para afuera. Mis pasiones siempre fueron el futbol y el buscar que las féminas se sentaran en mi cara, o en otros lugares de mi anatomía, evidentemente, hasta ese momento sólo el futbol estaba funcionando.

Odiaba las cursilerías y el sentimentalismo, aunque yo mismo, después, denotaría muestras vagas de humanidad. Era un hijo de puta y a su vez un hijo único. Mis padres, por lo general, trabajaban casi todo el día a las afueras de la ciudad en una fábrica que ensamblaba máquinas de ensamblaje, que estas a su vez ensamblaban máquinas desensambladoras, así creando la singularidad. De hecho, se conocieron en aquella fábrica. Trabajaban hasta cuatro turnos así que, por lo general, yo estaba solo en casa. Siempre se esforzaron por sacarme adelante; años después, por sacarme de la casa.

Ser el centro de atención era lo más importante. No podía darme el lujo de ser intrascendente. De vez en cuando acertaba en algo de provecho, lo que hacía que mis padres no se volvieran locos por completo. Me daba un pequeño impulso de sanidad para no sentirme una rata asquerosa o un niño harapiento y maldito. Tenía el cabello enmarañado, peinado, despeinado al más puro estilo de un Rolling Stone recién levantado y modorro —y ni sabía quiénes eran esos güeyes en esos años mozos—, pero un poco más corto y desaliñado, aunque en la escuela me tenía que peinar todo hacia atrás para continuar con mi moda extraescolar. Y, hablando de moda, la simplicidad ante todo: era fan de los Converse de botín, también las camisas a cuadros de leñador y, cuando hacía calor, amarrármela a la cintura, nada complicado ni muy fashionista en la época *grunge* —dime tres canciones de Nirvana que no sean "Huele a espíritus adolescentes" o "Pos vente como eres". Unos buenos cargo shorts con una camiseta delgada común y corriente, tal vez sin mangas, dependiendo del clima. Podía lucir esas indumentarias ya que, de plano, era muy delgado. Postreramente no entraría ni una pierna en esas indumentarias, ya ni en los pantalones aguados JNCO que se pondrían de moda poco tiempo después, menos el mononoke completo.

Caminando a mi lado se encontraba Dimas, uno de mis mejores amigos. Todo un pastrano y de origen guanajuatense. Se había mudado hacía ya algunos años al barrio. Él era una de esas personas con buena estrella, nada le salía mal, se podría decir que donde ponía el ojo caía la bala. Era el típico güerillo borrado que parece galán barato de vecindario ejidal de Gatos Güeros o Perros Bravos. Cada que lo ibas a buscar a su casa, por alguna extraña razón, fuera en verano o en invierno, salía a recibirte sólo en sus calzones blancos flameados de la cola y con los calcetines Donelli arremangados a medio pie, para después correr estrepitosamente rumbo a su habitación y regresar ya vestido. De cabello corto y un leve copete que parecía de *teddy boy*, organizadamente desaliñado, diría yo. Le gustaba vestir acicalado y siempre cambiando estilos, demasiado camaleónico en cuanto a la moda se refiere. Un hijo de puta, de esos flacos que comen como cerdos amarrados y aun así siempre se mantienen delgados. Traía vueltas locas a todas las cortesanas de la escuela y del barrio. Gracias al destino, siempre fue un centímetro más bajo de estatura que yo y decían las malas lenguas viperinas que tenía el "aquellín" muy pequeñín, dado que en la primaria orinaba en y desde donde fuera.

Suena a envidia y hasta pareciera que me caía mal, pero siempre lo aprecié muy a mi pesar. Nos hacíamos y decíamos cosas que serían el mínimo factor para desechar cualquier amistad por más fuerte que ésta fuera. Burlarse de la muerte de algún ser querido o hasta, de manera recíproca, profanar verbalmente la santidad maternal. Su sentido del humor rayaba en lo satánico, muy parecido al mío. Era una de esas amistades que de no haberla tenido todo hubiera resultado aburrido.

Desgraciadamente para Dimas, la vida no podía ser netamente plena, ya que él siempre había vivido una doble vida. Le tocó nacer en el seno de una familia que bordeaba el terrorismo radical religioso, peor que los Davidianos. Todo era pecado para sus padres, le negaban los placeres más simples, como el disfrutar de la programación televisiva a su antojo, y realmente pensaban que Pikachu o el mono japonés en turno significaba "cien veces más que Dios". Regulaban la música que escuchaba —música religiosa popis o *christian gangsta rap*. Contaba que no podía estar más de tres minutos en el baño porque "si tu mano es motivo de pecado, córtatela". En su casa, las recamaras de él y sus otros dos hermanos no tenían puertas, no existía la privacidad, su única válvula de escape era su mente. Cuando salía con nosotros a la calle era con el pretexto que le decía a sus incautos padres de que se iba a predicar "la Palabra" todas las tardes.

Tuvo la suerte de llamarse Dimas en honor a su abuelo de rancho, cuyo nombre a su vez fue en honor al buen ladrón. De hecho, creo que el bisabuelo de Dimas era asaltante o algo así, en aquellas épocas de Shú-Chó "The Broken". Sus dos hermanos menores no corrieron con tanta suerte: Nabucodonosor HaShem y Roboam Tetragrámaton, pobres niños. En fin, ese era Dimas y su patética vida. Aunque mejor no digo nada, que a mí tampoco me fiaban.

Nos encontrábamos frente a la casa de Masiosare, un tipo con corazón de pollo, más noble que un perro de la calle y con un sentido del humor más simple que la naturalidad con la que respiramos. Bajo de estatura y con obesidad juvenil, usaba lentes de pasta dura dizque para la vista cansada, yo más bien pienso que él creía que se veía más delgado con ellos o que los utilizaba para taparse la cara; un hípster adelantado a su tiempo, antes de que fuera *mainstream* para después dejar de serlo. Fiel a sus pantalones de mezclilla entubados que hacían parecer que sus piernas estaban pandeadas. Sus camisetas de rayas horizontales que le daban el aspecto de algún personaje de Los locos Adams y que, aparte, hacían mucho más evidente lo que trataba de ocultar.

Masiosare no corrió con tanta suerte en cuanto a los nombre se refiere, ni tampoco su hermano mayor, Usnavy. Eran hijos de un ex marino llamado Máximo Severo Campos Torres, un tipo de aspecto duro y curtido, con bigote negro y tupido a la Alfredo Mercurio. Masiosare y Usnavy también tenían una hermana que, a pesar de todo, se salvó llevando simplemente el nombre de Marina, haciendo alusión al antiguo oficio de su padre.

El padre de Masiosare casi nunca se encontraba en casa, y no porque fuera un padre ausente, sino que le gustaba recorrer la tierra dado el tempestuoso tiempo que pasó en la mar. A veces salía a pasear a su ridículo *french poodle* o daba vueltas en el auto por horas, alegando que iba por las cocas. Extrañamente, siempre regresaba con los envases vacíos. De niños no entendíamos el porqué, después comprendimos que el señor tenía un vicio recreativo: el vinito y el brandy Mr. Peter.

Esa ausencia siempre nos daba hincapié para hacer toda clase de barbaridades en su hogar dulce hogar. ¿Por qué podíamos hacer todas esas cosas? Porque a la madre de Masiosare, doña Irma Mandoki, una sexy ama de casa, no le interesaba en lo más mínimo el contacto humano, o al menos no con nosotros, y no la culpo, ¿quién en su sano juicio quisiera aguantar a un montón de entidades hormonales con patas? Doña Irma se la pasaba encerrada en su atalaya, fumando y viendo lo más depresivo y degradante en cuanto a la programación de la caja idiota se refería: las telenovelas del horario estelar. Era por eso que aprovechábamos esa ausencia para realizar toda clase de exabruptos en el domicilio del desafortunado y siempre noble Masiosare. Su casa era grande y de varias recamaras, no muy lujosa, la típica casa de vecindario popular que la veías por fuera y, aunque resultaba grande, parecía más bien una favela amontonada con muchas monas en sus balcones.

Aun así, nos encantaba destruir todo a nuestro paso, siempre abusando de la benevolencia de nuestro rollizo anfitrión. Algo tan simple como hacer lonches de mermelada de fresa se convertía en una orgía culinaria de lágrimas y conservas, terminaban embarrados en el techo blanco de la casa y la cocina asemejaba algún distrito japonés después de un tsunami en la prefectura de Ojinaga.

En otra ocasión, nos dispusimos a jugar a los policías ministeriales no corruptos versus los menudistas fronterizos. No está por demás decir que la casa quedó completamente destrozada. Nos lanzamos por las largas escaleras montados sobre el colchón de la cama de Usnavy a manera de deslizador, imaginando que era nuestro mueble blindado. En el declive, nos llevamos de encuentro retratos familiares, crucifijos y hasta las cenizas de la abuela. Pobre Masiosare, tuvo que recoger todo él solo. Ese era su problema, nunca se quejaba ni defendía su postura ante nada, dejaba que el destino lo manejara a su antojo, como una libélula lisiada a merced de la corriente en un caudaloso río.

En su sala te podías encontrar cualquier tipo de licor y hacer de él lo que se te antojara, así como los nunca rechazables cigarrillos mentolados de la mamá, que terminaban sus días quitándonos algunos a nosotros.

Pero no todo era felicidad. Cuando el enérgico padre de Masiosare y Usnavy se encontraba en casa, no se podía decir ni pío, ni siquiera la más ínfima risa de algarabía juvenil en el pórtico, porque si salía ya envinado se soltaba a gritar sus improperios y amenazas medievales acompañadas por su recurrente credo de vida, "más de dos son pandilla", y el otro menos popular "hay que relajarse, nunca aborazarse". A mí siempre me pareció un dicho medio *hippie* y sonaba muy extraño viniendo de un marino retirado, aunque bueno, ya envinado perdía mucha de la cordura que nos mantiene atados a la realidad. Tal vez por eso prefería mejor relajarse y escapar a un mundo multicolor, que ni el mismo Lewis Carroll hubiera podido imaginar, en un viaje de peyote pasado de caducidad con ácido lisérgico. Ese era Masiosare y el manicomio que llevaba a rastras.

Gritamos fuerte el nombre de Masiosare ante la mirada de extrañeza que hacían algunos transeúntes pensando que íbamos a entonar el himno nacional. Salió con la camiseta al revés, toda machada de un evidente festín de pollo con *gravy*.

—¿Qué estás haciendo? —preguntó Dimas.

—¿Por qué? —preguntó Masiosare en un tono inseguro, como si supiera la tormenta de reclamos que se le avecinaba—. Voy a hacer la tarea, no voy a salir.

—¡No seas culo! Pinche Masiosare —reclamé en tono despectivo—. Cómo que vas a hacer la tarea ahorita, si apenas son las cuatro. Tienes toda la noche para hacerla.

—Es que más al rato quiero ver las caricaturas —olvidé mencionar, también, su tierna inocencia y su total desinformación por el mundo cruel que lo rodeaba.

—¿Y luego?, ¿no puedes hacer la tarea viendo la pinches caricaturas?

— No, es que luego lo hago todo mal.

— Mira, ahorita vamos con unas amigas mías que son nalgas prontas —dijo Dimas ante la incipiente erección que se empezaba a notar en el pants que traía Masiosare por escuchar el comentario —. Vamos con ellas a ver qué pasa y más al rato regresas para hacer la tarea más relajado, ¿qué te parece?

—¡Deja voy a cambiarme! —dijo Masiosare casi jadeando mientras corría a su cuarto para emperifollarse.

—¿Y sí es verdad? —pregunté pendejamente a Dimas un tanto extrañado y algo ilusionado.

—No, ya ves cómo es de puñetas. Aparte, es cierto, el niño puede hacer la tarea mientras ve sus caricaturas, tiene que desapendejarse, además, ¿de dónde voy a sacar nalgas a esta hora y para todos?

Habiendo esperado casi veinte minutos a Masiosare, nos dispusimos a seguir nuestra trayectoria con rumbo a la casa de los cuates, y digo, literalmente eran cuates.

Cruz y Aquiles, los cuates. Aunque uno no los conociera, sabría que eran hermanos, estaban igual de feos los dos y, a pesar de ser cuates, no eran del todo iguales en cuanto a gustos. Cruz, por ejemplo, prefería el futbol ante todas las cosas, de hecho siempre vestía jerseys de equipos de soccer que por lo general eran viejos y de la liga de futbol del llano pambolero del barrio y, para colmo, de su papá —de oficio albañil, electricista, ingeniebrio, plomero, contratista, psicólogo y neurocirujano, el mil usos por excelencia. Era por eso que algunos de los escudos resultaban tan raros. Entre los nombres de los equipos destacaban el "Real Bañil" o el famosísimo "No Vale Cañón" y el último equipo donde estuvo su padre, el cual era del dueño del puesto de tacos donde trabajaba, el venerable y bicampeón equipo de la Liga Unión: "Barbacoa Los Domingos", para después llamarse "Tacos El Gordo f.c.".

Para Cruz, parecía que la vida era sólo futbol. Por lo general usaba shorts. Y obviamente, de calzado, sus tenis desgastados que, por cierto, con el tiempo llegó a tener todos los cables de electricidad que pasaban por arriba de los postes en su cuadra llenos de tenis viejos, colgados como trofeos de mil batallas en hazañas deportivas en las cuales todos tuvimos que ver. Cuando se acababa unos, los colgaba, y luego descolgaba los anteriores que había colgado —creando otra singularidad.

Por último, un tema nada relevante pero muy visible: traía calcetines de vestir y nunca calcetines deportivos. Eran calcetines de vestir como los que usaría un señor dominguero que va a la tienda vestido con pants y la camisa de parque temático bien fajada: la ganadora combinación de calcetín con chancla, así los usaba Cruz, los de Ricardo Rocha dirían en el Calabozo. Y usualmente los usaba hasta las rodillas. Se la vivía en el estadio apoyando al equipo local. En la escuela no podía hacer una división de dos cifras pero vaya que era un as en cuestiones matemáticas en cuanto a estadísticas del balón-pie mundial se refería. Sabía todo de la liga española, inglesa, francesa, mexicana, argentina y brasileña, creo que es la única persona a la que le he escuchado memorizar estadísticas de ligas tan remotas como la de Lituania o la de Somalilandia, y hasta de la extraña liga de San Marino y, por poner un ejemplo, yo no sé si en Chechenia o en Osetia del sur haya ligas de futbol, pero, si las hubiera, estoy seguro que Cruz habría resuelto lo que pasaba en ellas.

Su hermano Aquiles no se quedaba atrás, se podría decir que lo único que tenían en común era el gusto por los deportes, la fealdad y los apellidos. Aquiles prefería las artes marciales, el pobre se quedó en cinta blanca medio neja en todas las disciplinas que buscó dominar.

Recuerdo cuando teníamos siete años y todos nos metimos al karate. En el primer torneo, Aquiles salió con la nariz rota y bañado en sangre y fluidos varios. Después intentó el taekwondo, fractura de radio y cubito. Un año después trató el *full contact*, perdió dos dientes. Luego buscó ser un maestro del *muay thai*, la tibia y el peroné fuera de lugar y la última, y tal vez más chistosa: su patético intento de volverse un experto en el arte israelí del *krav magá*. Si mal no recuerdo, el hombro se le salió de su lugar y empezó a llorar. Al escuchar los tristes balidos de nuestro camarada, no pudimos contener la risa por la hilaridad que nos causaba, no sé de qué manera lo hacía, pero sonaba como el efecto sonoro que haría un macho cabrío sodomizado en un aquelarre pagano.

Lo importante era que Aquiles, a pesar de tantas tragedias, no se daba por vencido y seguía soñado con ser un maestro de las artes marciales. Siempre con una camiseta sin mangas, por lo general de la propaganda de algún diputado o de partido político —que perdió, obviamente— ya que su madre no lo dejaba romper la ropa "buena" porque según ella estaba muy cara, aunque todos bien sabíamos que era de segunda mano y que la compraba como cualquiera de nosotros, en el mercadito que se ponía los sábados en la mañana en el barrio. Traía bien puestos sus sport pants de tres cuartos aunque eso le diera problemas, porque a la menor provocación se los bajábamos con todo y calzón —nunca del todo, sólo a media nalga, no éramos unos monstruos tampoco.

Se deshacía en risibles amenazas. Decía que nos iba a matar con sus patadas violadoras invertidas. A pesar de todo, Aquiles tenía la mesura de no ponerse una banda de karateka en la cabeza, desgraciadamente la sustituyó por una banda para el sudor en color negro que lo hacía ver un poco idiota, ya que el sudor seco siempre le dejaba mapeada de blanco la susodicha banda deportiva antitranspirante.

Los cuates, igual de feos los dos, eran más o menos altos y muy flacos, casi famélicos. Cruz, chato de la nariz, con frenos y un incipiente bigotillo puberto, y Aquiles picudo con una gran cicatriz que le cruzaba la ceja derecha posiblemente producto de sus tantos combates a la Caballeros del Sobaco. Ambos asemejaban un par de xoloitzcuintles parados de manos.

Antes de siquiera llegar a su casa ya se les veía a lo lejos jugando a la pelota afuera de la cochera. Nunca les importó la propiedad ajena y tiraban los balonazos con una potencia sobrehumana, aunque con la puntería de un ciego bizco con oligofrenia y problemas auditivos. Lo primero que escuchamos fue un vidrio que se rompía y acto seguido vimos a los siempre infortunados cuates corriendo hacia nosotros y exhortándonos a que los siguiéramos para así evitar temporalmente su merecido castigo.

La palomilla estaba casi completa, solamente faltaba un individuo...

Isauro Salado Salazar, esbozaba una sonrisa cuando escuchaba ese nombre. Era el individuo con más mala suerte y poco ángel que alguna vez hubiera pisado la Escuela Secundaria Pública Número 18 Gilles de Rais, el barrio, y tal vez el mundo —después de Pestalozzi, claro está.

Todos los de la palomilla a excepción de él y Dimas nos conocimos desde que éramos muy pequeños. Isauro llegó un poco después que Dimas, cuando empezamos la secundaria, proveniente de otra región del país. Sus costumbres y su acento eran la comidilla de los malintencionados de la escuela —incluidos nosotros—, muy diferente de Dimas que, para su fortuna, salió bien librado de casi la misma situación. Todos se burlaban de él, vivía tragedia tras tragedia.

Una de las más o menos crueles fue en una salida temprano de clases. Todos estábamos en el parque contiguo a la escuela con nuestras noviecillas, descubriendo los incipientes placeres carnales a los cuales nos podíamos hacer acreedores en ese momento y ocultando con el suéter las evidentes marcas delatoras que se nos manifestaban imprudentemente en el pantalón. Isauro llegó con su trompo Duncan a molestar. ¿A quién en su sano juicio se le podía ocurrir tratar de interrumpir a un montón de pubertos en actividades de palpación propia y ajena? Sólo a un demente. Es como si se le hubiera ocurrido tratar de quitarle el alimento a una manada de lobos mientras comen.

El pobre de Isauro cometió el error de irse a comprar un esquite y dejarnos ahí su mochila, grave error. A Dimas y a mí se nos ocurrió la grandiosa idea de sacarle todos los libros y esparcirlos por el parque para después llenar la mochila con piedras y por último colgarla de un árbol oculto entre los misterios de la botánica del parquearia. Eso provocó la molestia de nuestras casquivanas, que al ver la crueldad de nuestros actos optaron por marcharse. Isauro llegó después, preguntado por su morral escolar. El pobre encontró su mochila colgada de un árbol, manchada por caca de gorrión inglés, mejor conocido por los oriundos que desconocen su linaje como: pájaro chilero.

—Está muy pesada —dijo.

Abrió la mochila para descubrir las rocas dentro de ella y para finalizar un sonido como el que hace el agua cuando pasa a presión por un aspersor. Algún empleado despistado del municipio había encendido el sistema de riego del parque, cosa con la cual no contábamos ni Dimas ni yo, ya que provocó que todos los libros de Isauro que estaban esparcidos se mojaran hasta quedar inutilizables. Acto seguido, las taladrantes lágrimas de impotencia de Isauro no se hicieron esperar, miraba atónito ante nuestras risas nerviosas. Su cara chorreada y roja de angustia dejó una impresión perdurable en nuestras frágiles mentes suburbanas.

¿De cuántas desventuras no fue protagonista? De hecho, la amistad con él surgió una vez en que Dimas cometió el grave error de mandar una carta de día de los enamorados a nombre de Isauro. Se la mandó a una chica llamada Rebeca, que era objeto del deseo de nuestro desafortunado amigo. La tarjeta era simple, un corazón dibujado sobre papel, con la leyenda debajo que decía en letra mayúscula: <CON AMOR PARA TI, REBECA, DE: ISAURO SALADO SALAZAR>. Sólo que el material con el que fue plasmado era de origen orgánico y humano, excreción fecal de procedencia dudosa, perfumada con una fragancia de lavanda que hacía menos evidente la pestilencia. Isauro fue suspendido y puesto a prueba. Noble e inocente pero nunca tonto, siempre supo que Dimas había sido el autor intelectual de aquella forma de expresión amorosa tan escatológica. No le dijo a nadie, nunca lo acusó, aguantó su injusto castigo como "hombre".

Días después, Dimas fue a mi casa y me contó lo siguiente, dijo que venía saliendo de las chamoyadas cuando se topó con Isauro:

—"¿Cómo te fue con Rebeca, si cayó ante tus encantos?", le pregunté para castrarlo y solamente lo vi acercarse a mí, y no sé porque traía un lápiz en la mano. Me alcanzó, me sometió, realmente pensé que me iba a meter ese lápiz en algún lugar que no es para escribir. Aunque no me creas, ese cabrón es fuerte, muy fuerte. Pero después se alejó y vi sus ojos, te juro que me vi ahí, atrapado, como si tuviera algún plan muy bien pensado para mí y tal vez para todos. Después reaccionó, salió de su trance, y yo, sin saber qué hacer, le ofrecí de la chamoyada que traía en la mano, era una ofrenda de paz, porque de verdad pensé que me quería matar. Gracias a Dios, aceptó —dijo Dimas ante mi mirada de incredulidad y de sorpresa, por lo general nunca se expresaba así y mucho menos con un semblante tan serio.

Después de eso, Isauro se hizo extrañamente muy amigo de Dimas. Con el tiempo empezó a jugar futbol con nosotros en el equipo de la escuela Los Karas Zucias. Para sorpresa de todos, era bueno, un buen defensa —aunque no le quedaba de otra, todos queríamos ser delanteros y quedarnos con la gloria.

Es bien sabido que, en el futbol de barrio, al gordo lo ponen de portero y a los más puñetas de defensas, no así en un partido real. Nadie lo pasaba, así que poco a poco se fue adaptando, sin darnos cuenta ya lo íbamos a buscar a su casa y él a nosotros por igual.

Fue después que descubrimos su historia:

Él había perdido a su padre desde muy joven y su madre se volvió a casar con un extranjero prepotente. Él, como hijo único, lo odiaba. Al tiempo nos contó que era demasiado violento y ausente en lo que parecía ser un relato del más puro y vil maltrato sicológico de melodrama barato, así como también algunas miradas penetrantes que "podían helarte hasta el alma" decía.

Yo, honestamente, pienso que estaba loco, pero que después nosotros lo sacamos de ese letargo existencial y le dimos nuevos bríos para que pudiera continuar felizmente con su patética vida. Su madre era de buen carácter y siempre nos recibió con buenos gestos, cosa que casi nadie hacía.

Isauro, fiel fanático de la música considerada "pesada", prefería el metal o el *trash*. Un individuo alto, unos cuantos centímetros más que Dimas y yo, con pelo casi a rapa, complexión robusta aunque no tanto realmente. No llegaba a gordo, vagaba entre dos mundos como un fantasma del peso corporal, ni tan gordo y ni tan flaco.

Y su manera de vestir, cual uniforme de roquerito adolescente: sus bien embarrados pantalones entubados con su camiseta de propaganda en color negro con el estampado de algún grupo musical de su predilección ya fuera el Marilyn Manson o Metallica y hasta de AC/DC o SlipKnot, eso era los fines de semana, porque entre semana parecía que tenía cosido a la piel el uniforme de la escuela. De lunes a viernes, a la hora que lo fueras a buscar, traía puesto el uniforme, manchado de salsa cátsup y grasa de lo que había devorado a la hora de la comida, todo el día, todos los días.

A Isauro lo encontramos doblando la esquina, al parecer él pensó lo mismo que nosotros y se dirigía a buscarnos también, y sí, traía puesto el uniforme de la escuela, con el respectivo gallo en el cabello, símbolo inequívoco de que había dormido una siesta llegando de la escuela.

Ahora sí, ya íbamos todos los camaradas. Caminando por las siempre ascendentes calles del barrio que se dividían en plazas y parques, casi todo era de subida, aunque no tan empinado.

¿Por qué? Porque el barrio se encontraba en las faldas de un cerro a las afueras de la ciudad. Estaba casi aislado, era nuestro pueblo particular y tenía todo lo que se pudiera pedir. Por estar en las afueras de la ciudad, había un poco más de naturaleza. Después del barrio empezaba la zona rural, la carretera, y montañas alrededor. Como siempre, yo era el primero y el último en todo porque era el que vivía más abajo, en una plaza. Después seguía Dimas en la calle de al lado, luego Masiosare, los cuates y por último Isauro.

El parque más grande se encontraba casi al final de la civilización, al lado de la secundaria y la primaria que estaban juntas pero no revueltas, y unas cuadras más abajo se encontraba la liga de futbol Unión, que más que liga era un campo de tierra gobernado y regido por vidrios y tapas de cerveza. Si durante un juego tropezabas y caías, muy seguramente te infectabas de sida por culpa de las jeringas tiradas por algún despojo. En la parte de atrás del cerro había un cementerio al cual se podía llegar bajo el yugo de cualquier medio de transporte que se deseara.

Mientras caminábamos pensando qué hacer, a lo lejos se alcanzó a escuchar el estruendo único y original que hace el repicar de una guacharaca al más puro estilo de la música popular del país sudamericano de Colombia, acompañado por horribles cartoneos de bocina mal instalada, símbolo inequívoco de que el sistema de sonido del automóvil que se acercaba había sido concebido bajo la consigna de "hágalo usted mismo", algo muy común en la idiosincrasia del hermano de Masiosare… Usnavy.

Nos topamos a Usnavy que se nos emparejó al lado de la calle con su Volkswagen y con un evidente aliento alcohólico.

—¿Qué andan haciendo que los vayan a ver? —preguntó Usnavy en tono jocosillo.

—No hallamos qué hacer —dijo Aquiles.

—¿Qué propones? —pregunté a Usnavy.

—Pues yo voy al panteón, aquí traigo mis caguamas y mi cajetilla de cigarros.

—¿Y por qué al panteón? —preguntó Isauro.

—Allí nadie me molesta, nunca nadie se ha quejado.

—¡Pues vamos! —dije en tono sarcásticamente animoso.

—Ándale, súbete, pinche boñiga —le dijo Usnavy a su consanguíneo Masiosare.

NECRÓPOLIS

Íbamos todos hechos bola en el Volkswagen. Nos emborrachamos y bebimos y bebimos como los peces en el río del alcohol que Usnavy traía de sobra y no le molestaba compartir —eran otros tiempos.

Nos dirigimos rumbo a la necrópolis suburbana para despejar nuestras mentes vislumbrando la naturaleza y a los muertos que había escondidos bajo la tierra. Ya en el panteón, nos inmiscuimos entre las tumbas hasta llegar a la sepultura de la abuela de Dimas que murió recién llegaron a la ciudad hacía varios años. Unos nos sentamos, y otros se acostaron en los espacios verdes que había entre las criptas, bañados por unos leves rayos solares. Empezamos conversaciones variadas, como lo ocurrido ese día en la escuela, por lo que, ahora que recuerdo, Masiosare jamás me agradeció.

Después la conversación se empezó a tornar más existencial. Usnavy planteó el tema siempre tabú de los designios misteriosos del Señor *Baby Jeezus*. ¿Por qué nacemos si luego tenemos que morir?, ¿por qué si es un dios de amor, hay tanto sufrimiento? Si él lo sabe todo: el pasado, el presente y el futuro, y ya sabe quién es quién, y sabe cómo va a terminar todo, para qué nos hace pasar por la vida. Tal vez nuestra existencia es la siempre hilarante comedia televisiva de dios, y él nos dio la libertad de escribir el argumento y producirla, depende de si es malo o bueno es el tiempo que vamos a durar al aire.

—¡Déjate de mamadas! —comenté a Usnavy.

Después de tanto cavilar y habiéndome tomado varios alcoholes, me sentí un poco más ligero de pensamiento y ya no toleraba tanta verborrea existencial.

—¿Ah, sí? Muy chingón. ¿Tú qué piensas? —preguntó Usnavy en un tono un poco molesto.

Me puse de pie tambaleándome y les di la espalda a todos.

—Yo pienso… que la vida es como el agua que cae de una cascada. No sabes dónde empieza y dónde termina realmente, sólo sabes que en el camino hay caídas y después tranquilidad —mientras decía tan poéticas palabras de caballero andante, comencé a orinar sobre la tumba de la abuela de Dimas.

Él se percató y me gritó:

—¡Eres un gran hijo de puta!

Los dos corrimos, tambaleándonos, desgraciadamente veníamos de bajada por una de las colinas fúnebres, y yo, como siempre, con mi equilibrio de grulla dopada, tropecé y me fui rodando colina abajo. Lo único bueno que salió del exabrupto fue que Dimas ya no pudo alcanzarme; lo malo, que caí en un pozo —que, ahora que lo pienso, muy probablemente era una tumba a medio cavar. Me golpeé la cabeza y perdí el conocimiento.

Tal vez estuve desmayado una hora, la luz del sol había bajado su intensidad aunque no del todo, como si hubieran sido las seis de la tarde con horario de verano. Sentía mi boca seca y con ganas de vomitar. Tenía una gran resaca, me dolía la cabeza, y sin previo aviso sólo sentí como todo lo que había en mi estómago me dobló poniéndome de rodillas en el suelo para realizar el siempre desagradable acto de guacarear. Salí del pozo y de nuevo mi cuerpo me castigó como diciendo *ahora es mi turno de destruirte*. De nueva cuenta me encontraba de rodillas revolviendo el color verde del pasto de la pradera del panteón con las tonalidades rosa pastel que crearon la revoltura regurgitada de frijoles con picadillo y tortilla de maíz.

Levanté la mirada para observar dónde me encontraba. Tenía la vista vidriosa y lagrimeante, y de mi nariz escurrían pedazos de carne completos lubricados por ácido estomacal y mucosas varias. Finalmente me pude incorporar. Miré a mí alrededor y no ubicaba a mis camaradas. *Tal vez los hijos de puta ya se fueron, va pa' camaradas*, pensé.

Escuché un doloroso sollozo que me heló la sangre. No podía creer que estuviera escuchando una manifestación paranormal de manera tan nítida. Siempre pensé que eso le correspondía a las películas, pero no a la realidad. El sollozo venía de atrás de un par de pinos muy altos característicos de las praderas fúnebres.

Armándome de valor, me asomé esperando ver algún demonio desubicado o un alma penitente arrastrando cadenas.

Lo que vi en vez de eso me resultó más sorprendente aún. ¡Era Tagoberto! Llorando desconsoladamente al pie de dos tumbas. *¿Tago?, ¿llorando?* Al acercarme para ver mejor, rompí unas ramitas que estaban en el suelo y en pocas palabras hice mi reverendo desmadre. Tago volteó y me detuvo en seco con una mirada cuasi satánica, como si por ver su secreto sentimentalismo me estuviera condenando a morir.

—Ya sé que eres tú —exclamó—, te vi tirado en el pozo antes de llegar.

¡Ah qué pendejo!, era cierto. Dadas las circunstancias tuve que salir de mi escondite y enfrentar la realidad, todavía no alcanzaba a pronunciar palabra alguna cuando Tago parloteó.

—Ellos eran mis padres —dijo con tristeza al señalarme las lápidas—, murieron hace años en un accidente de auto.

Trataba de mirarlo con empatía y tristeza cuando en mis adentros quería reír.

¡No lo podía creer! ¿Cómo es que hacía tan sólo unas horas me quería matar y ahora me estaba compartiendo uno de los pasajes más dolorosos y personales de su vida?

Me dediqué a escucharlo, manteniendo la mirada fija en él para no colapsar.

—Yo sé que lo de hoy no fue personal, estabas defendiendo a tu camarada Masturbare, por eso no me las cobré cuando te vi tirado en el pozo, bien pude dejarte caer una piedra grande en la cabeza. Nadie se hubiera dado cuenta.

Me quedé tan perturbado ante tan fría e indiferente afirmación que opté por una pequeña tangente.

—Masiosare, su nombre es Masiosare.

—¡No me interesa su pinche nombre! El punto es que nunca he tenido problemas contigo ni los quiero tener. Y no te confundas, ni de pedo le tengo miedo a un enclenque como tú, y menos a tus amigos Los Sucios. Lo que pasa es que… lo acepto, fue mi error y no debí hacerlo… quiero que sepas… que mañana ya no va a pasar nada, que ahí quedamos.

¿Queeeeeeeeeeee?, ¿qué hacía este tipo hablando de justicia y sentimientos?, mostrando destellos de humanidad y por sobre todas las cosas aceptando sus errores y tratando de disculparse sin realmente hacerlo. No me tomó mucho tiempo deducir lo que en realidad ocurría… Lo que pasaba era que él no quería que yo le dijera a alguien que lo había visto llorar como un infante al que le arrebatan un caramelo el día del niño porque, por consiguiente, toda su imagen de tipo duro de película de acción de chicanos asesinos se vendría abajo. Ahora que lo pienso, tal vez debió lanzarme la roca y matarme para mantenerme en silencio.

—Bien —dije casi suspirando de alivio para acto seguido disponerme a dar la vuelta para irme. Fue cuando escuché su voz en un tono más fuerte y enojado:

—Si alguien se entera de esto, el que sea, no sólo te voy sodomizar a ti, sino a toda tu maldita descendencia. ¿Te quedó claro?

Me di la vuelta y proseguí a dar mi replica nada amenazadora:

—No es necesario que lo menciones. No le voy a decir nada a nadie, esto queda entre tú y yo. Primero, porque no me conviene que me sodomices, segundo, ¡porque no sé qué es eso realmente!

Tago esbozó una sonrisa, algo nunca antes visto a menos que fuera participe de un acto violento.

—Y tercero, porque aunque no me lo creas te comprendo, ¡ah!, y perdón por lo de mentarte la madre, yo no sabía.

¡Ah la gran hipocresía y miedo de mi parte! De hecho y extrañamente, en una acción sin precedentes, le ofrecí estrechar mi mano en señal de buena fe. Tal vez por el calor del momento o por un miedo genuino a que la tregua no fuera verdad.

—Entonces… ¿estamos bien?

—Estamos bien —contestó sin estrecharme nada, dejándome la solitaria mano en el aire.

Escuché mi nombre a la distancia, eran mis camaradas ya cansados de buscarme. Volteé hacia dónde estaba Tago y le hice una señal de despedida, a lo que él correspondió de igual manera.

Subí corriendo la pradera, todos me recibieron con alegría y fraternidad.

—¿Dónde chingados estabas, puñetas? —preguntó Dimas de manera afable y empática.

—No me digas que te preocupaste por mí —dije con un bonito tono sarcástico.

—No, lo que pasa es que me debías esto —respondió Dimas mientras me golpeaba fuertemente en el hombro.

Sólo me quedó reír de nerviosismo y, francamente, ya estaba muy cansado y algo crudo para retribuirle el favor.

—Ya vámonos, se está haciendo de noche y no quieren estar aquí de noche. Súbanse al carro —dijo Usnavy con la autoridad que le daban los cuatro años y pico que era mayor que nosotros.

Nos metimos como pudimos en el auto que ya parecía atracción de un circo de contorsionistas y huimos del cementerio que ya empezaba a obscurecerse.

Miramos atrás para contemplar todas aquellas lomas verdes bañadas por la titilante luz que tiene el moribundo sol al atardecer. Pobladas de huesos muertos, sueños quebrantados, ciclos concluidos o interrumpidos en un mar de lágrimas de dolor, nostalgia y frustración, evaporadas por el tiempo, el sol y el viento.

Cuando regresé, el libro y la libreta estaban exactamente como los dejé, como si me estuviesen esperando para molestarme. Así se hubieran quedado, pero yo tenía que dormir, los tiré al piso y me acosté en la cama. De todos modos siempre había un incauto que hacía la tarea en su casa y que estaría dispuesto a pasártela, y siempre tendría esos mágicos diez minutos antes del repicar del timbre para poder copiar.

Acoso monográfico

"Es por personas como tú que a veces pienso en quitarme la vida". Esas fueron las palabras textuales de Clodomiro. Me petrifiqué ante tal afirmación. Nunca me había considerado un bravucón de carrera, más bien un pequeño iconoclasta un tanto temeroso a represalias.

Clodomiro era una entidad del bajo astral escolar con voz nasal e incesante ceceo. Delgado y encorvado, de estatura media, usaba un par de gafas de cuando en cuando para aparentar inteligencia, todo lo contrario a su verdadera identidad académica. En efecto, se la pasaba reprobando las materias. Todos lo odiábamos, el desprecio se lo había ganado a pulso y, extrañamente, a pesar de su horrorosa forma de ser, aun así él se sentía querido y popular.

Cada que podía nos acusaba con las autoridades correspondientes si se enteraba de cualquiera de nuestras incipientes sagas heroicas, resultaba obvio que la envidia lo corroía hasta lo más profundo del tuétano indigesto de sus huesos. Nos miraba y hablaba con la más pura condescendencia sintiéndose superior, como si su intelecto se encontrara en un plano dimensional mucho más evolucionado que el nuestro, como si fuésemos unos idiotas que no podían descifrar su jerga pseudo intelectual. "Pseudointelectual" pendejo, si a leguas se le notaba que inventaba palabras para sonar inteligente. Aunado a esto se encontraba el tono de su voz, un tono por demás grave y fingido, como de locutor de estación de radio de música antigua.

Traté en algún momento de integrarlo, ¡juro por dios que lo hice! Dimas y un servidor nos acercábamos a su banco para molestarlo en un contubernio por demás funesto, eso sí, con el más genuino afán de intentar desenmarañar el misterio de su existencia. "¿Qué música escuchas?, ¿cuál es tu película favorita?, ¿qué programas ves en la tele?", todas preguntas normales y fundamentadas para intentar comprenderlo mejor, pero era un ente solitario que prefería la lectura de las novelas de Isaac Asimov y comer solitario en el receso y de pie como los pájaros, devorando ferozmente sus lonches de huevo con frijoles y emitiendo sonidos que harían palidecer a los de algún asesino caníbal. En ocasiones se le miraba acompañado de otros dos entes del inframundo escolar: Tonatiuh y Tristán, mejor conocidos como El Aventuras en Pañales y El Hombre Aguacate. Uno por su enorme y desproporcionado trasero y el otro porque genuinamente su cabeza rapada tenía el paralelismo perfecto con una palta negra y madura sin pelar, muy verde por dentro.

La clase de español corría más lenta y tortuosa que de costumbre. Siempre me consideré —al menos en el exterior— como una entidad dicharachera, alguien que podía sostener una conversación de cualquier índole. Si no sabía de qué demonios se trataba el tópico a discutir, lo menos que podía hacer era inventar conceptos paganos y apócrifos que a mi interlocutor directo le resultarían indescifrables y difíciles de refutar.

La maldita hija de puta de la maestra Paty notó mi sapiencia durante la clase, ya que, en efecto, toda mi atención se encontraba enfocada en discutir con Dimas las maneras del apareamiento de los pájaros que se postraban en el árbol afuera del salón de clases. *¿Cómo es que cogen los pájaros?*, nos preguntábamos. La maestra Paty cometió el grave error de acomodarnos en equipos para participar en la nada decorosa actividad de realizar una estúpida monografía del aburridísimo y ramplón relato de los juglares anónimos: *El cantar del mío Cid*. Digo, tal vez sí es un clásico y quién demonios soy yo para juzgarlo, pero siendo honestos ¿a qué puberto en etapa de merecer le va a interesar leer, mucho menos analizar, aquellos textos arcaicos y nada identificables para los usos prácticos de la edad de la punzada? En lo personal, hubiera preferido alguna lectura de índole sangrienta y fantasiosa sin caer tampoco en el cliché de los zombis o los vampiros.

Un trabajo en equipo se traducía a no hacer nada por el resto de la hora. Ya sabía con quienes haría mi equipo: Isauro y Masiosare realizarían todo el trabajo mientras que Dimas y yo podríamos seguir discutiendo sobre temas profundamente ornitológicos. Todo iba bien hasta que el maldito de Clodomiro se cruzó en nuestro espacio. Su equipo estaba conformado por El Aventuras en Pañales y El Aguacate Mayor. Nos miró con su ya tan mentada condescendencia, a lo que Dimas le preguntó muy amablemente:

—¿Qué chingados estás viendo?

—Nada —respondió—, me pregunto cómo ustedes primates involucionados van a sacar avante un proyecto de tal envergadura.

—Envergadas tienes… las ideas —le contesté.

—¿Algo más? —preguntó Isauro un poco molesto ante la generalización del despectivo argumento.

—¿Quieres más? —dijo Clodo con su ya conocido tonito, como si no supiera que nos estaba llenando el jarro de guijarros de río de agua puerca.

—Déjalo, no vale la pena —dijo Masiosare para evitar futuras controversias.

Clodomiro se marchó dándonos la espalda y pensando que había ganado la partida en una ínfima venganza por todos los arrebatos nada decorosos para con su persona. Pero no, vaya si estaba equivocado.

No podíamos quedarnos así y dejar que ese funesto ser tratara de amedrentarnos, había que ponerle un correctivo, uno leve, al menos para aguantarnos de darle un zape cósmico hasta ya bien entrado el receso.

En lugar de hacer la monografía pensábamos qué podíamos hacer para amedrentarlo un poco. Romperle uno de sus libros de Isaac Asimov, no, era demasiado vistoso y definitivamente no nos saldríamos con la nuestra. No, tenía que ser algo indetectable. Nos pusimos a pensar *¿qué es lo que más le gusta a Clodomiro además de leer sus novelas de Isaac Asimov?*

La respuesta llegó con la fluidez de un río de aguas diáfanas: tragar, y digo tragar porque Clodomiro no comía, tragaba como ganso. Su lonche de huevo con frijoles enfundado en papel aluminio, ese sería nuestro objetivo.

Dimas sacó sigilosamente el lonche de la mochila mientras Masiosare creaba una distracción preguntándole a aquel río de zafios introvertidos algo relativo a La Afrenta de Corpes. La idea era esconder su anhelado refrigerio, ponerlo fuera de su alcance. No sé qué me pasó, tal vez era toda la ira adolescente acumulada o el desprecio genuino que tenía para con su persona —sólo eclipsado por el que le tenía a Pestalozzi. Lo más seguro era que, como siempre, quería llamar la atención a toda costa.

Tomé el lonche, lo tiré al suelo y lo aplasté con mi pie, ni siquiera lo desenvolví. El huevo y el frijol se desparramaban fuera del aluminio formando una pasta alimenticia de aspecto desagradable. Clodomiro notó mi aspaviento, me agarró con las manos en la masa. Incrédulo de lo que estaba pasando, en lugar de confrontarme, el muy cobarde se dirigió directamente al escritorio de la maestra Paty la Cabezona para chismearle mi afrenta culinaria.

—Estimada maestra, Tolentino pisoteó vigorosamente mi alimento para el receso.

La maestra no sabía qué responder ante la acusación tan fantoche de Clodomiro, yo creo que ha de haber pensado lo mismo que nosotros "qué mocoso tan pendejo y afrentoso". Obviamente no lo iba a decir, no, lo que hizo fue clamar mi nombre a gritos fúricos y desmedidos.

—¡Tolentino, ven para acá en este instante! —gritó la docente.

Debo admitir que el grito de una maestra enfurecida es algo que le hiela la sangre a cualquiera, hasta al más valiente. Aunque no lo aceptes, te para en seco de cualquier pendejada que estés por comenzar.

Al escucharle me desboqué inmediatamente hacia el escritorio cual corte judicial oral de pueblo provinciano.

—Si maestra, usted dirá —dije en un tono más fantoche y adulador que el de Clodomiro.

—¿Es verdad que le pisaste el lonche a Clodo? Si ya sabes cómo es… —esgrimió la maestra, como diciendo: "si ya lo conoces como es de puñetas, yo también lo odio y me da gusto lo que hiciste, pero aun así te tengo que castigar".

—Lo que pasa, querida maestra, es que el lonche estaba en el piso, y ya ve como es Clodomiro de descuidado. Yo me levanté para pedirle un lápiz a uno de mis compañeros, y pues sí, lo acepto, lo pisé sin querer.

—¡Maestra, no estará creyendo las falacias que está argumentando!

—No lo sé, es tu palabra contra la de él.

—Además, maestra, Clodomiro vive por mi casa y es pandillero, se junta con una banda llamada Los Pastranos Locos y siempre que me ve a mí con mis camaradas nos avientan piedras —dije sin pensar, en un intento por zafarme.

—¿Es cierto eso, Clodomiro? —ella bien sabía que no era cierto pero parecía que también lo quería molestar.

—¡No! —respondió rotundamente—. Esa es una vil calumnia.

La maestra lo pensó unos segundos. Como no tenía una certeza de nada, no podía poner un castigo ejemplar, sabía que mentía pero no tenía cómo comprobarlo, así que el correctivo que impuso cual jueza veterotestamentaria sería molesto para ambos.

—Tolentino, ahora vas a estar en el equipo de Clodomiro —dijo de manera fría y prepotente—. A ver si así aprenden a llevarse bien.

—¡Pero, maestra, eso no es justo! —replicamos al unísono, creo que era la única cosa en la que habíamos concordado jamás.

— Es por personas como tú que a veces pienso en quitarme la vida —dijo Clodo viéndome fijamente mientras nos retirábamos del escritorio.

Me detuvo en seco, ciertamente las palabras también son un arma.

La monografía debía terminarse como trabajo en equipo para el día siguiente, eso quería decir que teníamos que juntarnos por la tarde en casa de alguien para terminarla. Se decidió que sería en casa de Tristán.

Yo ya sabía lo que me esperaba: la indiferencia de los demás integrantes del equipo, vaya si iba a ser una tarde larga. Tenía la opción de no ir, pero, conociendo a Clodomiro, lo primero que haría sería acusarme y por consiguiente sacaría cero en la asignación. Eso me tenía sin cuidado, a lo que temía era al castigo de la maestra que era bien conocida por imponer severas sanciones si no se cumplía al pie de la letra su sacrosanta voluntad. *Para qué te complicas, ve.*

TONATIUH Y TRISTÁN

Tres de la tarde. Las palabras de Clodomiro retumbaban en mi mente, las repasaba una y otra vez, habían tocado una fibra sensible, un nervio invisible que desconocía totalmente. Acordé pacíficamente con Clodomiro vernos afuera de la secundaria, él no deseaba que pusiera un pie siquiera cerca de su residencia.

Caminamos en silencio uno al lado del otro. Lo que fueron unos minutos asemejaron las horas más largas de terror sicológico. Son las misteriosas artimañas del silencio, no hay nada peor que quedarse sin palabras cuando en efecto no hay nada que decir, peor es saber que tu interlocutor alega saberlas todas y aun así decide callar. El silencio lo rompió Clodomiro después de detenerse frente una casa grande y de apariencia opulenta que, en efecto, se salía de los convencionalismos clasistas del barrio.

— Aquí es —dijo.

Tocamos la puerta insistentemente hasta que finalmente se abrió dejando entre ver a una señora un tanto burguesa, plagada de cirugías estéticas y, contradictoriamente a lo que se pudiera pensar, muy amable. La señora vio a Clodo e hizo una mueca de desprecio, aparentemente ya lo conocía, y bien. A mí, por otro lado, me escaneó de pies a cabeza y de manera bizarra sonrió, eso en mi mente se traducía a que cuando todos se distrajeran me llamaría para tener sexo desenfrenado en su alcoba, pero no, nada más alejado de la realidad.

—¿Vienen con Tristán? —preguntó.

—Sí, venimos a hacer un trabajo —le contesté con confianza.

—Bien, pasen. Déjenme llamarlo.

La casa era muy grande y por dentro se asemejaba a un hogar de anticuario, ya que estaba llena de ornamentos antiguos así como retratos un tanto perturbadores, de esos que te siguen con la mirada.

—¡Tristán, ya llegaron tus amiguitos! —gritó la *lady* desde su ronco pecho.

La madre de Tristán tenía una reunión con unas amigas, fumaban y bebían en la mesa del comedor haciendo una alharaca digna de un nido de chachalacas tuberculosas.

—En un momento viene, siéntanse como en su casa.

Tristán tardó varios minutos en bajar, de hecho demasiados minutos, y yo ahí con Clodo, en completo silencio, sintiendo su odio como agua sólida, pero no gélida, percolándose por mis poros y lacerando lentamente mi sanidad mental.

Finalmente bajó junto con Tonatiuh, *¿pues qué andaban haciendo que se tardaron tanto?* Pasados varios años me enteraría... fuera de que eran inseparables, en efecto, su amistad se transformó en algo más que cariño fraterno y con el tiempo terminaron siendo una pareja de gustos sofisticados, por eso resultaba obvio que era lo que estaban haciendo encerrados allí tanto tiempo.

Extrañamente, ni Tristán ni Tonatiuh se veían molestos de verme, todo lo contrario —habrá sido que minutos antes se estaban divirtiendo mucho jugando al doctor.

—Vengan a mi cuarto, tengo algo que enseñarles —dijo Tristán.

Ahí fue cuando dije, *Ya. Valió. Madre. ¿Qué nos querrá enseñar?*

—Voy a estar arriba con mis amigos —le dijo Tristán a su progenitora.

Ella ni siquiera lo escuchó.

Pasamos a su recamara. Tristán puso el cerrojo, *¿para qué puso el cerrojo?* Sólo íbamos a hacer una monografía. *Estos cabrones se las van a cobrar*, pero no, la realidad era mucho más perturbadora que eso. La computadora de Tristán con su Güindous 95 estaba encendida.

Mentiría si dijera que lo que estaban viendo me era indiferente, pero, *eso*, eso que tenía Tristán en su computadora, guardado entre una enmarañada red de carpetas fantasma de "tareas de la escuela" era cosa seria. Sobrepasaba cualquier nivel, no por lo abstracto de las imágenes, sino por el hecho de que eran caricaturas.

Ver a todos esos personajes tan queridos de la infancia en aquellas posiciones kamasútricas me hizo perder un poco de fe en la humanidad. No sabía qué decir ni tampoco qué pensar. Clodomiro, Tonatiuh y Tristán parecían hipnotizados, como si no les interesara la realidad, preferían que sus perversiones fueran también una fantasía. Tristán notó mi rostro de asombro y de inmediato quitó las imágenes pensando que al otro día en la escuela iría con el chisme —y no estaba tan equivocado— de que a ellos les gustaba ver caricaturas en situaciones muy comprometedoras. *Lo hizo para impresionarte*, pensé egocéntricamente.

—¿Por qué les gusta ver eso? —pregunté, extrañamente, el mojigato ahora era yo.

—Qué, ¿no te gustó? —respondió Tonatiuh.

—No es eso, sino, ¿por qué no ven algo normal?

—Algo normal —contestó Tristán un tanto avergonzado—, ya me aburrí de lo normal. ¿Y qué significa normal, además? — finalizó tajante.

—¡Mira! —dijo Tristán para después abrir una carpeta con incontables fotografías de todo tipo de denominación tabú, le seguía valiendo madre al pobre, cavaba su propia tumba.

¡Con razón ya le había aburrido lo normal!, pobre tipo, ese es uno de los peligros de ser hijo único y tener la computadora en tu cuarto con la excusa de que harás trabajos en ella. Ahí fue cuando recordé por qué estaba en ese lugar: la chingada monografía.

—¿No vamos a hacer la monografía? —pregunté.

—Tienes razón, entre más pronto te marches, mejor —dijo Clodomiro.

Me le quedé viendo con cara de chingas a tu madre, pero tenía razón, entre más pronto termináramos, mejor para mí.

Empezamos a hacer la monografía, primero en silencio, pero poco a poco, y de manera un tanto extraña, la empatía se gestó al menos entre Tonatiuh, Tristán y yo. Vaya, hasta comenzamos a bromear un poco, que ya era mucho decir. Olvidé por completo con quienes me encontraba, hasta los empecé a ver con ojos de normalidad.

El único ajeno al bullicio era Clodomiro, como si su sangre fuera de un suero vengativo y rencoroso, él no olvidaba todas la peripecias y los infortunios, él no era tan noble como sus únicos dos amigos.

—No dejen a Tolentino participar tanto, de seguro lo va a hacer mal —decía el muy idiota.

Preferí ignorarlo.

Cómo será de indescifrable el destino que, para cuando acabamos la monografía ya no me quería ir y ni Tonatiuh ni Tristán querían que me fuera, todo lo contrario, acabado el proyecto —que ya ni supe si eran los liberales o los conservadores, o los cristeros vs los plutarqueros— se gestó la típica pregunta de la gente sin oficio ni beneficio: ¿y ahora qué hacemos?

Había una farmacia en una avenida muy cerca de la casa de Tristán, era una de esas farmacias todólogas en la que, además de medicamentos, podías agendarte comida chatarra. Tenía mesas y hasta las famosas maquinitas de videojuegos.

Al no tener una mejor opción por el momento, decidimos ir ahí. Clodomiro se miraba indispuesto, pero al final aceptó, pensando que en su ausencia le robaría a sus amigos, porque, como es bien sabido, al que le dan más tupido es al primero en irse de la fiesta.

En el trayecto a la farmacia, Tonatiuh y Tristán asemejaban menor edad, venían brincoteando y jugando a ser personajes de anime, lanzándose poderes imaginarios y balanceándose en los postes de teléfono. En realidad, yo también quería andar haciendo esas cosas, pero no, debía fingir, tenía que mantener mi *Mojo-Swag* intacto. Clodomiro finalmente me miró en complicidad, como si le dieran vergüenza sus dos únicos amigos, como si tratara de disculparse por sus modos tan pedestres de andar sobre la banqueta en una apacible tarde de entre semana.

Ya en la farmacia nos hermanamos aún más. Habrán sido las retas del Street Fighter o las del Intenational Super Star

Soccer ¡Deluxe! Con todo y perro árbitro, en realidad nunca lo supe. Lo que si sabía era que a cada minuto que pasaba dejaba de tenerles la lástima que les tenía al principio de la jornada, hasta se veían normales. Un vago pensamiento cruzaba mi mente, tal vez debería de integrarlos con mis camaradas, aunque, conociendo a Dimas, muy seguramente todo acabaría en tragedia.

Me quedaban cinco cigarros aplastados, decidí fumarme uno dentro de la farmacia, todo en afán de disfrutar más las retas de Street Fighter. El dueño de la botica de poca monta no compartía mi entusiasmo por las pitadas en lugares cerrados porque instantáneamente, al percibir el aroma de tabaco quemándose, se abalanzó sobre mí y el trío de idiotas y casi casi nos sacó a patadas del lugar.

—¡Y no vuelvan! —dijo el inestable mental del boticario al botarnos de su expendio de drogas legales.

Ahora quedaba nuevamente la pregunta. ¿Y ahora qué hacemos? Tonatiuh y Tristán me miraban asombrados, como si fuera su héroe. No sabían que fumaba de manera muy irregular.

—¿Podrías darnos uno? —preguntaron.

En realidad no les quería dar ni madre, pero, ya entrados en gastos, cómo demonios podía negarme.

—Con una condición.

—Lo que sea —dijo Tristán.

—Tu mamá tenía una reunión…

—Sí.

—¿Crees que podamos sacar algo de alcohol de tu casa?

Tristán no lo pensó dos veces. Volvimos a su domicilio.

Él sabía que su madre era una persona distante y que en ningún momento se daría cuenta de la ausencia de alguna de sus botellas de licor. Salió de su casa airoso, como si hubiera desenterrado el más preciado tesoro.

—¿En dónde podemos tomarnos la botella? —pregunté.

—¿Has ido al mirador? —respondió Tonatiuh.

—No.

—Siempre vamos ahí —dijo Tristán.

—Y, ¿no sería mejor en tu cuarto? —le contesté.

—No, créeme, siempre es mejor en el mirador —finalizó Tonatiuh.

El tan mentado mirador quedaba al otro lado de la loma del barrio, considerablemente lejos de mi casa si se iba a pie.

Después de mucho caminar llegamos a las escaleras que daban inicio a la tortuosa faena de llegar a la cumbre. A mi parecer, fueron varios kilómetros de subida, aunque en realidad eran algunos metros.

Vaya si me impresionó la vista. Ya había ido a ese lugar antes con mi padre, sólo que no lo recordaba bien. Era una gran explanada de adoquines color rojo quemado, casi naranja deslavado, circundada por un barandal de balastros blancos y con un pasamanos en color rojo vivo de dónde se veía toda la ciudad y parte del valle en la lejanía. Momento perfecto de resarcir mis múltiples acciones oprobiosas para con el trío aquel. No podía haber mejor postal que un atardecer sin mancha para renovar la confianza. Todos nos sentamos en el pasamanos mientras contemplábamos el ocaso. Incluso Clodomiro, que, por cierto, ya había bajado un poco la guardia.

Abrí la botella y saqué los cigarros. En verdad que resultaba hilarante ver a aquel par de idiotas intoxicarse y toser como perros con neumonía al inhalar el humo, parecía que lo hacían en el más sincero deseo de agradar, como si quisieran que ese momento se repitiera múltiples veces en un futuro no muy lejano.

Sin darnos cuenta nos habíamos tomado la mitad de la botella —que más bien era un ánfora— y en el calor de los pistos, revelamos varias verdades inocuas necesarias para empezar a conocernos.

Resultaba un tanto extraño darse cuenta de que asemejaban una simbiosis fraternal, como si estuviesen interconectados: lo que decía uno lo acababa el otro y se reían de sus chistes locales contagiándome con su estupidez inocente y simplona.

Los ubicaba desde la primaria, no pude evitar sentirme mal al darme cuenta de que, ocho años después, apenas los empezaba a conocer.

De la verborrea intrascendente pasamos a temas interesantes, fueran gustos en común o sueños sin o por realizar. No éramos tan diferentes, sólo teníamos maneras disímiles de revelar nuestra faz. Ellos no usaban falsas caretas, se mostraban tal y como eran, expresando su opinión sin filtros ni escalas mentales, tal vez era por eso que siempre estaban a merced de los inclementes actos abyectos de los malintencionados pubertos de la escuela. Sin saberlo, me hicieron sentir como un cascarón lleno de aire corrosivo. Y en cierta forma, lo era.

Las primeras estrellas despuntaron en el cielo que aún no se decidía ni por la noche ni por el día con sus tonalidades azules y rojizas, era momento de volver a casa.

En el camino de regreso, ya ebrios, cantábamos los himnos radiales de moda a todo pulmón esperando que toda la cuadra nos escuchara. Pasamos por la casa del Palermo. Quise hacerme el interesante y tome una piedra del suelo y la lancé contra la residencia esperando impresionar a mis noveles adeptos. Cual fuera mi sorpresa al ver que me siguieron la corriente y secundaron mi pedrusca premisa. Las luces estaban apagadas, no había nadie en la casa por lo que la lluvia de pétreos proyectiles se intensificó. Fue algo así como una pequeña catarsis por tantas y tantas desventuras bajo el leonino yugo Tonto Loco.

Escuchamos un chistido. Era el indigente que vivía abajo del puente, andaba lejos de sus dominios. Comenzó a gritarnos sus recurrentes frases paganas:

—¡El mundo se va acabar, arrepiéntanse, el Apocalipsis está cerca, ya estamos todos muertos!

Maldito carcamal abstracto que osaba a arrebatarnos nuestro desahogo gratuito.

—¡Ya cállese, pinche viejo ojete! —grité ante la risa de Tonatiuh y Tristán para acto seguido lanzarle un pequeño guijarro sin ahínco de lastimar, una salva certera para hacerlo desistir en su afrenta de molestar.

Impresionantemente, el anciano sacó de su morral cagado una espada samurái, una *katana* en perfecto estado, bien desenvainada. Se acercó en una posición de ataque que denotaba en el viejo un pasado un tanto místico y de leyenda. Mentiría si dijera que al ver la *katana* no corrimos como alma que lleva el diablo. De reojo vi al anciano caer, probablemente se resbaló con su propia caca.

Fue reconfortante ver la silueta desvencijada de aquel arqueológico ente desaparecer por entre las lomas crepusculares del barrio, pero más aún fue la emoción que se denotaba en el rostro de todos mientras corríamos. Para el trío de infortunados que me acompañaban era como si estuvieran apenas aprendiendo a vivir. Finalmente, después de tanta agitación, volvimos a la casa de Tristán.

Tonatiuh y Tristán se despidieron de mi afanosamente —con abrazo incluido—, como diciendo "por favor, que esto te haya servido para algo, para que veas que no somos tan diferentes y que ya no seas tan ojete". Todo eso se leía intrínsecamente en su lenguaje corporal, y tenían razón, no éramos tan diferentes, además, era cierto, suficiente tenían con Los Tonto Locos como para tener que aguantarme a mí y a mis camaradas también. Lo que debíamos hacer era unirnos para afrontar un mal común.

Clodomiro y yo nos alejamos del pórtico de Tristán que ya era bañado por la tenue luz amarilla de las lámparas mercuriales. A Clodomiro se le antojó una soda. Nos detuvimos en la tienda para comprarla, fue ahí donde comenzó la vorágine que no me esperaba.

—¡Ves! —exclamó tratándome de hacer evidente una verdad desconocida mientras trataba de embriagarse con la soda en bolsa.

—¿Qué cosa? —pregunté intrigado.

—Ni tú ni tus amigos son el centro del universo... no sé qué pensar. A medio día te odiaba con todo mí ser. En la tarde todavía te odiaba.

—¿Y ahora?

Clodomiro guardó sus palabras en el lugar más recóndito de ese agujero infernal al que el osaba llamar boca.

—¡Me quieres! —exclamé con sarcasmo y tratando de hacerlo enojar.

—¡No! Todavía te odio, sólo que un poco menos.

Esbocé una sonrisa malévola y traté de hostigarlo un poco más, pero ahora en un plan de la más genuina camaradería.

—Me quieres, acéptalo. Sencillamente me quieres —dije de nueva cuenta para tratar de abrazarlo burlonamente.

—¡No! —gritó Clodomiro con su ya clásica estampa incómoda para, acto seguido, empujarme y salir corriendo a toda prisa.

Me quedé viendo su cargante silueta alejarse de mí. Me tomó un momento darme cuenta que él tenía miedo de saber que, de cierto modo, su vida estaba a punto de cambiar. Desafortunadamente me quedé con las ganas de saber más acerca de él.

Al otro día, en la escuela, la jornada transcurrió normal fuera del hecho de que Tonatiuh y Tristán se notaban más seguros y que Clodomiro, cuando menos en apariencia, se miraba un poco más afable. ¿Qué si fui yo?, ¿una tarde conmigo bastaba para renovarles las esperanzas de vivir a aquel trío que, de otro modo estaba condenado al suicidio o a tirotear a los estudiantes en el momento más incauto? Me gustaría pensar que sí, pero no, no era el hecho de que se tratara de mi persona, sino el hecho de que había una pequeña chispa ahí, esperando en convertirse en una llama, probablemente sí fui ese insignificante empujón que hizo una enorme diferencia en el más grande abismo de las oportunidades forzadas, ese que nutre a la esperanza y la imaginación, a los materiales abstractos de lo que están hechos los sueños.

Uno a uno, los equipos pasaron con la maestra para mostrarle sus monografías. Cuál fuera mi sorpresa al ver a mi ex equipo ser felicitado por un buen trabajo. Yo esperaba lo mismo, desgraciadamente, un error tecnológico, que a la fecha me es desconocido en su totalidad, truncó ese sueño. Tristán había confundido una de las fotografías del trabajo y por error imprimió pixeleadamente una de sus famosas caricaturas en la más sugerente de las posiciones.

La docente nos reprimió con la severidad de un tirano prepotente de los tiempos romanos, exponiendo lo que habíamos hecho. Dimas reía sin parar y los demás en el salón de clases no se explicaban cómo los más puñetas —a excepción de un servidor, obviamente— se habían atrevido a manufacturar una triquiñuela de tal amplitud. A veces pienso que fue a propósito, no había manera de no percatarse de que esa imagen estaba ahí, no se pudo colar mágicamente a la monografía.

Definitivamente, y a pesar del nuevo castigo que no me merecía, no me quedaba de otra que admirar sus agallas. Seguramente Tonatiuh y Tristán cambiaron el trabajo llegando a casa en un ansia incandescente por llamar la atención, no por sus logros académicos sino por el fulgor de sus deseos viscerales para alcanzar la inmortalidad en el recuerdo colectivo, aunque fuera al menos como depravados paladines anónimos de la nostalgia del subconsciente comunal.

Todos queríamos ser los héroes de la generación. Y era por esos pequeños momentos que en algún determinado instante… todos podíamos llegar a serlo.

LA GUITARRA

Me fascinaba soñar y divagar. La idea de ganarme al mundo y perder mi alma en el intento me parecía excitante.

Veía la televisión durante horas, disfrutando la enajenante programación, específicamente la de índole musical. Observar cómo las estrellas ya no pertenecían al firmamento, sino a la masa ilusa y maleable que es la humanidad; volver a los tiempos de las orgías hedonistas —o hediondistas— de los antiguos pensadores arcanos y portadores de la sabiduría del porvenir, que eran, además de los dioses asignados, los rockstars de esa época dorada, gozando de los variados placeres que ofrecen las múltiples oquedades del cuerpo humano.

Yo quería ser así, adorado, idolatrado por todos. ¿Pero cómo?, ¿cómo lograr llegar a ese pedestal al que sólo algunos pocos tienen acceso?

Estaba considerando varias opciones. La más viable y altamente sensual era convertirme en un héroe de la guitarra, un ídolo inalcanzable capaz de dominar a las masas a su antojo cual líder religioso fundamentalista o como algún político carismático que, para el caso, es casi lo mismo. Sí, esa sería mi nueva faena, un propósito que me daría un renovado fuego y un pequeño impulso para seguir recorriendo el mundo y sus caminos de porquería llenos de cadáveres putrefactos a los costados.

Me ornamenté de la manera más ostentosa en cuanto a vestuario musical se refiere y me miré en el espejo con la camisa abierta y mis lentes oscuros de pasta dura, un estúpido y ridículo paliacate rojo en la frente. Saqué la lengua y empecé a contorsionarla como si le estuviera haciendo sexo oral a la más promiscua cortesana. Al verme en el reflejo, pensé que sí podría lograrlo, por lo menos en cuanto a imagen.

Me movía cual lagartija con espasmos violentos del mal de Parkinson. En ese preciso momento, y como si fuera una ninja del más alto rango, noté que mi madre estaba detrás de mí, admirando todo el espectaculote que debió haber sido privado. En completo silencio, sigilosa, me miraba con desaprobación, decepcionada de los rockeros ademanes y mis aparentes aspiraciones. Me quedé callado y frío, esperando que hablara. Al escrutarme unos segundos, finalmente dijo:

—Ya está lista la cena.

Me senté en mi cama unos segundos para cavilar, ¿cómo podría conseguir una guitarra de manera sencilla y eficaz? Lo mejor que se me pudo ocurrir fue pedírsela a mi padre como un regalo de cumpleaños adelantado, aunque ya sabía la respuesta. Además, los padres siempre abogan por todas las retribuciones que nos pudieran dar de manera directamente proporcional al rendimiento escolar, y no está por demás decir que mis calificaciones no eran las más dignas exponentes del sistema educativo del país —¿o tal vez sí?

¿Cómo podía lograrlo, entonces? No me gustaba trabajar y además a esa edad —a cualquier edad— los trabajos resultaban sosos e insulsos. ¿Qué demonios podría conseguir? Ser un cerillito, todo el día parado, empaquetando cosas ajenas, no, eso no iba con mi estilo. ¿Repartir volantes publicitarios de algún incipiente establecimiento culinario popular?, ¿lavar coches?, ¿vender chamoyadas y elotes en el estanquillo del barrio? Nada de eso reflejaba mi personalidad, todavía pensé… ¡Cantar en los camiones! Qué formidable idea, pero, ¿cómo iba a cantar en los camiones si todavía no tenía una formación musical digna y tampoco un instrumento musical decente? Aunque es un hecho que hay gente que de plano le vale madre. No tenía remedio, además, no hay peor batalla que la que no se hace.

Me dirigí a la cocina y vi a mis padres cenando, me senté en la mesa y miré con una sonrisa un tanto hipócrita a mi papá.

—¿Qué tanto me ves? —preguntó.

— Nada. ¡Oye, papá! Me preguntaba, nada más como curiosidad, ¿te gusta la música?

—Claro que me gusta.

—¿Y como qué tipo de música te gusta?

—Los boleros.

—Boleros, ¡qué bonita música!

—Sí, muy bonita, no como la mierda que hay ahora.

—Claro, claro. Y, papá, por curiosidad, ¿con qué instrumento musical se tocan los boleros?

—Pues con la guitarra.

Estaba haciendo un excelso trabajo para ir asentando la idea, sólo me faltaba jugar la carta emocional.

—Y a mi abuelita, que en paz descanse, ¿qué boleros le gustaban?

Mi padre me miró con desconfianza unos segundos hasta que al fin replicó:

—Le gustaban mucho los Panchos, los Tres Calaveras y le gustaban también las canciones de Pedro Infante.

—De seguro escuchar esa música te traería recuerdos, ¿verdad?

Mi padre sonrió levemente.

—Me recordaría mi infancia.

—He estado pensando y creo que quisiera aprender a tocar guitarra, para poder tocar esos bonitos boleros aquí en la casa, en vivo y a todo color.

—Qué bueno —dijo mi padre con una total carencia de emoción; era momento de ser más asertivo.

—Papá, estaba pensando si tú, tal vez... ¿quisieras comprarme una guitarra?

Su respuesta fue más que obvia, ya que había detectado con anterioridad mis más que evidentes intenciones.

—¡Estas pero si bien pendejo! —fue un gran cambio bipolar de actitud, debo decir.

—Pero, papá, ¡por qué no! —exclamé al borde del berrinche.

—¿Cómo vas en la escuela? ¡Nunca te veo estudiando! —esa pinche preguntita que siempre destruía todos mis planes y esperanzas.

—Pues, lo importante no son las calificaciones, sino que lo que aprenda lo aprenda bien, ¿no?

—¡No! —contestó tajantemente—. Además, no tenemos dinero para esas pendejadas. Si quieres comprarte una guitarra vas a tener que trabajar.

Ya no dije nada, no valía la pena, a mi padre lo había cegado el poder.

Me percaté de lo que más temía: si quería la guitarra, tenía que trabajar y, viendo mermadas mis opciones, lo único que me quedaba era cenar en silencio con cara de mustio para después ir a mi cuarto a reorganizarme las ideas.

Un gran tipo

Anhelaba una guitarra, pero, ¿de qué manera conseguiría el dinero? Ya había asentado la idea de que no me gustaba trabajar, ¿qué opciones me quedaban?

Robar. Descarté tan vil y ponzoñosa idea. Tal vez mi padre tenía razón y lo correcto era trabajar, así apreciaría más lo que me comprara, sería el fruto de mi esfuerzo, la cuidaría con recelo porque me costó el sudor de mi frente.

Días después me encontraba con los cuates Cruz y Aquiles en la plaza comercial, las famosas *outlets* que estaban cerca del barrio. La tienda deportiva tendría una firma de autógrafos del equipo local de futbol.

Cruz se encontraba al borde de la eyaculación precoz con la premisa de que al fin conocería a sus ídolos. Y no sólo eso, sino que además le iban a dejar estampadas sus firmas autógrafas en su jersey favorito. Conociéndolo, lo seguiría usando, dejándolo inservible y borrando las firmas con su correoso sudor.

Precavidos, acordamos llegar temprano para alcanzar un buen lugar, desgraciadamente llegamos como cinco horas antes para ser exactos, así que no quedó más remedio que deambular por ahí escrutando a la gente que pasaba y sacándoles parecidos con personalidades de los medios locales o del cine nacional e internacional. A lo lejos observé una tienda musical, una de esas tiendas que vendía discos viejos de acetato. Para mi sorpresa, había un letrero afuera que decía: <Solicito ayudante para trabajar de martes a viernes de 2 a 8 p.m.>. ¡Era perfecto! Digo, se veía a ojo de buen cubero que la mayoría de los discos eran de la música con la cual yo me podría relacionar, así que, sin pensarlo, me introduje en la tienda, dejando a Cruz y Aquiles en un puesto de comics y barajitas que estaba enfrente.

—Ahí vengo —fue lo único que les dije.

Abrí la puerta de vidrio de la tienda y me dirigí al encargado que, como si nada le importara, leía el periódico detrás del mostrador.

—Disculpe, venía a preguntar por el anuncio que está afuera.

—Ah, sí, ¿cuántos años tienes? —me preguntó el encargado.

—Catorce, pero este año cumplo los quince.

—¡Muy bien! —dijo efusivamente.

Después de una segunda apreciación me percaté que en realidad era el dueño.

—¿Y qué, me va a dar el trabajo?

—Tranquilo, nadie ha venido a preguntar más que tú, así que... bueno. La paga es de cincuenta pesos diarios más uno que otro bono de productividad si haces bien tu trabajo.

¡Cincuenta miserables pesos por día! A ese paso, bueno, creo que a ese paso tendría la guitarra más pronto de lo que esperaba, con ir diez días sobraba y bastaba y después le dejaría todo tirado.

—¿Qué te parece? —preguntó el señor.

—Creo que está bien.

—Excelente, lo único que voy a necesitar es una carta de responsabilidad de tus padres, número de teléfono, comprobante de domicilio y dos fotografías tamaño credencial.

—¿Es todo?

—Es todo, y si quieres mañana empiezas a las dos de la tarde. Yo soy el señor Delfino, a tus órdenes. ¿Tu nombre, disculpa?

—Eh, Tolentino. Bien, entonces mañana vengo a las dos.

—Aquí te espero.

Había sido demasiado fácil, y ya me veía nadando en una alberca llena de billetes de a cincuenta, tocando mi guitarra y forjando... mi camino al estrellato.

Al otro día llegué a la tienda de discos con la papelería solicitada. Ahí estaba el Delfino con su Coca Light y su periódico de distribución gratuita. Tenía el cabello ralo y entrecano, medio bizco, usaba lentes y, de una manera extraña, era delgado de la cara pero con un protuberante abdomen. Cualquiera que lo viera pensaría que debía de tener una botarga a cuestas debajo de la ropa.

—Delfino, ya llegué —dije irrespetuosamente para ver su reacción.

Extrañamente, no le causó molestia que le haya quitado el título nobiliario de "don" a su humanidad, por el contrario, me sonrió. *Qué gran tipo*, pensé.

—Tolentino, qué bueno que ya llegaste. ¿Trajiste lo que te pedí?

—Sí, aquí está —le respondí entregando los papeles y las fotos—. Delfino, ¿para qué son las fotos?

—¡Ah! Es que te voy a hacer una identificación.

—Ya veo, ¿y la otra foto?

El Delfino se aclaró la garganta con un carraspeo, se incorporó, y dijo:

—Para el archivo.

La primera semana pasó sin dificultades, el trabajo parecía sencillo. Consistía en organizar los discos y hacer una que otra diligencia personal para el Delfino, ya fuera ir a pagarle algún servicio o traer su comida. Para la segunda semana empecé a notar algo extraño, no sé si era porque el Delfino era medio bizco. Su mirada se perdía siempre en dirección a mi persona, no quería hacer juicios precipitados, pero no me parecía un comportamiento netamente normal. Daba igual, la paga era diaria, por lo que no podía quejarme.

Llegó el jueves. Justo cinco minutos antes de cerrar, noté que el Delfino había bajado la cortina metálica ¡conmigo adentro!, sólo que la cerró hasta la mitad. A como pudo, entró casi a gatas al negocio y se dirigió hacia mí.

—¿Quieres una cerveza?

¡Me estaba ofreciendo una cerveza! Tal vez lo había prejuzgado y no era tan ñoño como se veía.

—Sí, sí quiero —dije ingenuamente—, pero, ¿por qué?

—He visto que te desempeñas muy bien, así que estamos celebrando que te has ganado tu primer bono —dijo mientras sacaba dos cervezas de media del mini refrigerador que estaba detrás del mostrador.

Abrió las botellas, tardó un poco, pero finalmente me entregó el dorado y refrescante elixir embriagante cebadil.

—Ah, muy bien, y, ¿ya me va a dar el bono? —pregunté impaciente mientras bebía atarantadamente la cerveza.

—Tranquilo, no te adelantes. Además, tenemos toda la noche para celebrar…

Esas palabras me helaron la sangre hasta lo más recóndito de mis plaquetas y glóbulos blancos y rojos en una sensación peor que cuando tienes un gran antojo de Choco Krispis y te sirves el cereal en el plato para luego descubrir que no hay leche. Ahí me cayó completamente el veinte, desgraciadamente había sido muy ingenuo, uno siempre piensa "a mí no me va a pasar". Me estaba empezando a sentir un tanto extraño, *algo le echó a la cerveza ese pinche viejo payaso.*

Sin previo aviso se abalanzó sobre mí. Gracias a mi suerte, lo pude esquivar.

—¿Cómo pensabas que te ibas a ganar el bono? En unos minutos no te vas a acordar de nada. Mejor ven, no te compliques, sino yo te lo voy a complicar —dijo el Delfino mientras trataba de acorralarme.

Me estaba empezando a asustar. El Delfino, fuera lo que fuera, era un tipo mucho más grande que yo, aparte, ya me estaba mareando, tenía que pensar rápido. Tenía la botella de cerveza en mi mano todavía, así que, ni modo, me armé de valor y decidí seguirle el juego unos segundos.

—Está bien, va —le dije al enfermo ya con un complejo plan defensivo fraguado de manera exhaustiva y requisitosa en mi mente.

El Delfino se acercó, menos defensivo, a mí. Al verme en tan grotesca situación, sentí un sudor frío que recorría mi espina dorsal.

—No vale la pena que alguien se entere de esto. Además, nadie te va a creer.

Gracias a mi suerte, antes de que él pudiera siquiera hacer nada, puse mi complejo plan operativo en marcha: le rompí la botella en la cabeza causando su desmayo instantáneo.

Salí de la tienda como pude, quebrando todo lo quebrable a mi paso. Corrí a la calle, tomé el primer autobús que pasó y me trepé en él. Me desplomé en uno de los asientos. En camión era un viaje de cinco minutos a casa.

Dos horas después, sentí que alguien me despertaba, era el chofer del autobús diciéndome que habíamos llegado al final de la ruta y que si quería regresar tenía que volver a pagar otro boleto. *A pa' jalecito que me encontré*, en mi desdichada y miserable vida esperé pasar por algo así de perturbador. *No vuelvo a trabajar*, consigné como destino manifiesto.

Llegué al barrio casi a las doce de la madrugada. Ya me imaginaba la madriza que me iban a poner mis padres. Bajé del camión y seguí calle arriba para llegar hacia mi casa. Con el ánimo por los suelos, *una imagen así no se va tan fácilmente*, pensé caminando tambaleante y arrastrando los pies.

Para mí buena fortuna ninguno de mis padres estaba en casa, se encontraban en la fábrica. Sólo quería acostarme y tratar de dormir un poco. Me puse a contar los pocos ahorros que tenía de las casi dos semanas completas que trabaje ahí. Eran alrededor de quinientos pesos, lo suficiente como para comprarme una guitarra media chafa, pero guitarra al fin.

Me recosté en la cama y noté que el insomnio lentamente se convertía en mi fiel y silente acompañante, y que el techo blanco de tirol era como una pantalla en la que se proyectaba una y otra vez ese minuto de pesadilla que parecía desafiar al tiempo y al espacio para curvarse y adquirir cualidades cuasi divinas al volverse eterno. Y mi mente, como siempre, el imperfecto proyector que, aunque falto de energía, se negaba a apagarse, repasando todos los posibles escenarios. ¿Qué tal si lo maté?, ¿qué tal si él me hubiera matado a mí de la manera que fuera?

* * *

Al otro día, todo transcurrió en relativa normalidad. Fui a la escuela, como siempre no puse atención, de hecho puse menos de atención que la media de la población estudiantil normal, estaba quitando atención en vez de ponerla. Sólo podía ver en la parte verde del pizarrón la misma pantalla y la misma película mórbida y bizarra que salía irremediablemente proyectada de mi cabeza y que haría ver a *Begotten* de Edmund Elías Merhige, como una caricaturilla de Disney para la programación pedestre del sábado por la mañana.

Hora del receso. Como todos los días mis camaradas y yo tratábamos de conseguir algún favor de nuestras compañeritas. ¡Vaya!, hasta cosa extraña, Tagoberto y Los Tonto Locos se empezaban a mostrar un poco más accesibles, tal vez por aquel episodio vergonzoso que ocurrió en el cementerio.

Todo iba perfecto, ya hasta se me estaba empezando a olvidar lo acontecido el día anterior. Después de salir de la secundaria, mis camaradas y yo nos dirigimos rumbo a nuestras casas, los vi disminuirse hasta que llegó el momento en que quedé solo. Venía cruzando la calle para llegar a mi domicilio cuando vi algo un tanto inusual. Había un auto que no pertenecía a la cochera del hogar y, de hecho, creo que ni a la cuadra entera. Se trataba de un Chevy destartalado en color rojo quemado —por el sol— y con los interiores sumamente maltratados. Al acercarme más me di cuenta y supe de quién se trataba, quién era el dueño de tan vergonzoso vehículo... el Delfino. Antes de abrir la puerta me tomé un momento de reflexión: *¿les diré la verdad a mis padres para que ese infeliz se refunda en la cárcel o me reprimiré?* ¡No!, a ese hijo de puta lo tenía que denunciar para exponerlo como la rata vil y asquerosa que era.

Abrí la puerta y ahí estaban. Mis progenitores lanzaron una mirada de los mil demonios y prontamente empezaron a ladrar.

—¡Cómo se te ocurre!, ¡eres un vándalo!, ¡así no te hemos educado!

A lo que yo pensé, *esto no puede estar pasando. ¿Qué demonios les contó que ya la traen contra mí?* Tenía que averiguarlo.

—¿Qué pasa?, ¿y ahora qué hice? —pregunté.

—¿Qué hiciste? Te voy a decir qué hiciste, aquí don Delfino dice que te dejó solo para cerrar el local y que tu aprovechaste para tener una fiesta ahí y que aparte le rompieron vidrios y mercancía —dijeron mis padres casi al unísono, una cualidad muy extraña, porque en casi para nada se ponían de acuerdo, ah, pero para regañarme se convertían en un dúo dinámico y cinético que haría palidecer a la mismísima sociedad anticriminal de Batman y su carnal el Robín.

—¡Pero eso no es cierto! —dije un tanto molesto y a sabiendas de lo inevitable.

El Delfino me miraba con cara de "no aflojaste, te chingaste", mientras que yo le regresaba la mirada con un fulminante "chingas a tu reputa madre, pinche viejo pastrano". ¿Qué podía hacer? Ni siquiera un chapulín en tonos rojos mata pasiones podía salvarme. Maldito, *ya cualquier cosa que digas saldrá sobrando como la más vil y reprobable de las excusas*, no quedaba más que escuchar.

—No lo regañen —dijo el Delfín—, yo solamente quisiera saber quién se va a hacer responsable por los daños, es lo único que deseo.

—Buen punto. Bien, es hora que te vayas haciendo responsable. ¿En dónde están los ahorros que tenías para la guitarra? —preguntó mi padre.

—Están arriba —dije al borde de la lágrima, no de niño chiflado sino de impotencia.

—¡Pues ve por el dinero! —dijo mi madre en tono molesto—. Nosotros le pagaremos lo demás.

Así que me dirigí a mi cuarto y saqué la cajita vacía y semi-destruida del VHS de *El Rey León* y retiré los ahorros de mi cuenta.

—Dáselo, y pobre de ti que no esté completo —dijo mi padre apuntando al Delfino y refiriéndose al dinero, incrédulo y sin saber que tan sólo hacía algunas horas no se las daba, ¡me las arrebataba!

Puse el dinero en sus horrendas manos calludas y con pelos canosos en las palmas ante su sonrisa maltrecha y desfigurada.

—Bien, es mejor dejar las cosas así. Sólo les pido una cosa, échenle un ojo a su hijo porque no puede andar así por la vida todo rebelde e indisciplinado —dijo el maldito mamífero acuático después de cerciorarse que en efecto la cantidad concordaba con los días trabajados.

—No se preocupe, don Delfino, nosotros veremos que comprenda lo que hizo, y créame que lo va a comprender.

Mis padres acompañaron al Pinche Delfín a su auto. Alcancé a escuchar el estruendo de motor de *go-kart* destartalado que hizo el Chevy al encenderse. Vi a mis padres despidiéndose de él como si fuera un amigo cercano a la familia o un pariente querido y lejano.

Me castigaron más de un mes, ¡más de un mes!, sin salir y sin privilegios mundanos, por un crimen que no cometí. Al contrario, yo era la víctima y me encontraba purgando una injusta condena. El criterio de mis padres reflejaba perfectamente el estado tan deteriorado en que se encontraba el sistema judicial del país.

Lo único que me mantenía cuerdo en esos días de enclaustro era planear un venganza para aquella entidad infrahumana dueña de una tienda de discos descontinuados. Era doloroso ver a mis camaradas yéndome a buscar sin recibir respuesta alguna más que la hipócrita de "está enfermo y no va a salir" o la clásica "salió con su papá a un mandado y se va a tardar". Mi mente se llenó de obscuridad, pero en esa ocasión fue de una forma creativa. Además, no era culpa de mis padres, yo fui el que eligió decir nada. Al pensarlo más fríamente, tal vez me precipité un poco sacando juicios y a lo mejor sí me hubieran creído. Aun así, era difícil siquiera mencionarlo en voz alta.

Tenía que hacer pagar a ese maldito y asegurarme de que sufriera bien y bonito. Ya sabía qué hacer y tenía vista a la persona indicada para ello, lo único que me quedaba era marcar los días para ver mi libertad y esperar con ansias el momento de mi suculenta vendetta.

EL GRAN GOLPE

Pasaron lentamente los segundos, los minutos, las horas, los días y las semanas hasta que finalmente completóse el mes de condena castigatoria al que me había hecho acreedor injustamente.

Todos los días, mientras purgaba mi pena, pensaba en las maneras de hacer pagar a ese infeliz. Al final me di cuenta que mis sentimientos estaban nublando mi criterio, así que la encomienda de la iracunda venganza debería recaer en manos ajenas al desencajado suceso.

El destino tiene maneras de ponernos en el lugar equivocado en el momento equivocado, así mismo se redime y deslumbra nuestra capacidad de asombro al ponernos en misteriosos y místicos caminos que nos llevan a encontrar lo que andábamos buscando, aunque nunca se hubiera perdido. En esa ocasión se alinearon las cosas para que yo estuviera en el lugar indicado y en el momento propicio para desarrollar mis maquiavélicos planes de venganza.

En la secundaria se organizó un torneo de futbol para realizar la selección, misma que iría a representar a la escuela en distintos torneos. Todos querían ser parte de tan fulgurante evento. Obviamente, mis camaradas y yo participamos. Todos le queríamos poner al equipo "Real Zamesta" o "El fantástico Joe y sus increíbles ovejas voladoras eléctricas color verde limón", pero finalmente nos decidimos por el de "Los Karas Zucias", que era el que siempre usábamos.

Tagoberto y sus secuaces también participaron con el "Tonto Locos F.C. S.A. de C.V.". De hecho, ambos llegamos a la final, la cual perdimos por culpa de Masiosare que no se quería poner de portero con la excusa de que se había falseado la mano masturbándose. En pocas palabras: se dejó, o bueno, al menos esa fue su excusa. Lo importante del torneo no era quién quedaría campeón sino la selección que iba a salir de ahí.

El encargado de educación física —que no sabía ni madres de educación física, sólo nos ponía a jugar futbol, ¿o tal vez sí sabía?— y su auxiliar técnico nos reunieron a todos para decirnos la lista de seleccionados. Ahí empezaría el llorar y el crujir de dientes. La multitud escolapia quería ser parte del seleccionado de la Secundaria Pública Número 18 Gilles de Rais. No porqué le tuvieran amor a la camiseta o al plantel, sino por la perfecta oportunidad de perder clases y en ocasiones salir de la escuela a los torneos.

Empezaron a nombrarnos a todos los que desempeñamos un buen papel durante la justa pambolera, no importaba que el equipo hubiera quedado en la primera ronda, la idea era encontrar lo mejor en lo peor. ¿Por qué? Porque daba la casualidad que la mayoría de los futbolistas de la escuela resultaba que también eran los más desmadrosos de una o de otra manera. Y sólo faltaba mirar la lista de seleccionados para comprobarlo: Tagoberto, Tolentino, Dimas, los cuates Cruz y Aquiles —o los hermanos Koryoto como se les empezó a llamar—, Isauro, Palermo, Universo; Atenógenes, Pestalozzi y otros individuos que vagaban entre mundos: "El Muñeca" y "El Drenaje" al que, a pesar de los aromas fétidos que despedía, con cariño llamábamos "El Drena". Ese era aparentemente el cuadro titular, y los suplentes de entre los que extrañamente destacaba Masiosare, que tuvo suerte de ser escogido para dicha empresa futbolera porque nadie quería ser el Cancerbero. Era una selección de puras fichitas y uno que otro despistado que tuvo la fortuna de estar ahí.

Todo beneficio que se obtenga en la vida siempre estará acompañado de un requisito. Nada es gratis. Si queríamos salir de clases para ir a otras escuelas para competir, estábamos condicionados a entrenar los sábados por la mañana dentro del plantel escolar. ¡Ya decía yo, era demasiado bello para ser verdad! Nada de eso importaba, valía la pena, al fin y al cabo estábamos todos los de la cuadra que nos juntábamos y además era una buena oportunidad para limar por completo las asperezas con Los Tonto Locos.

Pasaron dos o tres fines de semana y, en efecto, nos hermanamos en un hecho sin precedentes. No podría mentir, las cosas, como todo lo que empieza, tardaron un poco en despegar, pero al cabo de un tiempo y de que las jugadas que nos ponían a hacer en equipo sí nos funcionaran, nos dimos cuenta de que no éramos tan diferentes después de todo, y de que posiblemente podríamos estar en santa paz sin destruirnos los unos a los otros. Al finalizar los entrenamientos hacíamos nuestra sobremesa en las bancas del estanquillo que se encontraba afuera de la escuela. Ahí era donde todos querían ser el líder mediador que llevara la batuta de la conversación, al que todos debían de escuchar.

Casi nunca era así. Por lo general, el que se llevaba el premio era Tago. Siempre tenía algo que contar, era el más experimentado en todo tipo de aberraciones. Nos relataba sus aventuras con los narcomenudistas de los barrios más bajos, o de cómo suena realmente un arma al momento de ser disparada. Con gran admiración, departía acerca de un pastrano comandante adolescente llamado Efraín Saluztiaga, alias "El Muecas". Para todo lo mencionaba. Nos contaba como él y otros entes se tiroteaban en el predio de un barrio vecino y hasta nos relató la mórbida escena en la que en una ocasión, a falta de balón de futbol, El Muecas les pidió que fueran por su mochila y lo que encontraron dentro fue algo que podría dejar muda a casi cualquier persona que se considerara bien de la mente.

—Abrimos la mochila y lo que había dentro era una cabeza humana recién cortada —decía Tago—. Al final, El Muecas se encontró con la muerte en una esquina después de que le pusieron un cuatro. Alguien de los suyos lo traicionó y entre varios lo mataron como a un perro. Dicen que fue su primo, pero eso nadie lo comprobó porque también mataron al primo —relataba ante el asentir generalizado de todos sus esbirros, como si hubieran estado ahí.

Lo único que querían era ser parte de la historia, llenando pequeñas lagunas argumentales con insignificantes relatos personales. Fue ahí cuando me di cuenta de que Tago realmente podía ser útil para mis terroríficos planes...

Tago sería el mejor orfebre para la hazaña, y, ahora, con nuestra nueva amistad, podía convencerlo. Se me hizo fácil —eran otros tiempos.

Lo abordé a la salida de la escuela y me puse a platicar con él.

—Te tengo un encargo —le dije.

—¿Un encargo de qué, pendejo? —preguntó afablemente.

Me explayé sobre cómo el Delfino me debía dinero y la necesidad de que alguien le metiera un susto o, mejor aún, que le metiera el más genuino terror, obviamente omitiendo detalles escabrosos que pudieran poner en duda mi integridad personal. Tago me miró y, después de pensarlo unos segundos, preguntó:

—¿Dónde es?

—Es en plaza Las Villas, en un local de discos que está afuera, por la máquina de sodas.

—Y, el cabrón... ¿tiene dinero?

—Pues de perdido tiene el mío, debe de tener más. Es un viejo canoso y panzón, si lo ves te aseguro que lo vas a reconocer, se llama Delfino.

—Está bien, sólo que ahora me vas a deber un favor.

Era de esperarse que Tago quisiera comportarse como mafioso siciliano. Asentí. A lo que él me dijo:

—Bien, a lo mejor me doy una vuelta mañana. Nos vemos el sábado.

En teoría, todo salió bien. Y en cuanto al favor que le debería, ¿qué podría salir mal? No sabía lo equivocado que estaba en ese momento.

Llegó el sábado y con él el entrenamiento matinal y molesto. Es castrante el tener que despertar y salir de tu letargo cuando sabes que todos los demás están descansando. Lo único que me consolaba y me daba un impulso para salir de la cama era que Tago iba a ir y me diría qué pasó. *En una de esas me recuperó el dinero y hasta alguna propina,* por supuesto que le iba a dar su comisión si hacía bien su trabajo —descontando impuestos, claro está.

Arribé con mis camaradas a la secundaria. Hay algo extraño cuando vas por alguna razón a la escuela en fin de semana, se ve tan diferente, tan vulnerable, no hay autoridad y es la total anarquía, de perdido si llegas antes que el profesor. De ser así, es tu campo de tiro personal o un lienzo gigante del cual puedes disponer como se te dé la gana, plasmando las más sucias pinceladas que salen de tu inmunda imaginación. Todo lo contrario a ir cuando es de noche, parece más intimidante de lo que es. Tantos ecos encerrados, tanta gente que pasa por ahí, es como un monstruo dormido que espera el más mínimo ruido para despertar y atraparte. Mejor paso sin ver.

Después de media hora de espera lo miré a lo lejos, fumando un cigarro y apagándolo antes de entrar a la escuela. Tenía los ojos rojos y la cara algo maltrecha, probablemente tuvo una noche loca, aunque eso no importaba, lo que me subyugaba era si había cumplido su cometido. Justo antes de que pusiera un pie en el plantel, lo detuve.

—¿Y bien? —pregunté.

—Bien, ¿qué?

—¿Fuiste a la tienda de discos o no?

—¡Ah! Eso, sí, sí fui —contestó sarcásticamente.

—¿Y qué pasó? —pregunté desesperado.

Tagoberto hizo una breve pausa, como queriendo escoger bien las palabras para relatarme el suceso. Viendo que el entrenamiento aún no comenzaba, encendió otro cigarro y pidió que lo acompañara a las bancas del estanquillo para poder platicar mejor. Lo seguí y de reojo vislumbré a Dimas que nos veía con aires de desconfianza. Ya sentados en las bancas, Tago comenzó su relato:

— Eran más o menos las ocho de la noche. Le pedí al Uni que me acompañara, por si las dudas. Ahí estaba el encargado o el dueño, no sabía, era como me lo habías descrito, tenía que ser él. Me aseguré de que no hubiera alguien alrededor y dejé a Uni afuera cuidando la puerta. Me metí al local y le pregunté si él era Delfino, me dijo que sí, entonces saqué esta navaja —sacó un cuchillo gigante, de su mochila, que haría que hasta el mismísimo Rambo o el Arnold Sánchez Pérez se hicieran en los pantalones como bebé con diarrea infecciosa y sin opción a un Pepto (él le decía de cariño su cuchillito de mantequilla)— y la escondí detrás de mí para estar preparado.

El cabrón parecía más interesado en leer una revista, así que me puse a ver los discos. "¿Necesitas algo?", me preguntó y luego me dijo que ya iba a cerrar. "No, sólo estoy viendo". Pinche colección de discos ojetes. Luego empecé a notar que se me estaba quedando viendo mucho, pero no porque desconfiara de mí, era una mirada rara. Entonces le pregunté cortésmente: "¿Qué chingados me mira?" "Nada", dijo él, y después, extrañamente, me ofreció una cerveza. Pensé que ese era el mejor momento, así que, mientras sacaba la cerveza y cuando estaba volteado, le enterré la navaja en la espalda y el pinche cabrón empezó a gritar, así que le saqué la navaja. Lo malo es que no se la enterré tan profundo. Después el Delfino sacó un bate de béisbol de atrás del mostrador y empezó a batear tratando de golpearme y de un batazo me tumbo la navaja y luego me pegó en la cara y no sé cómo me tumbó al piso. "Ya valió madre", pensé yo, así que le grité al Uni que de todos modos al oír el desmadre ya venía para ayudarme. Entró y de un putazo sentó al ruco. Me levanté y, mientras el Uni lo sostenía, lo empecé a golpear y a golpear hasta que se le salió todo el mole. Hubieras visto, todo era de color rojo, ni con un tampón parabas el sangrerío. Para no hacerte el cuento largo, el tipo éste quedó tirado en el piso en un charco de sangre, después agarré mi navaja y le empecé a cortar la cara, un poquito, para que aprendiera el culero que a mí nadie se me echa encima. Ya con él en el suelo, abrimos la caja registradora a batazos y sacamos todo el dinero, no era mucho, eran como mil quinientos pesos. Pero, después de un chequeo rápido, encontramos una caja oculta en un cajón del mostrador y la tomamos y nos salimos hechos la madre de ahí. Todo ocurrió en menos de cinco minutos, fue muy rápido, gracias a dios no había gente en la plaza, tal vez nadie lo notó. Tomamos el camión y nos fuimos.

Escuchar aquel colorido relato en tonos escarlata me dejó más helado que las nalgas de un pingüino en el más crudo invierno de la Antártida, y después de una segunda apreciación, noté más detalladamente las marcas de batalla en el rostro de Tago mientras sonreía mórbidamente y exhalaba el humo de su tabaco.

Nunca me imaginé que este cabrón fuera así de sádico, sabía que era malvado, mamón, pero nunca así de sádico. Extrañamente, no me sentía mal por el Delfino, yo sólo quería mi dinero y mi guitarra. De hecho, ahora que lo pienso, mejor hubiera sido encargarle a Tago que me robara una, pero mi sed de venganza me cegó por completo. No me importaba saber si lo mataron o no, o qué había pasado con él. Si le hicieron lo que le hicieron, por más enfermo que suene, se lo tenía bien merecido por ojete, aparte, ¿qué son unos pocos golpes y unos cuantos piquetitos? ¿Quién sabe a cuántos sí se pudo justiciar el mendigo viejo panzón?

Lo que quería escuchar decir a Tagoberto era "aquí está tu dinero", nada más me importaba. Nunca me detuve en pensar en las consecuencias. Si se quedaba con el resto, daba igual. Desgraciadamente, lo que Tago me iba a decir a continuación iba a ser algo que por supuesto no me esperaba.

—Y… ¿no quieres saber qué había en la caja? —preguntó.

—¿Qué? Más dinero, quédatelo, sólo dame los quinientos que son míos.

—Había más que dinero, algo muy extraño que tiene que ver contigo…

¿Qué demonios podía ser?, ¿por qué tanto misterio? Me di cuenta de que Tago no era tan idiota como pensaba y que tenía una mente privilegiada en cuanto a cosas malévolas se refería, así que sin más ni más le pregunté:

—¿Qué había en la caja?

—Cuando llegué a mi casa me acosté en la cama y recordé que nunca abrí la caja. Encendí un carrujo, saqué mi cuchillito y rompí el pequeño listón que la cerraba. ¿Qué crees que había aparte de dinero?

—¿Qué, dulces, drogas?

—¡Fotos! —dijo Tago en un tono un tanto exagerado que nunca le había escuchado.

—¿Fotos? —respondí un poco alterado y aclarándome la garganta.

—Pero no eran cualquier tipo de fotos.

—¡Y eso qué!, a lo mejor son de conocidos o algo así —le dije ya a sabiendas del alud que se avecinaba.

—No, uno no le pide a sus "conocidos" posar así.

Definitivamente tuve mucha suerte, o al menos eso pensé. Me salvé de milagro del pinche Delfino.

—Y también había una foto tuya —dijo al borde de la risa.

Maldita sea.

—Oh sí, una foto tamaño credencial.

"Para el archivo", pinche archivo abstracto de ese viejo payaso.

—¿Quieres saber qué es lo peor de la foto? —preguntó Tago al borde de la risa.

—¿Qué? —pregunté consternado.

—¡Estaba toda almidonada! —exclamó, carcajeándose de mi infortunio.

Pinche Tago. Aparte de lo ocurrido, todavía se atrevía a burlarse de mi desgracia. Y eso no era nada, pues lo peor estaba por llegar…

—Bueno, pero eso ya pasó. Ni modo, me salvé. Me podrías dar mi parte del dinero y tú quédate con lo demás, no importa.

—No, creo me voy a quedar con todo, y… ¿te acuerdas que te iba a pedir un favor? Bien, así van a ser las cosas: si me vuelves a pedir el dinero o haces cualquier cosa para chingarme, le voy a decir a todos que el viejillo ese te andaba picoteando el nudito del globo y que además tú le andabas dando de frentazos en el ombligo, aparte de enseñarles la foto. El día que te cobre, lo vas a pagar, así que estate al pendiente.

Mi mirada de "chingas a tu reputa madre" se manifestó lentamente en una digna gesticulación a la Clint Eastwood enojado con algún malo o con algún feo del lejano oeste en un mundo de *espagueti western*. ¿Qué podía hacer? No importaba lo del rumor, eso era lo de menos, ya que en realidad la foto no tenía ningún contexto, un vil ardid sin fundamentos, y no sería ni el primero ni el último víctima de algo así. Lo que me preocupaba era el favor. Al escuchar la perturbadora historia de "Tagoberto Iturriaga vs El Delfín en Tiempos de Cólera" me di cuenta de que este tipo no se andaba con cuentos ni japoneses ni chinos. Sólo me quedaba esperar lo irremediable.

Ese día no entrené. Me fui directo a casa sin decirle nada a nadie. Unas horas después escuché los gritos de Dimas y Masiosare a través de la ventana de mi cuarto, me estaban buscando afuera. Me hice el desentendido, no les abrí la puerta ni me asomé por la ventana, yo sabía que no estaban buscando respuestas legítimas, querían enterarse del jugoso chisme ¿Por qué me fui tan abruptamente? Si es que acaso Tago no les había dicho algo todavía.

No estaba desconsolado, estaba decepcionado, habían traicionado mi confianza dos veces seguidas en actos casi simultáneos. Tal vez era porque muy en el fondo así lo era, muy inocente en cuanto a las cosas mundanas. Siempre me pensé como alguien que llevaba la batuta y la delantera en todo, desgraciadamente, cada que me demostraban lo contrario, me desplomaba.

Que nada ni nadie me podía desmoronar como a una galleta que lleva mucho tiempo fuera de su empaque, que mi ego era mi coraza impenetrable, podría decirse que ese era el caso. Pero si tenía el ego pisoteado y desganado ya no existía coraza alguna y era un simple mortal, expuesto a la maldad que irradiaban todos. A veces pensaba, *la maldad es como una luz muy fuerte y nosotros somos como insectos que se sienten atraídos hacia ella, esperando el chanclazo que va poner fin a nuestra voladora existencia.*

FAVORES INCÓMODOS

Actuando totalmente en contra de mis instintos y principios, decidí hacerle frente a Tagoberto. Después de todo, no quería esa carga en mi cabeza hasta que él quisiera, no podía vivir pensando que le debía un favor a ese infeliz. Cierto día en el descanso, me acerqué a él.

—Estoy listo.

—¿Listo para qué?

—El favor. ¡Ni creas que va ser un favor de esos raros que te gustan!

Tago sonrió.

—Bien, en vista que estás tan decidido. Al rato, como a las dos, me voy a juntar con unos camaradas para checar algo de lo que tenemos hoy. Te veo aquí a las tres en el Osiris. Vienes, hacemos lo que tenemos que hacer y así te zafas.

—Bien —respondí a regañadientes.

Tres de la tarde. Me encontraba sentado en una de las bancas que estaban afuera del estanquillo señalado, un tanto nervioso y expectante de lo que pudiera pasar. Las manos me temblaban mientras trataba de llevarme un cigarro a la boca y aspirar mi dulce vapor de muerte y relajación. Veía a los compañeritos del turno de la tarde de la secundaria que se asomaban como primates en primavera, muy curiosos por entre los recovecos del enrejado de la escuela, como si nunca hubieran visto a alguien *disfrutar* de una bella tarde soleada.

Un auto viejo y destartalado, que parecía el Batimóvil en tiempos de hambre, se acercó. El sonido del motor era algo así como si tuviera enfisema o cáncer mecánico. Luego de una segunda apreciación me di cuenta que se trataba de Tago acercándose con Atenógenes. Detuvieron la carcacha destartalada y se bajaron del auto.

—¡Kara Zucia, vámonos!

¿A dónde?, me pregunté.

—Súbete al carro, en el camino te explicamos —replicó Tago ante mi mirada de desconfianza.

No me quedaba más remedio que acceder, total, ya estaba allí, tenía que sacarle lo mejor a la situación y esperar que el problema terminara pronto.

—Pensábamos que no ibas a venir —dijo Atenógenes.

—¿Por qué no habría de venir? Pinche Tago, no me dejó opción.

—Vamos niño, ya no llores. ¡Mira! Aquí está lo que vamos a entregar —dijo Tago con emoción y en tono un poco jocosillo.

Me dio una bolsa. Al abrirla me percaté del lío en el que me había metido. El interior de la bolsa parecía el área más nevada de un bosque canadiense o el sueño más húmedo de Tony Montana... una bolsa llena de muchas grapas con el vicio dentro. Me quede frío. Incauto, pensé que porque jugamos futbol unas semanas podía contar con su confianza y lealtad, qué equivocado estaba, sólo me quedaba escuchar, tal vez la situación no era tan grave como yo pensaba.

— ¡Y vamos a vender las grapas! —sentenció Tago.

De acuerdo, oficialmente me había llevado la chingada y sí, la situación era más grave de lo que hubiera podido imaginar. Estaba en el asiento trasero y no me quedaba más que aguantar.

—¡No te asustes, cabrón! Le vamos a vender a conocidos, no van a llegar a tirotearnos ni nada. Ya quita esa pinche cara de que quieres llorar. Además, ya no te puedes hacer para atrás —dijo Atenógenes.

Tagoberto y Atenógenes me miraban y se reían, no los culpo, era el digno portador del nuevo look de moda: "El Gasparinesco", más pálido que un fantasmita amigable y por qué no decirlo: sólo le podía rogar a mis entrañas que no se dejaran intimidar por la avalancha de fluidos que se amontonaban por culpa de tan pinche situación.

Sin darme cuenta, ya habíamos salido de los barrios conocidos y nos dirigíamos a una región a la cual con cariño se referían como "La Franja". Sin previo aviso me empecé a sentir mejor y más relajado, hasta comencé a reír. Todo era culpa del humo verde que alborota las ideas. En el asiento de adelante Tago y Atenógenes fumaban y fumaban la yesca convirtiendo el automóvil en una especie de cámara húngara de la risa. Un vehículo de psicodelia que flotaba tranquilo sobre el plasma interdimensional en un mar multicolor escoltado por sirenas y tritones amorfamente distribuidos y con cara de espectrales mascaras venecianas en pantomimas de recalcitrante suplicio.

No me importaba ya más nada. Todo era felicidad. Como no había remedio, decidí disfrutar del eterno presente, hasta empecé a zapear a Tago y el sólo se reía. Todos volvíamos a ser amigos en nuestro canceroso Bativehículo psicodélico, tuberculoso y disfuncional.

Una a una, las grapas se fueron acabando. Las íbamos vendiendo en paradas asignadas, fluían como el agua de un río desbordado que inunda un área habitacional después de una tormenta tropical. Todos las compraban sin preguntar, y en el semblante de nuestros compradores se distinguía el vacío y las huellas que dejaba aquel polvoso tesoro al que tantos se entregan pero del que muy pocos se pueden alejar. Y es que así es el vicio, una puerta de entrada demasiado amplia pero con una salida de emergencia muy pequeña. Debo confesar que hasta estaba empezando a gustarme eso de las PYMES y de ser microempresario junto con mis dos alegres colaboradores. Entendía perfectamente por qué lo hacían, no era por la emoción, eso quedaba descartado al momento que ellos se creaban sus emociones artificiales con la yesca arcana. No. Era la pasta fácil. Llegaba dinero y más dinero en cada parada y lo único que teníamos que hacer era extender la mano, simple e ¿infalible? Pues tampoco, por supuesto que no, eso es lo malo de confiarse, porque cuando más confiado te encuentras es cuando estás más vulnerable y a punto de caer, nunca te esperas el golpe porque te crees tan grande que nadie te puede tocar. Ese era el problema, nos creíamos tan grandes que sentíamos que podíamos tocar con el dedo el manto azul del cielo. Para nada, éramos como hormigas que querían matar a piquetazos a un tanque de guerra.

Estaban dando más o menos las ocho de la noche, el sol menguaba su poder cuando llegamos a la última parada. Nos estacionamos en la acera de un lado de un parque, del otro lado estaban las casas con sus respectivos esquineros ya esperándonos para comprar el irónicamente vital polvo que deseaban consumir con ansias en el afán de mitigar la comezón que sentían por las arañas imaginarias que recorrían sus cuerpos por debajo de la piel.

Los esquineros nos divisaron en la acera de enfrente y mandaron a un pueril emisario para preguntar.

—¿Cuánto la grapa? —preguntó el niño emisario.

—Cincuenta pesos —respondió Tago.

—Ora… lo que pasa es que allí en la esquina está mi primo que les quiere comprar, pero no confía mucho. Que si ustedes pueden ir.

—El problema es que yo no lo conozco tampoco. Dile que ni él ni yo, que mejor nos vemos en el parque —finalizó Tago.

El Jeringas

El precoz emisario partió rumbo a la esquina y le mencionó lo acontecido a su primo. Al cabo de un minuto regresó y nos dijo que estaba bien, que nos veíamos en el parque. Y que iba a querer diez grapas.

Después de lo acordado, Tago volteó al asiento de atrás y me dijo que ahora sí, aquí empezaba a cobrárselas. Yo iría con las grapas al parque y que ese iba a ser el favor real. *¡Soy un pendejo!*, estúpidamente me había creído que me iban a traer paseando de a gratis. No, la realidad era más perturbadora. Lo que querían era que yo fuera su agente especial de misiones peligrosas. Tago sentenció que no se me ocurriera hacer una de mis típicas embarradas y que de todos modos él iba a estar cerca para corroborar que la transacción se llevara a cabo en santa paz, ya que me estaban encargando demasiada responsabilidad y que si algo salía mal yo lo tendría que pagar. Tantos asuntos monetarios me tenían cansado, estaba poniéndome en situaciones de alto riesgo muy recurrentemente, ¡todo por una pinche guitarra!

Un millón de pensamientos desangelados pasaron por mi mente. Suspiré y le dije a Tago desanimadamente:

—A darle.

"Ambos dos" —como diría mi buen camarada Masiosare— bajamos del vehículo destartalado al área de las canchas del parque. Allí, esperándonos sobre el asfalto como digna estampa de *Los Olvidados* de Buñuel, el más perfecto retrato de la decadencia juvenil —aclarando que no me estoy refiriendo a mí.

Un montón de sueños anticipadamente, rotos, y esperanzas frustradas en miradas que se perdían en el vacío buscando una luz en la siempre tenebrosa y profunda obscuridad. No sabían quiénes eran realmente. Sentía que podía contar su historia con tan sólo mirarlos. Expectantes, saboreándose los inminentes placeres ilusorios y ofuscados que dan un par de líneas de polvo, querían alejarse de lo único que realmente importa y cuya naturaleza es inescapable: la realidad. Los típicos pirados por excelencia. Sus pensamientos atrofiados se diluían con el pasar de los segundos al aspirar a través del plástico traslucido que dejaba entrever el adhesivo verdugo que acortaba sus tristes días.

Varios de ellos tenían las fauces y las narices manchadas con pegamento amarillo, lo único que hacían era postergar lo inevitable, tarde o temprano tendrían que volver al eterno presente para, desgraciadamente, evitar encarar a su nada alentadora existencia. Resultaba muy difícil supeditar la vida de uno a la de los demás. Desgraciadamente, cada quien es el egoísta dueño de su ser. Tal vez no existen malas personas, sólo personas que toman malas decisiones. Pudiera ser también que la mente es un mar de pensamientos; entre más profundo te sumerges, vas a encontrar más obscuridad.

De entre las múltiples siluetas que se apreciaban a lo lejos, en el área de las canchas, destacaba una en especial. Era más alto que los demás y su rostro denotaba mucha más experiencia y frialdad en cuanto a esas situaciones, parecía que ya había estado en eso por un largo tiempo. Rodeado parcialmente por niños y púberes, pero él se veía un poco mayor, todos le llamaban "Jeringas".

—¡Ellos son! —dijo el emisario refiriéndose a nosotros y comentándole a el nada alentador ente apodado Jeringas.

Con ese apelativo, de seguro nos iba a cargar la voladora. Tago me dio las grapas y se quedó bajo la penumbra de un árbol cercano mientras yo me acercaba con los caramelos para los nenes. Ya era de noche, y sólo en el horizonte se alcanzaba a percibir algo de luz crepuscular. Sonidos de niños ignotos jugando en el parque también se apercibían, no tan distantes, más bien circundantes.

Mí asterisco se sofocaba de tanta presión estomacal. Tenía helada la sangre y todas mis extremidades, andaba tambaleante en mí caminar. Parecía un cervatillo recién nacido al estilo Bambi mucho antes de ver a su madre morir cruelmente. Ya estando frente al Jeringas y su pandilla, estiré mis manos con la droga para que él la tomara, me diera el dinero y que ese fuera el fin del acontecimiento. Desgraciadamente, para mí las cosas jamás han sido tan fáciles.

—¿Y quién chingados eres tú? —preguntó el pastrano conocido como El Jeringas.

—¿Quién soy yo? Eh, me llamo Tagoberto —dije inteligentemente para encubrir mi identidad e involucrar a Tago.

—¡Él no es Tago! —dijo presuroso el precoz y olvidable niño emisario, al cual mandé a chingar a su madre al término de su oración.

—¡Chinga tu madre, niño!

La presión del asterisco había sido liberada, pero me saqué de la manga una inteligente respuesta.

—Yo también me llamo Tago, lo que pasa es que somos primos. Nuestras madres nos nombraron igual, como en la serie de *Pete & Pete*.

—En realidad me vale madre, no sé qué chingados sea "pitipit" —dijo Jeringas con un tono algo dudoso, parecía o que no entendió mi referencia o que no me creyó del todo—. ¿Traes lo que pedí?

—Sí. (Yo pensaba que todos conocían a pitipit) —respondí entregándole la mercancía—. ¿Y el dinero?

—¿Cuál dinero! Primero la voy a probar.

—Date, no creo que haya ningún problema.

El Jeringas abrió una de las grapas y, utilizando la uña del dedo meñique — que por cierto era tan larga como la cuaresma— tomó un poco de polvo, aspiró e hizo una morisqueta un tanto rara, después me vio con cara de extrañado y preguntó:

—¿No está rebajada?

¡Cómo chingados iba a saber si estaba rebajada o no! No sabía qué demonios estaba vendiendo, Tago me estaba desquinteando en tan profana profesión en la que yo tenía la firme idea que fuera debut y despedida, ¡aunado a que en realidad nunca me dijo qué era!, sólo usaba eufemismos en vez de ponerle nombre.

Me puse nervioso y no supe qué contestar. El Jeringas se me quedó viendo un tanto aprensivo. Observó cómo me desmantelaba lentamente. Con su dedo volvió a tomar un poco del polvo, esta vez lo puso en la punta de su lengua. Al pasar de algunos segundos, sentencio:

—Esto no es lo que me prometieron.

—¿Cómo? —pregunté en un tono desesperado, más que nada para enterarme realmente qué habíamos estado vendiendo.

—Está demasiado rebajada. ¿Me querías ver la cara de pendejo?

Me daban ganas de contestarle que el cara de pendejo fue el que la trajo, y que no necesitaba de mí para hacerlo más evidente. Recapacité, no valía la pena morir por hacer una observación, jocosilla sí, pero mortal.

—¡No! —contesté ya desarmado y habiendo aflojado ahora si cualquier rastro de fluido corporal que me quedase.

Sin darme cuenta, El Jeringas sacó una navaja de su bolsillo, me agarró de la camisa y me empezó a decir que con él no se jugaba, que a él no le gustaba que le vieran la cara de, llamémosle, "tontuelo". *Pero pues si no tienes otra...*, pensé todavía tratando de sacarle algo de buen humor a la situación. Los demás niños y primos jeringosos comenzaron a rodearme. Me querían aplicar una tortura romana de lucha isleña y aventarme a los leones como si fuera un vil cristiano de tiempos arcaicos.

Sólo veía cómo caían los botones de mi camisa mientras El Jeringas los cortaba uno a uno. Empezó a bajar la navaja peligrosamente en dirección a mi entrepierna. Gracias a mi suerte, recapacitó y volvió a subir la navaja hacia mi enclenque torso que se dejaba ver temeroso por entre la camisa ya descuajeringada y sin botones. Cerré los ojos con fuerza cuando noté que el despojo de toalla sanitaria empezó a alzar la navaja para marcarme de por vida. ¡Otra pendejada que tendría que explicarle a mis papás!

¡De pronto! un inminente estruendo hizo correr a todos los que nos encontrábamos en el parque —ya casi funerario. Aprovechando la confusión, me saqué la camisa y se la dejé de regalo al Pinche Jeringudo que también corrió como una chiquilla llorona al pensar tal vez que el estruendo que escuchó fue el accionar de algún arma y que posiblemente lo estaban emboscando. En cuanto a mí respectaba, corrí y corrí como si no hubiera mañana o como si la onda expansiva de la bomba de Hiroshima viniera detrás de mí, buena motivación para hacer ver como todo un pendejo a Usain Bolt. Correr como un rayo con diarrea que espera llegar al inodoro a descargar. A lo lejos sólo escuchaba.

—¡Ya sé quién eres, Tagoberto!

Pinche pastrano pendejo, realmente se lo creyó, mejor aún, así tal vez Tago tendría su merecido en un futuro no tan lejano.

Corrí descamisado en un barrio que no conocía, la gente me miraba extrañada, como preguntándose: "¿qué hace ese morro encuerado a mitad de la calle?" O tal vez admiraban mis grandiosos cuadros renacentistas. A lo lejos alcancé a divisar el auto destartalado de Atenógenes. Era posible que me estuvieran buscando. Conociéndolos, también se habían perdido el par de pendejos.

Agarré fuerzas una vez más y alcancé el auto, me metí por la ventana de atrás, que estaba abierta, ante el asombro y susto de Tago y Atenógenes que me preguntaban, contrariados, qué había pasado, a lo que yo les reclamé haciéndome la víctima.

—¿Qué pasó?, ¡te diré lo que pasó! Estuvimos vendiendo bicarbonato y este cabrón me descubrió y estuvo a punto de convertirme en un eunuco cara cortada. De no ser porque alguien disparó o no sé qué pasó que me salvó…

—¡Claro que la estábamos vendiendo rebajada con bicarbonato y con mil chingaderas más, no seas puñetas! ¡Si le vendemos a puros morrillos pendejos que no saben distinguir el polvo para hornear de la harina o del vidrio molido, las aspirinas del talco! ¿A poco creías que era pura? —pura madre—. No seas pendejo, lo que pasa es que ese idiota se te puso muy especialito y se las quiso dar de conocedor.

—¿Y por qué no me dijiste, cabrón? Así de perdido hubiera sabido que tenía que correr, y, además, ¿qué fue lo que se escuchó? El mofle de la carcacha esta, ¿o qué chingados?

—Había una procesión en la iglesia de la esquina o algo así, estaban tronando cuetes.

Muy bonito, y yo que pensé que me estaban cubriendo las espaldas con fuerza armada. A lo mejor ese si fue el caso y Tago puso de excusa la fiesta patronal para que me acabara de orinar los pantalones.

—¡Qué te vamos andar cubriendo las espaldas si para eso te trajimos! Por si acaso algo salía mal —replicó Atenógenes.

—Tago, con esto queda saldada la deuda.

—No —replicó Tago tajantemente—, todavía quedan cosas por hacer.

—No quería mencionar esto delante de nadie porque había un pacto de caballeros, pero como al parecer te vale madre... no creas que se me ha olvidado lo que pasó en el panteón, lo estaba guardando como un comodín —dije ante su mirada que se tornó de segura a nerviosa.

—¿Qué pasó en el panteón? —preguntó Atenógenes.

—¡Nada!, ¡no pasó nada! —gritó Tago—. Está bien, ya quedó, estamos a mano... Por ahora.

Eso era lo que quería escuchar. Al fin, aquel tenebroso capítulo se daba por concluido y se podría decir que todo salió bien, excepto por la salud del maldito de Delfino, quien, para ser honesto, después de tanta tracalera, ya se me había olvidado por completo. *Ojalá esté muerto*, pensé.

Tago y Atenógenes me dejaron afuera de la escuela. Ya era muy tarde, tenía frío y andaba sin camisa. Alcancé a escuchar, mientras se alejaba el carro:

—¡A ver cuándo lo volvemos hacer!

A lo que le repliqué con sonoro y bien ponderado:

—¡Chingas a tu madre!

El auto se alejó. Empecé el declive hacia mi hogar. Les dije que me dejaran en la escuela, no quería que esos culeros supieran dónde se encontraba mi madriguera.

El parque estaba iluminado y se distinguían a lo lejos un par de siluetas saltarinas. Eran los cuates Cruz y Aquiles, tal vez entrenando alguna de las múltiples disciplinas que infructuosamente practicaban. Llegué al parque pálido y tambaleante, me desplomé en una banca y exhalé de alivio. Ya la maldita guitarra era lo de menos. *Que se vaya mucho a la chingada con todo y sus pinches cuerdas de nylon.*

Cruz y Aquiles se acercaron a mi haciendo varias preguntas. La verdad no tenía humor de nada, era de noche y la selenita luz bañaba aquel agitado predio de diversión que con cariño llamábamos parque. No tenía camisa y estaba más pálido que Marilyn Manson en una orgía de *bukkakes*. Me veía tan blanco que parecía que me había estado bronceando con la luna.

—¿Y qué?, ¿te estás bronceando con la luna? —preguntaron en forma burlona los cuates.

—Sí, me estoy bronceando con la luna.

PRUEBA NO SUPERADA

(o La Rondalla del Demonio)

Decidí alejarme de la música por un tiempo indefinido, dadas mis terroríficas experiencias tratando de conseguir la llave para el éxito y para las orgías multirraciales después de los conciertos. Me di cuenta que, en cuanto conseguir dinero fácil, hay riesgos y consecuencias, así que muchas cosas iban a quedar descartadas, una de ellas iba a ser mi sueño de fama.

En la escuela, todo transcurrió normal. Tagoberto me sacaba la vuelta, eso quería decir que la aventura panteonífera sí le dolía. Prefirió guardar silencio en cuanto a mis infortunios para que no soltara la sopa exponiéndolo como un ser con sentimientos: estábamos a mano.

Días después, el maestro de artísticas pegó un letrero en el periódico mural, era una convocatoria para entrar a la novel rondalla de la escuela. Era la primera vez que se organizaba algo de tal magnitud y todos querían ser parte de ello, como siempre, más por perder clases que por otra cosa.

Había un problema. En las bases de inscripción se especificaba con letras mayúsculas y casi casi escrito en sangre: <ES NECESARIO SABER TOCAR O TENER ALGÚN CONOCIMIENTO>. Yo sabía que la guitarra es de madera y que utiliza cuerdas de nylon o de metal, para mí eso era suficiente conocimiento como para inscribirme y perder clases regulares, ya que los ensayos serían dentro de las mismas en un salón solitario y abandonado. Me inscribí junto con la mitad del estudiantado, sólo para ver qué pasaba, chance y en una de esas me prestaban una guitarra y con algo de suerte la haría perdidiza y me la quedaría para cumplir mis lascivos sueños con la farándula.

El día de la audición había llegado y el salón otrora abandonado se encontraba a reventar. El aroma a humanidad impregnaba el lugar y las bromas furtivas a los incautos estaban a la orden del día. Se abrió la puerta del aula y entró el maestro de artísticas —un tipo cuarentón medio amanerado y de carácter bipolar— junto con otro individuo mucho más joven, como de veinte años.

—Bien muchachos, él es Onésimo Becerra y se ha ofrecido para ser su maestro de rondalla como parte de un programa social, así que espero que lo respeten igual que como a los demás maestros —la burla no se hizo esperar, la realidad era que nadie respetaba a los pobres docentes de la escuela—. Bien, Onésimo, los dejo en tus manos —replicó el dizque catedrático mientras salía "alegremente" del salón.

Una atmósfera de curiosidad creció en torno al joven e incipiente maestro de guitarra. ¿Qué tipo de música nos enseñaría? Esperaba que no fueran canciones ñoñas como las que escuchaban las bisabuelas cuando recién se había inventado el fonógrafo. Después de una escasa apreciación en torno al grupo de púberes preceptos, el Onésimo sentenció:

—Solamente se van a quedar los que realmente saben tocar guitarra, al resto de ustedes no los voy a necesitar, van a ser una pérdida de tiempo. Mañana nos vemos en este mismo salón al empezar la quinta hora después del descanso. Se supone que sus maestros ya saben. Si no tienen guitarra, aquí se les va proporcionar una para que practiquen. Por favor, ahórrenme la molestia de correrlos delante de todos.

Dimas, Masiosare y yo dialogábamos acerca de nuestras capacidades musicales al salir de clases. Me quedé sorprendido al escuchar que tanto Dimas como Masiosare sabían algo de música.

—Yo sé tocar la melódica y la guitarra —dijo Dimas, y tenía sentido porque él era oriundo de Guanajuato y antes de llegar a nuestro barrio había estado en una estudiantina.

El que más me sorprendió fue Masiosare al confesar que él sabía tocar batería y guitarra. Usnavy tenía una banda llamada Sarcasmo Progresivo. Masiosare los veía ensayar y, entre recesos musicales, algunos de los amigos de Usnavy —El Tano principalmente— le mostraban cómo se tocaban dichos instrumentos. Por consiguiente, el único jodido era yo, como siempre.

Dimas tenía varias guitarras para practicar pero su padre se negaba a prestárnoslas porque no íbamos a tocar música que enalteciera al "Señor".

—Ese pinche Señor ya me está cansando —decía Dimas para la hilaridad de los demás.

Había llegado el momento de la verdad y nos encontrábamos todos apretujados en maloliente salón. Le pedí a Dimas que me enseñara el círculo de sol, aunque fuera lo más básico para tener la más ínfima oportunidad de quedarme. Juro que fue como magia poner mis mordisqueados dedos sobre las cuerdas, de forma automática pude tocar los cuatro acordes sin ninguna dificultad. A razón de Dimas, si dominaba esos cuatro acordes automáticamente habría aprendido más de mil chorrocientos de canciones. *Cuánta motivación*, pensé. Estaba listo para la audición, era hora de demostrar de qué estaba hecho.

Onésimo nos sacó a todos del salón, luego nos mandó llamar uno a uno para corroborar nuestros dotes. La multitud del día anterior menguó un poco por la amenaza. *Pobre gente sin determinación*, pensé, eso no iba a ser un factor que cortara mi intrepidez.

Dimas, yo y Masiosare nos encontrábamos formados en la fila, y lo menciono así porque ese iba a ser el orden en el cual íbamos a pasar. Dimas estuvo dentro aproximadamente tres minutos y salió sonriente diciendo que lo había logrado y que lo único que tocó era el famoso círculo de sol, *de fábula*, pensé, *eso quiere decir que yo también estoy del otro lado*. Qué equivocado estaba. Al llegar mi turno de entrar al salón, el Onésimo me preguntó acerca de mis aptitudes musicales y me pidió que tocara. Como el buen músico lírico que era, toqué el círculo de sol ante su mirada desconfiada.

Después de tocar sin tregua alguna el famoso circulito, Onésimo me pidió que me detuviera, sólo para sentenciar:

—Tú no sabes nada de música —en un tono déspota, con garbo y prepotencia.

—Claro que sé. ¿No me acabas de escuchar? Si me sé el Gran Círculo Solar.

—Parece que te lo acabas de aprender, toca otra cosa.

Me agarró desprevenido con aquella petición —con algo de connotación albúrica incluida— y con la guardia abajo, como cuando un cucaracho se pasea por las paredes del baño mientras uno se encuentra sentado en el trono descargando plácidamente el pastelillo. No sabía si aventarle la chancla o esperar a que se me acercara a la cara volando con una descarada determinación.

—Entonces, ¿vas a tocar o no? Llevas un minuto viendo a la pared.

—No es que no quiera, ¡me niego a tocar alguna otra cosa para alguien que duda de mis capacidades! —eso no me queda claro si lo dije o lo pensé.

Onésimo me miró con cara de extrañado hasta que finalmente sonrió, dándome una falsa esperanza, y dijo:

—Ya déjate de mamadas. ¡No sabes nada! Vete a tu salón y no me hagas perder el tiempo.

Una mirada de "ojalá que cuatro burros en primavera acabados de salir de prisión te hagan un correctivo y que te ultrajen cada orificio de tu cuerpo" se gestó en mis ojos mientras el pinche Onésimo, sonriente, me indicaba la salida echando por tierra mi esperanza de poder adueñarme de alguna de las guitarras de la rondalla. Salí del aula decepcionado.

—¿Cómo te fue? —preguntó Dimas al verme salir.

—De la chingada, ese pendejo no sabe nada de música. ¡Ojalá lo atropelle una aplanadora al salir de la escuela!

Le tocó el turno a Masiosare que también, al cabo de tres minutos, salió airoso y alegre al verse aceptado en la rondalla. Parecía que yo era el único idiota al que no aceptaron. Pregunté a Dimas y a Masiosare qué era lo que habían tocado a lo que me respondieron casi al unísono "el círculo de sol", es decir que habían tocado lo mismo. Entonces me dije a mi mismo: *¿Por qué ellos sí y yo no?*

Había un trasfondo en todo eso. El pinche Onésimo me relegó tal vez por una causa personal. Pudo ser porque se vio intimidado ante mi inherente carisma y mis sobrehumanas aptitudes para con el encordado instrumento de Paracho, maldito hijo de puta, ni modo, tenía que asimilar de nueva cuenta una triste realidad.

Pasaron los días y parecía que la rondallamanía se había apoderado de la escuela. Todos llevaban sus guitarras y los que no tenían las sacaban del nuevo e improvisado cuarto de la rondalla. Pinche cuarto feo, en fin.

Fue por aquellos días que empecé a dedicarme a otras cosas como por ejemplo a observar muy bien mi entorno. Dio la casualidad que en ese entorno se encontraba una chica nueva que venía de un vecindario lejano y se acababa de mudar al nuestro y por consiguiente a la Secundaria Pública Número 18 Gilles de Rais. De hecho venía de un barrio muy pero muy lejano, de otro país: España, para ser más exactos. Aunque aparentemente primero estuvo en un colegio del otro lado de la ciudad. Esta chica de nombre Walkiria tenía muchas particularidades que sin duda fueron las que la hicieron popular en el instante en que puso el primer pie dentro de la escuela.

Sin duda alguna, su sensual acento y su rara verborrea la convertían en la perfecta candidata a convertirse en la reina de los pubertos hormonales de la secundaria. Tenía el cuerpo de una mujer de veintidós años: curvilínea y muy bien desarrollada. Era extraño. Alegaba tener quince, pero no, eso no podía ser posible. Hacía ver a las demás chicas a su alrededor como niñas moquientas que todavía jugaban con sus Barbies y sus Nenucos cabeza de repollo. Dos grandes razones la delataban.

—Pinches shishotas — se escuchaba decir a cualquiera cuando ella pasaba de lado.

Dimas fue el primero en atreverse a hablarle, y aunque todas las chicas de la escuela aseguraban que Walkiria era una gorgona o una arpía satánica, la realidad no podía ser más distante. Lo mejor fue cuando nos enteramos que vivía a unas cuadras de nuestros aposentos y que era una chica muy accesible en el buen sentido de la palabra. Le gustaba el futbol y escuchar música, y su forma de ser era como la de cualquiera de nosotros sólo que un poco más adelantada, dadas sus influencias europeas. Tenía la mente más abierta. *Ojalá que otras partes de su cuerpo sean igual que su mente,* esperaba.

Un día como cualquiera la vi sentada en una de las bancas del faje en el patio de atrás de la escuela. Pestalozzi le tocaba la guitarra y cantaba una canción de amorsh. Pobre Walkiria, tener que aguantar las pútridas exhalaciones que salían de la boca de Pestalozzi, sin duda era una guerrera.

En medio de todo ese hediondo trasfondo había algo que me llamó mucho la atención. Walkiria parecía admirarlo, tenía la mirada fija en él y suspiraba, probablemente para mitigar el mal olor o posiblemente por otra cosa.

Al día siguiente me armé de valor para preguntarle por qué estaba tan hipnotizada con Pestalozzi. ¿Sería la guitarra, acaso? Porque el tipo era más feo que el hambre y su boca más apestosa que el interior del tracto digestivo de una mofeta. La detuve en la puerta de la secundaria al salir de clases y le pregunté sutilmente:

—¿Te gusta Pestalozzi?

—¿Por qué lo preguntas? —respondió con una sonrisa coqueta.

—Es que… el otro día te vi muy cerca de él y como a ese puñetas casi todo el mundo lo odia, no sé, se me hizo raro de tu parte.

—No era tanto por él, ¿sabes?

—No, no sé.

—Lo que pasa es que cuando veo a un hombre tocar algún instrumento, especialmente la guitarra, no sé, me encanta —dijo sensualmente Walkiria al borde del orgasmo, estirando sus brazos y pasándolos por detrás de su cabeza, dejando entrever su bello escote o "pinches shishotas" como ya se había hecho costumbre llamarles.

—Ah, ya veo.

—¿Tú tocas la guitarra?

Me quedé titubeante, no sabía qué contestar, lo único que quería era que no notara la erección que me había provocado con sus orgásmicos movimientos. Me metí las manos en los bolsillos del pantalón. Me sabía el círculo de sol así que mi contestación no sería del todo mentira.

—Claro que toco guitarra, llevo años tocando, el único problema es que en este momento no tengo una.

—Qué lástima, ojalá tuvieras una, me encantaría oírte tocar. Es más, cómo quisiera que algún día fueras a mi casa a tocármela —dijo ella con un tono que propasaba el más puro erotismo europeo que estuvo a punto de colapsar la bragueta de mi pantalón.

—Claro —dije nervioso y sudando y con el típico gallo en la voz.

—Adiós —dijo Walkiria acercándose peligrosamente a mi oído para luego alejarse contoneando su derrier.

Estaba escrito en mi destino que yo debía ser un rockstar cogelón. Me había desalentado un poco por culpa de tanto incidente, pero después vino a mí como una epifanía: aquel coqueteo era el impulso adecuado para continuar con mi encomienda. Gracias a mi buena suerte, ella apareció para motivarme a continuar con mis carnales y lascivos deseos musicales.

Malditos empleos

Esa misma tarde fui a casa de Dimas en busca de la guitarra perdida. Esperaba que me pudiera prestar alguna de las que tenía su padre. Toqué la puerta de su casa e instantáneamente salió su madre viéndome con una cara de pocos amigos. Debo aclarar que, para los padres de Dimas, el resto de los mortales que no pertenecían a su congregación evangélica de la Nueva Revelación éramos una bandada de infieles paganos, mundanos y rebeldes. Cada que lo buscábamos era la inquisición de siempre; creían que lo íbamos a sacar para drogarnos y alejarlo de la palabra del chingado "Señor". Precepto sólo un poco alejado de la realidad, aunque no del todo, y denotando un obvio desconocimiento de la idiosincrasia real de su vástago.

—¿Está Dimas?

—¿Para qué lo quieres? —preguntó su madre casi casi mordiéndose los labios para no llamarme Pagano Hijo de Satanás. *Qué chingados le importa para qué lo quiero: ¿está o no está?* Lo demás salía sobrando.

—Para preguntarle algo.

—¿Qué le vas a preguntar? —en realidad la maldita progenitora de Dimas se estaba buscando un correctivo oral con tanta pregunta sin sentido, lo bueno fue que se alcanzó a escuchar la voz de Dimas desde el interior del domicilio, acallando las prejuiciosas preguntas de la autora de sus días.

Finalmente salió mi camarada enfundado en sus calzoncillos blancos flameados de la cola y con sus calcetines Donelli en color azul marino arremangados a la altura del arco del pie. Metió a su madre a la casa con el típico "¡Ya mamá!", tan común en la juventud.

—¿Qué fue? —preguntó Dimas.

—Necesito que me prestes una de tus guitarras urgentemente.

—Sabes que no puedo.

—¡Pinche culo! ¿Por qué no?

—Para empezar, mi papá las tiene en un cuarto bajo llave y nunca las saca, mucho menos si se entera de que voy a prestarte una. Segunda, creo que le voy a echar más ganas a eso de la guitarra.

—¿Por la rondalla? —pregunté intrigado al ver la determinación de mi camarada.

—No, lo que pasa es que Walkiria me dijo que podía ir a su casa cuando yo quisiera, para tocársela. ¡Parece que los guitarristas le prendemos el boiler! —dijo Dimas casi jadeando.

—¡Ni te ilusiones! A mí me dijo lo mismo.

—¿Y eso qué? Acuérdate que tú no sabes "tocar".

—Claro que se "tocar", ya me sé el círculo de sol. Además, creo que si sigo practicando llegaré a ser el mejor "tocador" de la ciudad.

—¿Qué significa eso? —preguntó Dimas extrañado.

—No sé, vamos por una chamoyada —dije súbitamente para cambiar de tema al verme acorralado por mis discrepancias lingüísticas.

—¿Vamos? —respondió Dimas más extrañado aún—. Deja me cambio y ya.

Después de mucho argumentar de manera seria y profesional, e incluso hasta llegar a un acalorado debate, Dimas y yo llegamos a la inexorable conclusión de que Walkiria era una timadora y una abusadora que se vendía no sólo con el mejor postor sino con cualquier postor. Ahora nadaba a contracorriente, ya que también Walkiria le había hecho la misma invitación a Dimas y... ¿quién sabe a cuántos más? Lo único que quería era estar con ella, pero compartir con tantos me estaba mermando las ilusiones, aunque no tanto, debo decir. Estaba decidido a ser yo quien la conquistara primero y a como diera lugar.

En nuestro trayecto a las chamoyadas nos encontramos con Isauro, a quien hicimos partícipe en nuestra discusión preguntándole qué opinaba el al respecto. Se dedicaba a asentir y, como si fuéramos detectives de algún programa súper irreal de policías de televisión, podíamos observar los micro gestos de molestia que se formaban en su rostro hipócrita al darse por enterado que a él nadie le había ofrecido ninguna invitación de índole calenturienta, por lo cual su opinión fue más que predecible al comentarnos que no estaba bien lo que estábamos haciendo, que esa no era manera de tratar a una mujer y que ella o nos planeaba usar o nos iba a meter en algún tipo de problema. Isauro hablaba y hablaba de valores y moralidad que él mismo había roto en múltiples ocasiones. Parecía uno de esos farsantes tele-evangelistas que sólo piensan en dinero y no en salvar "el alma inmortal" de sus seguidores. Inevitablemente me di cuenta, y creo que Dimas también. Isauro sufría de un grave caso de envidia, y de la mala, lo cual le hicimos notar.

Llegamos a las chamoyadas que, por cierto, eran una mala copia de las chamoyadas originales del barrio de enfrente y que no sabían tan bien como las originales. Desgraciadamente, éramos demasiado perezosos como para caminar cinco cuadras y cruzar la avenida que nos separaba para llegar a aquella ambrosia agridulce a los sentidos.

Entramos al local que denotaba un alto grado de descuido. Se podía escuchar a las cucarachas locochonas danzar desinhibidas por ahí, todo estaba sucio e insalubre y ni qué decir de la estampa que apareció ante nuestros ojos. Mórbidamente obeso y unos siete años mayor que nosotros… se trataba de Ernesto Trinidad Chavarría alias el "Trini" o "Pupi", para usos prácticos. Para molestarlo, todos preferíamos llamarle Pupi, que, como es bien sabido por los que dominan el idioma del país de las barras y las estrellas, significa jocosamente "cachorrillo". Se le subía el azúcar cada que lo llamábamos así, casi al borde de perder algún miembro de su cuerpo por culpa de su obésica coleridad.

Pupi era un individuo que buscaba respeto a toda costa, más con los escolapios como nosotros porque, paradójicamente, éramos los que menos le respetaban. Él quería que lo llamáramos Neto y en uno de sus desafortunados intentos de ser genial nos dijo que lo llamáramos Cerbero porque, como el protector mitológico del inframundo —o al menos así se imaginaba—, era un perro del mal. Desgraciadamente para su persona, esto conllevó a que en vez de perro, inteligentemente lo llamáramos Puppy. Claro que de forma castellanizada: Pupi. Lo cual lo sacaba de sus casillas. Pobre Pupi, siempre sufría por intentar ser alguien genial y a su vez de inherente respeto. Nadie se lo creía.

Mórbidamente obeso, siempre trataba de vestir vaquero, usaba botas para aparentar más estatura, ya que todos sabían que él no era tan alto. Se ponía las de tacón más grande para así poderse sentir más seguro de sí mismo. Pupi también sufría de un incipiente vitíligo, no era muy avanzado y —con el respeto de quien se lo merezca y sin ánimo de ofender a nadie más que a Pupi— con el vitíligo parecía payaso de crucero a medio maquillar, así que, por más curtido y de mundo que él se quisiera aparentar, siempre iba a parecer una señora gorda que vende semillas afuera del estadio espolvoreada con un poco de harina. Pobre Pupi, siempre echaba mentiras en cuanto a su condición económica, aparentando y aparentando tener lo que no tenía y ser algo que no era. Usnavy lo conocía bien porque eran amigos de la infancia. Siempre lo desmentía. Pupi alegaba ser ingeniero, a lo que Usnavy arremetía certera y ponzoñosamente que ni siquiera había terminado la secundaria. Tenía que ser verdad, dados todos los improperios y barbarismos que utilizaba al expresarse y al escribir.

Pupi también se creía un gran microempresario, alegaba tener múltiples negocios regados por el barrio y lugares circundantes. En realidad era bien sabido que los negocios pertenecían a su padre y no a él. Ni qué decir de las múltiples historias de cómo venció la adversidad y a sus demonios internos, porque también, según él, se fue de mojado al otro lado y volvió con el dinero para abrir sus negocios falsos y así poder mantener a su familia, lo que estaba bien, qué bueno que se fue de mojado, porque después de vencer a sus demonios se le olvido darse un baño ya que siempre olía a huevo podrido. Aquellos eran Pupi y sus múltiples desventuras.

Cada que llegábamos a las chamoyadas a comprar nos ponía una cara de los mil demonios azufrosos causantes de su mal olor. Ya sabía que el sarcasmo era uno de nuestros aliados para con él. Siempre malencarado, nos atendía a regañadientes, dado que ningún negocio de los muchos que él alegaba tener ganaba dinero. En pocas palabras, era un gran, completo y reverendo fantoche.

—¿Qué quieren aquí? —preguntó Pupi al vernos.

—Danos tres chamoyadas, Pupi —dijo Isauro en tono de burla.

Pupi nos dio la espalda y se agachó para encontrar los ingredientes en el refrigerador, dejando ver la nada placentera imagen de la gran partidura de su espalda colmada de vellos chinos, espinillas y alguno que otro despistado gamborimbo que perdió el camino y que rodó hacia la parte septentrional de su cuerpo desafiando la gravedad.

Como es costumbre en los negocios de barrio, había uno que otro aviso de ocasión pegado en la pared o en la "pader" —como diría Masiosare. Uno de ellos decía: <Ce zolisitan halludantes jenerales parah hatender ezte negosio ynformez kon hel injenerio Ernesto Trinidad Chavarría>. Todo eso decía el anuncio, ni negocio pudo escribir bien el pendejo.

Lo miramos extrañados mientras girábamos nuestras cabezas para voltear a ver a nuestro simiesco "injenerio" mientras se peleaba con la máquina de moler hielo, usando expresiones tan absurdas como "¡Me las vas a pagar!" o "Algún día te mataré". Era una imagen nada alentadora pensar que esa gran masa podría llegar a ser el jefe laboral de alguien. Desgraciadamente, esa era la oportunidad que estaba buscando. Si la premisa de mi casquivana amiga Walkiria era cierta, debía tener una guitarra y si eso significaba trabajar algunas semanas para Pupi. Bien lo valía el nuevo sufrimiento. Sin más ni más, le pregunté al cachorro acerca del anuncio.

—¿Cuánto pagas? —pregunté.

—Cien pesos diarios —contestó Pupi con un aire triunfal, como si fuera el mejor jefe del mundo.

Ya había caído en eso antes, esta vez no sería tan inocente.

—Y… ¿el horario?

—De dos de la tarde a ocho de la noche, de lunes a sábado.

¡Mamastrófico!, fue lo primero que me vino a la mente. Si esa iba a ser la remuneración real, sólo tendría que trabajar una semana y después le dejaría todo el trabajo tirado —¿dónde había escuchado eso antes? Sin miramientos, me dispuse a ofrecer mis servicios para con el Pupi.

Y que de pronto escucho decir a Isauro:

—¿Cuándo empezamos?

¿Cuándo empezamos?, ¿cómo que "cuando empezamos"? Yo fui el que preguntó primero. A mí me correspondía la gran oportunidad laboral. Miré de reojo el sudoroso rostro de Pupi que lentamente empezaba a esbozar una maquiavélica sonrisa digna del más sangriento asesino en serie vestido de payaso. ¿Qué estaría pasando por su atribulada psique que unos momentos antes le declaraba la guerra a una indefensa e inanimada máquina para raspar al duro e indiferente hielo?

—¿Así que los dos quieren el trabajo? —infirió Pupi con un tono altamente retador.

Ya me imaginaba la venganza del cachorro poniéndonos a luchar a muerte a Isauro y a mí como gladiadores famélicos, todo para conseguir aquella dichosa labor.

—Les propongo lo siguiente: qué tal si los contrato a los dos, les pagaría cincuenta y cincuenta, ¿qué les parece?

¡Pinche Isauro!, ¿quién chingados lo invitó? A veces pensaba que el destino se ponía en mi contra y que dios se confabulaba con todos los ángeles para fraguar planes intrincados para hacer más miserable mi existencia. Pero no, la realidad no podía ser así... era que la teoría del caos, el efecto mariposa y la maldita y siempre recurrente en mi vida ley de Murphy se hacían presentes. Si Isauro no se hubiera cruzado con nosotros en ese preciso instante, en ese lugar específico, no me encontraría en tal predicamento, ¡por el contrario!, estaría más cerca de mi guitarra y a tan sólo unos acordes de arrancarle con los dientes las bragas y de ligarle las trompas de Felipe a Walkiria con la lengua. En fin, como todos los días, ese no era mi día de suerte.

—A mí me parece bien —dijo Isauro.

—Y... ¿a ti? —preguntó Pupi.

No estaba buscando nada concreto, pero la cercanía del empleo con mi casa y el hecho de que yo sabía que el lugar iba a estar plagado de visitas un tanto interesantes me hizo decidir, muy a mi pesar, acceder.

Después de aceptar el empleo, me pregunté a mí mismo: *¿Mí mismo?, ¿por qué Pupi nos había contratado a dos a mitad de precio y no a uno por el sueldo completo?* La respuesta vino a mi mente de una manera tan plena y tan sencilla: Pupi nos contrató a los dos sólo para alardear que tenía más de un empleado a su servicio. Eso resolvía el enigma de tener a un par completo, desobligado, haciendo el trabajo que un solo desobligado podía hacer, y mejor. ¿Por qué Isauro amenazó con quitarme el trabajo? Eso para mí se trataba de un misterio, probablemente le ardió que Walkiria ni siquiera le hablaba. Tal vez con algo de dinero podría invitarla a salir o algo así. En fin... ya sólo quería caminar hacia las bancas del parque con mi chamoyada en compañía de mis camaradas y darme el tiempo para detenerme a observar con más detenimiento los pequeños regalos tan simples que nos da la vida: sentarse en el parque para platicar con tus amigos, sentir la siempre bienvenida brisa que presurosa se dispone a secarte el salado y chorreado sudor del rostro, apreciar el sutil movimiento de las ramas de los árboles presas del hálito vespertino, contemplar cómo el manto azul del cielo se llena de matices multicolores, todos ellos fulgurantes y llenos de vida que a su vez nos hacen apreciar la misma.

Y, lo mejor de todo, ver a un incipiente padre empujar un columpio para mecer suavemente a su hijo y que debajo de él haya un charco con fango. Observar cómo aquel infante mecido por su progenitor cae estrepitosamente al charco y se mancha su ropa aparentemente nueva, se embarra la cara de lodo, acto seguido apreciar la réplica del padre despojándose de toda culpa y evadiendo por completo su responsabilidad, esgrimiendo las palabras de amor que un padre siempre le dice a su hijo. "Viste ¡Te lo dije!, ¡te dije que le pusieras la chingada cadenita al columpio!, pinche huerco pendejo. Ahora tu mamá te va a regañar cuando lleguemos a la casa" y el niño llora y llora inconsolable, retorciéndose de dolor mientras es estirado bruscamente del brazo por su padre que, después de una segunda apreciación, creo que era el padrastro y quería quedar bien con la mamá y que a pesar de que él lo tumbó todavía tiene el descaro de regañarlo. ¡Qué bellos e hilarantes momentos en familia!

Dimas, Isauro y yo tratamos de contener la risa ante tal evento tan bello y lleno de matices bipolares. Aquel padre tan desnaturalizado y su hijo, sin saberlo, con ese vergonzoso ejemplo de falta de criterio paternal, me regalaron un lúcido momento de hilaridad y con ello, aunque fuera tan sólo por ese momento, habían tranquilizado a mi turbulento ser.

LA CHAMOYADA DEL TERROR

Llegóse al día pactado y con él una nueva aventura laboral me esperaba. Las promesas subidas de tono de mi voluptuosa compañera de clases, el perfecto incentivo para embarcarme en la renovada empresa de conseguir la guitarra de los mil orgasmos incipientes; a mi lado, Isauro, un buen camarada con muy mala suerte, tal vez peor que la mía.

Arribamos con total desgano al estanquillo de las chamoyadas, el cual se encontraba en uno de los rincones pintorescos del barrio. Frente a él había un gran parque algo descuidado, utilizado principalmente por la viejentud local. No era cosa de extrañar el ver parejas de ancianos decrépitos caminando por ahí y regañado a los pocos niños que se atrevían a jugar.

— ¡No anden corriendo! —se escuchaba sin tregua, incluso cuando no había niños… ¡ni ancianos! ¡Qué pinche miedo!

Pupi nos esperaba afuera del estanquillo con su cara de nulos amigos y su semblante a medio maquillar. Después de regañarnos por llegar cinco segundos tarde, trató de explicarnos el negocio. Nos decía que la máquina para moler hielo podía ser un tanto impredecible y que si dejaba de funcionar tendríamos que hacer las cosas con un cuchillo oxidado. Hizo de nuestro entendimiento el nuevo valor agregado que había decidido poner en su insalubre negocio: los esquites —o elote en vaso para el que no esté familiarizado con la jerga estanquillera. Todo el elote se mantenía en una olla que él mismo precalentó en su mazmorra antes de nuestra llegada. En pocas palabras, el empleo era pan devorado.

La entrada del local era ancha, como una ventana a la introspección. Te podías perder en tus pensamientos viendo la realidad a través de esa abertura. El parque de enfrente y la gente que pasaba, todos tan diferentes y con una historia que contar, en ocasiones deambulaban parejas jóvenes peleando por aquellas pequeñas trivialidades que nos otorga la vida, obreros, niños y hasta la gama más heteróclita de perros callejeros, todos reunidos siguiendo el aroma del celo de su polígama y canida amante.

Nadie se acercaba al lúgubre local de las chamoyadas. Haciendo memoria, los únicos que compraban ahí éramos nosotros, ya que todos preferían ir a las del barrio de enfrente. Dado nuestro aburrimiento, Isauro y yo inventamos un pequeño y simple juego, el cual consistía en golpearnos en el hombro fuertemente cada que pasara un Volkswagen de color blanco. El primero en divisar el auto tenía el privilegio de asestar el inicial golpe demoledor. El primer día acabamos con los brazos llenos de moretones y, lo más triste, ¡sólo vendimos tres chamoyadas!, por lo cual Pupi se encolerizó echándonos la culpa de su falta de sapiencia a la hora de hacer el marketing de su paupérrimo tendajo.

Pasaron un par de días y nos acostumbramos a estar allí. Ver a las cucarachas y a los ratones pasearse orondos, como si estuviesen paseando en la plaza del pueblo dándole la vuelta al kiosco y —¿por qué no?— tal vez viendo algunas artesanías para llevarlas de regalo a algún cucarachiento pariente lejano citadino.

Un par de chicas exageradamente sensuales entraron al negocio. Escotadas, al borde de hacernos exudar lujuria pura, rubias, bien dotadas con sus labios rojos y carnosos, usando unos mini shorts cacheteros de mezclilla que no dejaban nada a la imaginación y solamente un pequeño top que poco podía hacer para proteger aquellos abultados atributos que casi se transparentaban por entre la atribulada tela. ¡Qué bueno que estábamos detrás del mostrador! No podía hablar por Isauro, pero, en cuanto a mí respectaba, me encontraba en la antesala de una explosión de precocidad.

Parecía que aquellas chicuelas —a las que yo les calculaba no más de veinte años— se dirigían tal vez a algún *road trip* colmado de aventuras eróticas como en ese film eurpoeo *Emmanuelle contra los changos* o algo así se llamaba. Ambas se postraron en el mostrador de la manera más promiscua y nos hablaron con un tono que haría sudar agua hirviendo hasta al más experimentado y autoproclamado emulador de Giacomo Casanova.

—Me das dos chamoyadas y un esquite por favor —dijo la Chica Sensual Número Uno.

Tanto Isauro como yo nos quedamos petrificados sin saber qué hacer, e insisto, yo no podía hablar por Isauro, pero lo que sí puedo asegurar era que en mi mente pasaba un fulminante pensamiento. Imaginaba que tenía a aquellas damiselas desnudas sobre el mostrador y que les hacía el amor tan expresivamente que hubiera dejado pendejo y con todo y grito a Edvard Münch. Tal vez Isauro estaría teniendo algún otro pensamiento mucho más vivido, ya que instantáneamente palideció. El semblante de nuestras sensuales amigas se había tornado en una careta de extrañez al notar nuestra incapacidad de atenderlas.

—Amigo, ¿estás bien?, ¿no escuchaste? —preguntó la Chica Sensual Número Dos.

¡Me llamó amigo! En mi sucia y pervertida mente eso se traducía a que mis fantasías se harían realidad.

—Este... sí. Dos chamoyadas y un elote en vaso —repetí con mi tono un tanto nervioso.

Entre Isauro y yo preparamos la encomienda casi de manera artesanal. Preparamos el esquite y las chamoyadas agregándoles nuestro propio toque personal para que nuestras exuberantes amigas lo notaran. Pusimos la orden en el mostrador y recibimos nuestro pago para, acto seguido, ver a las chicas alejarse dando un par de pasos y estimulantes contoneos. Todo iba bien hasta que escuchamos un grito desgarrador —a lo mejor fue el de Edvard Münch.

¡Se trataba de las chicas sensuales! Nos salimos de detrás del mostrador para ver qué había ocurrido. Las topamos con los ojos inyectados de sangre. Tenían fuego en la mirada, pero no de la manera que yo hubiese deseado. Estaban fúricas, su semblante cambió por completo al de un par de brujas de cuento infantil alemán o ruso, todo un par de Baba Yagas al acecho para destruirnos. Pregunté inocentemente qué había pasado, a lo que una de ellas me contestó casi casi expulsando acido por la boca:

—¿Quieres saber qué pasó? ¡Te diré lo que pasó! —dijo la Chica Sensual Número Uno.

Me explicó que su amiga, dando apenas el primer bocado, notó que había algo crujiente que no correspondía, por un segundo pensó que era un frito que se coló a aquel collage de maíz con queso, mayonesa, crema, chile del que no pica y limón, ¡pero no! La realidad siempre supera a la ficción. Lentamente examinó el interior del vaso convirtiéndose en víctima de la terrible verdad: ¡se había comido la mitad de un cucaracho bebé! Y a continuación, otro pequeño cucarachín emergió luchando por su vida abriéndose paso por entre los granos de elote, bañado en la homogénea pasta de condimentos, peleaba para no ser devorado por las otrora sensuales cortesanas del chamoy. Mientras la Chica Sensual Número Uno relataba el traumático suceso, la Chica Sensual Número Dos devolvía sus entrañas al suelo, güacareándose en una imagen por demás desgarradora que hizo que todos los presentes tuviéramos repentinos espasmos vomitivos al habernos sido revelada la regurgitada realidad.

Parecía que la Chica Número Dos se había comido un troll o una creatura del bajo astral de color verde con café humeante y el rojo de lo poco del chile del elote que alcanzo a ingerir. Isauro y yo nos deshacíamos de vergüenza exterior y de risa interna, ¿cómo demonios era posible que nos encontráramos en una situación tan *sui generis*?

Obviamente, las chicas exigieron la devolución de su dinero que de manera expedita les fue remunerado. Nos insultaron de la manera más cruel que pudieras insultar a alguien, al grado que hasta desearon que nuestras madres hubieran cometido aborto o que mejor nos hubieran tragado para que nosotros no les hubiéramos proporcionado aquel vomitivo menjunje del mal. Se fueron gritando los más vulgares y sucios improperios dirigidos a nuestras frágiles humanidades para rematar con un sonoro "¡Requete chinguen a su madre!", seguido de la inequívoca y universal seña de descontento, el famoso dedo de en medio erguido y uñudo. Subieron a su auto y arrancaron patinando llanta para, hasta donde me concierne, ya no regresar jamás.

Permanecimos petrificados a un lado de la guacareada caliente. Malditos cucarachos, lo volvieron a hacer. Todo iba muy bien hasta aquel desagradable acontecimiento.

No había necesidad de comentarle a Pupi lo sucedido a menos que alguna demanda juguetona apareciera inusitadamente en su correo, o que el inspector de sanidad le hiciera una visita sorpresa. Volteé a ver a Isauro y le pregunté:

—¿Y ahora qué?

—¡Nada! ¡Yo no necesito esto! Lo único que quería era dinero para comprarme unos tenis nuevos, pero, viéndolo bien, mejor me espero a mi cumpleaños. Nos vemos, ahí le dices a Pupi que se la come toda.

E Isauro, así como llegó, también se fue, dejándome solo a sabiendas de que yo no me podía ir porque realmente necesitaba el dinero para la guitarra. Ahora el que se encontraba helado al lado de la vaporosa vomitada era yo, y desgraciadamente no me quedaba más que limpiar, con el más pronunciado de los ascos, ¡el maldito canto a Oaxaca!

SR. VITELLI

Me resultaba increíble cómo se me pasaba ahora la vida... viendo cucarachas en la pared, viendo la puerta amplia y abierta del negocio que daba a la calle, y, en visión más periférica y lineal, al parque. Me resulta increíble cómo uno se puede volver invisible. Un simple espectador transparente si le eres desconocido a los incautos transeúntes y si en efecto decides que tienes ganas de desaparecer. Decenas de siluetas pasaban día con día por ahí y nadie se molestaba siquiera en ver adentro del local, eso mermaba mi paga, dado que Pupi, después, decidió que sería proporcional a las ventas, en pocas palabras, casi casi por comisión. ¡No lo culpo! No se vendía absolutamente nada.

A veces pensaba que, a pesar de que me encontraba detrás del mostrador, los pocos que se atrevían a mirar se iban a encontrar con un *stand* vacío. Extrañaba la compañía, no es idóneo estar aislado y sin nada que hacer salvo ver de una manera voyerista y malsana el apareamiento de las alimañas que allí se encontraban, o hasta las acaloradas batallas épicas con las mismas. Ya fueran los cucarachos versus los ratones y hasta las arañas peleando vehementemente por un bocado de elote. Sólo me quedaba mirar hacia afuera y soñar con que era libre, volando y copulando al mismo tiempo entre las nubes con Walkiria.

Todos los días, más o menos como a las seis de la tarde, llegaba un anciano a la parte central del parque, la cual tenía un redondel de bancas. El anciano se sentaba en la misma banca siempre y cuando no estuviera ocupada. Casualmente, era la banca que quedaba de frente a la loma, en la cual se podía apreciar perfectamente cómo se ponía el sol detrás del altozano. Probablemente era uno de esos tipos nostálgicos y le gustaba sentarse allí para ver el atardecer y reflexionar, pensar en tiempos mejores. Después se me ocurrió, *¿cómo no va ser un tipo nostálgico?, ¡si es un anciano! Es posible que no tenga a nadie, tal vez todos sus amigos están muertos y ya no hay con quién sentarse a tomar el vinito y jugar al dómino. Ha de ser viudo. Solo, triste y viejo, y probablemente con algún tipo de Alzheimer. ¡O a lo mejor no!*

El anciano carcamal tenía una particularidad un tanto misteriosa. Todos los días andaba vestido con un traje de color negro y con un viejo y gastado sombrero fedora color café. Si se hubiera puesto unos lentes obscuros bien hubiera podido ser parte de los Blues Brothers. A cuestas, en sus labios, un inseparable amigo que no me era desconocido: el cigarrito. Cabello canoso y amarillento, producto de su deliciosa adicción. Portaba con él algo que llamó mucho mi atención, ya que me encontraba en una situación casi empática con el vejestorio, un estuche negro y de él sacaba una guitarra color ocre muy brillosa de la que salían finos acordes de tiempos remotos, tiempos mejores.

La música que interpretaba el anciano alcanzaba a escucharse claramente en el local de chamoyadas. No toda era de mi predilección, puesto que era música que a simple oído se apreciaba muy antigua, como una mezcla de bolero con trova y canción de protesta muy agradable de escuchar. Agradable sí, pero muy aburrida. Cantaba para él y, aunque movía sus labios en pantomima cantante, yo nunca alcanzaba a percibir la letra de las canciones. Un buen día me decidí a abandonar el local para hablarle, de todos modos el expendio era invisible junto con todo lo que se encontraba dentro. Quería preguntarle cómo aprendió a tocar y de qué trataban sus canciones, posiblemente preguntar si no tenía alguna guitarra que le sobrara por ahí —o por allá— entre todos los cachivaches de su antigua y arcaica morada de abolengo, si es que la tenía.

Como ya era costumbre, dieron pasadas las seis y el anciano llegó a su banca para tocar. Estuve observando unos momentos en silencio para finalmente salir del local e interrogar al tipo aquel de juventud acumulada. Me le acerqué lentamente, ni siquiera me notó, estaba muy concentrado en su arte antiguo. Me aclaré la garganta y… nada, el viejo seguía con lo suyo. Me cansé, y, con tono firme, pregunté decidido:

—¿Qué canción está tocando, oiga?

El viejo ni se inmutó, seguía con lo suyo.

—Disculpe. ¿Dónde compró la guitarra?

—No me molestes, niño —dijo el anciano casi susurrando, con una voz tenue y suave como la de César Bono.

Pinche viejillo mamón, de por si nadie lo pelaba y ahora resultaba que cuando le hacían caso se ponía en plan de divo prepotente.

—No lo quiero molestar, sólo quiero platicar con usted — dije en un tono hipócritamente dulce.

—¡Y yo ya te dije que no me molestes! No quiero platicar con nadie, vete o te doy con la guitarra en la cabeza.

Dada la amenaza, me di la vuelta y regresé, frustrado, al negocio. *Pinche viejo payaso altivo, ¿quién demonios se cree que es? Ojalá le dé un infarto en pleno parque para así poder ir a arrancarle la guitarra ocre de sus frías y engarruñadas manos muertas.* Me puse detrás del mostrador nuevamente y suspiré. Que las cosas se dieran a pedir de boca no era mi estilo, tal vez no había nacido con estrella. Pensaba en mis camaradas, me preguntaba, *¿qué estarán haciendo?* Y también el porqué de sus escasas o nulas visitas. Ya sabía la respuesta: nadie quería estar en un local que a pesar de que vende un producto a base de hielo es un completo horno de fundición de hierro. ¡Cómo hacía calor allí dentro!

Al otro día, como ya se había vuelto una costumbre forzada, atisbaba algo desencajado el panorama por la puerta del local. Casi eran las seis cuando de pronto miré una pequeña silueta que trataba de cruzar la calle de manera imprudencial. Se trataba un niño como de unos ocho o nueve años cuyo rostro se me hacía un tanto familiar, aquel pequeño individuo logró cruzar y sin más ni más se introdujo en el local, se plantó frente al mostrador que casi lo tapaba por completo y simplemente me dijo:

—¡Hola!

—¿Qué vas a querer? —pregunté al niño, a lo que él me dio una respuesta un tanto rara:

—Quería platicar.

¿Platicar? Qué rapaz tan raro, ¿por qué no se iba platicar al parque con los demás escasos escuincles de su edad?

Después recapacité y me di cuenta que a lo mejor sí necesitaba algo de compañía para que el rato se me pasara más rápido, además, lo más extraño de todo: aquel niño también tenía una guitarra que pendejamente no noté cuando lo vi cruzar la calle. *Ahora resulta que todo el mundo toca la guitarra menos yo*, y que ahora hasta el pinche enano ese tenía la posibilidad de cogerse también a Walkiria. Así que bien, por qué no habría de platicar con el mocoso extraño. Decidí seguirle el juego por aquello de las archirrecontra malditas dudas.

—¿Y de qué quieres platicar?

—No sé.

—¿Cómo te llamas?

—Todos me dicen Pinito —dijo el niño con su voz de silbato desvielado.

¿Pinito? ¿Por qué me sonaba ese nombre? Después de pensarlo unos segundos recordé que en el barrio casualmente enfrente del parque de las chamoyadas mis camaradas y yo nos juntábamos con un niño al cual llamábamos Pepino porque se llamaba José Saturnino. Pero que, después, a causa de albures malintencionados y demás barbarismos del léxico castellano, terminamos por llamarle Pino para dejarnos de problemas. Pino no vivía en el barrio, nos visitaba los fines de semana, se quedaba con sus abuelos porque, según contaba, sus padres trabajaban en esos días y no podían cuidar de él y de su hermano menor que en ese tiempo tendría como cuatro años y al que llamábamos Pinito. Pino ya no volvió al barrio. Después nos enteramos que tuvo un accidente junto con sus padres y que el más maltratado fue él. Se estrellaron en el auto contra un tráiler y que tanto Pino como el carro terminaron en pérdida total y casi carbonizados, ya que no lo pudieron sacar a tiempo del asiento de atrás del vehículo que comenzó a incendiarse. Sus padres lo tuvieron que llevar a una clínica especializada fuera del país. Era posible que el niño que estaba parado frente al mostrador fuera el hermano de Pino, y, si lo era, ¿qué demonios estaba haciendo tan lejos de casa?

—¿Tu hermano se llama José Saturnino?

—Sí —dijo, suspirando con un pequeño aire de nostalgia—. Tú eres Tolentino. Sí me acuerdo de ti, por eso vine, te vi el otro día.

—¿Y qué haces aquí? ¿No deberías estar con tu hermano y tus papás? —pregunté sin reparos.

—Mis papás decidieron dejarme aquí con mis abuelos, ellos no saben que los escuché, pero dijeron que iba a ser muy difícil cuidarnos a los dos con la condición de mi hermano. No me gusta estar solo.

Al escuchar las palabras de Pinito se me hizo uno de esos culposos nudos de garganta. *¡Pendejo, para qué chingados preguntas cosas como esa!*, por lo que decidí arreglar las cosas diciéndole que él no estaba solo, que tenía a sus abuelos, a lo que él replicó que ahora sólo tenía a su abuelo, que su abuela había muerto hacía más de un año y que su abuelo era demasiado estricto con él. Sentía que no lo quería pero que no tenía a donde ir y tampoco muchos amigos, yo creo que no tenía ninguno, dada la tristeza con la que me dijo aquellas palabras. Por eso, cuando me vio, vio una cara conocida y decidió sencillamente ir a platicar.

Me intrigó todo lo que dijo, pero lo que más me intrigó fue que tuviera un abuelo tan hijo de puta, a lo que le pregunté:

—¿Quién es tu abuelo?, ¿cómo se llama?

Y él me respondió, señalando con el dedo:

—Se llama Mario Vitelli y es aquel señor del sombrero que está tocando la guitarra en la banca del parque.

Una grata compañía

El amargado y divo señor Vitelli tocaba sin tregua su guitarra todas las tardes mientras el pobre de Pinito se la pasaba vagando en completa soledad alrededor del parque. Siendo un espectador distante, me preguntaba la manera en que podría sacar ventaja. Cierto día, platicando con Pinito, le pregunté si era posible que convenciera a su abuelo que me enseñara a tocar la guitarra. Se quedó callado, sabía la clase de entidad abstracta que podía llegar a ser el padre de su padre, sonrió y me miró.

—Yo te puedo enseñar —dijo Pinito con suma confianza, a lo que yo lo miré extrañado.

—¿Sabes tocar?

—¡Claro que sé tocar!

—¿Quién te enseñó?

—Mi hermano.

—Y el amargado de tu abuelo, ¿no te enseñó nada?

—A él nadie le importaba más que mi abuela. De hecho a mí sólo me habla para las cosas más básicas.

Lo mire extrañado, no le creía nada, así que lo reté.

—Muéstrame.

Pinito volvió a sonreír y se puso a contorsionar su cuerpo como el Chavo del Ocho cuando algo le emocionaba. Tomó la guitarra que era casi de su tamaño y comenzó a tocar una melodía clásica. Aunque para mí la melodía era demasiado aburrida, la complejidad con la que tocaba y el virtuosismo que provenía de las yemas de aquellos pequeños dedos me dejó estupefacto y con la boca abierta para que se metieran las moscas para anidar sus larvas puposas y enfermarme de miasis. El mocoso sabía tocar.

—¡Tocas muy bien!

—He estado practicando.

—Y… ¿no tendrás alguna otra guitarra por ahí que me puedas prestar?

Pinito se puso serio y me contestó tajantemente que no, que de hecho esa era la guitarra de su hermano y que era lo que más quería en la vida, que si lo deseaba, me podía enseñar a tocar, pero nada más.

Suspiré y le pedí que me enseñara, que le pagaría con chamoyadas y chucherías gratis por sus servicios. Total, el pinche Pupi ni contar sabía, nunca se daría cuenta. Pinito volvió a sonreír y estrechó mi mano efusivamente.

—¡Entonces es un trato! —sentenció Pinito con emoción.

Debo confesar que si el concepto tan abstracto de la santidad existiera, Pinito debería haber estado en proceso de canonización inmediato. Hacía milagros musicales y tenía la paciencia de un beato en la hoguera. Al cabo de unos días, mis aptitudes guitarrísticas habían sobrepasado todas las expectativas de lo que podía lograr. El sueño de fama carnal cada vez se sentía más cercano y tangible. Pinito se veía feliz al saber que su único pupilo, además de guapo, también estaba resultando tan virtuoso como él. Toda aquella sapiencia a la hora de tocar me la transmitió de manera excepcional. Contaba las horas para estar a solas con Walkiria y enseñarle mi habilidad con el instrumento. Eran pensamientos tan motivantes que pasaron varias semanas y ya podía tocar varias melodías, inclusive cantar y tocar al mismo tiempo, cosa rara, hasta descubrí que no cantaba tan mal.

Pero, como siempre, cuando algo bueno me ocurría, las garras del destino tenían otro plan.

Pinito dejó de ir a las chamoyadas y su abuelo al parque. Algo había pasado, no tenía la más mínima idea qué, pero por suerte me había enseñado lo suficiente como para seguir mi camino solo.

De nueva cuenta me encontraba abandonado en aquel puesto de chamoyadas del terror, ya no tenía guitarra y sentía que lo que Pinito me había enseñado se me estaba empezando a olvidar. A veces acudían, para sacarme de mi letargo, Dimas y Masiosare, y muy de vez en cuando los cuates. Isauro se prometió jamás volver a ese lugar.

Hacíamos canciones —tarareadas primero—, todas ellas de nuestra inspiración. En una ocasión, Dimas llevó la guitarra de su padre y compusimos nuestra mejor creación, nuestra *opus magnum*. Una melodía visceral llamada "Yo maté a Pancho Villa". Excelsa. Un rap combinado con rock muy *ad hoc* con la moda musical del momento. A cada amiguito que se la cantábamos quedaba asombrado de la calidad de la canción y de la crudeza de la letra. Frases como: "deberían hacer un grupo" o "¿por qué no la cantan en la escuela?" se hicieron frecuentes entre nuestros allegados. Era algo motivante, no está por demás decir que hasta Walkiria se convirtió en fanática de nuestra creación sonora y siempre que podía me pedía que le cantara al oído las fastuosas estrofas de mi improperio musical. Ya hasta se me estaba olivando la ausencia de Pinito.

Miraba como siempre hacia la nada por la puerta del local chamoyadesco. Añoraba mientras fisgaba por la amplia puerta del local, veía a la gente pasar, no quería estrangular mi mente con un agujero en el vacío. ¿Que más me quedaba? Contemplar la siempre cambiante naturaleza de las cosas cotidianas.

Vi un auto negro que se detuvo afuera, al lado de la acera. De él se bajó nada más y nada menos que ¡Pinito! acompañado por un individuo vestido con pantalón color caqui de presillas y una camisa polo celeste, es decir, un reverendo pelmazo, pendejo y pusilánime. El semblante de Pinito se apreciaba agridulce, parecía que le daba gusto verme, pero el trasfondo de su visita posiblemente no era tan grato como yo me imaginaba. Traía la guitarra de su hermano en las manos, la dejó recargada en la pared y acto seguido se abalanzó para abrazarme, fuerte, muy fuerte, mentiría si dijera que esa imagen no me enterneció siquiera un poco.

—Ya me voy —dijo él.

—¿A dónde te vas?

—Me van a llevar a un internado.

—A un internado, ¿por qué? —pregunté un tanto extrañado.

—Mi abuelo está en el hospital y ya no puede cuidarme.

Ese pinche viejo ojete, mamón y desobligado.

—¿Y tus padres?

—Ellos son los que me están mandando.

Ahora todo tenía sentido.

—Ya veo. Si te sirve de algo, realmente me ayudaste, ¡y eso nunca se me va a olvidar! —era evidente que era malísimo en situaciones que requerían de empatía.

—¡Gracias! —respondió Pinito al borde del llanto —. A mí tampoco se me va a olvidar tu compañía. De hecho… tengo un regalo para ti.

Tomó la guitarra de la pared y la sostuvo frente a mí con sus brazos bien alzados.

—¡Tómala, ahora es tuya!

—Pero, es la guitarra de tu hermano. Pensé que era lo que más querías.

—Mi abuelo me dio su guitarra porque ya no la va a poder usar y la verdad se toca mejor. Hasta me contó quién se la había dado, por eso nunca la prestaba.

—¿Quién se la dio?

—Un ciego en un cruce de caminos a media noche, más o menos cuando tenía tu edad.

Tragué saliva, posiblemente el demonio era el orfebre de tan maravilloso instrumento encordado o también cabía la posibilidad de que el pinche viejillo mamón le estuviera jugando una broma pesada a su pequeño e inocente nietecillo, me serenaba más pensar en lo segundo.

—Tómala, es tuya —repitió Pinito con un aire de misterio y una mística algo tenebrosa, como si también hubiera algo sobrenatural en él.

—¡Gracias! —le dije mientras tomaba un tanto inseguro la guitarra.

—Sólo a eso vine, espero que te sirva. ¡Adiós! —dijo Pinito mientras se daba la media vuelta para retirarse del lugar, escoltado por el papanatas de los pantalones caqui.

No se podían quedar las cosas así como así, al menos debía saber algo, así que grité fuertemente:

—¡Pinito! — volteó rápidamente —. Nunca me dijiste tu nombre.

Sonrió de una manera un tanto rara, casi sarcástica y pronunció aquellas palabras rebosantes de más preguntas que respuestas:

—Me llamaba Ismael.

Subió al auto y se alejó junto con el caquiman. Yo me quedé de pie en la banqueta viendo cómo se alejaba el carro mientras rodeaba el parque hacia la avenida para salir de la ciudad. Tenía en mi mano la guitarra y, en efecto, en la parte de atrás del cuerpo de madera estaba tallado muy rudimentaria y pedestremente el nombre de Ismael. Me quedó la duda, ¿qué quiso decir con "me llamaba"? Tal vez la guitarra sí era de Satanás y poseía a quien fuera su dueño. Posiblemente Pinito, Ismael, iba a matar al trabajador social de los pantalones de pendejo y a empezar una nueva vida cometiendo terroríficas fechorías de índole de ritual paranormal con culto a Cthulhu incluido, con otro alias y en otro lugar del mundo.

Nada de eso ya importaba. Lo que importaba era que ya tenía una guitarra y lo mejor de todo... ¡gratis! Sin duda alguna, mi odisea apenas comenzaba. Acabándose el día le aventé a la chingada su jale meado al Pupi. Su ira fue infinita, aunque en realidad no la vi porque me fui corriendo.

Los Aliados de Cuauhtémoc

(El regreso de los Pastranos Karas Zucias)

Ya tenía la chingada guitarra. Ahora el siguiente paso para llegar a ser un rockstar cogelón sería formar una banda. No parecía ser tan difícil. Sin pedirlo, la mitad de mis camaradas eran músicos. Sin duda alguna, al escuchar mi banda, Walkiria quedaría impresionada.

Nos reunimos todos en el porche de Masiosare. Sacó una batería de la antigua banda de su hermano.

Así comenzamos la alineación.

Dimas: requinto y segunda voz

Masiosare: batería

Isauro: pandero

Cruz: el triángulo

Aquiles: percusiones varias y la guacharaca combinada con acordeón para niños de *Kinder Garden*

Y por último, el mejor, más guapo y sensacional de todos, obviamente yo: Tolentino en la guitarra rítmica y voz principal.

En la tele se veía tan sencillo. Los rockstars legendarios haciendo piruetas y enajenando a las masas con un perfecto dominio del escenario. Nosotros, al contrario, parecíamos niños jugando y cada que empezábamos a tocar todos los perros del barrio comenzaban a aullar. ¿Qué teníamos de malo?

Cada que los muchachos parecían perder la chaveta, yo salía con mi discurso motivacional infalible para cualquier incipiente músico puberto: el sexo. Les decía que si tocábamos bien una muchedumbre de chicas se postraría ante nuestros pies, estimuladas por las notas sensuales de nuestra música. ¡Vaya que funcionaba! Al recordarles el porqué de nuestro interés en convertirnos en leyendas, todos se embriagaban con el ansia de poder obtener aquel deseo que tanto les rehuía.

Pasamos semanas practicando en la cochera de Masiosare y no mejoramos casi nada. Tan sólo pudimos estructurar la base de nuestro más grande éxito "Yo maté a Pancho Villa" y una animada versión rudimentaria y de garaje rock de "Las piedras rodantes" del Tri y, en el mismo estilo de garaje, "Santa Lucía" de Miguel Ríos, que era la que mejor nos salía por alguna extraña razón.

A veces teníamos público. Fuera Walkiria acompañada de algunas amigas de la secundaria que iban a vernos, o uno que otro personaje molesto como Clodomiro o inclusive Pestalozzi que se invitaba solo. En ocasiones, Usnavy se dignaba a acompañarnos para después burlarse de nuestra evidente falta de talento. Teníamos una *grupie*, muy a nuestro pesar. Se trataba de Karla Susana o como nosotros la llamábamos con cariño: Karla Gusana —era de escasa estatura y muy resbalosa. A pesar de que no era fea, algo tenía que nos obligaba a repelerla. Se le notaba cierta necesidad de llamar la atención a nuestras expensas y, además, el hecho de que parecía estar urgida por alguna razón. Quería con todos en dónde fuera y cuando fuera, primero conmigo —obviamente— después con Dimas y así sucesivamente hasta terminar con Isauro y excluyendo a Masiosare, al cual todas le hacían el feo llamándolo sarcásticamente y de manera despectiva "El Bombón".

Karla Gusana casi siempre asistía a nuestros ensayos. Decía que era nuestra más grande fanática. Nos instaba a ponerle un nombre oficial al grupo para hacer pancartas o camisetas. En la escuela nos molestaba preguntándonos el horario de ensayo, y, aunque le dijéramos mal la hora, ella aparecía puntual. Yo creo que nos espiaba para enterarse de manera fidedigna por ella misma.

Cuando Walkiria asistía a los ensayos, Karla se ponía celosa en extremo. La odiaba y la verdad no la culpaba, ella no tenía nada que hacer ante la voluptuosa figura y sensual acento de Walki. A veces hasta la molestaba para obligarla a retirarse, cosa que a nosotros nos sacaba de nuestras casillas. Como los caballeros que éramos, la aguantábamos. Total, era nuestra única *grupie*.

Teníamos problemas, como en cualquier grupo. A mí me enojaba que los demás miembros de la banda no se tomaran en serio el sueño de fama: realmente necesitábamos practicar.

Jamás me consideré una persona organizada, pero debo admitir que algo tenía la música que sacaba lo mejor de mí, era por eso que me enfurecía tanto cuando alguien fallaba de manera estúpida e intencionada. Ni Cruz, Aquiles ni Dimas respetaban los horarios. Isauro se aparecía más temprano y, al ver que nadie llegaba, se marchaba. Y el peor... Masiosare. A pesar de que la práctica era en su casa, cuando uno llegaba a tiempo él apenas se estaba bañando —para limpiar tamaño bodoque se necesitaba algo de tiempo extra. Otro problema surgió cuando Dimas se consiguió una noviecilla de mano sudada llamada Toribia Marqués. Nunca lo dejaba concentrarse y hacía que llegara tarde siempre, y para colmo la llevaba a los ensayos y todavía la muy culera se dignaba a opinar de nuestros progresos musicales alegando conocer del tema porque su padre tocaba el violín. Pinche viejo payaso pelón, ni la puerta podía tocar. Como es normal en cualquier agrupación, nunca podía faltar una Yoko.

Estuvimos al borde de la ruptura musical de no ser por una situación que nos motivó a continuar. Mientras recorría los pasillos de la escuela Secundaria Pública Número 18 Gilles de Rais tratando de perder clases y evadiendo a los prefectos, me percaté de algo que llamó mi atención en el periódico mural. Era un letrero grande que decía más o menos así:

GRAN KERMESE DE OTOÑO,
PARA LOS DOS TURNOS, HABRÁ:

JUEGOS MECÁNICOS. MÚSICA Y BAILE. VENTA DE
COMIDA. ACTIVIDADES RECREATIVAS. Y SHOW DE
TALENTOS. VIERNES, DE 3 P.M. A 7 P.M. PREMIO SORPRESA
PARA EL PRIMER LUGAR DEL SHOW DE TALENTOS.

Pinche letrero ojete, lo hubiera pasado de largo a no ser por la premisa de un show de talentos, la perfecta oportunidad para mostrar el arte de la banda y, aunado a esto, la premisa de algún premio no sonaba nada mal. Contiguo al anuncio había una hoja de inscripción para el Show de Talentos. El premio sorpresa sonaba tentador. Era perfecto para convencer al resto del grupo de seguir unidos como banda.

Como no teníamos nombre, decidí no precipitarme a lo de la inscripción hasta no hablar con el resto de mis camaradas.

Esa tarde los reuní a todos en el porche de Masiosare, teníamos que dejarnos de estupideces infantiles y trabajar en serio. Estuvieron de acuerdo, incluso Dimas.

—Al cabo ya me harté de la perra esa, me quiere mangonear, no me deja divertirme y para colmo no afloja nada, vamos a darle —fueron sus palabras exactas, no las mías.

¡Ensayamos como nunca! Estábamos más que inspirados por el premio sorpresa, a lo mejor era una chingadera como pases gratis para el cine o algo así, pero ¿y si acaso era alguna consola de videojuegos o alguna remuneración económica? Hasta con un perdón de reportes y materias reprobadas me bastaba.

Inspirados, tocamos incesantemente durante esa tarde. Para nuestra mala suerte, Karla Gusana hizo su aparición triunfal en el momento en que nos estaban saliendo mejor las cosas, se ponía a gritar o a interrumpir con algún comentario. Hartos de ella, la confrontamos de manera sutil y respetuosa. En pocas palabras, la mandamos a chingar a su madre, por decirlo de la forma más honesta posible, ya que nuestro exabrupto fue mucho más apocalíptico.

Tanto así que la pobre de Karla se alejó llorando del ensayo. No nos sentimos mal en ese momento por ella, sino por el tiempo que nos había hecho perder. Usnavy salió para ver por qué el alboroto y para darnos su opinión de lo que había estado escuchando en las últimas horas.

—Han mejorado mucho.

—Es que hemos estado practicando para el Show de Talentos, carnal — contestó Masiosare.

—Show de Talentos —repitió Usnavy casi riéndose y con aire de condescendencia —. ¡Que tiernos! ¡No mamen!

—No te burles, cabrón, le hemos estado echando ganas — contesté —. Sobre todo por el premio sorpresa.

—¿Premio sorpresa? —preguntó intrigado.

—Hay un premio sorpresa —respondió Isauro.

Una mirada sospechosa se gestó en el rostro de Usnavy, seguida de una sonrisa un tanto malévola.

—Pues sí, suenan bien, aunque… demasiado huecos. ¿Quién es el bajista?

—No tenemos bajista —contesté—. A lo mejor Dimas que le encanta la de abajo.

De nueva cuenta, Usnavy caviló en cuanto a la situación. Dimas golpeó mi hombro fuertemente, creo que no le gustó mi comentario. Ya comenzaba a anochecer.

—¡Espérenme aquí!, voy con Tano. No se me vayan a ir, cabrones —finalizó Usnavy mientras corría presuroso a su Volkswagen.

Después de media hora volvió portando un bajo muy viejo que más bien parecía un violín. Su amigo Tano, antiguo compañero de la banda Sarcasmo Progresivo, se lo había prestado. Cuando le preguntamos extrañados por qué tenía cuatro cuerdas, él amablemente nos contestó, para sacarnos de la duda:

—¡Tiene cuatro cuerdas porque es un bajo, bola de pendejos! ¡Qué acaso no les enseñan nada en la escuela! Les falta un bajista y yo voy a ser su bajista.

Todos nos quedamos fríos. Conociendo a Usnavy, nos quitaría el premio para quedárselo él. Aunque, por otro lado, si no lo dejábamos participar nos pondría una madriza digna de la santa inquisición, así que… ¿por qué no? El chavo necesitaba una oportunidad, ¿para qué negársela?

Ya era de noche y todavía seguíamos ensayando. En lo personal, me sorprendí de la sapiencia de Usnavy para tocar. Eran canciones de cuatro acordes y las dominó a la perfección en menos de una hora. Al finalizar el ensayo se sentía la electricidad en el ambiente, la motivación era perfecta y bajo la dirección de Usnavy no podíamos fallar. Ya más relajados y sentados en las afueras de la tiendita de la esquina frente al parque principal del barrio, tomamos nuestras respectivas cocas en bolsa y Usnavy nos preguntó:

—Y, ¿cuándo se inscribieron?

—No nos hemos inscrito todavía porque todavía no le hemos puesto nombre al grupo y debe tenerlo para poder inscribirlo.

Usnavy nuevamente nos vio como si fuéramos unos pendejos y agregó:

—Deberían llamarse "Estampa".

—¿Estampa?, ¿qué clase de nombre es ese? —preguntó Dimas.

—¡Porque estampa llorar! —respondió Usnavy carcajeándose.

Sólo Usnavy se rio de su propia broma, todos lo mirábamos ahora a él cómo diciéndole "pendejo" en una maraña de papeles invertidos.

—Bueno ya, ya, pinches morros sensibles. Qué tal... Los Pastranos Vengadores, ¡no!, Las Tortugas Pánfilas —le hacíamos caras de desaprobación al ir escuchando cada uno de los nombres que decía.

Lo pensó unos segundos más, y finalmente exclamó, con aire místico:

—Los Aliados de Cuauhtémoc.

Lo miramos más extrañados que antes, ¿de dónde chingados había sacado ese nombre tan raro?

—Verán, a todos nos gusta la cerveza, ¿no? Entonces, por qué no hacerle honor a la cervecería de la ciudad.

Hasta cierto punto su embriagante lógica tenía sentido. Aunque no nos gustaba del todo el nombre, no teníamos otro mejor. Por votación era el más decente o mejor dicho, el menos "pior", perdiendo ante las demás opciones como Bandera Tóxica, Mesta, La gente de ningún lugar, Trece Lunas y el futbolero nombre de nuestro equipo de la secundaria, Los Karas Zucias, surgiendo de ahí también Los Zacarías.

—Parece que vamos a ser conocidos internacionalmente como Los Aliados de Cuauhtémoc —comenté a mis camaradas.

Isauro puso la mano al centro de la palomilla, como esperando que todos hiciéramos lo mismo y gritáramos una porra gritando el nombre de Aliados. Lo que en realidad pasó fue que entre todos lo agarramos a chivos y zapes por puñetas.

Al otro día, finalmente nos pude inscribir bajo el nombre de Aliados de Cuauhtémoc. Cuál fuera mi sorpresa al rotar varios nombres conocidos en la lista. Y entre todos ellos, los dos peores: Nemesio Boca Negra "Pestalozzi" y el de Tagoberto Iturriaga con su Tonto Locos Sound Machine.

Parecía que la competencia iba a ser difícil. Era martes y la kermese tendría lugar el viernes, no quedaba mucho tiempo y teníamos todavía mucho que practicar.

El Show de Talentos

Los días pasaron rápido y ya estábamos a jueves. Antes del último ensayo, previo al Show, nos pusimos a debatir si deberíamos tener nombres artísticos. Todos los rockstars lo hacían, ¿por qué nosotros no? Digo, el nombre Masiosare o el de Usnavy no sonaban muy musicales que digamos; tal vez para el ejército, pero no para nuestros planes. Cada quien escogió el suyo. Todos los nombres artísticos sonarían estúpidos para cualquier adulto prejuicioso, pero para nosotros no. Eran un escudo, un personaje para combatir a las masas y enajenarlas con el sonido de nuestros cánticos épicos.

Yo sería conocido con el nombre de T.N.T, el sexualmente explosivo *frontman* de la agrupación. A Dimas se le ocurrió el de Dimitri Steel, Masiosare sería conocido como Puerco Salvaje —él quería el de Caronte, pero no, honestamente nadie se lo iba a creer, era mejor así. Cruz y Aquiles serían identificados como Caín Ramone y Abel Averno, también propusieron los de Rómulo y Remo, pero se nos hizo que ya estaban muy gastados. Usnavy sería conocido como El Machine Gun, el ángel exterminador. Para finalizar, a Isauro, que por desgracia no tuvo la imaginación de ponerse un alias decoroso, se le ocurrió el de Mister Twisted, pero al resto de nosotros nos pareció demasiado puñetas, así que de manera espontánea fluyó como el agua y con mucho cariño se le asignó el apodo de Capitán Puñetas. Lo aceptó con algunas reservas.

Karla Gusana nos sacaba la vuelta. Habíamos sido muy duros con ella. No nos arrepentimos, merecía su correctivo, parecía que lo estaba pidiendo a gritos. El resto de los escolares estaban ansiosos de presenciar la mítica batalla de bandas entre los Aliados de Cuauhtémoc y Los Tonto Locos Sound Machine.

Tagoberto se encontraba indignado, parecía un divo de poca monta que se manifestaba ofendido al tener que tocar en el mismo escenario que nosotros. Yo pienso que tenía miedo.

Al tocar la campana que anunciaba la salida de las horrorosas actividades escolares, mis camaradas y yo nos sentamos en las bancas del Osiris. Conversábamos de cuanta banalidad se nos ocurría, hasta parecía que el Show de Talentos era algo muy distante. Tago y sus Tontos nos rodearon. Sentados, subimos las miradas lentamente para apreciarlos mejor, parecían los protagonistas del *Planeta de los simios* —aclarando que se trata de los simios y no de Charlton Heston.

—Más vale que no toquen en la kermese —dijo Tago muy seguro.

—¡A chingá! ¿Y tú quién eres para decirnos si podemos tocar o no? —respondí indignado.

—Yo nada más les digo, no quiero competencia. El premio va ser para nosotros nada más.

—¿Qué? Para que te lo fumes todo —contestó Dimas.

—De seguro se lo va a meter por la nariz —complementó Aquiles.

Tago sonrió.

—Les estoy diciendo por la buena, La Tonto Locos Sound Machine será la única banda en el show, si tocan, se tendrán que atener a las consecuencias. Vámonos niños —finalizó, dándole salida a sus monigotes Tonto Locos.

Estábamos furibundos, hasta Dimas hizo el ademán de querer levantarse bruscamente, pero lo detuvimos —en realidad no hubiera hecho nada. Después nos enteramos que todos los demás que intentaron participar también fueron amenazados por Tagoberto.

Renunciar no era opción. No queríamos vernos como unos cobardes ante los demás en la escuela y mucho menos ante la chichona y voluptuosa de Walkiria. Colegiadamente, tomamos la resolución de continuar.

El viernes llegó más rápido que la cuenta de la luz y los nervios comenzaron a manifestarse. Al salir de la escuela nos apresuramos a ensayar, quedaban unas horas antes del Show.

Cuando llegamos a casa de Masiosare, nuestros ojos brillaron de la emoción al ver la sorpresa que Usnavy nos tenía preparada: un par de guitarras eléctricas con sus amplificadores incluidos. Aunque en ocasiones Usnavy se pasaba de pelmazo, en otras daba en el blanco. Ahora sí pareceríamos rockstars de verdad, con nuestras guitarras eléctricas proporcionadas por los antiguos compañeros de Sarcasmo Progresivo. Cuando Usnavy les contó de lo embrionaria que era la banda, se enternecieron de nuestra inocente estupidez y se compadecieron a prestarnos sus instrumentos, aclarando que si algo les pasaba nos empalarían vivos.

También habíamos preparado ropa para la ocasión en el afán de vernos más profesionales. La conseguimos de todas partes, y sin presumir, cualquiera que viera nuestros atavíos se creería que se trataba de músicos profesionales y consagrados por las masas. Chaquetas de cuero negro, camisetas sin mangas, estoperoles, converse de colores, pantalones rotos, alguna que otra bandana, colguijes y pulseras, cruces egipcias, pentagramas que, aunque suene ridículo, vaya que ayudaban a la causa. Nos vestimos de estrellas de rock antes de ensayar, dizque para creérnosla más.

Llevábamos una hora tocando cuando notamos que un auto negro pasó varias veces de forma muy lenta y sospechosa a las afueras del garaje. No le dimos importancia. Debimos haberlo hecho.

El auto negro finalmente se estacionó dejando el motor encendido y de él se bajaron Tagoberto y sus colaboradores, cargando docenas de huevos, los cuales fueron lanzados como proyectiles en nuestra dirección. No sabíamos si correr y salvar los atuendos o enfrentarlos y adiós Show de Talentos.

Ni una ni otra. Nos quedamos inmóviles como un cervatillo encandilado por las luces de un auto antes de ser sanguinariamente embestido.

—Esto es para que aprendan a no desobedecer —gritó Tagoberto al subirse, presuroso, de vuelta al auto junto con sus compañeros y rechinando llanta y toda la cosa.

Estábamos pasmados y oliendo terrible. Hasta eso, conociendo de lo que Tago era capaz, nos fue bien.

Masiosare e Isauro se pusieron a llorar, muy sensibles ellos. No los culpaba del todo. Fuera de los huevos, nos habían arruinado nuestra ropa rockera. Ahora tendríamos que ir al Show vestidos como simples mortales.

—¡Los voy a matar cuando los vea! —exclamó Usnavy encolerizado.

—En la kermese nos los vamos a topar y ahora sí van a saber quiénes somos —replicó Dimas con aire de trifulca.

—Los vamos a chingar, de eso no me queda duda, pero nos los vamos a chingar con música —le dije a todos descompletando la trifulquera trifecta—. Sí, estamos manchados de huevo, ¿y qué? Esto se lava, lo que ellos nunca podrán lavar es la vergüenza que van a sentir siempre al saber que les ganamos.

—Es cierto —dijo Masiosare.

Vamos a limpiarnos y nos vemos en la secundaria a las cuatro —finalicé.

Llegamos a la secundaria vistiendo como simples mortales, me sentía perdido. ¿Cómo era que podríamos resaltar

entre la multitud si nos veíamos igual de grises que ellos?
Fue cuando notamos a Karla Gusana que se acercaba hacia
nosotros con paso firme.

—¡Son unos culeros! ¡Pero, ah, cómo me gustan! —exclamó,
sosteniendo una caja.

¿Qué quería decirnos con aquellas palabras? No sabíamos
qué pensar.

—Les confeccioné un vestuario, ojalá les guste.

Abrió la caja y dentro de ella había ropa del más alto octanaje en cuanto a vestuario musical se refiere: pantalones de
cuero, estolas, chaquetas, gafas de sol, bandanas y también
los estoperoles y colguijes. Nos hizo sentir como basura, después de lo mal que la habíamos tratado se dignó a hablarnos
y, más aún, nos había conseguido una indumentaria mejor
que la qué habíamos perdido —y que olía a pasuco con
veinte años de antigüedad, a lo mejor tenía tíos rockers, de
esos que se fajan su playera del Tri.

* * *

La kermese transcurrió normal. Yo y mis camaradas disfru-
tábamos de las atracciones. Nos subimos a los escuetos y
mortales juegos mecánicos oxidados que rudimentariamente
se habían anclado en las instalaciones de la escuela. El anuncio
de la keremese cumplía su promesa. Había actividades de pro-
babilidad, tiro al blanco y demás variedades como pistas de
baile y puestos de comida y de lotería, todos ellos apretujados

y casi al borde del colapso. La escuela no era un lugar tan grande de por sí.

Walkiria se nos unió en el placentero recorrido por las opciones que ofrecía la feria. Vaya que éramos un montón de pubertos jariosos. Todos la queríamos impresionar, relegando nuevamente a una Karla Gusana ya muy acostumbrada al ostracismo. Isauro, que era el más complaciente, decidió quedarse a su lado para que no estuviera tan sola, o mejor dicho, para que no se arrepintiera de habernos dado la indumentaria y nos la arrebatase.

Por las bocinas del sonido local retumbó un mensaje que nos cimbró hasta lo más recóndito de nuestras membranas pegajosas:

—A los participantes del Show de Talentos, favor de pasar a la dirección para alistarse.

Los nervios y la sensación de un asterisco en expansión hicieron mella en todos Los Aliados de Cuauhtémoc, pero ya estábamos allí y no teníamos excusa real para no participar. Nos abocamos a la dirección y nos reunimos con los demás participantes. Cuál fuera nuestra sorpresa al ver que tan sólo estábamos Los Aliados de Cuauhtémoc, La Tonto Locos Sound Machine y el ente más desagradable del orbe: Nemesio Boca Negra "Pestalozzi", emulando a una especie de trovador de poca monta vistiendo un pantalón azul de mezclilla, una camisa blanca y un chaleco negro, aunado a unas botas picudas de muy mala calidad en tono obscuro.

Sólo habíamos tres participantes, no era una sorpresa. Tagoberto y sus Tontos se encargaron de amedrentar a todos los demás que osaron participar en el afán de codiciosamente quedarse con el premio sorpresa, malditos miedosos. ¡A nosotros nos huevearon! Lo raro fue que Pestalozzi se zafó de las amenazas manteniendo un perfil bajo, quizás más bajo que su naturaleza de cloaca.

Se realizó el sorteo por medio de papelitos doblados con un número dentro de una gorra. Yo escogí por parte del grupo. Saqué el número tres, eso quería decir que nos tocaría cerrar el evento, la tarea más difícil. Si los demás eran mejores, nos íbamos a ver como un reverendo conjunto de pendejos. A Los Tontos les tocó el uno y a Pestalozzi, por consiguiente, el dos.

La enajenada multitud se dio cita en la plaza cívica de la secundaria, más que nada para burlarse y no tanto para apoyar a las agrupaciones musicales. Comenzaron Los Tonto Locos Sound Machine vistiendo una indumentaria totalmente urbana, haciendo uso de pantalones bombachos JNCO y camisetas de tallas extra grandes que más bien parecían camisones de dormir. Cantaron dos melodías —que era lo estipulado para que el concierto no se extendiera en demasía— en una mezcla entre rap y música colombiana —obviamente usaron pista e hicieron playback. Debo admitir, muy a mi pesar, que en el fondo, en lo más recóndito de mi ser, sí me gustó su interpretación rapeada de "Esta tarde vi llover". Más extraño era que, si uno los miraba en la calle, no se imaginaría jamás que esa manada de despojos tenía aspiraciones artísticas.

Por fortuna, Los Tonto Locos terminaron y nadie los ovacionó. A pesar de que su actuación fue decorosa, no era para menos, habían amenazado a la mitad de la escuela para que no participara. Tago perdió los estribos y empezó a maldecir a toda la concurrencia, lo cual devino en su automática e irremediable descalificación.

Era el turno de Pestalozzi, maldito hijo de puta. No sé qué tenía con las chicas de la escuela, ¡todas lo seguían! Me volvía loco al apreciar cómo estaban tan desequilibradas las cosas.

Todas se apresuraron al frente de la tarima mientras Pesta enchufaba su guitarra electroacústica y se sentaba en una silla, muy trovador él, pinche ente aburrido. Gritaban su nombre casi eufóricas y eso que ni siquiera había empezado a cantar. Hasta Walkiria se rindió a la Pestemanía del momento.

—Esta canción es muy especial para mí, representa lo esencial en el amor, el querer ser parte de alguien al grado de tratar de fusionarse con el ser amado —dijo Pestalozzi a la concurrencia, magnificado por el micrófono que estaba conectado al sonido local y provocando el alarido de las chicuelas y desatando por otro lado una sonora rechifla de parte del estudiantado masculino que no se tragó ni una sola palabra de lo que farfulló el apestoso—. Es mi interpretación de un tema de Los Amantes de Lola y se titula "Beber de tu Sangre" — finalizó de forma estoica.

Al primer rasgueo, el olor a pescado abarrotó el lugar, cosa que me puso muy nervioso. ¿Podría el muy hijo de su *goddamnsanababich* ganar el concurso? Cuando Pesta terminó su primera canción, obtuvo una contrariada respuesta, por un lado todas las féminas se arrancaban las pantaletas ante él y por el otro un fuerte abucheo generalizado por parte de los púberes caballeros de la secundaria, cosa que me calmó un poco. Pesta en ningún momento se inmutó, por el contrario, continuó con más seguridad aún.

—La siguiente melodía es más conocida y es un himno con el cual todos podrán sentirse identificados. Y, a mi parecer, es una oda a un amor no correspondido, "Santa Lucía" de Miguel Ríos. Espero que les guste.

Pinches trovadores cantautores, siempre queriéndola hacer de emoción. ¿Para qué demonios tienen que explicar siempre las canciones que tocan? ¿Creen que el público es tan pendejo que no va a entender la letra?, ¿o están tan mal hechas que son inentendibles sin dicha explicación? El punto era que Pestalozzi había cruzado la línea de lo cursi a lo meloso extremista, una palabra más y hubiera matado a todos los diabéticos de la concurrencia y los alrededores con su sacaroso set.

Lo peor de todo era que esa canción de Mike Rivers también la traíamos nosotros y era la que mejor nos salía. Sabía muy bien que no debimos dejar que Pestalozzi viera siquiera de paso nuestros ensayos. Además de macabramente desagradable, era un copión sin oficio ni beneficio. Le bastó decir la primera línea de la canción, "A menudo me recuerdas… a alguien", para que ahora sí el coro fuera unánime. Ese era *nuestro* coro unánime. ¡Pinche Pestalozzi nos lo robó! Nos arrebató la gloria de manera deshonesta, ultimadamente ya no había qué hacer más que aguantarnos y ahogarnos en nuestro coraje amargamente combinado con el sabor de un té de limón con sal y hiel.

Al finalizar la participación de Pesta, la caterva era toda suya.

—Pobres de los pendejos que siguen —era el decir popular.

Negros nubarrones surcaban el cielo en la lejanía, creando una línea divisoria casi perfecta entre el ocaso y la obscuridad. Le siguió un viento húmedo que olía a lluvia y que anunciaba así una de las últimas precipitaciones de la temporada. La luz del día menguaba.

Nos reunimos para calmarnos. Usnavy propuso que nos divirtiéramos, total, ya estábamos ahí, además teníamos un as bajo la manga, ya que, aparte de "Las piedras rodantes", teníamos una canción de nuestra autoría, cosa que era mucho más valiosa y meritoria. Nos incitó a tocarla —la canción— y ya no ver atrás sino pa'elante. Para él era fácil decirlo, no asistía a esa escuela. "Yo maté a Pancho Villa" era una canción grosera y aberrante, pero no teníamos de otra.

El maestro Sapo se manifestó ante la rechifla del estudiantado. Los cánticos europeos coreando:

—¡Oeee oe oe oe, oeee oeee… Sapó, Sapó! —no se hicieron esperar.

También los recordatorios maternales:

—Sapo, ¡chingas a tu madre!

Al pobre no le quedó de otra que echarle una mirada a todos de "van a ver el lunes, cabrones".

—¡Ya guarden silencio! Y ahora, para cerrar el evento, démosle un fuerte aplauso a Los Salados de Cuauhtémoc — gritó el muy oligofrénico con su tono característico de hablar, alargando las *eses*.

¡Había mencionado mal el nombre! Inmediatamente tomé el micrófono un tanto inseguro para corregir la situación.

—Ali-Aliados de Cuauhtémoc —dije tenuemente y aclarándome la garganta.

Era demasiado tarde, los habíamos perdido. Todos se reían de nosotros y esto se acentuaba con nuestra indumentaria de rockstars de pacotilla que, después de una segunda apreciación, se miraba bastante pendeja.

Noté de reojo a mis compañeros de grupo partiéndose de los nervios, incluido Usnavy. Enchufaban temblorosos los instrumentos a la consola que a su vez se interconectaba con el sonido local de la secundaria. Una seguridad inusitada se apoderó de mí, más por coraje que por el hecho de estar al frente de la banda. No me gustaba que se burlaran de mis proyectos y mucho menos de ese, ese que nos costó tantas lágrimas, sudor, sangre y algo de huevos —literales y figurados.

Tomé el micrófono y grité de una forma que hasta yo me desconocí, emulando a uno de los grandes representantes del rock nacional, Don Alejandro Lora de la Serna.

—¡Nosotros somos Los Aliados de Cuauhtémoc!. Esperamos que les guste y, si no... ¡chinguen a su madre!

Toda la escuela se silenció. Hasta mis camaradas se congelaron al escucharme. Toda la atención estaba puesta en mí, todas esas miradas escrutando, expectantes de cualquier movimiento que pudiera hacer. Sonreí y comencé a tocar atemporalmente —es decir, anca la madre— el rasgueo en sol de la primera canción: "Las piedras rodantes" del Tri.

Toda la escuela se estremeció al escuchar el devenir de los instrumentos entrando uno a uno —anca la madre también, por supuesto— y después con seguridad, dada la respuesta de mi renovada presentación, anexándose de manera épica en la bella melodía. Todos brincaban abrazados y cantando a todo pulmón, como queriendo exhalar sus entrañas a cada estrofa.

Habíamos escogido la canción correcta para interpretar frente a la escuela, expresaba perfectamente el sentir de la gran mayoría del alumnado y más acrecentado aún por el sonido garaje del grupo. Hasta me pareció ver a Los Tontos brincado y cantando al son de la música, y no era para menos, esa melodía era todo un clásico universal.

La euforia se desató cuando llegamos al coro, toda la secundaria se fusionó en una sola voz para gritar al unísono la lírica tan conocida de "Las piedras rodando se encuentran". Definitivamente fue uno de los momentos más mágicos de mi vida.

Al finalizar el tema, toda la escuela se deshizo en aplausos para Los Aliados de Cuauhtémoc. Era definitivo, los teníamos en nuestras manos. El aplauso generalizado duró casi un minuto para después continuar con el ya conocido cántico europeo de: "¡Otra, otra, otra!". Y el famoso "¡Culeeero, Culeeero!".

Éramos los reyes de la kermese y, al ver la reacción del público, la sensación de que el premio sorpresa podría ser nuestro se comenzó a manifestar como algo más que plausible. Al terminar la euforia inicial vi que el profesor Sapo se acercó para advertirnos:

—Una mala palabra más y los descalificamos también — su sentencia se escuchaba muy real y definitiva.

Mis camaradas me vieron como preguntándose, "¿y ahora qué?". Y efectivamente, ¿qué más podíamos hacer?, la letra de la canción de Pancho Villa era en extremo altisonante, al menos para los parámetros escolares.

Los miré y me encogí en hombros, sonriendo. Ellos sonrieron de vuelta en complicidad, era mejor entregarnos a nuestro público y perder el premio sorpresa, total, al final del día siempre es mejor pedir perdón que pedir permiso.

—Esta canción se titula: "¡Yo, maté, a Pancho Villa!" — grité ante la ovación de la centenas de pubertos y pubertas que ni siquiera sabían de qué estaba hablando.

Primero un leve *riff* de bajo en sol, después los acordes de sol, la bemol, re menor para volver a sol. Letra rapeada, el puente con un mi mayor un fa y finalizábamos con do y re; el estribillo tocando los acordes de sol, la bemol, fa y do rápidamente y casi sin tregua. Para finalizar, un coro angelical tocado en sol, re, mi menor, la 7, do y caer en re para volver al estribillo y al mero final una interpretación en el más puro estilo de garaje rock de la Marcha Zacatecas tocada álgida y fulminantemente para finalizar con el típico remate de todas las canciones de mariachi: tan tarán, tan tan.

Yo maté a Pancho Villa

Verso

En la escuela, cuando tengo que estudiar,
no sé nada cuándo voy a presentar.
La pregunta del examen decía:
¿quién mató a Pancho Villa?
Y como no sabía qué contestar, decidí… poner que yo…

Estribillo

Yo maté a Pancho Villa, yo fui ese pinche cabrón,
yo maté a Pancho Villa, yo le di el balazo que se lo chingó.

Coro

Y Pancho Villa, todos te queremos por librarnos
de Porfirio Díaz, la la la la la la la.
Villa, Madero, Zapata y Obregón, juntaron
a todo su bandón y con mucho orgullo
y mucho valor hicieron estallar la Revolución.

Estribillo

Coro

Intro de la "Marcha Zacatecas"
Un desmadre musical
Tan taran, tan tan

Fin

Esa era la letra de la canción y el cómo se tocaba.

No está por demás decir que si la muchedumbre ya estaba estimulada, al escuchar aquella explosiva melodía de nuestra autoría la vorágine se desató causando una algarabía juvenil de proporciones apocalípticas. Se formó un ruedo entre la multitud en donde los más valientes se animaban a bailar los conocidos bailes del *slam* y el *mosh*. Ambos de índole no apta para cardiacos. Nada mejor que aventarse al matadero y lanzar golpes a diestra y siniestra.

Los maestros no sabían qué hacer, las cosas se estaban saliendo de control. Sin darnos cuenta, habíamos desatado a la bestia adolescente que moraba dormida dentro de los cuerpos pueriles del estudiantado de la secundaria. Tiraban botes de basura, todos se golpeaban entre sí, lanzaban botellas, pateaban puertas y demás exabruptos, ¿y yo?, yo estaba feliz, por supuesto. Después de tanto tiempo, tenía a las masas enajenadas bajo mi control, era un hermoso sentimiento tiránico y hasta religioso, sentía que tenía el poder de manejarlos a mi antojo para que hicieran lo que yo quisiera.

En el clímax de la canción, empecé a presentar a la banda presumiendo sus nombres artísticos y sus habilidades musicales. A cada nombre, los aplausos y gritos de júbilo estallaban.

—En el requinto, Dimas. Dimas, o como mejor lo conocen en los bajos mundo de la mafia rusa, ¡Diiiimitri Steeeeel! Masiosare, mejor conocido como… ¡Puuueeerco Saaaalvaaaaje!, en la batería. En el pandero, ustedes lo conocer. como Isauro, pero en el mundo musical es temiblemente conocido como… ¡El Capitáaaan Puñetaaaaas! En el triángulo, la mitad demoniaca del dúo satánico… Cruz, mejor conocido como ¡Caín Ramone! —hasta solo de triangulo se aventó—. La otra mitad, desde lo más profundo de los fuegos infernales y poniendo sabor de barrio con su guacharaca y su acordeón del tianguis… Aquiles, o mejor dicho… ¡Abel Avernoooo! Y por último, pero no menos importante, un invitado especial, él es de la calle como Arnulfo, con su bajo violín Höfner. ¡Es una ráfaga musical! Con ustedeeees, Usnavy, ¡El Machineee Guuuuuun!

—Y en la guitarra y voz —gritó Dimas en actitud de complicidad y completa camaradería, se trataba de la emoción del momento —, una explosión de desmadre, Tolentino, mejor conocido como ¡TNT! —no está por demás decir que fue la ovación más sonora, al menos en mi mente así fue.

A un acorde de terminar, nuestros instrumentos dejaron de sonar, lo que provocó una fuerte rechifla por parte del público congregado. Los maestros nos habían desconectado del sonido local, si se tardaron tanto es porque no le sabían a la tecnología musical.

Ni cómo culparlos, si hubiéramos seguido tocando la concurrencia habría acabado con la escuela. El Sapo se abalanzó sobre mí para quitarme el micrófono y el director gritó encolerizado que estábamos descalificados del concurso y vetados de por vida de cualquier evento de expresión artística del plantel. Al oír las palabras del rollizo director con cara de Moroco Topo, nos entristecimos. ¿Cómo era posible que nuestras carreras se vieran truncadas siquiera antes de comenzar?

Cuál fuera nuestra sorpresa al notar que la gente no se quedó callada. Coreaban el nombre del grupo con la tonada popular de futbol "Oeee oe oe oeee, Salá-a-dos", estaban tratando de corear, a la manera europea, el nombre de la agrupación. Para desgracia, lo estaban haciendo mal, se quedaron con el nombre dicho equivocadamente en la introducción del Sapo. De todos modos no le podía ver el lado malo, habíamos gustado y en demasía, eclipsando a todos los demás. Esa tocada siempre sería recordada por el desmadre y salvajismo que provocamos con nuestros acordes provenientes desde lo más profundo del infierno.

Al ver que la gente coreaba nuestro nombre no lo pensé y me lancé a la multitud. Por un momento pensé, *ya me di en la madre*, pero la concurrencia, lejos de quitarse para dejarme caer, hizo todo lo contrario y me cargaron como el héroe cogelón de la guitarra en el que me había convertido; acto seguido todos mis camaradas —menos Masiosare que se quedó al borde y no se animó— hicieron lo mismo. Fue ese el momento perfecto en el que verdaderamente me sentí como el héroe de la generación, de *mi* generación.

Al bajarnos, la masa humana nos rodeó y se deshicieron en elogios para la banda. Decían que éramos lo mejor que habían escuchado. Preguntaban si teníamos la canción grabada y que cuándo volvíamos a tocar. Hasta Walkiria y su séquito se nos acercaron.

—Muy interesante tu música —dijo, haciéndome sentir como Marty Mcfly al finalizar su set en *Volver al futuro*.

Fue sin duda alguna un pletórico y merecido triunfo. Moral, cuando menos.

Al término de la kermese se anunció al inmerecido ganador y digo inmerecido porque fue el único que quedó: Pestalozzi. La respuesta del respetado fue tan gris como nalgas de elefante. ¡Y no se hable más del tema!

Nos castigaron en la escuela sin opción al receso y a escribir interminables planas con la leyenda injusta y prepotente de <no debo retar a las autoridades escolares>. Al verlo en retrospectiva, pienso que nos salió barata la cosa. Citaron a nuestros padres instándolos a que no nos volvieran a dejar tocar juntos esa música para mariguanos y antisociales anarquistas iconoclastas. Que si seguíamos ese camino sin duda terminaríamos muy mal en la senda de la vida, cosa que ellos hicieron con gusto poniéndole fin a la banda.

Del premio sorpresa no sabría qué opinar. Eran un par de pases gratuitos al zoológico de la ciudad… una reverenda mierda. Para ver animales encerrados mejor me paseaba por los pasillos de la escuela en horario de clases.

—Tanto esfuerzo para nada —refunfuñaba Dimas.

Yo le decía que no fue en vano si llegamos hasta la estratosfera y ahora sí éramos más que queridos y respetados en la escuela. De la amenaza tonto loca sólo puedo decir que fue nulificada, ambos quedamos descalificados por la misma causa.

De Pestalozzi me queda concluir que, aunque ganó, fue una amarga victoria. Tagoberto y sus secuaces lo colgaron en calzones del asta bandera de la escuela en una especie de calzón chino atómico por demás merecido. Cualquier autoridad escolar que se jactara de serlo los hubiera expulsado por dicho correctivo, en este caso y contrariadamente, me alegro de que el director del plantel siempre le haya tenido un miedo muy oculto a la secta tonto loca.

Me hubiera encantado continuar con la banda clandestinamente, pero el hastío y la indiferencia se presentaron en mis camaradas. No me molesté del todo, había logrado parte de mis cometidos, como el hecho de que Walkiria me notara como un músico de renombre, y aunque ese era el final de mi malograda aventura musical, me estimulaba el hecho de que ahora podía seguir hacia adelante en búsqueda de alguna nueva aventura.

UNA ODISEA EXTRAESCOLAR

Viendo la televisión me topé con un programa que trataba de aventuras en la región. Había un mundo de posibilidades que desconocía sobre el área donde vivía… ríos, lagos, cuevas, etc. Esa premisa rebalsó de nuevos bríos las expectativas para lo que sería mi nuevo proyecto: convertirme un aventurero de clase mundial.

Pero, ¿cómo lograrlo si no podía salir y no era dueño de mi tiempo? Todavía seguía castigado por la insurrección musical de la kermese. Me quedaba la única opción verdaderamente auténtica como el puberto idiota que era… utilizar las mañanas en horario escolar.

Nadie notaría mi ausencia o la de mis adeptos, vamos, sería nada más un día. Algo en mí anhelaba descubrir los secretos de la región.

En uno de los capítulos del programa de aventuras relataban algo acerca de un lago perdido en los rincones más recónditos de una de las serranías que flanqueaban la ciudad.

Era perfecto para mí, yo debía ser ese novel redescubridor de aquel paraje olvidado por la sociedad y oculto celosamente por el manto natural. La noche anterior a la odisea me puse de acuerdo con mis camaradas, aunque se les notaba cierta renuencia.

La cita para la aventura fue pactada para el martes por la mañana.

No todos aparecieron y, claro está, los que faltaron fueron los que profirieron las vetustas palabras por excelencia para quedar bien en el momento de la invitación, pero que, a la hora de los chingazos, ni sus luces. Frases como "al igual y sí", "pues, estaría bien" y "yo les caigo más tarde". Si no querían ir mejor hubieran dicho que no y ya. Por el contrario, tomaron el camino largo que da la incertidumbre.

El que no podía fallar porque le encantaba el desmadre era Dimas, por supuesto. A la primera proposición para huir de la escuela él ya estaba listo para partir. Por otro lado, Aquiles también asistió a la cita, extrañamente sin su hermano Cruz que lo dejó por su cuenta. Se veía un tanto extraño sin su consanguíneo, hasta cierto punto uno los consideraría como simbiontes que no podrían funcionar el uno sin el otro. Para finalizar, Isauro. Presa de una desconocida rebeldía a lo establecido que poco a poco se le intensificaba como un cáncer, también se nos unió, probablemente harto de que todos pensáramos que era un cobarde sin aspiraciones. El resto de los camaradas declinó la oferta, tal vez estaban cansados de tantas tragedias y castigos por culpa de las titánicas empresas en las que siempre los trataba de embarcar.

En la lejanía se escuchó el timbre que daba inicio a la jornada escolar. Presurosos, todos los escolapios corrían en dirección a la secundaria para no llegar tarde so pena de quedarse castigados por llegar tarde. Hicimos caso omiso y tomamos la dirección opuesta. Agarramos el autobús que llegaba hasta lo más profundo de la zona rural del oriente de la ciudad. El arrullador traqueteo de la nefasta unidad camionera nos puso en un estado narcótico y somnoliento, por suerte recordé en donde teníamos que bajar. Era cerca de un fraccionamiento nuevo al lado de una ciénaga. <Santa Cruz>, ostentaba el letrero.

Bajamos del camión todos menos Isauro que no se dio cuenta de nada y tardó un poco más en incorporarse. Se había quedado vagando entre los surreales campos oníricos, en los brazos de Hipnos dejando prepotentemente de lado al más popular de Morfeo. Isauro nos gritaba desde la puerta del autobús:

—¡Esperen! —y, como buenos amiguitos, así lo hicimos, pero había un problema, el indiferente chofer de la unidad no disminuyó la velocidad e hizo caso omiso a las peticiones nobles de Isauro para que se detuviera.

Quién sabe qué le diría el chofer, parecía no tener intención de detenerse ante nadie.

Corrimos al lado del autobús cerca de la puerta, instando a Isauro a saltar. El camión tomaba más velocidad.

—¡No lo pienses, sólo hazlo! —le gritamos a Isauro para que bajara de la unidad camionera dando un brinco digno de las películas de acción, y haciendo uso de la mercadotecnia de la renombrada marca deportiva de la diosa de la victoria.

Isauro lo pensó un par de segundos que muy seguramente para él asemejaron las más largas horas de agonía. Se soltó de la baranda y tomó algo de impulso, tal vez demasiado impulso y esto, combinado con las fuerzas y leyes más inmutables de la física, provocó que su salto cuántico al vacío se convirtiera en tragedia de una manera por demás inverosímil y que yo no hubiera creído de no haberlo visto.

Voló por los aires de forma arrolladora y resquebrajada. Pobre de Isauro, siempre portador de la mala suerte del grupo. En ocasiones pensaba que mi esencia estaba maldita, pero al lado de él cualquiera se quedaba corto. Esto viene a colación no por su salto de fe hacia la polvorienta calle del fraccionamiento, sino por el lugar de aterrizaje que el destino escogió por él, sin ningún derecho de réplica.

El mentón de un puberto dirigiéndose a toda velocidad y sin control en trayectoria a la esquina más filosa de una sucia banqueta, así lo fue. Isauro quedó tendido en el pavimento después de impactar la parte inferior de su rostro con la filosa arista de la acera mal construida y violadora de cualquier reglamento sensato de planificación urbana, tanto así que le cercenó el único pelo que ostentaba en su ya de por si lampiña barbilla. Se le escuchó gritar y pedir ayuda. Al llegar hasta donde se encontraba, palidecimos. Estaba tirado y revoloteando en un charco de su propia sangre, llorando y como si se encontrara en estado de shock.

—¡Ayúdenme, ayúdenme, me desangro! —gritaba impávidamente el pobre de Isauro.

Lo incorporamos sentándolo en la banqueta y manchándonos con su sangre que aunada a la del piso ya comenzaba a coagular y a tomar tintes negruzcos y asquerosos.

Dimas casi se desmaya por el impacto de la imagen, después alegaría que él era en extremo sensible a cualquier cosa referente a exposiciones de índole hemática.

Aquiles, para detener el sangrado, le puso una camiseta vieja que traía en la mochila. Corrí a una tienda de conveniencia cercana para pedir servilletas. Isauro estaba pálido, casi transparente y temblaba. Por fortuna el incidente ya no dio para más y al pasar los minutos el sangrado cesó, no por completo, pero cuando menos, por decirlo de alguna manera, para dejar de ser algo mortalmente real.

Nos vimos en la disyuntiva de si debíamos continuar o no. Para cualquier persona coherente la respuesta era obvia, pero para mí y mis nada empáticos camaradas se miraba borrosa y diluida. El pobre de Isauro no quería seguir y tenía toda la razón del mundo pero, ¿cómo regresar?, ¿a dónde? No podíamos volver, ni modo que lo lleváramos a su casa y alegáramos que se golpeó en la escuela jugando Samba Baño, su madre llamaría para reclamarle a los insensatos docentes la falta de criterio al mandarlo con nosotros y no con una autoridad competente, y en ese momento toda nuestra charada se vendría abajo cual infructuosa torre de la antigüedad con la que se quería alcanzar a tocar de manera profana con el dedo de en medio al creador. Traté de disuadirlo y tranquilizarlo.

—A ver —le dije mientras escrutaba la herida—. ¡No tienes nada, no seas pinche llorón!

Era una reverenda mentira, de aquellas mentiras problemáticas —si no es que todas lo son. A ojo de buen cubero se notaba que la lesión había penetrado la carne casi hasta el hueso, o al menos eso pensé, dado que en el centro de la herida muy profundamente se observaba algo blanco aunado a los bordes rosados y rojizos, punzantes, palpitantes y nada prometedores del corte que distaba mucho de tener tintes quirúrgicos. Aun así, Isauro se calmó al escuchar a los demás seguirme la corriente.

Tomamos la vereda que nos alejaría del fraccionamiento y nos adentraría por completo en la naturaleza. Isauro dejó de quejarse. Le habíamos regalado la mitad de las provisiones de galletas y una soda de cola en un atinado afán para que recuperara el semblante y algo de la cordura que le quedaba. Caminamos un par de minutos y nos topamos con la pesadilla de cualquier viajero andante de caminos insospechados: una encrucijada.

—¿Y ahora? —preguntó Dimas —. ¿Hacia dónde? Se supone que te sabes el camino.

Me petrifique al no saber la respuesta. En el programa sólo dieron una escueta explicación de cómo llegar al diáfano lago de aguas azuladas y rodeado de verdes pinares de ensueño. Claro está que, como buen puberto, las mentiras me acompañaban como una coraza salvavidas inquebrantable, y además estaba el hecho de que moriría primero antes de aceptar un error por falta de criterio.

—Es por la derecha —comenté indeciso.

—¿Estás seguro? —preguntó Aquiles.

—¡Claro que estoy seguro! Ni que estuviera pendejo, es por la derecha, vamos —si era por la derecha o no, era lo de menos.

La maleza se tornó más y más espesa al grado de no dejar desplazarnos, más aún cuando los huizaches a la orilla del camino nos rasguñaron sin tregua los brazos y la cara.

Una reja grande y llena de ramas que la cubrían por completo era el fin del camino. Miramos por una de las hendiduras entre las ramas. Cuál fuera nuestra sorpresa al ver gente del otro lado, cavando pozos grandes y profundos, parecían ser los peones de alguien. Había unos individuos ensombrerados y cubiertos de joyería dorada al lado de ellos. Camionetas grandes y muy lujosas estacionadas cerca de donde se hacían los hoyos y otros jóvenes bajando grandes bolsas negras de las camionetas y lanzándolas al interior de la oquedad del suelo. Se nos heló la sangre y el chiquistrín se nos arremangó hasta el occipucio y más allá. *¿Podría?* De ser lo que pensábamos corríamos un grave peligro con el solo hecho de estar allí. Probablemente era algún predio en donde a los gánsteres de la región les gustaba sepultar a sus muertitos.

No podíamos quedarnos para averiguarlo. Lentamente caminamos para atrás. Isauro, en su terror ante la estampa que vimos, trató de correr rompiendo unas ramas que estaban en el suelo en su estrepitoso intento por huir.

—¡Vayan a ver qué fue ese ruido! —gritó alguien desde detrás de la reja.

Si dijera que se nos prolapsó el recto me estaría quedando corto, de manera colegiadamente desorganizada corrimos como la chingada para evitar el destino de aquellas desafortunadas almas.

De la nada, salieron unos perros salvajes de la pradera y comenzaron a perseguirnos de manera rabiosa y nada alentadora. En el punto más intenso de la persecución, Aquiles se precipitó hacia suelo al resbalarse con lo que parecía ser mierda de gusano. Aquiles no podía levantarse presa del nerviosismo que le causó la aberrante situación. Justo cuando el perro se disponía a darle un tarascazo y ponerle fin a su mísera existencia, se escuchó una voz ronca y aguardentosa. El can se detuvo en seco alzando sus orejas puntiagudas y dando la media vuelta junto con su compañero para dirigirse a la fuente de la vejete voz. Y en efecto, se trataba de un anciano con ropa muy vieja y sucia, en huaraches y lo que parecía ser un zarape como de cuero en color café obscuro, un sombrero de mimbre y una barba que debió ser blanca pero que estaba amarillamente asquerosa y desaliñada por el vicio del cigarro que, por cierto, portaba el anciano en una de sus manos que tenían las uñas largas y sucias, y en la otra un palo limpio sin corteza que terminaba en una punta.

—¡Rómulo, Remo, dejen a esos niños! —gritó el viejo a los perros para que nos dejaran en paz.

Los chuchos obedecieron y se acurrucaron dócilmente inmediatamente a sus pies.

—¿Qué hacen aquí?, ¿sé perdieron? —preguntó el carcamal salvador.

—Sí —le contesté—, estábamos buscando el lago.

—¡Ja! El lago. ¿Cuál lago? De ese ya no queda nada más que el recuerdo —respondió.

—¿Y usted cómo sabe? Ni que fuera guía de turistas —replicó Dimas idiotamente.

—No, no soy guía de turistas, pero conozco los alrededores, llevo viviendo aquí más de treinta años. Confíen en mí cuando les digo que el lago se lo llevó la chingada hace ya tiempo. Además, iban por el camino equivocado.

Mis camaradas me observaron con cara de chingas a tu madre.

—Pero acabo de ver en la tele un documental de hace unos días.

—No, ya ha de ser viejo. Caíste en la magia de la televisión.

Después de una segunda apreciación, noté que el anciano era articulado y no algún tipo de vagabundo meado sin oficio ni beneficio. Así que le pregunté:

—¿Quién es usted?

—Me llamo Sinforoso Cienfuegos Alatriste. Oye, qué fea herida te hiciste, ¿puedo verla? —dijo Don Sinforoso al percatarse de la nueva barbilla partida de Isauro. Tomó de forma segura a Isauro por las sienes y miró la laceración con detenimiento para sentenciar —Se te va a infectar si no te atendemos. ¡A la de ya!, se te va a pudrir la mitad de la cara. Síganme, vamos a mi choza, ahí tengo un remedio para heridas como esta —dijo Don Sinforoso mientras se daba la vuelta en dirección a su domicilio.

Nos miramos con desconfianza sin saber qué hacer. El viejo tenía razón y la herida se podía infectar pero, ¿y si era un asesino de película de terror clase B? Ya me la habían aplicado por confiado, por lo que tenía mis reservas.

—¡Que me sigan! —dijo el viejo con un tono más imponente.

Guiados por una inexplicable confianza, lo seguimos sin poner objeción y haciendo caso omiso a todas las propagandas de "Mucho ojo" que salían en la programación televisiva. Chabelo y la Chilindrina hubieran estado muy decepcionados de nosotros. No fue tanto la petición sino la promesa de que tal vez tenía la solución al problema de Isauro.

Arribamos a la choza del viejo que estaba bien "resguardada" por una escueta cerca de madera de no más de un metro de altura. Tenía botellas colgadas de las ramas de los árboles y corcholatas de distintas marcas de refrescos y cervezas aplastadas en el piso de tierra. No nos pasó a la choza en sí. Amablemente nos pidió que nos sentáramos en las mecedoras que tenía afuera bajo el pórtico de lámina y madera. Abrió su puerta de malla mosquitera y volvió con el remedio que ni tardo ni perezoso untó en la herida de Isauro.

—Huele a mierda —comentó Isauro con aires de preocupación mientras el viejo le embarraba el bálsamo.

—Disculpa. Si huele a mierda, ha de ser porque es mierda —contestó el viejo.

Isauro pegó un brinco y fue a limpiarse la mierda del mentón que Don Sinforoso le había puesto. Muy seguramente agravó más su condición.

—¡No te la quites! Es mierda de murciélago bizco, muy difícil de conseguir, tiene propiedades regenerativas altamente infalibles —dijo Don Sinforoso.

Lo mirábamos incrédulos sin saber qué decirle. Finalmente tomé la batuta.

—Disculpe, Don Sinfo, ¿sabrá usted a qué se dedican los tipos que hacían posos detrás de la reja grande?

—¿Los tipos de la reja grande? No se preocupen por ellos, no son peligrosos. A veces me traen comida. Se dedican a desaparecer basura comprometedora para algunas personas importantes, eso es todo, tan sólo eso y nada más.

Su explicación nos dejaba más dudas que respuestas, pero si Don Sinforoso decía que no había problema, ¿por qué no creerle? Al fin y al cabo nos salvó de sus perros, lo que denotaba que por lo menos no era un anciano de índole malévola, aunque puede que él los haya mandado en primer lugar.

—¿Y usted, a qué se dedica? —pregunté.

—¿Yo? Llevo treinta años exiliado, todavía me ha de estar buscando el gobierno.

—¿El gobierno? ¿Por qué? —preguntó Aquiles.

Don Sinforoso hizo una leve pausa y exhaló como tratando de convencerse de la veracidad de la historia que contaría a continuación.

—Hace ya varios ayeres descubrí el secreto más grande que jamás se podría descubrir. Desgraciadamente, el gobierno lo quería para fines egoístas y mezquinos. Ahorita me ven así, pero hace muchos años yo era un respetado físico teórico de la Universidad de Harvard Oaxaca. Tenía a mi cargo a más de noventa y cuatro punto cinco científicos, todos ellos de batas blancas y largas y sumamente inteligentes, cuando se ponían un zapato ya sabían en dónde poner el otro —decía el viejo —. Sólo si no eran cojos, claro está.

A pesar de su extraña manera de expresarse, mis camaradas y yo queríamos seguir escuchando las incoherencias del longevo individuo que teníamos enfrente, sentado en su mecedora de mimbre.

—¿Y qué descubrió? —preguntó Isauro mientras se untaba de nueva cuenta la mierda de murciélago bizco para no ofender al anfitrión.

Sus palabras sonaban verdaderas en todo momento. Si de verdad lo eran nos resultaba por completo desconocido.

—Descubrí el secreto del tiempo.

—¿Del tiempo? —pregunté.

—Sí, como lo oyes. Hace muchos años que descubrí el secreto del tiempo. No me entenderían si se los explicara —*lo que faltaba, un viejito hípster*— y no voy a tratar de hacerlo. Aunque lo puedo simplificar: descubrí la manera de volver, mejor dicho, de traspasar. Es peligroso ya que te puedes quedar allá. El gobierno se enteró de mi descubrimiento y quiso quitármelo para sus fines malévolos. No me presté para eso. Me quitaron los fondos de la universidad y desaparecieron a mi familia y amigos. Pude escapar aislándome de la sociedad. Ni siquiera los pendejos que tiran la basura del gobierno y me traen comida se han dado cuenta que soy yo. Dicen que "ningún hombre es una isla", más sin embargo yo he podido vivir rodeado de agua durante años.

Incrédulos, no sabíamos si el viejo era en efecto sumamente inteligente o nosotros una sarta de pendejos, y si bien lo que decía no tenía sentido, sí resultaba cuando menos intrigante.

—¡Pero no ha dicho cómo funciona o qué es su descubrimiento! —afirmó Dimas con aire de molestia.

—Como les dije, mi mente ya no da para explicarlo ni la suya les dará para entenderlo, pero no se preocupen, toda la información se encuentra aquí encerrada en mi cerebro. Difícilmente la dejaré salir.

—Díganos al menos cómo lo descubrió —dijo Aquiles.

—Bien, me cayeron bien, así que cuando menos les debo el génesis del proyecto que cambio mi vida para siempre —nos inclinamos hacia adelante para escuchar mejor al viejo—. Todo comenzó una noche del más caluroso de los veranos en un cerro olvidado, en un asentamiento lejos de la capital, en un despoblado al sur del país en donde las noches son en extremo estrelladas, hermosas eso sí, pero también muy tenebrosas y solitarias. Y a pesar de todo eso te sentías observado por algo, no alguien, algo. Me encontraba haciendo una investigación que nada tenía que ver con mi descubrimiento más famoso. Trataba de descifrar los hábitos de apareamiento del zancudo pretoriano realizándoles la castración utilizando nanotecnología pirotécnica de avanzada. Al terminar mi experimento, arropé a mis zancudos en sus diminutos petates y me fui a dormir. La habitación tenía un catre y había una ventana frente a mí. Estaba abierta y la luz de la luna se filtraba dentro del cuarto. Ya en la madrugada soñé, o al menos eso pensé: cuatro seres negros, cuatro figuras humanoides completamente en color negro muy profundo y que por momentos parecía que la estática de la televisión se les manifestara en la piel que parecía como de vidrio soplado y que dentro de la estática podías apreciar imágenes de pesadillas eróticamente ambivalentes. Imágenes de demonios indescriptibles, sin una forma conocida. No existe punto de comparación para explicar lo que vi. No hablaban, sin embargo podía comprender lo que me decían. Me dijeron que yo era el elegido para iluminar a la humanidad y que me darían un poder para transmutar la materia en anomalías interdimensionales para llevarnos al siguiente nivel. Me deslumbraron de tal manera que desbordé toda mi concentración a un nuevo experimento, dejando a los zancudos de lado. Fue así como descubrí el secreto del tiempo, gracias a esos seres que desde esa noche me visitan a diario.

—¿A diario? —preguntó Isauro con nerviosismo y tragando saliva que le salió de un chisguetaso por la herida.

—A diario y a cualquier hora. Únicamente yo los puedo ver, ya que mi conciencia se alteró de frecuencia. De hecho hay uno detrás de ustedes y está tocando el hombro del güero —dijo Don Sinfo en referencia a Dimas.

De pronto un fuerte viento nos revoloteo la ropa y tiró unas latas que estaban detrás nuestro en el marco de la ventana. Aunque fue una evidente coincidencia —o al menos eso quisimos creer—, todos bricamos de nuestros asientos y nos pusimos de pie para corroborar que no hubiera algún ser malabarista de otra dimensión jugando con las latas.

El anciano comenzó a reír de manera un tanto malévola y por demás exagerada. Lo volteamos a ver asustados y en sus ojos se reflejaba algo perturbador, como si realmente tuviera un plan para con nosotros o como si estuviera esperando a alguien más. ¡Todo eso se le notaba en la mirada! Así que, sin despedirnos ni nada, volvimos a correr como saetas desvieladas y de cuarto de milla, dejando solo al viejo que estaba riéndose a carcajadas.

—¿A dónde van? ¡Ustedes son el último eslabón! Aunque corran los van a encontrar. ¡Pronto tomarán de nuevo el control!, el Apocalipsis se acerca y ya estamos todos muertos —gritó el anciano partiéndose de risa al vernos huir.

Volvimos a la vereda asustados y sin saber qué hacer, de hecho corrimos tanto y tan sin rumbo que al final llegamos al lugar que habíamos estado buscando: el lago.

En efecto y como había dicho el viejo, de aquel lago ya no quedaba absolutamente nada. Los pinares estaban marchitos y en donde debería estar el agua azul sólo quedaba un pequeño charco café aunado a un montón de basura que circundaba todo el lugar. Observamos la imagen en silencio. Una profunda tristeza se apoderó de mí, ¿cómo podía ser? Un lugar tan bello fue maltratado de manera salvaje y en la televisión todavía se dignaban a decir que se encontraba bien y que era un hermoso paraje. Definitivamente había caído en las ilusorias garras de la magia televisiva.

Decepcionados, caminamos hasta encontrar de nuevo la carretera y tomamos el autobús de regreso al barrio. Toda la gente nos sacaba la vuelta por el olor a mierda que emanaba Isauro quien, por cierto, no se veía muy bien.

Llegamos exactamente a la hora de la salida de la escuela y nos reunimos con el resto de los camaradas para contarles nuestra hazaña. Nadie nos creyó lo del viejo y los seres obscuros. En definitiva había sido el aire el que tiró las latas pero, ¿y si no?

Dejamos a Isauro en su casa con un semblante algo enfermizo. Hacerle caso al viejo no fue una buena idea después de todo. Isauro faltó a clases al menos dos semanas, presa de una fuerte infección por culpa de la mierda de murciélago bizco. ¿Cómo demonios le fuimos a hacer caso a un viejo loco que encontramos en medio de la nada?

Nadie nos descubrió y fue una de esas pocas ocasiones en las que nos pudimos salir con la nuestra sin regaño alguno. Isauro, por su parte, le dijo a su madre que volviendo de la escuela había resbalado y que se pegó en el mentón con la banqueta y que para colmo de males en el preciso lugar donde cayó había en efecto caca de perro. Su madre no era pendeja y no le ha de haber creído ni una sola palabra, pero no indagó más en el asunto tal vez porque, conociendo a su pobre vástago, la realidad sería más mórbida y perturbadora y una mentira los hacía más felices a los dos.

Esa noche no pude dormir. Aunque suene pedestre, en demasía tenía miedo de encontrarme con esos seres obscuros con piel de vidrio soplado emisora de imágenes de demonios amorfos interdimensionales, resplandecientes de estática televisiva. Desgraciadamente sucumbí a los embriagadores embrujos de la somnolencia y al cerrar mis ojos los vi.

Sé que solamente fue un sueño. No me revelaron ninguna verdad del espectro del universo oculto que rehúye a los ojos-no-evolucionados ni nada parecido. *Fue un sueño*, me repetía tratando de convencerme. Pero… ¿y si no?

Adimensional es adimensional.

CLODOMIRO POR SIEMPRE

Era un viernes como cualquier otro. Me la pasaba viendo hacia la ventana, hacia la libertad. Añoraba el exterior y no veía la hora de poder salir de la prisión educativa. El fin de semana estaba a la vuelta de la esquina y con él todas las delicias que lo acompañaban, como por ejemplo la mejor de todas para un estudiante activo: el levantarse hasta tarde. El sábado auguraba momentos de segura diversión y había que aprovecharlos al máximo.

Suspiré mientras escuchaba distantes los balbuceos del maestro, no sabía ni qué materia era y para el caso daba igual, de todos modos, de nada me iba a servir en la vida real cualquiera que fuera la cátedra que se estuviera impartiendo. Sonó la campana de la salida.

Corrimos despavoridos por los pasillos para huir. Mentiría si dijera que no tenía una sonrisa de oreja a oreja, había sido una semana difícil, pero eso era lo bueno del fin de semana, se sentía como un borrón y cuenta nueva, ya llegaría el lunes y con él sus desgracias inherentes.

Alguien tocó mi hombro.

Volteé mi mirada y ahí estaba ella. Tan hermosa, voluptuosa, tan shula, tan shishona... Walkiria. Qué bueno que ella no tenía el poder de leer la mente porque de haber sido así, habría estado en serios problemas.

—¿Qué vas a hacer a la noche? —preguntó con su sensual acento.

¡Me estaba preguntado qué plan tenía para la noche!

Es bien sabido que la noche, con todos sus misterios, desenvuelve la sensualidad de las personas siempre y cuando se aplique la cantidad correcta de alcohol.

—No sé, ¿por qué preguntas?

—Es que... voy a tener una pequeña reunión en mi casa con algunas amigas de mí otra escuela. Me pidieron que llevara amigos, y como casi no conozco a nadie de confianza... no sé si a ti y a tus amigos les interesaría venir.

Una inminente erección se gestó intempestivamente en el interior de mis pantalones del uniforme escolar con esa premisa. Utilicé la vieja y confiable —manos a los bolsillos.

—¡Claro! —dije nerviosamente y aclarándome la garganta.

Tomó mi mano y anotó suavemente su dirección. Y yo, claro, fingí no saber en dónde vivía. Juré que no volvería a lavarme esa mano, desgraciadamente era mi mano derecha así que se hubiera visto muy mal que anduviera exhibiéndola toda sucia y almidonada por ahí.

—Te veo en la noche. Si pudieras llevar algo de tomar sería mejor —finalizó con tono sensual y despidiéndose con un beso muy cerca de mis labios.

Esa invitación lo era todo para mí. Tenía la puerta abierta a su casa, a su corazón y muy probablemente a otros lugares amplios de la casa también. Podría haber faltado al funeral de mis padres para ir a aquella tertulia de connotación altamente sugerente.

No quería decirle a nadie. Si algo me enseñaba la experiencia era que mis camaradas eran una sarta de indeseables oportunistas que al menor coqueteo estarían dispuestos a quitarme a Walkiria, sobre todo el ojete de Dimas. Aunque, después de una segunda apreciación, sería mejor invitarlos, ya que ella había mencionado que llevaría amigas de su otra escuela. No quería verme idiota y sin tema de conversación, tal vez no podría con todas a pesar de mi gran carisma y evidente autoestima, sin mencionar el buen ver y la gallardía que me caracterizaban. Necesitaría refuerzos, así que me dije a mi mismo, *¿por qué no?* Sólo Dimas podría pasarse de la raya para molestarme. Nada que un correctivo por allá no pudiera solucionar.

Doblando la esquina los vi a todos reunidos, listos para irse a casa. Les conté lo que sucedió.

Mis camaradas se exaltaron, estaban felices. Uno siempre se imaginaba la situación más sucia que se pudiera presentar y hasta se preparaba con esmero para cuando llegara el momento, te enjabonabas hasta allá para que no hubiera

momentos incomodos. Seguramente no pasaría nada pero…
¿y si sí?

Bola de mozalbetes cachondos. De hecho ya nos estábamos retirando de la escuela cuando vimos en la lejanía la
indeseable figura abstracta de Clodomiro, entregándole un
papel a la más aún indeseable figura de Pestalozzi. Se veían
en actitud sospechosa, como si estuvieran planeando algo.
Clodomiro se fue en dirección opuesta a la nuestra, pero Pestalozzi, posiblemente muy a su pesar, se topó con nosotros.

No sé qué fue lo que me impulsó a preguntar, algo había en
ese papel y me resultaba sumamente sospechoso. Fue en el preciso momento que tuve a Pestalozzi a mi lado que lo detuve.

—¿Qué dice el papel?

—¿Cuál papel?

—No te hagas pendejo, el papel que te dio Clodomiro.

—¡Ah! Nada, es una invitación. Cumple años hoy y se va
a festejar en la tarde como a las seis, ¿no los invitó? —dijo
Pestalozzi en un tono sarcástico y mustio ultra-hipócrita.

—No, no nos invitó —respondí.

—A lo mejor al rato les comenta. Bueno, ya me tengo que
ir —dijo el apestoso para continuar presuroso su camino,
como si tuviera algo relevante que hacer la chingadera esa.

Lo vimos alejarse rápidamente, él sabía que no era nuestro personaje predilecto.

* * *

Dieron las cinco de la tarde y como de costumbre nos encontrábamos todos fumando en las bancas de afuera de la tienda de la esquina. No veíamos la hora para llegar a casa de Walkiria. Pero había un pequeño problema: ella me pidió amable y sensualmente algo de tomar, ¡no podía llegar con refresquitos y juguitos para niños! Con "kuley", como diría Masiosare. Tenía que aparecer como el más sofisticado de los adultos ricachones, con un whiskey o algún brandy Don Peter. Ya cuando menos algún mezcal o hasta diluyente de pintura barato.

Fueron varios intentos fallidos en casi todas las tiendas de conveniencia del barrio. Los tenderos ya nos conocían, sabían que éramos unos mocosos jariosos y ninguno nos quiso vender alcohol. ¿Dónde estaban Usnavy y su Volkswagen cuando se les necesitaba? Todo parecía perdido hasta que a Masiosare se le prendió el foco y de su sesera surgió la idea más improbable pero a su vez la más brillante: ir a la fiesta de Clodomiro.

Masiosare nos relató con lujo de detalle que su madre, en tiempos mejores, era una amiga cercana de la mamá de Clodomiro y que esta era una alcohólica sin remedio, poco le faltaba para amanecer toda meada debajo de un puente. Deseábamos, para nuestra suerte, que la vieja loca esa todavía se encontrara presa en las garras del vicio.

Había varios inconvenientes en cuanto a presentarnos en el domicilio de Clodomiro. Para él éramos *non gratos* fuera de cualquier aspereza que se hubiera podido limar.

Caminábamos calle arriba cuando los cuates se percataron de algo sumamente risible pero trascendente para nuestra causa. En los postes de luz había señalamientos hechos de cartón y en forma de flecha que portaban deshonrosamente la leyenda de <Fiesta de Clodomiro>. ¡Era perfecto! Aunque ya sabíamos de antemano que nadie iba a asistir a aquella anunciada y deprimente fiesta, no podíamos arriesgarnos, así que buscamos todas las flechas y las cambiamos de lugar con el afán de confundir a sus nada respetables comensales y que no pudieran dar con el domicilio en cuestión. Era una buena artimaña para ganar tiempo y robar el alcohol.

Una puerta verde de forja oxidada, estábamos frente a ella sin saber qué hacer ni cómo comenzar. Por lo general, cuando pasábamos por casa de Clodo era costumbre nuestra bajarle el *switch* de la luz, lanzarle piedras, y la mejor y más legendaria, soslayar por debajo de la puerta algunas revistas de índole obscena y cowboybooker*a*.

Tocamos la puerta temerosos de lo que habría detrás. Se escuchó un chasquido y por una pequeña rendija se dejó entrever la entidad amorfa a la que Clodomiro osaba llamar madre. Una mujer de edad avanzada y con un notable deterioro físico y muy posiblemente mental.

—¿Vienen a la fiesta de Clodo? —preguntó la doña.

—Sí —contestó Masiosare—. ¿Se acuerda de mí?

—Claro, eres el hijo de Irma... el gordo, ¿cómo has estado?

—Bien, muy bien —respondió desairadamente Masiosare.

Sí estaba loca la señora.

—¡Qué bueno! Pero qué estoy haciendo, por favor pasen —finalizó la doña, que después de una segunda apreciación no parecía ser la arpía gorgona del inframundo que yo me imaginaba.

Nuestras miradas de complicidad y sonrisas maquiavélicas no se hicieron esperar. Estábamos dentro y teníamos que robar el alcohol. La madre de Clodomiro nos pasó amablemente a la sala, cuál fuera nuestra sorpresa al ver a Pestalozzi sentado en uno de los sillones color pastel y acompañado por Tonatiuh y Tristán. No había nadie más. Al parecer ni los parientes más cercanos de Clodo lo apreciaban suficiente como para ir a su pachanga.

—¿Qué hacen aquí? —preguntó Pestalozzi visiblemente consternado al vernos.

—¿Qué?, ¿no podemos visitar a nuestro querido amigo? —replicó Dimas—. Además, tú nos invitaste.

Pestalozzi estaba a punto de esgrimir su contestación haciendo berrinche cuando fue interrumpido por nada más y nada menos que Clodomiro, que nos miraba incrédulo y expectante, sabía que algo tramábamos pero, como no había nadie más en la fiesta —gracias a nuestra ingeniosa y pizpireta artimaña de cambiar los letreros—, el pobre se debía aguantar. Tenía que disimular ante su madre que era del agrado de al menos unas cuantas personas.

Mientras estábamos sentados en la sala, sobre los horribles sillones setenteros cubiertos de plástico, fraguamos un pequeño plan sigilosamente. Primero mandaríamos a los más puñetas para crear la distracción que en este caso sería hacerle plática a Clodo y a sus pocos invitados. Para usos prácticos, otorgamos a Isauro y a Masiosare esa difícil encomienda. Mientras tanto, los cuates se escabullirían por entre la casa para buscar el alcohol, y al final Dimas y un servidor vigilaríamos que no hubiera moros en la costa. La mamá de Clodo se encontraba en la cocina, no habría problema alguno. Según teníamos entendido, la señora era viuda, así que el resto de la casa debía de encontrarse sola.

Así pues, nos dispusimos a orquestar nuestro plan de trabajo después de aquella corta y sigilosa pero productiva junta operativa. Masiosare e Isauro hacían preguntas triviales a la sarta de idiotas. Ellos, como los buenos fantoches que eran, se vieron obligados a contestar y a mentir de manera desmedida, todo esto mientras Dimas y yo vigilábamos los meticulosos movimientos de los cuates al pie de la escalera. Escuchamos a la madre de Clodo gritar, cual pregonero de pueblo olvidado y polvoriento, la famosa frase de las fiestas pedestres y escolapias:

—Ya vamos a cortar el pastel.

Dimas y yo nos miramos en complicidad como diciendo, *¿qué es lo peor que podría pasar?*, además, ya teníamos hambre y el pastel se veía deliciosamente mamastrófico. Una receta de MilkyWay combinado con tres leches, ¿cómo podíamos rechazar tal invitación?

Así que fuimos corriendo en dirección al comedor donde vimos la imagen que hasta el momento ostentaba ser la más dantesca de la tarde / noche: la mamá de Clodo muy contenta repartiendo gorritos de fiesta de niño de kínder con el estampado más coqueto de las caricaturas del momento, ¡ah!, y claro, no podía ser una fiesta de niños chiquitos y meados si alguien no tiraba el refresco sobre el mantel blanco de la mesa del comedor —al que, por cierto, muy seguramente le retiraron el plástico protector para el evento. En esa ocasión, el merecedor de tal honor fue, inequívocamente, Masiosare.

—¡Ay, perdón! —dijo muy pendejamente y con nerviosismo al notar que todas las miradas se fijaron en él.

Cómo será el karma de misterioso que por andarse riendo de la desafortunada jugarreta que el destino le perpetró a Masiosare, a Isauro también se le cayó la Coca, sólo que a él se le desbordó en los pantalones, asemejando lo que de otra forma pudo haber sido un evidente problema de vejiga.

Clodomiro no sabía si sonreír o llorar. Su madre, sin saberlo, lo había mandado al paredón social —más aún—, ya que esto lo tendrían que saber todos los alumnos de la Secundaria Pública Número 18 Gilles de Rais.

Se escuchaba a la atolondrada señora cantar el clásico "Feliz Cumpleaños" y revolviéndolo con las mañanitas mientras trataba de dirigirnos infructuosamente utilizando sus dedos índices. Y para colmo, todos cantando mal y sin saber cuándo acabar, ¿le seguimos a "quisiera ser solecito" o le paramos ya? era el sentir popular.

—Apaga las velitas, pimpollo —dijo la señora a su ya-muy-desencajado-vástago.

Clodomiro no alcanzó a exhalar siquiera aire de su boca cuando un estruendo se dejó escuchar por toda la casa seguido de una voz aguardentosa e imponente. Vimos a los cuates correr por las escaleras con una botella de dudoso contenido en sus manos y siendo perseguidos por un viejo bragado, bigotón y sombrerudo empuñando una pistola.

Cruz y Aquiles gritaron "¡corran!", mientras abrían la puerta.

No pasaron ni siquiera millonésimas de segundo cuando ya estábamos saliendo el resto de nosotros como de rayo. El último era Isauro que tropezó y fue a dar al piso tan solo para incorporarse rápidamente siendo estrujado de la camisa por el viejo. De alguna manera Isauro se alcanzó a zafar, aunque su camisa de Metallica ya no volvería a ser la misma: se le había roto del cuello.

—¡Ay, mi camisa! —gritó un desencajado Isauro.

A pesar de la edad del viejo y su entrecortado y cojeante caminar, tuvo el ímpetu de perseguirnos cuando menos una cuadra más. Lo que nos salvó fueron las empinadas calles del barrio de las cuales el viejo bigotón fue presa. Para nuestra suerte, el tiempo ya le pesaba.

Por mi parte, pensaba mientras corría, *que el pinche viejo no dispare.*

Tenía que ver a Walkira dentro de unas horas.

Fiesta Pagana

Escuchamos al viejo gritarnos de qué nos íbamos a morir mientras se desplomaba jadeante sobre el pavimento.

Tal vez se murió.

Si vivía o moría no era el asunto de mayor importancia en ese momento. Lo importante era que teníamos el alcohol.

Ya más tranquilos, nos sentamos en el pasto trasijado del parque que estaba enfrente de casa de Walkiria, teníamos muchas dudas: ¿qué fue lo que había pasado?, ¿quién chingados era ese anciano correlón?

El semblante de los cuates lo decía todo, o el viejo poseía capacidades que desconocíamos o lo que nos persiguió era un espectro de ultratumba que se manifestó. Estaban completamente pálidos, más blancos que el techo de tirol de mis aposentos.

—¿Quién era ese pinche viejo ojete? —les pregunté a los cuates ya con un poco más de calma.

—No sé, parecía como ninja. Hasta que agarramos la primera botella que vimos en un anaquel nos dimos cuenta que estaba sentado en una mecedora, nos estuvo viendo todo el tiempo y esperó el momento justo para atacar. A lo mejor era algún tío, o el abuelo de Clodo —contó agitadamente un todavía visiblemente consternado Cruz.

—Pinche… Batman —añadió Aquiles con tono nervioso.

—Bueno, ¿y qué fue lo que encontraron? —preguntó Dimas.

—¡Esta botella! —contestó Aquiles mientras alzaba feliz y orgullosamente el envase de vidrio sin marcar.

—¿Qué será? —preguntó Isauro mientras admiraba asombrado el contenido transparente.

—Pruébalo —le dije asemejando la más nefasta publicidad de compañía refresquera barata.

—Achis, ¿y por qué yo?

—Por… por qué tú eres el más aventado —contesté audazmente.

Yo no sé de qué poderes psíquicos y de convencimiento soy acreedor, pero persuadí a Isauro de probar el líquido de la botella. La abrió temeroso, como si se tratara de la caja de Pandora. ¿Qué misterios contenía aquel receptáculo? A lo mejor un genio saldría de ella para concedernos todos los maravillosos deseos físicos y monetarios que quisiéramos. Pero no, no fue así. De hecho Isauro abrió la botella y aspiró.

—No huele a nada.

Le dio un trago y eso bastó. Escupió todo instantáneamente y acto seguido cayó de rodillas con espasmos vomitivos.

—Es suero —dijo Isauro todavía moqueando y lagrimeando.

—¿Cómo que suero? —preguntó Masiosare.

—¡Suero! Sabe a suero.

—¡Y haces tanto pedo por eso! Sí hasta a los bebés les dan suero para que no se deshidraten y no andan llorando como tú —dijo Dimas.

—¡Es que no me gusta!

Una sonora carcajada se dejó escuchar retumbando en cada rincón del parque, gritos y aseveraciones de "de veras que estás bien puñetas" no se hicieron esperar por parte de la concurrencia. Definitivamente al que no quiere sopa le dan dos platos. En ese momento yo no quería sopa, lo que necesitaba desesperadamente era encontrar alcohol.

Regañé airadamente y de manera déspota a los cuates por su falta de observación.

—¿Cómo no se dieron cuenta que era una botella de suero?

Ellos contestaron de manera sumisa y respetuosa con un:

—Chingas a tu madre, a la otra hazlo tú —y ahí quedó el regaño.

Qué más podía decir. Tenían razón. Hay veces que las cosas se alinean para que todo salga mal y esa ocasión parecía ser una de esas.

Por suerte, un sonido conocido se empezó a distinguir en la lejanía amenazando con acercarse. Era el retumbar de un motor destartalado de Volkswagen, ¿podía ser? Y sí, en efecto se trataba de Usnavy llegando triunfal cuando más se le necesitaba.

Todos le hicimos señas para que se detuviera y así lo hizo. Le explicamos nuestra problemática, parecía comprender, se notaba que estuvo en alguna situación similar. Accedió a comprarnos una botella siempre y cuando le correspondiéramos con una cajetilla de cigarros. El trato parecía justo así que, sin más ni más, Usnavy nos sacó del atolladero en el que nos encontrábamos.

Después de tantas penurias para conseguir aquella botella, finalmente estábamos parados frente a la puerta de la casa de Walkiria.

Mi corazón palpitaba como palpita la herida de un dedo recién machucado. Tenía la boca seca y un nudo en la garganta y fantasías varias que poco a poco iban alejando mi atención a un universo distante y de ilusiones mochas.

Tocamos el timbre y a los pocos segundos ella abrió la puerta. Se veía radiante y mucho más sensual que en la escuela. Definitivamente me había convertido en un manojo de hormonas, podría jurar que a simple vista me escurría el sexo por la cara y puedo asegurar que mis camaradas se encontraban en la misma situación. Ninguno sabía si saludarla de beso o con un abrazo. Para colmo de males, Isauro le dio un fuerte apretón de manos en una imagen patética y pueril.

Walkiria nos dio entrada a su domicilio tomando la delantera para darnos un tour por el lugar. Claro está que, por tomar la delantera, nosotros le íbamos escrutando la parte trasera. Parecíamos una jauría en temporada de celo.

Era una casa muy convencial. Hasta tenía un retrato familiar encima de la "chimenea" falsa, y ni qué decir que la de la foto no era la chica a la que le estábamos viendo el trasero. *Hipócrita*, en la foto traía el cabello recogido y un vestido humilde y recatado, una puritana mojigata, todo lo contrario a la escultural belleza que teníamos enfrente con su minifalda negra de mezclilla que no dejaba nada a la imaginación. Y qué decir de su escotada blusa que más que blusa parecía un top. Más que ceñida traía tatuada la chingadera esa.

Ya para esas alturas decidí mejor meter las manos en los bolsillos del pantalón, mi imaginación estaba como loca dándose de tumbos en el interior de mi mente como si fuera un trastornado fenómeno con camisa de fuerza, rebotando en las paredes acolchonadas de algún olvidado y macabro cuarto de manicomio repleto de fantasmas penitentes.

Subimos las escaleras al segundo piso. Era más convencional aún, puertas y nada más. Eran las recamaras de la residencia. Cuando subimos al tercer piso el barullo era evidente, se escuchaba un estéreo con algunas melodías de moda y de gusto culpable, todo esto aunado a varias voces femeninas.

Llegamos al fin, el águila había aterrizado.

—Ellos son mis otros amigos de la secundaria —dijo Walkiria a la concurrencia ante la emoción de las sensuales cortesanas que allí se encontraban, todas ellas vistiendo un atuendo un tanto similar al del objeto de mi deseo.

¿Qué demonios quiso decir con "mis otros"? Según tenía entendido, debíamos de ser los únicos, pero no, las cosas, cuando se trataba de mí, nunca podían ser fáciles. Allí, entre el cúmulo de bellos ejemplares femeninos estaba él, el más desagradable del universo propio y del paralelo también: Pestalozzi. ¿Cómo había llegado ahí?, ¿quién chingados lo invitó? Eran preguntas de las cuales ya tenía la respuesta. A Walkiria le fascinaba escucharlo tocar la guitarra. Posible-mente, al verlo ganar el primer lugar del concurso, le dijo que viniera para echarse el palomazo. Después, él mismo nos contó que lo corrieron de casa de Clodomiro al momento que nos robamos la botella, los adultos pensaron que venía con nosotros. Maldita era mi suerte.

Saludamos nerviosos a todas las chicas, si mal no recuerdo y a ojo de buen cubero, yo conté siete incluyendo a Walkiria y a Pestalozzi, así que más que un rave sicotrópico y desenfrenado parecía una reunión selecta y privada de la terraza de Playboy. Walkiria le contaba a las muchachas lo ocurrido en el mentado Show de Talentos y que se sentía emocionada de estar rodeada de tanto músico incipiente.

Escuché decir a una de las chicas:

—Ya es hora.

Perfecto, lo más probable era que entre líneas quiso decir "ya es hora de comenzar la orgía de sangre", pero me vi defraudado al ver que de su bolso sacó una bolsita de plástico y de ella sacó tres carrujos de mota —*cannabis bifidus essensis pityrosporum ovale sativa*. Mis camaradas estaban sorprendidos, al parecer nunca habían visto algo así. Por suerte, yo ya no era ningún virgen en los asuntos psicotrópicos por lo que me vería como el más experimentado en el asunto.

Una de las amigas de Walkiria llamada Trinidad encendió el primer carrujo. Aspiró suavemente y al cabo de unos segundos dejó salir el humo. Sentados en el piso de alfombrado color vino de lo que parecía ser el salón de juegos del padre de Walki, no nos queríamos ver cobardes, todo lo contrario, queríamos aparentar ser los más geniales del orbe así que nadie rajó, todos le entramos a la herbolaria experiencia narcótica hilarante y relajante. Pestalozzi decidió romper la santidad del círculo verde de la risa y el amor. Yo conocía su plan: estar en sus cinco sentidos para después atacar. Sería fácil, ya que no tendría una competencia directa.

Después de algunas pitadas psicodélicas por parte de las candentes sibaritas que ahí se encontraban, finalmente nos tocó el turno a los muchachos. Teníamos que demostrar de qué estábamos hechos. Yo fui el primero en probar, aspiré fuerte y sin tapujos. Juro que quise mantener el humo en mi pecho por la mayor cantidad de tiempo que se pudiera, pero me fue imposible y al pasar dos segundos lo dejé salir abruptamente seguido de una toz carraspera de perro tuberculoso y chacuaco. Todos soltaron la carcajada ante la notable hilaridad de mi verde exabrupto. A leguas se notaba que era un novel en eso de los psicotrópicos. Me sonrojé como si hubiera estado durante semanas bajo el inclemente sol de las playas de Cancún, sólo me quedó reír nerviosamente.

A todos les pasó lo mismo. Me reconfortó saber que estaban igual de pendejos que yo.

Se acabó uno y luego el otro.

—El último lo dejaremos para después —dijo una Trini ya traicionada por sus reflejos y dejando caer el carrujo en el suelo.

Platicamos sobre cosas triviales de la vida para codearnos mejor. Resulta increíble como la alteración de los sentidos te hace conocer realmente a las personas; la mayoría baja la guardia y te cuentan todos sus secretos, quieren ser escuchados. Walkiria apagó las luces y encendió unas veladoras para dar un aire más íntimo al ambiente.

Ni nos imaginábamos qué tramaba la condenada.

—¡Es momento de que nos toquen! —gritó Walkiria en tono sugerente.

Por supuesto que todos nos emocionamos al escuchar tan cachonda aseveración. Desgraciadamente, Walkiria se refería al arte musical. Sacó una guitarra que en apariencia se veía muy fina y se la entregó a Pestalozzi. Como el fanfarrón que era, sabía qué hacer y comenzó a tocar la canción de Miguel Ríos "Santa Lucía". ¡La misma del concurso! Estaba pensando que esa era la única canción que se sabía, y si tocaba "Lamento boliviano" nos íbamos a la chingada todos de ahí. Las chicas suspiraban.

Pinche oportunista, pensé yo al no saber qué hacer cuando llegara mi turno. Para cuando Pestalozzi terminó su mini *unplugged* ya sabía qué melodía tocar, la clásica e infalible "Las piedras rodantes" del Tri. A todo el mundo le gustaba esa canción, además, si él podía tocar la misma canción del concurso, ¿por qué yo no?

Me pasó la guitarra y comencé. El coro fue unánime y al son de los aplausos la música se fundía con el buen ambiente que se gestaba. Al final me sentía como héroe de leyenda, un héroe de la guitarra que se alimenta de los aplausos del público entregado motivándolo a ser mejor. Había ganado la primera ronda.

Para cuando le tocó el turno a Dimas todos decidieron que era hora de abrir la botella que habíamos traído, dejando a Dimas vestido y alborotado y con cara de váyanse al demonio. ¿Qué hacer para que durara más la botella? Una de las muchachas llamada Lluvia propuso el juego de la Baraja Borracha, lo que emocionó al resto de las chicas y a nosotros nos dejó pendejos. ¿Qué chingados era una baraja borracha?

Al cabo de algunos minutos y de varios intentos en falso, el juego comenzó y con él la vorágine se desató. Obviamente las reglas del juego serán explicadas a continuación, aclarando que siempre cambian dependiendo del lugar o el grupito de amigos.

Baraja Borracha

Consiste en utilizar un juego de cartas inglesas común y corriente y asignarle alguna actividad a cada uno de los factores de la baraja. Dependiendo la carta que uno saque es lo que se deberá hacer, ya sea de manera individual o colectiva.

As- Todos toman (del alcohol que se tenga disponible y a la mano).

2- Castigo: El que saque esta carta es libre de imponerle un castigo absurdo y degradante a la persona de su preferencia o al colectivo en general, la persona elegida deberá cumplir con el castigo hasta que alguien vuelva a sacar un 2. Ejemplo: brincar en un pie cada que alguien aplauda. Si el castigado no pone atención o se niega a realizar el castigo, la multa será 10 segundos bebiendo el brebaje de su predilección, siempre y cuando este sea de índole alcohólica.

3- Historia: Se deberá inventar de manera colectiva una historia, palabra por palabra, puede ser la palabra que sea siempre y cuando tenga sentido y coherencia con la historia. Se deberán recordar todas las palabras dichas hasta llegar al turno correspondiente, la persona que se equivoque tendrá que beber diez segundos del brebaje de su predilección. Ejemplo: Érase/ Érase una/ Érase una vez/ Érase una vez en/ Érase una vez en Marte/ Érase una vez en Marte habían/ Érase una vez en Marte habían unas/ Érase una vez en Marte habían unas retroexcavadoras/ Érase una vez en Marte habían unas retroexcavadoras con/ Érase una vez en Marte habían unas retroexcavadoras con esternocleidomastoideos... y así sucesivamente hasta que alguien se equivoque, tartamudee, repita o se le olviden las palabras, o simplemente se quede *mutis*.

4- Mayordomo: Al que le toque esta carta deberá ser el mayordomo de todos hasta que vuelva a salir el cuatro. Sus funciones, como ejemplo, pueden ser las siguientes: encender cigarros, ir por cervezas, recoger, limpiar, etc. Obviamente, en el transcurso de su mayordomía no va ser ajeno a los eventos del juego.

5- Obsesivo compulsivo: Al que le toque esta carta deberá escoger el síndrome obsesivo compulsivo de su predilección siempre y cuando este sea absurdo y molesto para que el colectivo lo realice. Ejemplo: cada que me rasque la barbilla, todos deben gritar la palabra "mierda". Si a alguien se le pasa o se le olvida, será sancionado con cinco segundos de bebida alcohólica.

6- Tragos repartidos: Al que le toque esta carta podrá hacer que otros jugadores tomen 3 tragos (si quiere puede elegir que uno sólo se tome los 3).

7- Pregunta: Al que le tocó esta carta deberá de realizarle una pregunta a quien quiera de la manera más rápida posible y al jugador a quien le preguntaron NO deberá responder la pregunta sino formular otra pregunta rápidamente a otro jugador. Quien se demore o responda la pregunta, deberá tomar.

8- Palabra prohibida: A quien le toque esta carta deberá de decir una palabra y, de allí en adelante, quien la pronuncie incautamente deberá de tomar. La palabra se cambiará hasta que vuelva a salir el ocho.

9- Pasarse la carta: Lo que harás con esta carta es colocarla sobre tu boca, succionando algo de aire para que no se te caiga y pasarla al jugador de al lado con la boca a la boca del otro. Él no deberá usar las manos para sostener la carta, entonces a él le tocará pasar la carta y así sucesivamente. A quien se le caiga, aparte del beso deseado o indeseable, deberá de tomar.

10- Caricachupas: Es una palabra inventada por algún genio anónimo y es el preámbulo perfecto para comenzar el juego. Se dice, aplaudiendo: "Caricachupas, presenta, nombres de…". Todo esto al ritmo predilecto de la concurrencia, por lo general es parecido a "We will rock you". Puede elegirse la categoría que sea y cada jugador debe decir un nombre en secuencia con la semántica, como por ejemplo: razas de perros; doberman, pastor alemán, chihuahua y así sucesivamente. Si algún jugador se traba, se tarda, no dice nada o se adelanta de turno, deberá tomar.

J- La tabla del 6: Se deberán de mencionar los múltiplos de 6, empezando con el que sacó la carta, que dirá "seis". El siguiente dirá "doce", el siguiente "dieciocho" y así sucesivamente hasta el 36. A partir de este, deberán de decirse los múltiplos al revés. Quien se equivoque o demore demasiado deberá de tomar.

Q- Toman las mujeres.

K- Toman los hombres.

* * *

Como era de esperarse, después de menos de una hora ya nos encontrábamos todos borrachos, mariguanos y demás improperios dada la perversa naturaleza de la baraja etílica. Lo positivo fue que aquella sana diversión abrió las puertas del deseo tanto de propios como de extraños, por lo que Walkiria decidió que era momento de girar la botella que se había terminado con el juego.

Todos los varones invitados sonreímos maquiavélicamente con aires de complicidad, ¡al fin!, después de recurrentes penurias y retos a nuestra hombría habríamos de obtener lo que tanto anduvimos buscando. Era hora de cobrar la recompensa.

Era un círculo de la muerte y la frase de batalla sería "sálvese quien pueda". Desgraciadamente, todas las chicas pidieron verdad en vez de castigo. Fue cuando Walkiria se aburrió y pidió castigo que vivazmente me pasé de vivo ordenándole que me besara al estilo francés. Yo sé que ella lo gozó porque nuestras lenguas se amalgamaron en ese ósculo candente e incendiario, es decir que lo que se sentía de aquí pa'llá también se sentía de allá pa'cá. Mórbido y excelso, ¿qué más podía pedir?

No terminé siquiera de incorporarme en mi lugar cuando Dimas ya se estaba cobrando su turno. Resulta que la otra amiga de Walki, Lluvia, pidió castigo de una manera ingenua o tal vez también aburrida de tanta mojigatería. El problema residió en que Dimas era una de esas personas a las que les gusta ir un paso más allá empujando las cosas hasta el límite, por lo que retó a Lluvia a besar a Walkiria. Todas se enojaron con él. Le reclamaban que era un enfermo, a lo que él contestó que era parte del juego y que en realidad no tenía nada de malo. Más sorprendente fue que, después de pensarlo y discutirlo algunos segundos, Lluvia y Walkiria accedieron a la petición de Dimas. Ya estábamos celebrando antes de tiempo cuando Walkiria nos detuvo para sentenciar:

—Sólo si se besan entre ustedes también.

Esa frase cayó como balde de agua helada y refrigerada en los avernos más profundos de la Antártida, ¡qué asco!, digo, cada quien sus gustos pero yo no estaba dispuesto. De hecho, nadie lo estaba, o al menos eso pensamos hasta que escuchamos las palabras más desconcertantes que jamás en nuestra trastornada imaginación hubiéramos pensado escuchar.

—¡Yo sí me animo! —dijo Pestalozzi.

—Ya salió un valiente —dijo Lluvia—. Si ustedes se animan, nosotras también.

—Vale la pena, yo sí le aguanto un beso a cualquiera de ustedes para poder ver a Walkiria besar a Lluvia —finalizó Pestalozzi.

No nos espantaba el tema, tal vez sí era tabú —eran otros tiempos— pero, para desgracia nuestra, el que lo propuso primero fue Dimas, no se sentía bien que nos invirtieran los papeles. No queríamos parecer hipócritas y cortar de tajo alguna posibilidad futura, ¿y qué demonios pasaba por la mente de Pestalozzi?

Por suerte mi mente fraguó un plan en cuestión de millonésimas de segundo.

—Isauro dice que él se anima.

Era la mejor opción, escoger al más idiota y después desentenderme. Si Isauro no aceptaba nada más se vería mal él. Demasiado bello para ser verdad.

—Excelente, un hombre de verdad —dijo efusivamente Walkiria—. Empiecen.

Isauro, como siempre, se encontraba distante y ajeno de la situación. Fue cuando tuvo de frente a Pestalozzi que se dio cuenta de su desencajada suerte. Pesta sacó las trompas y le propinó un beso en la boca, rápido sí, pero mortal. No fue más de un segundo pero con eso bastó, el daño ya estaba hecho. Isauro lo empujó gritándole un:

—¡Qué tienes pendejo!— para acto seguido golpearlo en la nariz provocando el desplome automático de Pestalozzi y, posiblemente, de la fiesta.

Todos nos quedamos con la boca abierta, expectantes. Yo pensé que nos iban a correr a patadas del lugar, pero Cruz inteligentemente disipó la tensión con un comentario más que atinado.

—Ahora ustedes.

No les dio tiempo de pensar, Walkiria y Lluvia no sabían qué hacer, hasta que Dimas les dijo:

—Tratos son tratos, ahora van ustedes —dijo esbozando su diabólica sonrisa.

Un potente ruido nos sacó de nuestro trance por un momento, se trataba de Isauro que vomitaba sin tregua en la terraza. Y la verdad ni cómo culparlo, no me imagino qué habrá sentido el pobre al tener los bigotes pubertos de Pesta en su boca. Todo esto aunado al agrio aliento y aroma a cadáver que bajó por su garganta hacia el estómago. Hasta me estaban dando ganas de guacarear con sólo pensarlo.

Walkiria y Lluvia se miraron, sonrieron y actuaron. Se dieron uno de esos famosos besos de piquito, nada sensual y nada escandaloso. A pesar de que la escena debió sacarnos de nuestras cabales, no nos estimuló en lo absoluto. El más encjado era Dimas, él quería ver acción lésbica *hardcore* de alto octanaje, digna de algo que encontrarías en el pastrano *Cowboy Book*.

—¿Qué fue eso? ¡Eso no fue nada! —exclamó Dimas arrastrando las palabras y motivado más por la alteración de sus sentidos que por una genuina lujuria desmedida.

—¡Así que no fue nada! Supongo que quieren subir de tono —contestó Walkiria sarcásticamente—. Trini, saca la moneda.

Trinidad accedió a la petición de su amiga sacando una moneda brillante y extranjera de su bolso.

—¿Se jugarían un reto en un volado? —preguntó Walkiria muy emocionada.

—¡Claro que sí! —le contesté airadamente y tomando estúpidamente la batuta de la situación, más por cachondez que por embriaguez.

—Bueno, el reto es el siguiente: el que pierda se tiene que desnudar, salir de la casa, darle una vuelta completa al parque y regresar otra vez hasta acá. ¿Se la juegan o tienen miedo de perder?

RETO AL DESNUDO

No sé qué me pasó, nunca lo entenderé, posiblemente me motivó sobremanera que el ver a Walkiria encuerada se tornara una posibilidad palpable y expedita. Hablé por todos y acepté el reto.

Estábamos más nerviosos que antes y al borde de ensuciarnos los pantalones. Si ganábamos, tendríamos una imagen mental que nos serviría de estímulo muchas noches estrelladas *a posteriori*, pero si perdíamos… todas las chicas presentes verían nuestras miserias y muy seguramente y sin riesgo a equivocarme perderían el poco o nulo interés que se hubiera podido haber gestado durante la jornada. Ni modo, ya había abierto mi bocota.

Walkiria tenía la moneda sobre la uña de su pulgar, era cuestión de segundos el saber quién sería el ganador. Parecía que se estaban saboreando el momento, era la calma antes de la tormenta.

Finalmente, arrojó la moneda al aire. Yo me decía, *¡que caiga de canto, que caiga de canto!*, pero no fue así. La suerte estaba echada y la moneda ya se encontraba en el piso. Todos nos acercamos para mirar expectantes lo que había resultado de aquel polémico y monetario albur. Las chicas habían escogido primero al hacernos ver que eso era lo más caballeroso, eligieron cara y nosotros nos quedamos irremediablemente con el homónimo de nuestro camarada: cruz.

Una cara resplandeciente brillaba desde el piso casi sonriendo, la muy culera. Habíamos perdido y no lo podíamos creer. Yo pensaba que ellas, de haber perdido, no hubieran cumplido con el trato, por lo que mis camaradas y yo nos negamos. Lo extraño fue que las chicas, lejos de molestarse, al contrario, nos incitaron a hacerlo abrazándonos y acercándose sugerentemente a nuestros temblorosos y nerviosos cuerpos. Fuimos como mantequilla entre sus manos y nos derretimos. De todas formas estábamos renuentes. Eso cambió cuando Walkiria dijo *aquellas* palabras:

—Si lo hacen, cuando regresen les espera una gran sorpresa...

En nuestras mentes enfermas esto se traducía a sexo o alguna ramificación de este. Al pensarlo por unos minutos, nos miramos seriamente y dijimos *¿por qué no?*, algo había que ganar al fin y al cabo. *Tal vez esta noche si acabará en una orgía de sangre después de todo.*

Nos quitamos la ropa hasta quedar en puros calzoncillos, todos menos Pestalozzi, que todavía se encontraba inconsciente y todo rayado de la cara —le habíamos dibujado algunos penes alrededor de la boca y en la frente aprovechando su inconsciencia.

—¿Para qué se tapan? ¡Déjenos ver! —gritaban burlonamente las chicas intentando quitar nuestras manos de *allí* o de *allá*.

Cubrían el miseriaje. Ahora sí no fueron semanas sino años en Cancún, colorado de pena era poco para cómo me sentía. ¿Cómo nos habíamos metido en tan acalorada situación? Definitivamente el hombre piensa con el pene y no con la mente, o al menos el pene tiene mayor poder de convencimiento. Realmente esa era la respuesta de todo: el pilín y su gran capacidad persuasiva.

—Y ahora… ¡a la calle! —gritó Lluvia.

Bajamos la escalera tapándonos con las manos nuestras miserias. Lo peor era que yo venía atrás de Masiosare, y el ver, aunque fuera de reojo, su estriado trasero gamborímbico era algo que podía bajarle los humos a cualquiera. Salimos a la calle acompañados por nuestras verdugas que se quedarían en la puerta para vigilar que cumpliéramos nuestra encomienda.

Nunca me había encontrado al desnudo en plena calle, era toda una sensación el estar a merced de los elementos. Podía sentir la brisa revoloteándome y erizándome. Había pasado por esa calle mil veces y siempre lucía igual, después de esto definitivamente me sería diferente para siempre.

Ya era tarde y no había nadie por la callejuela. Las chicas nos desearon suerte, hasta Walkiria me dio una nalgada para alejar las malas vibras. Mentiría si dijera que eso no me excitó tan siquiera un poquito. Comenzamos nuestro andar rodeando el parque, cobijados por la luz mercurial de las lámparas que bañaba nuestros cuerpos al desnudo. Todo iba bien hasta que un perro grande y negro salió de entre la obscuridad de una cochera vecina, casi como el de la película *Nuestra pandilla*, y empezó a correr y a ladrar en nuestra dirección. Pinche perro, tenía que hacer su aparición triunfal en el peor momento posible. Al ver al can acercarse, embravecido, ya no nos importó cubrirnos… o corríamos con comodidad o nos castraban a la Farinelli. Al ver al chucho le dimos la vuelta al parque como bólidos —Ladys Godivos. Lo más cómico fue cuando Masiosare cayó al suelo, se levantó y se volvió a caer por la inercia de la corrida.

Sorteamos que el perro nos perdió de vista y llegamos agitados, sudados y encuerados a la puerta de casa de Walkiria sólo para darnos cuenta, aterrorizados, de que la puerta se encontraba cerrada. Escuchamos un chistido y miramos hacia arriba. Ahí estaban todas, riéndose de nosotros desde la terraza. Habíamos caído en su jugarreta.

Después de una segunda apreciación, resultaba hasta obvio que ese juego de la moneda ya lo habían puesto en práctica en más de una ocasión y también lo más probable era que Walkiria supiera del perro satánico que vivía cerca del parque y que sólo salía de noche porque de día jamás lo vi.

—¡Qué guapos! —gritaban desde la terraza muertas de risa y haciendo caso omiso de nuestras desgarradoras peticiones para dejarnos pasar o al menos devolvernos nuestra ropa.

No, volvieron hacia adentro en completa indiferencia a nuestra causa, y ya no salieron más.

Nos quedamos algunos minutos frente a la puerta, esperando a que se apiadaran y nos dieran nuestras vestimentas. No hubo piedad ni compasión y nunca salieron las malditas perras infernales. *Va pa´ sorpresita*, pensé.

Decidimos fraguar un plan rápido y llegar a la casa más cercana que en este caso era la de Isauro. Nos daría algo de ropa para volver y después la venganza sería nuestra. Ya era tarde y nada más eran unas cuantas cuadras, así que se miraba factible. Si nos íbamos por la sombrita todo estaría bien, nadie más de la escuela nos vería así. Pestalozzi se encontraba inconsciente, por lo que la única testigo sería Walkiria: si contaba algo, lo negaríamos todo.

Cuál fuera nuestra suerte que justo a una cuadra de llegar a casa de Isauro vimos un carro negro muy parecido al que usaban Tagoberto y sus secuaces para pasearse y vender mierda. Esperábamos que no fuera el auto en cuestión. Sí lo era. Al escuchar el grito generalizado de "¡PUTOS!", nos dio santo y seña de que efectivamente se trataba de Los Tonto Locos.

Corrimos despavoridos nuevamente mientras escuchábamos al vehículo quemar llanta y acelerar en nuestra dirección. Oía botellas quebrarse tras de mí, ¡los muy hijos de puta nos estaban lanzando cualquier cosa como proyectil mientras nos perseguían!

—Una hermana —les grité para no desplomarme por la avalancha de emociones negativas que había acumulado durante la noche.

Algo de humor debía de tener.

Me percaté que, con la persecución, me había separado de mis camaradas, miré a todos lados y ya no había nadie. De tanto correr ni cuenta me di que el auto tampoco me seguía. Me apresuré a mi casa, estaba a un par de calles.

Al ver la cochera de mi hogar, una sensación de alivio recorrió mi ser: el tormento había terminado. Esperaba no toparme con algún vecino trasnochador o con alguno de mis padres. Recordé que mi papá siempre dejaba su ropa de trabajo en una tina al lado de la macetera de la cochera. Y en efecto, un pequeño rayo de luz después de tanta obscuridad. Había unos pantalones todos mojados, pero que cubrirían mis miseriotas, que era lo más importante. No podía entrar por la puerta y arriesgarme a que estuviera alguno de mis progenitores esperando mi llegada, ¿cómo les iba a explicar mi condición ahora semidesnuda?

Abrí la ventana de mi cuarto y caí de boca en el piso. Tenía frío y me encontraba en shock, hasta ese momento me cayó el veinte de lo que había pasado. Suspiré de alivio. Estaba a salvo en mis aposentos, las cosas malas pasaron. No tenía idea del destino de mis camaradas. ¿Que habrá sido de ellos?, ¿habrán llegado a casa de Isauro? Me desplomé en la cama e instantáneamente los efectos de la embriaguez y la mariguanencia se volvieron a manifestar. El techo daba vueltas y mi cama parecía la de la película *El Exorcista*. Sólo deseaba no guacarear verde y tupido. Después de todo, era un sobreviviente que perdió su ropa pero no su dignidad en un volado. Al final no sucumbí del todo ante las garras traicioneras y asesinas de las fuerzas de los súcubos en aquella demoníaca y draconiana fiesta pagana.

FANTASÍAS DE ALCOBA

Fue un amargo y vergonzoso despertar. Apenas me levanté de la cama, la resaca no se hizo esperar. Era un dolor insoportable que hasta parecía que el loco de mi mente se estrelló contra las paredes hasta desparramar sus sesos dentro de los míos de forma por demás meta y sangrienta en los acolchados muros cerebrales.

Qué noche la de anoche, me repetía una y otra vez. ¿Cómo volver a ver a Walkiria a los ojos después de lo que pasó? Además, ella todavía tenía mi ropa y, como era de esperarse, me puse mis mejores trapos para ir a la fiesta, no podía dejárselos de souvenir.

Me armé de valor para volver a su casa por mis prendas. Debía ir de tarde, no fuera que sus amigas todavía se encontraran allí. No podría con el bochorno de enfrentarme de nueva cuenta a ellas.

La tarde era soleada y agradable. Caminé con rumbo a la casa de ella. El barrio se veía vacío, *¿que habrá sido de mis camaradas?* Su destino me era aún desconocido.

Toqué la puerta y de nueva cuenta ella atendió al llamado, pero en esta ocasión no portaba la indumentaria sensual de la noche anterior. Aun así me causaba sensaciones calenturientas. Todavía tenía puesta la piyama a pesar de que el reloj marcaba las cuatro de la tarde. Me recibió efusivamente, cosa que no me esperaba.

—¡Atole! ¿Cómo estás? —dijo Walkiria mientras me abrazaba con fuerza.

Con aquel abrazo de nuevo fui mantequilla entre sus dedos, o como ella me dijo de cariño, "atole" entre sus dedos.

—¿A dónde se fueron anoche? —preguntó.

—¿A dónde nos fuimos anoche? ¡No te hagas la loca, boluda! —respondí pendejamente confundiendo España con Argentina—. Estuvimos esperando a que salieran o al menos que tuvieran la compasión de darnos nuestra ropa pero ni siquiera eso, nos tuvimos que ir así como andábamos en traje de cumpleaños.

—No te enojes —dijo al borde de la risa—. Sí salimos, pero ya no estaban y como no había manera de contactarlos… así lo dejamos.

Bajé la cabeza, no sabía por qué me sentía todavía un tanto avergonzado.

—¿Vienes por tu ropa?

—Sí —le contesté cabizbajo.

—Pasa. De hecho eres el único que ha venido. ¡Si los demás no vienen la voy a tirar! No quiero sus pantalones flameados tirados por ahí.

Subimos las escaleras directo a su habitación. Nos adentramos en ella y noté que le puso cerrojo a la puerta.

—¿Y tus padres? —pregunté.

—Llegan en unos días, andan de viaje.

—Ya veo —respondí desganado.

—¿Qué te pasa? Te noto un poco nervioso.

—¡Cómo no voy a estar nervioso! Anoche me viste encuerado, se siente diferente estar contigo.

Walkiria se acercó a mí y suavemente toco mis mejillas con sus manos, diciendo, con un tono reconfortante:

—No estés nervioso… no eres el primero ni serás el último. Además, era un juego, sólo eso y nada más.

No está por demás decir que me puse mucho más nervioso. Tenía que aclarar mis dudas en cuanto al juego.

—Y si ustedes hubieran perdido, ¿lo habrían hecho también?

—No, no había manera de perder.

—¿A qué te refieres?

—La moneda tenía dos caras iguales y ninguno de ustedes idiotas se molestó siquiera en voltearla o levantarla del piso. Para mí que querían que los viéramos.

Pinche Walkiria nos la aplicó bien y bonito. Tan sólo me quedó sonreír, porque a pesar de que yo y mis camaradas nos pensábamos personas de mundo que nos la sabíamos de todas todas siempre iba a aparecer alguien más chingón. Da la vida sorpresas, sorpresas da la vida.

No me llegué a sentir tan pendejo, después de todo Walkiria era mayor que yo así que, por lo tanto, tenía un poco más de experiencia.

—¡Quieres ver mi tarántula! —preguntó efusivamente y sin decir agua va.

Como era de esperarse, no se trataba de lo que yo pensaba sino de una octópoda muy velluda de tamaño considerable. Me mostró un terrario que estaba sobre el escritorio.

—Se llama Mireya.

—¿Mireya? —pregunté extrañado.

—Sí, Mireya.

Walkiria tenía una tarántula llamada Mireya, ¿quién lo habría dicho?

—Es muy grande y peluda, ¿verdad?

Sin duda alguna tenía una manera de hablar que podría volver loco a cualquiera. Pensé en alburearla, pero posiblemente era una incitación de su parte.

—Sip… así lo es —dije mesuradamente.

—¿Sabes qué fue lo mejor que pasó ayer?

—Que corrimos encuerados.

—¡No, pendejo! A Trini se le cayó uno de los carrujos que traía y esta mañana lo recogí. ¿Quieres fumar?

La verdad no quería, todavía cargaba una resaca moral y física de la noche anterior. Pero pues cómo negarle algo, era tan linda y tan chichona. Como buen puberto idiota era mi deber complacerla en todos sus caprichos por muy estúpidos que estos fueran.

Encendió el carrujo y aquel aroma que ya se estaba volviendo familiar se manifestó dentro de toda la habitación. El humo se mezclaba con los rayos del sol de la tarde que entraban por la ventana dejando entrever las motas de polvo que revoloteaban alegremente mientras flotaban sin restricción en el aire psicotrópicamente enrarecido. Es curioso lo que uno nota cuando anda mariguano. ¡Ah cómo nos reímos! Reíamos y reíamos por cualquier estupidez, definitivamente esta era la chica ideal para mí, me hacía tan feliz. Fue cuando más cómodo me sentía que Walkiria, de la nada, hizo una petición que me hizo sudar agua hirviendo.

—Hazme un *striptease*.

Na', esa ya me la sabía, tenía que ser más listo.

—Hazlo tú primero, ya me la aplicaste ayer —le contesté audazmente.

Después de pensarlo unos segundos, respondió:

—Es justo. Además ya te vi todo de cualquier forma.

Me sentó en una silla y comenzó a bailarme de frente y sin tapujos. Mi corazón volvía a latir y estaba al borde del infarto.

Una a una, sus prendas fueron despareciendo. Me las lanzaba a la cara, tal vez era tímida después de todo. Se quedó con un short de licra y un top. Me encontraba pasmado y pendejo. *¿Será esta la ocasión?, ¿todas mis fantasías al fin se convertirán en realidad?* Había luchado mucho para llegar a ese momento, a esa epifanía en donde todas mis dudas y sueños finalmente serían esclarecidos y redimidos. Mi mente, a pesar de los pensamientos de los que era presa, extrañamente se encontraba en blanco. Yo no sabía qué hacer, ¿y si la tocaba y esa no era la idea principal?, ¿debía pedirle permiso? Si no le atinaba estaría en problemas. Decidí dejarme llevar y que ella cargara la batuta.

—Ahora tú —dijo ella un tanto agitada.

—¿Yo?

—Vamos, no seas tímido. De todos modos, es como te dije antes: ya no tienes nada que ocultarme.

La revelación de lo que ella quería se manifestó como la más evidente de las realidades, quería duro y directo, sin restricciones. ¿Quién era yo para negárselo?

Me levanté de la silla mientras Walkiria se sentaba en la cama. Tímidamente comencé mi pequeño espectáculo de *burlesque*, ella aplaudía efusivamente mientras yo me quitaba torpemente la ropa. De hecho, mientras me trataba de remover los pantalones, caí al suelo dolorosamente ante la hilaridad de ella. Quedé en calzones —que por fortuna no estaban flameados.

Walki me tomó de las manos para levantarme. Y allí ella y yo, frente a frente. No lo había notado antes pero me di cuenta que era un poco más alta que yo. En una habitación llena de humo bien iluminada por los rayos del sol que se filtraban por las rendijas de su ventana, no podía creer que el momento había llegado. En mis fantasías planeaba comportarme como la estrella porno más segura del mundo, intentando posiciones que harían palidecer a las del *Kama Sutra*. Cuál fuera mi sorpresa al darme cuenta de que en realidad estaba temblando más que una lavadora destartalada y vieja, además del manojo de nervios dentales expuestos en los que me había convertido. Walkiria, al notarlo, me tomó de los hombros y murmuró:

—No estés nervioso.

—Cómo no estarlo.

Me empezó a besar y después, de una manera más álgida, en el cuello y de ahí a la boca, me abrazaba como queriendo fundirse conmigo. No está por demás decir que estaba al borde de estallar y ella lo notó.

—Tranquilo, estás muy tenso.

—Es que... nunca había hecho esto.

Su cara de ¡no me digas, no mames! lo decía todo.

—No te preocupes. Relájate —dijo Walkiria, dejándolo todo al descubierto.

Casi se me salen los ojos ante tan reveladora imagen. Ahora sí estaba a punto de estallar, en un descuido y creo que sí estallé un poquitín nada más. Sin darme cuenta, dejé de ver a Walkiria a los ojos, ¡se encontraba de rodillas bajándome la trusa-no-crayoleada! Miró hacia arriba y sonrió.

—Andamos muy "emocionados", ¿verdad? —dijo eufemísticamente.

Suspiré.

—¡No, qué va! —dije en tono sarcástico y dejando salir uno de mis cada vez más recurrentes gallos en la voz.

—"¡No, qué va!", ni siquiera hemos hecho nada y mira cómo estás. No te preocupes... déjamelo todo a mí.

De imprevisto se escuchó el teléfono de la habitación repicar y repicar.

—¡Tengo que contestar! —dijo ella.

—¡Por favor no contestes! —le respondí casi gritando y suplicando mientras la veía ponerse de pie y alejarse hacia otro aparato que no era el mío.

Increíble, ¿quién sería el osado que se dignaba a interrumpir el primer encuentro con Walkiria? ¿Quién demonios estaba del otro lado de la línea conteniendo mi confluencia erótica?

—¡Hola, Neme! —dijo al atender la llamada.

Nemesio Boca Negra... Pestalozzi. Maldito hijo de puta, como siempre arruinando todo. Después de una corta conversación de menos de un minuto, Walkiria regresó a mí y se sentó en la cama.

—¿Quién era? —pregunté tanteándole el agua a los camotes.

—¡Ah!, era Nemesio. Todavía está adolorido de lo de ayer.

—¿Qué?, ¿lo ultrajaron? —dije sarcástico.

—Tu amigo lo golpeó, ¿no te acuerdas?

—Ah sí, es verdad. Andaba y ando tan mariguas que no me acordaba.

—Además llamó para felicitarme.

—Felicitarte, ¿por qué?

—Hoy es mi cumpleaños, por eso nos juntamos ayer.

¡*Pendejo!* Todo iba muy bien pero como siempre tenía que hacer una de mis típicas embarradas al evidenciar que no sabía nada acerca de ella.

—Yo sé que es tu cumpleaños, por eso... ¡aquí está tu regalo! —le dije ya más relajado por la mariguanencia.

Ella sonrió. Nunca supe por qué le gustaban mis estupideces.

Me instó a sentarme a su lado en la cama. El momento era perfecto, ahora estaba sobre ella. Honestamente no sabía qué chingados estaba haciendo, pero si de algo servía el porno era para ayudar al amante inexperto, la perfecta guía *muy* aplicable en la práctica.

Nunca pensé ver *aquello* en persona, pero ahí estaba. *Mamas-trófico*, pensé. Antes estaba equivocado y ahora en efecto sí se me iban a salir los ojos.

—¿Te gusta lo que ves? —preguntó Walkiria con una mirada entre sensual y pérdida.

Definitivamente el humo de la mota comenzaba a hacer su efecto.

—¡Me encanta! —dije de manera más atropellada aún y ya muy obnubilado también.

—¿Te has bajado a tomar agua antes?—preguntó colo-quialmente.

No sabía qué contestar. Resultaba más que obvio que jamás le había hecho nada a nadie —ni los dientes ni la cola me sabía limpiar bien todavía y ya andaba de mañoso intentando hacer cosillas—, era un novel en las cuestiones retorcidas del amor. La miraba como si mis ojos fueran un par de microscopios en busca de leptones y demás partículas subsubatómicas.

—¿Qué esperas? ¡Empieza! —sentenció ella.

—Me canso.

Así que, como se diría en el argot de la vulgaridad y lo coloquial, "me bajé a tomar agua". Y ahí estaba tomando agua como un sediento que sacia sus penas en un oasis del Sahara, como la presa de la más voluminosa de las concupiscencias y cumpliendo una de las fantasías que en mi vida pensé lograr. Muchos quisieran haber estado en mi lugar. Al menos hasta aquel penoso momento.

Me concentraba en complacerla con un piquito por ahí y otro por allá, además del sobre-estímulo que me causaban los sonidos que ella hacía —probablemente fingidos— eran el perfecto incentivo para ponerle todo el empeño y hasta un poquito más. Desgraciadamente, una extraña sensación que me era desconocida hasta entonces se manifestó por todo mi aparato digestivo. Como un mareo purulento y remojado, como un montón de peces muertos y amontonados en sus propios fluidos cadavéricos, la mariguanencia empezó a causarme náuseas. Debí detenerme pero no podía hacer eso, no la quería ofender con esa acción, sería como haberle dicho: "Disculpa, y con todo respeto, pero creo que te ruge bien culero la *slipper*", acto seguido, un fuerte puñetazo en el rostro. No, lo mejor era continuar.

La falla de lógica me sumergió más en el asunto aquel del cunnilingus y entre más me sumergía el olor era más pene-trante y las náuseas más intensas. *No te vayas a guacarear, no te vayas a guacarear*, era mi mantra *¡Concéntrate!* De nada sirvió, ya que hice una pequeña pausa.

—¿Por qué te detienes? —dijo ella sin saber el vendaval que se avecinaba.

Simplemente no aguanté y grite "¡HUGOOOOO!" fuer-temente, dejando salir todo el interior de mis entrañas y volviendo el estómago en trayectoria directa de Walkiria y sus encantos, y además guacareando toda la cama. Estaba frito y ahora sí, en ese momento, yo pienso que nadie hubiera querido estar en mi lugar.

—¿Qué te pasa pendejo? —gritó consternada.

Ni cómo culparla.

—¡Nada, nada! —repetía nervioso mientras me limpiaba las fauces.

¿Qué más le podía decir?

Cómo será la vida que te lleva a lo más alto del firmamento y hasta lo más profundo del averno en cuestión de segundos. Nada más que conmigo sí se pasaba de lanza, pinche vida bipolar que me había tocado. Iba del orgasmo a la tragedia, de la cima al abismo en un momento.

—¡Lárgate de mi casa! —gritó Walkiria.

Bajé las cabezas —la de arriba y la de abajo, era más que evidente él porqué.

—¡Vístete y lárgate! —gritó para sentenciar.

Tomé mi ropa y salí presuroso de la habitación. Me vestí en el piso de abajo y sigilosamente abrí la puerta de la residencia, ni siquiera tomé la ropa del día anterior... le volví a dejar de recuerdo por ahí los canelos flameados.

Definitivamente, aquella casa estaba maldita para mí. Era un escenario encarnado de múltiples tragedias personales y también ajenas del más genuino terror.

Noche de Gallo

Apenado era poco para describir mi sentir. Me encerré en mi cuarto y me recosté en la cama. De nueva cuenta, por mi mente pasaban repetitivamente las imágenes de aquel momento regurgitante. *¿Cómo es que lo arruiné?*, me decía a mí mismo mientras veía el techo de tirol blanco de mi habitación.

Necesitaba arreglar la situación lo más pronto posible antes de que llegara el lunes. Ya veía a Walkiria contándoles a todas sus amigas mi vomitivo exabrupto. Al cabo de unas horas y después de mucho pensarlo, caí en cuenta de que era su cumpleaños y que si existe algo capaz de humedecer las pantaletas de una dama en cuestión de millonésimas de segundo es algo llamado serenata, o como le dicen en mi pueblo: llevar gallo. Era algo fácil y barato bajo la siempre bienvenida y económica consigna de "hágalo usted mismo".

Por fortuna ya me sabía un par de canciones fáciles y románticas para perpetrar mi cometido gracias a los libritos tan populares de guitarra fácil para pendejos. Busqué primero a Dimas y luego a Masiosare. Esperaba que estuvieran enojados por mi desaparición nudista de la noche anterior, todo lo contrario.

Aparentemente se habían preocupado. Una buena noticia entre tantas y tantas tragedias. Obviamente sólo les conté que Walkiria se había enojado por otra cosa, por una idiotez que dije al ir a su casa por la ropa, ni estando mariguano les hubiera dicho la realidad de las cosas. Por fortuna, nadie quiso hacer hincapié en los dudosos detalles de mi historia. Sacamos nuestras guitarras y nos pusimos a practicar. No había mucho repertorio, pero de lo bueno, poco. "Corazón de roca", bolero popular, y "Te quiero" de Hombres G, con eso estaba seguro que la recuperaría en el mejor ejemplo del epítome del detalle romántico y bohemio por excelencia.

Pasmos por el resto de la palomilla y nos reunimos afuera de la tiendita de la esquina para ultimar detalles. Practicábamos sin tregua, todo tenía que salir a pedir de boca si quería que Walkiria mantuviera la bocota cerrada.

Una camioneta color café opaco muy trasijada se estacionó en la acera frente a la tienda. Algo de misterio había dentro del vehículo. Cuando abrió sus puertas, bajó la entidad más nefasta del orbe: Pestalozzi con la cara inflamada y amoratada. Y peor aún, rodeado de un montón de cholos pelones tatuados. Ahí fue cuando dije, *ya valió madre*. Más cuando los vi acercándose.

Todos volteamos a ver a Isauro.

Él había golpeado a Pesta hasta dejarlo inconsciente, muy probablemente venían con sed de venganza y clamor de barrio de película chicana.

Los cholos vengadores nos rodearon. Yo, que solamente quería andar de romántico, no tenía en mis planes reventarle la guitarra, que tanto trabajo me había costado, a alguien en la sesera.

—¿Quién fue el que te pegó? —preguntó uno de los cholos a Pestalozzi.

—Déjalos, no vale la pena —respondió con aire de grandeza para después preguntarnos amigablemente y como si nada hubiera pasado— ¿Qué hacen?

Sabíamos que debíamos dejar el sarcasmo para otra ocasión so pena de madriza inminente, así que contestamos con un frío y cobarde "nada".

—Bien —contestó introduciéndose a la tienda junto con la bola de changos rasurados que le acompañaban.

Uno a uno entraban al establecimiento y, mientras entraban, nos miraban fija, escrutadora y retadoramente, como queriéndonos amedrentar con sus ojos vidriosos y colorados.

Nos largamos por temor a una inminente trifulca colectiva y sanguinaria. Isauro se nos despegó alrededor de media hora alegando tener asuntos pendientes. Al pasar los treinta minutos, nos encontró afinando en el parque frente a casa de Walkiria.

El reloj marcaba la media noche y era ineludiblemente el momento de empezar con la función. Me temblaban las manos y era presa de los nervios, esos mismos nervios que han hecho cautivas a tantas y tantas entidades inseguras presas de sus miedos más profundos.

Toda la palomilla estaba reunida frente al domicilio de ella. Hicimos retumbar muy tenuemente los acordes iniciales de "Corazón de roca". No salió nadie, como si el eco de la música se perdiera en la inmensidad de la calle mezclándose sutilmente con la acogedora obscuridad de la noche. Si Walki no salía me iba a ver como un reverendo pendejo y la bola de cabrones a los que osaba llamar camaradas no me dejarían olvidarlo nunca. No había marcha atrás, debía continuar. No sonaron ni los primeros tres acordes del arreglo inicial de "Te quiero" cuando un estruendo de trompetas, guitarras y violines se manifestó de manera magnánima y estridente rompiendo con el silencio de las apacibles calles del barrio, haciendo *mutis* de manera notoria a nuestros incipientes intentos musicales y románticos.

Volteamos espantados para ver de qué se trataba. No lo podía creer, ¡no podía ser verdad! Pestalozzi con un mariachi y en dirección a casa de Walkiria. Vi encenderse la luz de su cuarto y acto seguido a ella asomándose por la ventana, perdidamente enamorada de Pesta y su orquesta nocturnal y popular mientras cantaban a todo pulmón las primeras estrofas de la canción de José Alfredo Jiménez, "Si nos dejan".

Qué hermosa melodía, ¡oh, ironías de la vida!, para mí resonaba como la más fúnebre de las marchas porque le ponía el último clavo al ataúd de mi vomitiva historia de amor. Lo tenía que detener. Estábamos justo debajo de la ventana por lo que ella no nos vio.

No dimos ni tres pasos cuando vimos a la cuadrilla de cholos pastranos que acompañaban a Pesta en la tienda.

—¡Ellos son! —gritaron.

¿Éramos qué? ¿Pendejos? Por estar ahí.

No me dio tiempo de pensar siquiera qué éramos o qué les habíamos hecho, ya que sin decir agua va nos persiguieron alejándonos del foco de la acción serenatesca que se estaba llevando a cabo a las afueras de los aposentos del objeto de mí deseo.

Maldito Pestalozzi. Había mandado a sus agresivos y oligofrénicos chalanes para amedrentarnos y alejarnos, así él tendría el camino libre. ¡No lo podía creer! Era la segunda vez que me perseguían en menos de dos días. *Al menos tienes ropa*, pensé.

Corrimos varias cuadras hasta que, al final, el cansancio nos venció. Por suerte, también venció a varios de los cholos. Eran cuatro y nosotros seis.

—¡Nos van a pagar el daño que hicieron! —decía uno de ellos.

—¿Cuál pinche daño? —preguntó Dimas más asustado que envalentonado.

—¡Ustedes saben bien qué fue lo que hicieron!

De la manera más honesta, juro que en ese momento no tenía ni la menor idea de qué era lo que habíamos hecho para encolerizar de tal forma a aquella piara de despojos.

El cholo mayor, salido de la película *Sangre por sangre*, se acercó muy amenazadoramente. No sé qué me pasó. Posiblemente estaba frustrado y necesitaba desquitarme con alguien por mi mala suerte. Vi la guitarra en mis manos y como la más recurrente excusa que alguien pone al verse amonestado por el injusto brazo de la ley, se podría decir que se me hizo fácil. Tomé el instrumento finamente encordado para asestarle a aquel cholo un fulminante impacto en su cuneiforme sesera sumeria, un golpe tan duro y destructor que hasta el mismísimo Cabazorro Tiro Loco McGraw me habría felicitado estrechando mis manos con sus pezuñas sangrientas y rebosantes de pena ajena. Le rompí la guitarra en la cabeza al cholito pendejo de poca monta, más por frustración que por valentía. El cholo gritó de dolor y se desplomó. Después del arrollador impacto, volvimos a correr dejando en disyuntiva a los demás changos rasurados: o nos perseguían o ayudaban a su cholísima majestad. Para nuestra suerte, optaron por la segunda sólo para vernos desaparecer, cual defensores encapotados de Ciudad Gótica, en la obscuridad de la noche, no sin antes gritar nuestra frase de batalla:

—Con todo respeto, chinguen a su madre.

Nos gritaron de qué nos íbamos a morir, que esa no sería la última ocasión en que nos veríamos. Era una sensación agridulce, ya que mi valentía y coraje a la hora de la batalla fue lo que nos salvó de ser empalados vivos aunque, por otro lado, seguía en pie la situación de Walkiria. Me quedaba un día para arreglar las cosas, tenía que poner todas mis cartas sobre la mesa y hablar muy seriamente con ella antes de que otra desgracia inminente ocurriera.

No pude evitar recordar a Pinito que con gran cariño me había dado el instrumento. Me sentí mal porque significaba mucho para él. Desgraciadamente, ya no significaba para mí. De todos modos, la intención es la que cuenta y, eso sí, todavía tengo los restos demacrados y sanguinolentos de su generosa y desconocida aportación a mi causa romántica.

Una película trágica

A veces quisiera ser un pendejo. El mundo está lleno de ellos y ellos tienen a las mejores chicas, las mejores cosas y las mejores historias.

Era ese popular *adagio* el que me atormentaba.

Ver a un montón de mentecatos deficientes obteniendo todo lo que yo más anhelaba y que por más que me esforzaba jamás podía conseguir. Su sola presencia me exasperaba. Siempre hablando de todos sus logros sin dejar a nadie más expresarse, petulantes en extremo y a su vez fingiendo una humildad por demás forzada, todo en afán de ser bien vistos por los criterios ajenos.

Todo esto salió a colación por culpa de mi vomitiva inmadurez, ya que, después de guacarearle el tesorito a Walkiria, noté que, por obvias razones, ella se alejó de mí. ¿Cómo culparla? No tenía defensa en aquel caso perdido. Se encontraba por demás ofendida hasta el fondo de sus nauseabundas entrañas por culpa de la inquietud de las mías.

La buscaba en su casa y cuando sus padres atendían la puerta me decían que no quería verme. Pasaba lo mismo cuando la llamaba por teléfono. ¿Quién sabe qué increíble excusa les podría haber inventado a sus crédulos progenitores? En la escuela, lo mismo: me evitaba en los pasillos y cuando nos formábamos en fila para entrar a los grupos. Eludía cualquier contacto visual que tratara de hacer con ella. Incluso cuando amablemente la saludaba de lejos, la muy maldita volteaba la mirada de manera despectiva, haciéndome sentir como la cucaracha más miserable de la cañería más pobre.

Aun así, algo no encajaba. Ninguna persona se burló de mí durante esos días. Eso quería decir que Walkiria no le dijo nada a nadie, cosa que cuando mínimo era de respetarse. Aun así, era como si hubiera dejado de existir para ella.

No me podía quedar de brazos cruzados después de tanto esfuerzo por agradarle y hacerme notar e incluso casi llegar a desvirginarme con ella. Nuestro relato de amor que, aunque corto sí, fue muy intenso, al menos para mí.

Lo peor fue cuando la vi caminando tomada de la mano por los pasillos de la escuela nada más y nada menos que con Pestalozzi, aquel individuo olvidado por la evolución. *¡Maldita oportunista interesada!*, pensé. Era bien sabido que durante esos días a Pestalozzi se le había visto manejando un Cutlas Euro Sport por las calles del barrio. ¿De dónde lo sacó? Si era un vago sin oficio ni beneficio. *Se lo ha de haber regalado el apestoso de su padre, maldito Junior desobligado.* En lo que a mí respectaba, ya no era mi culpa sino la de él el que

Walkiria no quisiera saber nada de mí. Lo más triste fue verla subirse al Cutlas un día a la salida de la escuela.

—Ya, hombre, no te apures, hay más peces en el río —me decía Masiosare destruyendo la analogía, confundiéndola con la canción navideña de aquellos pescados alcohólicos al ver cómo me perturbaba al observar aquella imagen tan desconsoladora para mi causa amorosa.

Primero fue la guitarra, ¡ahora un auto! Estaba pendeja si pensaba que me iba a conseguir un auto por ella. Al paso que iba, lo terminaría de pagar a los veintisiete años. Ya para esas fechas ella sería una gorda de tetas caídas, no valía la pena.

Durante el receso, la abordé. Se negó siquiera a verme. La tomé por el brazo y la detuve en seco.

—¿Por qué me castigas así? —le dije más decepcionado que enojado.

Al ver mi semblante desencajado, accedió a hablarme.

—¿Se te hace poco? Si supieras la vergüenza que sentí. Además del asco que me dio.

—¿Qué quieres que te diga? No tengo excusa pero debes de entender que fue un accidente. ¿Cómo podrías darme asco? Si eres lo mejor que me ha pasado. Fue la mota la que me mareó, no tú.

Ella no pudo evitar esbozar una pequeña sonrisa al escucharme. Era evidente que le gustó algo de lo que le dije.

Hasta de lejos, cualquiera hubiera visto cómo se le inflaba el ego.

—Está bien, te perdono, pero que no vuelva a pasar — exclamó.

En mí pervertida mente eso significaba que tenía otra oportunidad para continuar con lo que habíamos dejado pendiente. ¡Estaba tan feliz y reconfortado! Suspiré de alivio y sonreí también, todo esto seguido del reglamentario silencio incómodo. Nos mirábamos sin mirarnos, cada que se cruzaban nuestras miradas el otro volteaba en diferente dirección.

—Y... ¿qué vas a hacer al rato?

—Nada. ¿Por qué lo preguntas?

—Se me acaba de ocurrir... hoy es miércoles y hay promoción de dos por uno en el cine del centro comercial, no sé si tú... ¿quisieras ir conmigo? —pregunté tímido y algo cabizbajo.

De plano, como el morro pendejo que era, no entendía y me la estaba volviendo a jugar. Al parecer me gustaba la mala vida.

No me dio el sí inmediatamente. Lo pensó por unos momentos, tenía que torturarme. Peor ahí fue cuando me di cuenta que todos mis camaradas estaban reunidos detrás de mí, disfrutando la escena, ansiosos de que me dijera que no.

—Está bien, nos vemos a las cuatro en el área de comidas del centro comercial. No llegues tarde.

—¡Ni que estuviera pendejo! —respondí sarcásticamente—. Pero, ¿qué hay de Pestalozzi?

—Con él no hay nada, yo salgo con quien quiero cuando quiero.

—Suena justo —respondí pendejamente.

—Una cosa más, una condición. Voy a ir con mis amigas, si quieres trae a los tuyos.

Pinche Walkiria malvada. Justo cuando ya me estaba fraguando la velada romántica, tenía que salir con que ocupaba chaperonas, si era bien sabido que a la más mínima provocación te aflojaba todo el mandado y que incluso te dejaba acomodárselo en la alacena. Hasta se contaba que una vez se quitó las bragas sin bajarse los pantalones y ahora me salía con la mamada de que tenía que ir acompañada.

—Entonces nos vemos a las cuatro y, no te preocupes, ya no te voy a guacarear allá. No le dijiste a nadie sobre lo que me pasó en tu cuarto, ¿verdad?

—¿Qué te pasa? Por supuesto que no. Seguramente le voy a andar contando a todos que te hice vomitar. ¡Yo también quedaría mal! Mejor no pienses en eso, ya quedó atrás.

En ese momento sonó el timbre que nos devolvía a la infernal rutina escolar.

—Bien, Atole, nos vemos a las cuatro —finalizó, pero ya no hubo besos de despedida.

Quedé pasmado y con cara de idiota al verla alejarse con su entallada falda del uniforme. Era momento de inequívocamente meter las manos a los bolsillos y retirarme a la formación para reingresar a clases silbando cual alegre saltarín.

* * *

A la salida de la escuela caminaba junto a mis camaradas con rumbo al hogar. Todos me felicitaban y a su vez expresaban la envidia que sentían, cosa que a mí me subió el ego hasta los cielos. Esa era una de las razones por la cual hacia las cosas en aquellos años locos. Vaya, hasta parecían felices por mí, cosa muy rara en nuestro círculo social porque, si a alguien le iba bien en cualquier cosa, ahí estaríamos todos los demás para recordarle el recurrente lado malo de la vida.

No cabía de emoción, tendría mi primera cita oficial con una chica tan experimentada. La película era lo de menos, por mi podíamos ver *El Santo contra Los Changos Cogeiones*, la verdad no me importaba. Aparté mis segundos mejores trapos y me metí a bañar.

Mentiría si dijera que me tardé menos de media hora. Dadas las circunstancias, tenía que sacar toda la frustración posible llegando a extremos inhumanos de la consciencia y la desiluminación.

Me reuní con Masiosare e Isauro en el parque. Les dije a ellos por la más lógica razón de todas: me harían ver bien, primero por feos y segundo por pendejos. Así, a su lado, recién bañado y arreglado, su humilde narrador sólo podía asemejarse a no menos que un joven artista de cine de culto.

No recuerdo bien en dónde escuché ese consejo que en múltiples ocasiones resultó ser muy útil: "Siempre rodéate de gente más idiota o más fea que tú, por asociación, nunca serás opacado". Ese consejo no hubiera funcionado en la vida adulta, ya que lo que se buscaría hacer es todo lo contrario, pero, para un puberto jarioso, en verdad que funcionaba.

Tomamos el autobús y llegamos puntuales al centro comercial. Le dimos varias vueltas, y nada.

—¡Maldita Walkiria, ya me plantó!

No aparecían por ningún lado ni ella ni su sequito. Al cabo de las cuatro y media, finalmente la vi a lo lejos, cerca del área de comidas. Parecía irradiar un aura dorada, como si fuera una Caballera del Zodiaco a punto de hacer estallar su cosmos con todo y séptimo sentido.

Walkiria y sus adeptas recorrían la plaza como si fueran modelos en la más fastuosa pasarela de la Semana de la Moda de París. Todavía ni hacíamos contacto visual cuando todo se fue al demonio. A lo lejos la vi saludando a alguien que la alcanzó, ¡era Pestalozzi! *¿Para qué demonios lo invitó? Tranquilo, a lo mejor nada más se lo topó y ya. No hay nada de qué preocuparse*, me repetía a mí mismo como mantra, pero no. Lo tomó de la mano y continuo su trayecto en dirección nuestra.

—¡Atole! ¿Ya listo para la película? —dijo ella completamente indiferente a mi agonía boquiabierta al verla al lado del despojo humano llamado Nemesio Boca Negra—. Veo que trajiste a tus amiguitos.

Y luego, para acabarla de chingar "a tus amiguitos", minimizándonos a todos como si fuésemos niños chiquitos y ella y los demás gente madura y de mundo.

—Ya, ya listo—, *chingas a tu madre*, le contesté tragándome el orgullo y casi con la lagrimita saliéndome por una esquina del ojo.

—¡Vamos a darle una vuelta a la plaza antes de entrar al cine a ver a quién más nos encontramos! —dijo una de las amigas de Walkiria con su tonito agudo y castrante y como dando a entender que no valía la pena estar con nosotros.

Y ahí andábamos como pendejos recorriendo la plaza detrás de Walkiria y su séquito y ella siempre adherida a Pesta como una mosca a la mierda o las abejas a la miel, como si me estuviera mandando un mensaje. *¿Por qué accedió a mi invitación si de todos modos iba a venir con alguien más?* No podía quedarme con la duda.

Walkiria me pidió que le comprara su boleto, recordándome que la cita era conmigo y no con Pestalozzi, que él sólo les había dado un aventón a ella y sus amigas y que no supieron cómo quitárselo de encima.

—No te pongas celoso —me dijo.

Al escuchar su explicación me tranquilicé un poco, tenía sentido. ¿Por qué no pensar que lo estaban usando por el auto las muy interesadas?, ¿que realmente el plato principal de la tarde seríamos mis camaradas y yo? Ya dentro de las instalaciones cinematográficas nos dispusimos a platicar de trivialidades escolares y chismes mal infundados en un área *lounge* frente a la fuente de sodas. Walkiria nos pidió a mí y a mis camaradas que le compráramos unas palomitas mientras veía la manera de deshacerse de Pestalozzi. *¡Lo sabía!, sabía que a una chica como ella no podía interesarle semejante engendro.* Dejamos nuestras cosas sobre la mesita y nos dispusimos a hacer la tediosa fila para adquirir chucherías.

Un tipo escuálido y muy alto con lentes y acné nos atendió. Le pedimos unas gomitas de ositos, palomitas medianas, varios refrescos jumbo y los chingados Pon Pons a los que todo el mundo —menos nosotros— les hace el feo. El muy idiota no dejaba de instarnos a agrandar nuestro combo, *agrándame esta*, pensaba, pero no, no existía razón de comportarnos prepotentes y/o vulgares con el empleaducho de la fuente de sodas, él sólo hacía su trabajo.

Cuando volvimos al área *lounge* para reencontrarnos con los demás, ya armados de cuanta chuchería se nos ocurrió adquirir, notamos, horrorizados, que ya no había nadie allí. Todas nuestras cosas estaban en la mesita solitarias y sin supervisión ¡No había nadie! ¿A dónde se habían ido? Lo peor fue darnos cuenta de que los boletos tampoco estaban, los habían tomado. Esperaba que todo fuera una broma y quería imaginar que Walkiria iba aparecer detrás mío para después taparme los ojos y preguntarme, "¿Quién soy?", pero todo lo contrario, la realidad era que nos habían abandonado allí a nuestra suerte, como prisioneros de guerra o algo así. Para cuando alcancé a ver en dónde estaban, era demasiado tarde: ya habían cruzado el umbral para pasar a la sala. El empleado les rompió los boletos y ellos entraron a la función como si nada. Walkiria abrazaba a Pestalozzi y reía a cada palabra que él decía. En ese momento mi corazón se partió como los boletos para la función de la película de terror que, por cierto, íbamos a ver —no la del *Santo Contra Los Changos*.

Me quedé de pie cargando la bandeja con las palomitas, los refrescos, las gomitas de ositos y los chingados Pon Pons sin saber qué pensar. Mentiría si dijera que no se me formó un nudo en la garganta al ser presa de tan cruel artimaña por parte del otrora objeto de mi deseo, un nudo que me ahorcaba como una soga en el cuello de un condenado a muerte injustamente en los tiempos de los juicios de la Satánica Inquisición. Todavía emerge ese nudo de vez en cuando para torturarme al recordar ese momento.

¿Por qué lo hizo? ¿Sería una venganza? Tenía sentido. Walkiria se guardó el rencor hacia mí por haberle vomitado su *aquello*, quizás no tuvo la madurez para comprender que no fue con intención. *¡Seguramente yo planeé vomitarme en el momento más álgido de mi primera experiencia carnal! ¡Si, cómo no!* Si le olía a cuaresma podrida allá abajo era por completo su culpa, debió cuidar mejor su higiene personal porque sin exagerar en verdad que aquello olía más horrible que las entrañas de un tiburón ballena con problemas estomacales y ni cien mil litros de Pepto o de Ranitidina podrían aliviar.

—¿Estás bien Atoleichon? —me preguntó Maisiosare.

¿Cómo iba a estar bien? Uno nunca se repone de ese tipo de situaciones, el hecho de haber sido prácticamente desechado como si hubiera sido una toalla sanitaria usada y asquerosa de la más milenaria de las brujas de los tiempos antiguos. Sabía que me repondría... a lo mejor en un par de minutos, horas, o años, uno nunca sabe cuándo sana el dolor del todo y sí, en realidad no era el fin del mundo, y no era un hecho tan trascendente, pero algo tenía esa edad puberta que magnificaba tanto las cosas insignificantes al borde de hacerte cuestionar el sentido de tu existencia sobre la faz de las cosas sin sentido. El hecho más mundano e intrascendente se podía convertir en algo que llegaba a ser cuestión de vida o muerte.

Regresamos a casa.

Tenía la moral por los suelos y la pasé en silencio durante el recorrido de vuelta. Miraba a través del sucio y rayoneado cristal del autobús decorado de manera artística por los múltiples miembros de las pandillas locales o por alguno que otro malandrín artístico *freelance* de poca monta.

Al otro día en la escuela todo transcurrió normal. Masiosare e Isauro juraron que jamás le dirían a nadie lo sucedido a menos que Walkiria o algún otro involucrado abriera la bocota. Fue buena idea llevarlos, después de todo, eran los más nobles y de fiar del grupo.

Para Walkiria ahora sí dejé de existir. Me volví un fantasma, un ente transparente carente de emociones ante sus ojos. Ahí me fue revelada su verdadera naturaleza oportunista y decadente, rencorosa y degradante y aunque fuera la chica más hermosa de la escuela al menos en el exterior, para mí era nada más un cascarón de carne de ataúd, vacío y podrido en sus bordes interiores.

Podía respetarle el hecho de no divulgar nada de lo sucedido en ninguno de los acontecimientos. Fuera de eso, ella también se convirtió en un cadáver ambulante para mí, un cadáver capaz de, muy a mi pesar, hacerme tropezar de nuevo y con la misma lápida.

GRANDES HAZAÑAS DEPORTIVAS

Al pasar los días dejé de sentir lástima por mi persona y, aunque la traición de Walkiria calaba profundo, decidí no dejarme absorber por los agujeros que se manifiestan en el espacio vacío de los pensamientos circulares. Porque, como dicen, "todo tiene solución menos la muerte" y, en efecto, es verdad: todo tiene solución, pero sólo si tú quieres que la tenga y yo, en mi caso, ya no quería.

Por fortuna, un aire de renovación llegó a mi vida justo a tiempo para redimir lo atormentado de mis pensamientos. Al fin, después de mucho esperar, la selección futbolística de la Secundaria Pública Número 18 Gilles de Rais participaría en el torneo de zona de las secundarias públicas.

Estábamos cursando la aburrida cátedra de matemáticas y, como era ya costumbre del estudiantado, nadie estaba poniendo atención al cansino parloteo de la vetarra docente que infructuosamente trataba de iluminar nuestras pueriles mentes con su soporífera explicación de las relaciones obscenas algebraicas entre catetos y cosenos, de cómo la Y le abría las piernas a la X para despejarle la raíz cuadrada hasta lo más profundo del teorema de Pitágoras y por qué la formula cuadrática era tan funcional en la cotidiana realidad. Jamás utilicé ninguna de aquellas estupideces y jamás conocí a algún valiente que se atreviera a admitir que "el saber despejar la X salvó mi vida". Siempre pensé que deberían habernos enseñado algo sumamente funcional como estafar a la gente o manipular a todos para que hicieran lo que tú quisieras; aprender a fingir sobriedad estando en un estado inconveniente; materias dedicadas a la supervivencia para sobrevivir a un Apocalipsis zombi o aprender a prender el carbón y sólo tal vez alguna de cómo no dejarse embelesar por los medios masivos de difusión y cómo lograr que el gobierno no nos hiciera pendejos. En la escuela me enseñaron muchas cosas menos a pensar. Bueno, al menos en mi escuela así lo fue. ¿Cómo una escuela de gobierno va a pregonar contra el mismo? Irónicamente, resulta maquiavélico. En fin, cosas útiles en la vida real y no lo pendejamente aburrido como lo es la fórmula cuadrática.

Como siempre, me encontraba pensando que volaba fuera del salón de clases a un lugar mejor para encontrarme con alguna cortesana alegre y promiscua que me haría presa de mundanas fantasías. Cuál fuera mi sorpresa al ver al maestro de educación física de pie en el marco de la puerta del aula. El maestro dio un anuncio al grupo ante la notoria mirada de molestia de la profesora de matemáticas.

—Vamos a participar en el torneo de futbol de zona, todos los seleccionados tienen que venir otra vez los sábados a las diez de la mañana para entrenar si es que quieren participar. Al final del día habrá una junta en el salón 2H. Allí los espero —sentenció el docente.

¿Quién demonios quisiera pasar los sábados en la escuela? ¡Ah, qué pendejo, pues yo! Jugar futbol era como una droga y sólo las gambetas y los goles podían saciar esa sensación de que tenías hormigas moviéndose bajo tu piel.

Nos reunimos en el aula indicada y allí nos reencontramos todos: Tagoberto, Dimas, los cuates Cruz y Aquiles, Isauro, Palermo, Universo, Atenógenes, Pestalozzi, El Muñeca, El Drenaje y un servidor. Además de los acoplados, como Masiosare e, increíblemente, el idiota de Clodomiro aunado otro par de adeptos, se trataba del par de puños de Tonatiuh y Tristán. Todos los presentes teníamos nuestro lugar asegurado, ya que nadie más acudió al llamado a la gloria.

Nadie quiso sus sábados.

El maestro nos explicó los términos y condiciones del torneo. Primero sería el torneo de zona, luego el regional, después el estatal y superando aquellas difíciles pruebas pasaríamos a la final nacional cuya sede sería en una playa todavía no especificada.

—No será fácil, pero habrá que hacerle la lucha —indicó el docente.

* * *

Llegó el fin de semana y con él el primer entrenamiento. A pesar de que la mitad del seleccionado se odiaba, el maestro logró hacernos trabajar en equipo, tal vez haciendo uso de alguna estrategia lúdica y mística que nosotros no comprendíamos.

Nos separó. A mí me tocó nada más y nada menos que con Pestalozzi y a Dimas con Tagoberto. Esto, en un afán de lograr que nos lleváramos mejor, y si bien no resultó del todo, cuando menos logró que nos toleráramos. El entrenamiento era difícil y molesto. Calentamiento de las articulaciones, correr por toda la escuela sin parar, subir y bajar escaleras, abdominales, recepción, dirección y control de balón, pases largos y cortos, en fin... una copiosa cantidad de actividades. Poco a poco, lo que parecía ser una completa y reverenda distopía, transformóse en una práctica placentera. Sin notarlo, empezamos a tolerarnos, y con el paso de los días llegamos al punto de llevarnos genuinamente bien hasta el inverosímil grado de juntarnos a jugar futbol por las tardes en la canchita del parque. Mentiría si dijera que no fueron días felices, amén de que mejoramos bastante en nuestra forma de jugar.

Aunque nuestras condiciones de entrenamiento eran paupérrimas, el maestro hizo maravillas y logró centrarnos en el objetivo que, para nosotros, era ir a la playa y perder clases.

Finalmente llegó el día del torneo de zona. Todos Los Karas Zucias estábamos nerviosos, incluso Tagoberto. El pobre fingía una seguridad por demás falsa, tratando de volver a sus orígenes de bravucón, molestando a los más dóciles del grupo. La Secundaria Pública Número 18 Gilles de Rais sería la anfitriona del torneo de zona recibiendo a varias escuelas secundarias. Para nuestra mala suerte, todo el plantel perdería horas de clase de forma gratuita y no sólo nosotros

El espíritu deportivo se contagió a las autoridades escolares, por lo cual sacaron a todos los reclusos de sus celdas en un afán de apoyar al representativo escolar. Nuestra secundaria no tenía las condiciones para ser anfitriona de ningún evento, pero de alguna manera se adaptaron porterías en la plaza cívica y se hicieron las líneas semioficiales requeridas. ¡Vaya!, hasta porristas teníamos. Walkiria y sus adeptas se disfrazaron para la ocasión, más que nada para zafarse de un castigo impuesto por tratar de quemarle el cabello a una maestra.

Nuestro uniforme era patético. Consistía en un short negro, la playera de la secundaria y, a la altura del corazón, el escudo del plantel con el lema: <¡Oh feliz la culpa que mereció tal Redentor!>. Eso sí, siempre fue escuela pública, laica, gratuita, jodida y tal vez dominada por alguna secta de fin del mundo.

Antes de iniciar nuestra participación, el profesor de educación física nos dio nuestras posiciones en la famosa formación táctica de 4 - 4 -2:

Portero: Masiosare

Defensas: Isauro, Cruz, Aquiles, Universo

Medios: Tolentino, Tagoberto, Palermo, Pestalozzi

Delanteros: Dimas y Atenógenes

El resto entraría de cambio. No está por demás decir que estábamos todos apretados. Realmente nuestra escuela no debió anfitrionar nada.

Comenzó el partido contra la Secundaria 31. Aunque no fue una batalla campal, sí debo decir que algo dieron de pelea. Acabamos el primer tiempo en ceros.

Al iniciar el complemento fue cuando se dio a notar todo nuestro potencial. Hilvanábamos jugadas con facilidad y hasta de primer toque, con fantasía y toda la cosa. El primer gol corrió por cuenta de Pestalozzi, extrañamente, a pesar de que los miembros del equipo lo celebramos junto a él, el resto de la escuela hizo *mutis* dada la desagradable fama que tenía. Sólo las chicas lo corearon.

Al correr de los minutos cayó el segundo por cuenta de Dimas a pase de su humilde narrador. En una explosión de euforia, toda la escuela se fusionó al unísono grito de "¡Gooooool!". Por último, casi al finalizar el partido, me fue cometida una falta en el área en una manifiesta jugada de gol por lo que fue necesaria la pena máxima. Palermo, que quería quitarse su fama de fallador de penales, pidió, casi al borde de las lágrimas, ejecutar el tiro. Como ya estaba por finalizar el partido, accedimos a su petición. Cuál fuera nuestra sorpresa al verlo resbalarse antes de tirar y lanzar un chute con la fuerza famélica de un niño cojo, desnutrido y de país embebido en guerra civil. Evidentemente, el portero lo atajó sin problemas. Palermo se puso de pie y rojo de vergüenza ante la situación que reafirmaría su condición de fallador de penales, aun así, toda la escuela coreó "Palermo, Palermo, Palermo". Se dio el silbatazo final y, aunque el marcador no fue contundente, sí lo fue nuestra actuación. Todos nos aplaudieron. Me sentía como el rey del mundo nuevamente, mejor que cuando tocamos en la kermese.

Para el segundo partido nos tocó contra la Secundaria Número 50. Se podría decir que ese fue el partido de mi vida.

Me despaché con un doblete que colapsó las estructuras de la escuela. Todo el estudiantado se puso a brincar como si fueran hinchas en el más popular estadio sudamericano del Río de la Plata, aunado al pase de gol que le perpetré a Tagoberto que, por cierto, para mi asombro también fue festejado dado su cambio de actitud en las semanas previas al encuentro.

El último partido fue contra la Secundaria Número 11, nuestro más acérrimo rival en cuanto a competencias de cualquier índole se refería. Fuera en ajedrez o en atletismo, basquetbol, Street Fighter, etcétera, siempre nos topábamos con ellos. Fue un encuentro estratégico y, como se diría en el argot del balón pie, "nos respetamos de más". Ninguno de los dos equipos se atrevió a perforar la portería del rival, el encuentro termino en un gris y desangelado empate a ceros.

Al final del torneo, cansados y sentados en las escaleras que daban al patio principal de la escuela, escuchamos por el sonido local el anuncio de nuestro pase a la siguiente ronda. Logramos siete puntos de nueve disponibles y por combinación de resultados estábamos ahora frente a la titánica empresa de ganar las regionales.

Fue a la Secundaria Número 38 a la que le tocó ser la anfitriona de la eliminatoria regional.

Sonará algo petulante de mi parte decir que ningún equipo fue rival en aquella eliminatoria. Ganamos todos los partidos sin dificultad, o al menos en apariencia, dado que nuestro arco fue mancillado en los tres partidos con un tanto en cada uno y esa suerte no era porque Masiosare fuera un gran portero. De hecho, era pésimo, ni siquiera sabía despejar una pelota y lo tenían que ayudar los demás. Lo que pasaba era que teníamos un excelentemente conjuntado muro defensivo. Pobres de los defensas, por lo regular nadie les da el bombo y platillo que se merecen en la noble faena que realizan para proteger al equipo de los embates del rival. Así es el futbol, la gloria se la llevan los de adelante gracias al coraje de los de atrás. Se podría decir que eso aplica también a cualquier estrato de la sociedad.

Ahora sí, si ganábamos la estatal disfrutaríamos de unos días en la playa que era lo que más anhelábamos además de perder clases y ganarnos el favor de uno que otro docente amante del deporte futbolístico. Para la estatal nos rentaron una pequeña furgoneta, ya que el destino quedaba muy lejos y sería en uno de los colegios más prestigiosos y *popoff* de la ciudad, el Colegio Anglo Germano Celta Franco Español y Las Granadinas. Era algo así como una ciudad educativa de élite reservada para los más acaudalados de su región. De hecho, nuestra secundaria sería la única pública que iría a la estatal, los demás lugares pertenecían a otros colegios acaudalados.

Estábamos nerviosos. Más aún cuando vimos a los colegios a los que nos íbamos a enfrentar: todos tenían uniformes profesionales y resplandecientes que a ojo de buen cubero parecían diseñados por las mismas firmas que diseñaban las indumentarias de los equipos europeos más cotizados y asiduos a la Champions League. Todos nuestros contrincantes eran altos y güeros y hasta se asemejaban a uno que otro jugador del momento con sus cabellos largos y otros rizados y un profesionalismo que haría palidecer hasta el mismísimo O Rei Pelé. Parecía que se dedicaban sólo a entrenar y no a divertirse, eran como robots diseñados específicamente para jugar *soccer* y ni de chiste tenían menos de quince años, la edad límite del torneo. Su estampa era la del típico villano de Europa Oriental genérico de las películas de acción ochentera, modificado genéticamente para propósitos deportivos varios, el que le hacía la vida imposible a esa trifecta de héroes de acción hollywoodense de Bruce Willis, Sylvester Stallone y Arnold Sánchez Pérez.

El maestro, al ver nuestra preocupación, sacó una bolsa de la parte de atrás de la furgoneta. Le preguntamos qué había dentro y él, sonriendo, sacó una playera extendida de tela deportiva de color negro con el número diez en color rojo por la parte trasera y en la parte de adelante una franja roja también en color obscuro como de sangre. En la parte izquierda del pecho, el escudo de nuestra secundaria con su ya mencionado y preocupante lema. Se veía de fábula. Los colores amenazantes, esa indumentaria nos dio nuevos bríos. Para que no nos peleáramos por los números, el docente nos los asignó sin derecho de réplica. A Tago le tocó el diez, nadie lo objetó, se lo merecía, por él pasaban todos los balones. Por mi parte, no me podía quejar del todo, ya que malamente me asignaron el once y, por no dejarlo de mencionar, a Dimas, el nueve.

El colegio Anglo Germano Celta Franco Español y Las Granadinas era inmenso, como una ciudad pequeña o, en su defecto, un pueblo muy grande. Tenía canchas de todo tipo: de tenis, frontón, vóleibol, béisbol, básquet, alberca olímpica, y no sé si fue mi imaginación, pero hasta un campo de polo y equitación alcancé a admirar. Y obviamente una cancha de futbol once con medidas oficiales y otra de fut siete por no dejar. ¡Y esa era sólo el área deportiva! El plantel también contaba con helipuerto para el seguro desplazamiento de los juniors vástagos de los altos funcionarios que jalaban y que seguirán rejalando los hilos que mueven a las naciones. Una enorme cafetería que más bien parecía un restaurante de lujo, de esos en lo que se tiene que hacer reservación con un mes de anticipación en afán de poder disfrutar un *foie gras* relleno de caviar antártico proveniente de una de las lunas de Saturno.

Malditos hijos de puta, eso no me preocupaba, porque nosotros llevábamos de almuerzo unos *taquéis* rellenos de *huevié* a la *recalentié de antié*, revueltos con su fina y selecta guarnición de *petit frijolié haricots noir*, o frijolitos negros para el que no es muy entendido en el idioma de los galos.

Para nuestra mala fortuna no nos permitieron ir más allá de las canchas y de la cafetería, así que no pude turistear por el resto de las instalaciones. No los culpo. Porque así como los varones del plantel parecían robots genéticamente alterados, las chicas, todas y cada una de ellas, asemejaban a modelos de la pasarela más exigente que un simple mortal se pudiera imaginar. Todas ellas muy altas, piernudas y de todos los colores y sabores. De hecho me comenzaba a erectar, como no tenía bolsillos en el short, me ahorqué con el elástico, no había más.

—¡Ey, pendejo! Concéntrate, después te la arrancas —gritó Dimas con la finura que le caracterizaba.

La atinada apreciación de mi camarada me sacó del trance infundado y me permitió volver a la tan necesaria concentración previa al partido.

Las eliminatorias serían de la misma manera que en las primeras dos instancias del torneo: por puntos. Tres partidos y el que lograra mayor puntaje avanzaría a las nacionales. Por más inverosímil que parezca, el primer partido lo ganamos con una relativa facilidad. El equipo contrario no puso la más mínima resistencia. Se trataba de un colegio marista que llegó a tan altas instancias ganándose el favor de los árbitros en las eliminatorias anteriores. Para su mala suerte, en esa ocasión no les tocó un silbante del todo corrupto, lo que expuso sus debilidades por completo. El marcador final sería de 3 a 1 en favor nuestro con goles de Dimas, Tago y Atenógenes.

Era una bella mañana soleada y nos encontrábamos más motivados que nunca. Nos relajamos sentados en las tribunas metálicas a un lado de la cancha viendo el resto de los partidos mientras esperábamos nuestro turno. Al pobre de Tonatiuh se le salió un testículo por uno de los agujeros del short, ya que al parecer no acostumbraba a usar ropa interior. Pobre, todo el mundo se dio cuenta, haciéndoselo notar de la manera más cruel y vulgar posible.

El siguiente partido fue contra el colegio La Salle, todos ellos muy orondos con su uniforme color anaranjado, parecían sobres de aguas frescas en polvo. Nuestro primer error en ese partido fue el confiarnos de nuestras aptitudes. Los lasallistas se pusieron al frente en el marcador con un gol tempranero, culpa de la falta de atención de un Isauro que parecía embelesado viendo a las chicas del colegio a la lejanía. Aun así no nos desanimamos y seguimos adelante. Salimos del atorón en el segundo tiempo, imponiéndonos con dos goles: uno por cuenta de un servidor y el otro por parte de Dimas. Fue un juego difícil pero al final se concretó el resultado deseado.

Un viento loco se dejó sentir revoloteando por toda la zona y el cielo otrora soleado se llenó de negros nubarrones que amenazaban una tormenta que no estaba pronosticada. Escuchaba distante al maestro de educación física que nos gritaba enérgicamente, haciéndonos ver nuestras debilidades. No quería que nos volviéramos a confiar, estábamos a un partido de pasar a la final nacional y debíamos llevar el nombre de la escuela en alto. *Al demonio la escuela*, pensaba, y sé que los demás se sentían igual. A nosotros no nos importaba llevar el nombre de nadie hasta lo más alto del firmamento, lo que queríamos era ir a la playa y se chingó. Y el maestro, ¿para qué se hacía pendejo?, sabía que, si ganaba a lo mejor le darían algún premio monetario o sindical.

Previo al último encuentro de la jornada que, por cierto, era contra el anfitrión, el colegio Anglo Germano Celta Franco Español Y Las Granadinas, cada equipo se reunió en círculo en su lado de la cancha. El maestro nos instó a todos para fundirnos en una oración y rezarle al Altísimo para que el resultado terminara a nuestro favor. Todos tenían los ojos cerrados a excepción de mis camaradas y su humilde narrador. En complicidad, nos mirábamos sonriendo los unos a los otros como diciéndonos "¿y a este, qué chingados le pasa?". Al finalizar la insulsa e inútil plegaria, todos unimos nuestras manos al centro del círculo y gritamos a todo pulmón:

—¡Gilles de Rais! ¡Oh feliz la culpa que mereció tal Redentor! —revolviéndonos en nuestro alarido, ya que eran un nombre y lema demasiado largos.

Al final, mejor optamos simplemente por el número 18 ya un poco desganados por tanto falso optimismo.

El árbitro dio el silbatazo inicial.

Por alguna extraña razón, la confianza que teníamos se desvaneció convirtiéndose en una inseguridad de índole infantil. La desventaja de ir contra el local, las gradas que se llenaron de la hinchada de la escuela, nos menguaban la confianza. Parecía que dejaron salir a todos de sus clases para apoyar al equipo. Inclusive las típicas maestras gordas, gritonas y ancianas, de esas que te ponen mil pretextos para que no juegues futbol —como la disciplina o las calificaciones por nombrar algunos— pero que a la hora del partido están tan necesitadas de atención que hasta llevan el *jersey* con tu nombre sólo para decir de manera hipócrita que en verdad te apoyaron desde el principio, no fuera a ser que en verdad te volvieras profesional en el futuro y luego alguien se tuviera que tragar el fruto de sus acciones. "A poco crees que vas a vivir del futbol".

Cada que teníamos el balón en nuestra posesión, un intenso abucheo generalizado nos cimbraba hasta el tuétano. No éramos jugadores profesionales, éramos un montón de pubertos corriendo detrás de una pelota, por ende, esa clase de presión sí hacía mella en las jugadas que realizábamos causándonos mandar pases erráticos o hasta resbalar por cualquier cosa. Tratamos de mantener el marcador ante los duros embates del adversario.

A punto de finalizar el primer tiempo, un error de la defensa nos puso abajo en el marcador. Universo, ante la intempestiva llegada del contrario y en un intento de despeje maltrecho y rodeado de adversarios, le rebotó el balón a Aquiles en el trasero, el cual se encauzó en trayectoria directa a nuestra portería. Dada la poca o más bien nula movilidad de Masiosare, el esférico se introdujo en el arco propio asestando así un duro golpe anímico para nuestra causa. Tagoberto se enfureció como nunca y les gritó a todos los defensas de qué se iban a morir. Sus comentarios terminaron por partir la saludable sociedad que habíamos estado manifestando en las últimas semanas. Los defensas le recriminaron su falta de gol para los contrarios.

Para nuestra mala suerte, el partido sería de corrido y sin descanso, solamente el cambio de cancha al iniciar el complemento por lo que no podíamos retroalimentarnos o escuchar al profe para que nos diera indicaciones más serenas y personalizadas. Pasaron los minutos y el tan anhelado gol se nos negaba. Casi al finalizar el partido, por fin llegó, por medio de la persona más inesperada: nuevamente, Pestalozzi, que había tenido una participación más o menos gris durante todos los encuentros.

Nos deshicimos en abrazos y elogios para él, su diana nos acercaba más a la playa y nos daba la esperanza de ganar el partido. Un par de jugadas después, un contrario le cometió una pequeña falta a Tagoberto, una falta que hubiera pasado sin pena ni gloria realmente. Cuál fuera nuestra desgracia cuando, al cabo de unos minutos, Tagoberto buscó al tipo y se las cobró con fuerza desmedida, tumbándolo y deján- dolo casi al borde de la tetraplejía. Aunado a que le abrió por completo la espinilla en una imagen por demás sangrienta y antideportiva.

El árbitro lo vio todo y sacó la tarjeta roja directa. Tagoberto quedaba expulsado. Antes de salir de la cancha, también le dijo al árbitro de qué se iba a morir, le recordó a su sacra-santa progenitora y casi lo agarra a golpes. La oportuna aparición del profe lo detuvo de cometer una barbaridad. Todos vimos cómo estuvo a nada de sacar una pequeña navaja de entre una de sus calcetas, por suerte, no lo hizo.

Así que ahora, con uno menos, el panorama no se podía ver más obscuro y para colmo de males comenzó a llover, lo cual hizo más difícil conducir el balón a lo largo y ancho de la cancha. Faltaban un par de minutos para que terminara el encuentro cuando Dimas corrió por el centro del campo, esquivando a todos los rivales, haciendo gala de una técnica que ni él supo qué hizo y dejándonos a todos asombrados. Nadie lo había visto jugar así.

—Este loco se comió a Maradona —exclamó Universo.

A lo mejor era el hecho de que él jamás había ido a conocer el mar —ninguno de nosotros, realmente— o, ¿por qué no?, su orgullo saiyajin, que si bien en ocasiones lo hacía caer en otras lo levantaba de las situaciones más adversas. Esa era una de esas ocasiones.

Ya estaba en el área y a punto de tirar cuando un monigote salió de la nada y lo pateó fuertemente en el pie de apoyo. Dimas se desplomó al suelo lentamente. La caída de Dimas fue por demás estrepitosa al grado de casi crear otro conato de pelea. Todos mirábamos al silbante y el muy hijo de puta se tardó unos segundos, pero finalmente indicó con su mano izquierda, en dirección al punto penal, mientras rechiflaba su silbato en favor nuestro. Los del otro equipo no lo podían creer y le reclamaban sin ton ni son; el árbitro los ignoraba, total, ya estaba muy acostumbrado a las mentadas de madre.

Teníamos todo para ganar, ahora venía la pregunta del millón, con Tagoberto afuera y Dimas lastimado: ¿quién tiraría el penal?

Palermo se ofreció ante la negativa de todo el equipo. Finalmente fui yo quien tomó la batuta, era mi momento de ser el héroe. Todos estuvieron de acuerdo.

Cuál fue mi sorpresa al ver a Pestalozzi tomar el balón sigilosamente como la alimaña traicionera que era para ponerlo en el manchón penal. Ya nadie se lo pudo impedir, ya no quedaba tiempo. Yo me quería abalanzar sobre él y matarlo a golpes, ¿cómo era posible?, el muy infeliz me estaba arrebatando mi momento de gloria.

El silbante no me permitió acercarme a él, le extrañó más que tenía que detenerme para que yo no madreara a un miembro de mi propio equipo.

La última jugada del partido. Llovía y teníamos a toda la fanaticada en contra.

Pestalozzi tomó impulso, se veía nervioso, todos lo estábamos. Un tiro acertado e iríamos a la playa en un par de semanas.

El portero se movía de un lado a otro, tratando de intimidar. Pestalozzi se perfiló en una estampa que lo hacía parecer profesional —varios años después, CR7 haría el mismo ritual antes de cobrar las penas.

Todo fue tan rápido y sin embargo parecía que se miraba en cámara súper lenta. Cuando Pesta impactó el esférico ya estábamos listos para correr a abrazarlo. Cuál fuera nuestra sorpresa al ver que el tiro esquinado que mandó se impactó ineludiblemente con la parte inferior del poste derecho del arco rival.

Nos quedamos con la boca abierta.

El portero del colegio en vez de alegría tuvo espasmos vomitivos al tener de frente a Pestalozzi con esa misma reacción. Todo el colegio exhaló y después gritó de alivio y algarabía. No pasaron ni tres segundos para que el equipo rival asestara su segundo tanto y para que, menos de un segundo después, el árbitro pitara el final del partido. Como dicen, "gol fallado, gol en contra".

Marcador final: Escuela Secundaria Número 18 Gilles de Rais: 1 - Colegio Anglo Germano Celta Franco Español y Las Granadinas: 2. Estábamos fuera.

Unos nos hincamos bajo la lluvia, cubiertos de lodo y sangre, sin poderlo creer. Otros lloraron, esperando la absolución de sus pecados. Tagoberto se quedó sentado en la banca, totalmente indiferente a la situación, con una mirada penetrante, como si se hubiera vuelto a quebrar, como si pensara, "hacer lo correcto no vale la pena".

Después de asimilar la derrota todos corrimos contra el pastrano de Pestalozzi para despedazarlo públicamente no por el hecho de haber fallado el penal, eso le podía haber pasado a cualquiera, sino por el hecho de que se quiso robar la gloria y que desgraciadamente se le volteó el chirrión por el palito. Palote era lo que le íbamos a dar.

El maestro tuvo que interceder y amenazarnos con no volvernos a llevar a ningún lado si golpeábamos a Pestalozzi. Al final, tuvimos que felicitar al otro equipo, muy a nuestro pesar por cierto.

—Pestalozzi, con todo respeto, ¡chingas a tu madre! —le grité iracundo y generalizando el sentir de todos.

El camino de regreso transcurrió en anarquía total. Nadie escuchaba al profesor que trataba de animarnos diciéndonos que no era el fin del mundo y que habría otros torneos. En el interior de la furgoneta era pleito tras pleito, oscuridad y palabras dolorosas, todos tratábamos de encontrar a un culpable. Surgió el nombre de Tago, que instantáneamente nos mandó al demonio diciéndonos que sin él no habríamos logrado nada. Eso ofendió a todos. Volvía a ser el mismo Tagoberto Iturriaga de siempre. Por otro lado, Pestalozzi, y así sucesivamente hasta llegar a Universo y Masiosare. Siempre pensé que al final del día, todos éramos culpables. Así como se gana, también se pierde en equipo.

Llegamos a la escuela cabizbajos y todos nos preguntaron que cómo nos había ido. *Pues no están viendo la cara que traemos, pendejos,* era lo que pensaba.

Con el pasar de los días el dolor de no poder ir a conocer la playa fue desapareciendo. Gradual e infortunadamente, la amena sociedad que se había construido con los entrenamientos también se desmoronó. Tagoberto estaba peor que nunca, amenazando y golpeando a todos por igual. Y si antes todos odiábamos a Pestalozzi, ahora, definitivamente, sólo decir su nombre era motivo de empalamiento.

De aquellas grandes hazañas deportivas no queda mucho que decir. Como el pobre de Ícaro, volé muy cerca del sol y se me quemaron las alas de parafina de crayón. También pasó algo sumamente raro e injusto: días después, la escuela recibió una llamada de las fuerzas básicas del equipo local de la ciudad preguntando por Tago, ¡por Tago! A pesar de su exabrupto, a algún visor buscatalentos con retraso mental le pareció buen jugador. Le ofrecieron una beca para estudiar la preparatoria y subsecuentemente la universidad al salir de la secundaria, siempre y cuando entrenara con la división menor del equipo.

Qué suerte tienen los que no se bañan. ¡Cómo quería ir a la playa! En fin, lo peor no es la derrota sino verle la cara de felicidad al que te gana. En verdad que el que dijo "Lo importante no es ganar sino competir" ha de haber sido un completo y reverendo perdedor. Yo, por mi parte, me quedo con la frase de Vince Lombardi: "Ganar no lo es todo, es lo único"; y ultimadamente con el *adagio* popular: "Lo importante no es ganar. Lo importante es hacer perder al otro".

RANCH MACABRE

Ni la música, ni las aventuras, ni el amor, ni el futbol, ¿qué más me quedaba?

Me dije a mí mismo: *mi mismo, no te me achicopales, ya vendrán nuevas hazañas y sagas heroicas en las que te podrás inmiscuir.* Estaba bien por el momento.

Me había decidido a no decirle no a casi nada, y digo a casi nada porque en efecto hay cosas que realmente nadie quiere hacer. ¿Y qué si no llegué a convertirme en un rockstar o cuando menos en un rapero famoso? ¿Y si perdí en el futbol? No pasaba nada. Era joven y las opciones siempre iban a estar ahí, esperándome para ser receptoras de la reacción química que me hiciera desempolvarlas para volver a ser de nueva cuenta una parte de mi persona.

La pobre de Karla Gusana siempre era ignorada, todo porque seguía empecinada en continuar con su papelucho de mustia martirizada y abnegada. Nadie se lo creía, sólo Isauro la consecuentaba de vez en cuando. En ocasiones quería sacar el barrio y en otras se daba unos aires de verdadera diva de la época de oro del cine. Aun así debo admitir que, a pesar de su condición en nuestro círculo social y hasta en el ajeno cercano, en otros lados sí la apreciaban. Es como la teoría de las máscaras, hay personas que con sus familias son unos, con sus amigos de la escuela son otros, cambian para con los del trabajo y hasta con los primos se ponen otra de sus múltiples caretas. No toda la gente es así, pero sin duda hay unos casos que son dignos de estudio.

Karla Gusana era uno de esos casos. Con algunos se comportaba de una forma totalmente aborrecible y con otros era una tierna chica-de-al-lado con la que quisieras pasar todas tus tardes de verano.

Cierto día, Karla Gusana llegó a la secundaria con un aire de grandeza, como creyéndose la reina de la escuela. Se metió al salón como Juan por su casa y repartió invitaciones a todos.

—No vayan a faltar porque si no les dejo de hablar —decía, como si en verdad quisiera que no fuéramos sólo por la estimulante proposición de ya no volver a escuchar su horrorosa voz.

La premisa de la invitación era simple: una prima de Karla cuya madre había quedado embarazada de un rico empresario tenía una quinta a las afueras de la ciudad muy cerca del río de la zona rural, quería perpetrar una fiesta en honor al fin de la época de calor que, por cierto, ese año estaba desfasada gracias al calentamiento global, el hoyo de la capa de ozono y el efecto invernadero y tal vez alguna guerra en algún lugar lejano, por lo cual nos invitaba a ser parte de la celebración. El medio de llegada y la comida correspondían por cuenta propia, ella sólo iba a poner el lugar.

Ninguno de nosotros quería ir, de hecho, lo más raro fue que Karla invitó a Walkiria y compañía, yo pensaba que no se llevaban bien pero después descubrí que fue una artimaña bien planeada para hacer que muchos más pubertos jariosos asistieran y no se viera sola la quinta. Karla era toda una diablilla y, de alguna manera, lograba que la gente le cumpliera sus caprichos. "Vivilla desde chiquilla", como decían algunas abuelas ya seniles.

Llegó el viernes y con él la fecha señalada para asistir al mentado ranchito de la prima de Karla. Mis camaradas y yo debatíamos dentro del salón en la hora del descanso si debíamos ir. Odiábamos su naturaleza empalagosa y verdaderamente yo no tenía humor de aguantarla, mucho menos cuando supimos que era de quedarse a dormir.

Isauro nos convenció con un concepto que plantó como semilla en nuestras pueriles mentes y que después germinó como una verdadera enredadera de yerba mala.

—No sólo va a estar Karla, va a haber más morras. La invitación dice que hay alberca, se ve mamastrófico, ¿están seguros que no quieren ir?

Ahora sí no me quedaba duda, ¡claro que quería ir! Y era verdad, aguantar a Karla ahora parecía nada copioso ante la inminencia de echarse un buen taco de ojo y posiblemente algo más. Al final, Isauro nos convenció.

Al llegar de la secundaria tratamos exhaustivamente de ahora convencer a Usnavy para que nos llevara. Estaba renuente, siempre debías darle algo a cambio, ya que era nada abnegado y mucho menos empático.

—¿Y qué hay para mí si los llevo?

—Vas a ver a todas las chicas en bikini, las que quieras —le respondí

—No, eso no me convence. Si quiero ver morras en paños menores, mejor me voy al table, pal' caso es lo mismo.

—Bueno, qué te parece si el alcohol corre por cuenta nuestra —insistió Isauro.

—El alcohol y la comida.

Lo pensamos un momento y después de reflexionarlo nos pareció un buen trato. Total, al final donde comen dos comen tres y así sucesivamente. Además, íbamos a ser siete en un Volkswagen, lo cual ya resultaba medio inverosímil. No era la primera vez que realizábamos prodigios para acomodarnos.

Fuimos por nuestros trajes de baño y toallas, Usnavy y Masiosare previeron robarle todos los cigarros a su mamá, no necesitábamos nada más. Juntando nuestros pocos pesos, entre todos compramos unas hamburguesas y cerveza para Usnavy. La tarde se antojaba calurosamente disfrutable, estábamos listos para el rancho.

El croquis era un asco y tuvimos que pedirle santo y seña a cuanta cantidad de incautos que se cruzaban en nuestro camino. Ninguno distinguía la izquierda de la derecha. Después de mucho deambular por el monte, finalmente llegamos.

Tenía un gran portón y las paredes circundantes eran altas como murallas. Al cabo de cinco minutos gritando y esperando, finalmente abrieron la gran puerta y pudimos pasar. Era maravilloso. El aroma a carbón que se mezclaba con la esencia de la alberca y con el suave cobijo daba el pensamiento de que, aunque hiciera un calor de los mil demonios, todo sería reconfortado a la hora de brincar a la piscina. Unos jugaban futbol en una pequeña canchita improvisada y otros se zambullían. En efecto, todas las chicas estaban ahí.

Casi rompo el traje de baño por la emoción que me provocó el ver a Walkiria en bikini con sus amigas igualmente seductoras. Resultaba raro el sentimiento porque, después de todo, ya le había visto todo. Desgraciadamente, ahí no tenía ni bolsillos ni elástico para ahorcarme aquello, sólo quedaban los pensamientos desagradables que nunca fallaban.

Lo que jamás entendí fue el asunto del pareo. Lo entendía de las muchachas corpulentas que optaban por algún camisón largo con propaganda de diputado local o el estampado de recuerdo de algún viaje a una playa popular con Mimí la de Mickey en primer plano o con los Looney Tunes cholos. Pero, ¡de las chicas sexys!, ¿por qué chingados se ponían el maldito pareo? No lo entendía.

Para mi sorpresa, Walkiria me recibió de brazos abiertos, como si nunca hubiera pasado nada malo entre nosotros, cosa que me resultó extraña en demasía.

Debí pensar que algo tramaba, pero mi estúpida concepción de la realidad solamente se podía enfocar en su cuerpo y, más específicamente, en esas dos grandes razones que tenía para no seguir enfadado con ella: sus ojos.

Mis camaradas y yo nos unimos al grupo de Walki y nos dispusimos a disfrutar de la tarde. Cambiamos la ropa incomoda por los trajes de baño y procedimos a lanzarnos a la alberca. Era una bella sensación el disfrutar el comienzo de los bienvenidos calores tanto internos como externos. Jugábamos luchitas en el agua, no podría describir la sensación de tener a Walkiria cargada sobre mis hombros, el sólo hecho de tenerla de camachito y que estaba rozando mi cuello me pudo causar algún tipo de embolia o derrame —de cualquier tipo, tal vez petrolero.

Trataba de divertirme y no pensar en mis recurrentes fantasías, cosa que me resultaba demasiado difícil porque esa era la razón de mi asistencia a la fiesta. Sabía que mi naturaleza corporal era en extremo enclenque así que intentaba tensar los músculos en todo momento, cosa que a las chicas les resultaba graciosa. Al pasar las horas dejé de hacerlo, ya que no tenía caso, no había nada que tensar en realidad.

Después del chapuzón, mis camaradas y yo retamos a unos tipos desconocidos a un partido amistoso de futbol y, aunque eran mayores, no resultaron rivales para nosotros.

Me estimulaba el observar a Walkiria vitoreándome a lo lejos cada jugada que hacía por más mala que esta fuera. En definitiva, era una tarde perfecta y me había convencido de que Isauro tenía razón: al menos hasta ese momento, me habría arrepentido de no haber asistido.

Inevitablemente llegó el atardecer y con él el momento pseudoromántico. Me alejé del grupo junto con Walkiria dizque para caminar y platicar. Nada más alejado de la realidad.

El bullicio adolescente cada vez era menos perceptible conforme caminábamos, ¡vaya que era grande la propiedad! Finalmente llegamos a un claro donde había un gran framboyán. Nos recostamos bajo el gran árbol de flores rojas y platicamos de cuanta nimiedad se nos ocurría. Podía sentir su respiración en mi pecho, cosa que hizo que mi corazón comenzara a latir desenfrenadamente. Definitivamente la sola presencia de esa morra podía volverme una masa temblorosa. Estaba al borde del síncope y ella lo notó.

—¿Qué te pasa?

—¡Nada, nada, estoy bien!

—¿Seguro? Te ves bien nervioso.

—¿Nervioso yo? No, para nada —era más que obvio que mentía y ella lo sabía, hasta se me entrecortó la voz al expresarme.

—No te vayas a vomitar otra vez.

—¡No, cómo crees! —dije un tanto apenado.

—¡No te creas!, sólo estoy jugando.

Esos jueguitos no me gustaban. Cada que escuchaba la palabra vómito venía a mi mente la mórbida película de degradación de cuando eché a perder mi oportunidad de tener mi primera vez nada más y nada menos que con la chica más sensual de la escuela.

—Walkis…

—¿Dime?

—¿Qué soy para ti? —pregunté, animado por la situación: si había escogido estar sola conmigo, era por algo.

—No sé, nunca me pongo a pensar en esas cosas.

—Es que me estaba preguntando si tú y yo… —al demonio, me iba a animar a hacerla pregunta.

Walkiria me interrumpió para proferir:

—Sí eres especial para mí. Algo tienes, no sé qué será, pero algo hay —hizo una pequeña pausa que me dio esperanza—. Sólo que en este momento no me quiero sentir atada a nadie, quiero disfrutar. Pero de que eres especial, claro que eres especial, que no te quede duda de eso. No creas que no noto todo lo que haces.

Me encabronó escucharla decir esas palabras. "Eres especial", eso me sonaba más bien a "eres un pendejo". Si hubiera estado pensando con el cerebro y no con aquello, definitivamente me hubiera alejado en ese momento, desgraciadamente era todo lo contrario, como siempre. Walkiria notó mi semblante.

—¿Estás triste?

—No, la verdad no, pero esperaba otra respuesta —le respondí haciéndome el fuerte.

Era un amor de huerco meado y jarioso pero en esos años se sentía como de vida o muerte.

Se acercó lentamente a mi rostro y me dio un suave e inocente beso de piquito en la boca, fue un milisegundo, cosa que me confundió aún más. Definitivamente un laberinto indescifrable son las cuestiones del corazón.

—No tienes por qué estar triste, además, aún tengo ganas de terminar lo que empezamos en mi cuarto esa tarde.

No todo estaba perdido. Mi semblante se vio renovado ante la premisa que se me acababa de revelar. El ocaso menguaba la luz del astro rey y con la falta de visibilidad los inherentes males nocturnos hacían su aparición. Zancudos y mosquitos nos atacaron de manera no provocada, querían nuestra sangre a como diera lugar, escuchaba sus zumbidos moviéndose cerca de mi oreja. Malditos hematófagos arruina romances. Walkiria me tomó de la mano y regresamos a donde se encontraban todos. Cuál fuera mi sorpresa al darme cuenta de quiénes habían llegado sin anunciarse a la fiesta: se trataba de Tagoberto y sus Tontos.

—¡Tago! —gritó Walkiria soltándome de la mano y abalanzándose sobre él para abrazarlo ante mi rostro de asombro.

¿Cómo podía ser? Minutos antes me acababa de besar y decirme que era "especial".

—Te torturas porque quieres —me dijo Dimas dándome palmadas en la espalda.

Era increíble lo que estaba observando. Peor aún, todas las chicas de la quinta se fueron con ellos, con Los Tontos. Eso era lo que me resultaba más aborrecible, que sólo por el hecho de ser una bola de malandros tenían siempre la atención asegurada del sexo opuesto. *Nada de esto va a importar cuando me convierta en un rapero famoso*, era el mantra que circundaba mi mente una y otra vez, casi tan seguido como los zancudos a mi cabeza.

Dimas y el resto de mis camaradas parecían tener más amor propio. Al ver tan dantesca imagen, y, peor aún, al notar que habían sido eclipsados por el encanto que producen a las chicas los tipos malos y no los mamones, mejor optaron por ir a comprar cerveza y olvidarse del asunto. Isauro y yo nos quedamos. ¿Por qué? Porque éramos los únicos con algún interés amoroso que perder.

—Al rato venimos, entonces —dijo Usnavy.

Si volvían o no, me resultaba totalmente indiferente, ya encontraríamos una forma de regresar a casa.

—Vamos a jugar a la botella —dijo Karla Gusana para hacerse notar.

A Isauro y a mí nos brillaron los ojos, esa era nuestra oportunidad de recuperar lo perdido. Nos subimos a la azotea de la casa del rancho por medio de una escalera vieja muy oxidada y comenzamos el juego. Yo no entendía qué estaba pasando, todas las amigas de Walkiria imponían los castigos en favor de Los Tontos y nada para Isauro y para mí.

Lo peor fue cuando le llegó el turno a Karla. La cara que puso Isauro no pudo pintar mejor la situación, una mezcla de odio y auto compasión, todo por el hecho de ver a Karla besando a Universo de manera álgida y encarecida como si se tratase de una visita conyugal en prisión en la antesala del pabellón de la muerte.

Isauro no lo soportó y optó por bajar a la palapa frente a la alberca.

Pasaron varios turnos, y nada. Parecía que a nadie le interesaba besarme o que yo les hiciera algo. Tagoberto se burlaba diciéndome que nadie me quería por idiota y feo. Lo contemplé con desprecio. No era tan pendejo, si me le ponía muy al brinco resultaría del todo infructuoso, ya que me encontraba solo y sin apoyo. La gota que rebalsó el vaso fue el ver a Walkiria besar a Tago, tomándose su tiempo con una paciencia bizarramente maternal, queriendo escrutar cada rincón de su boca con la lengua. Fue aquel funesto ósculo vomitivo y rebosante de hipocresía mi señal de partida.

—¡No te vayas, nos estamos divirtiendo todos! —gritó Tago ante la hilaridad de la indiferente concurrencia.

Decidí no hacerle caso y bajé la escalera oxidada para encontrarme con un devastado Isauro en la palapa frente a la alberca. Tomé una silla y me senté junto a él. Se veía distinto y perdido.

—¿Estás bien? —le pregunté.

—No lo pude soportar, de verdad me gusta Karla.

Estaba borracho. Nadie en sus cabales hubiera admitido eso sin algún tipo de flujo etílico corriendo por su torrente sanguíneo. Aun así, nuestra situación era en sumo empática por lo que no podía mofarme ni de su estado ni de su condición romántica.

—¿Qué estás tomando?

Isauro me señalo un gran botella de tequila de muy mala calidad que se encontraba sobre la mesa, olvidad tal vez por algún borrachín idiota y descuidado.

—¿Me acompañas? —preguntó Isauro haciendo alusión a que no quería beber solo.

—Me canso.

Y así sin más comenzamos a beber como si no hubiera mañana, despechados por la hipocresía del doloroso y ambivalente amor adolescente no correspondido.

Era verdad que a esa edad cualquier tropezón parecía la antesala del Apocalipsis y sobre todo una excusa perfecta para perder los sentidos y alejarse a una realidad más placentera. Desgraciadamente, el medio que escogimos no resultó del todo efectivo en cuanto alejarse lo más posible de la sustantividad, todo lo contrario, el dolor estaba ahí más punzante y acrecentado. A Isauro le dio por llorar, preguntándose:

—¿Por qué no me quiere?

Sí lo entendía en cuanto al sentimiento del despecho, lo que no comprendía era por qué la protagonista de su historia era la despreciable de Karla. Hasta Isauro podía conseguirse algo mejor, no me resultaba coherente el oprobio lacrimógeno al que se estaba sometiendo por una causa tan abyecta. En cambio, mis suplicios, aunque no eran lacrimógenos, sí tenían un fundamento real. Walkiria era sensual, sí valía la pena llorarle —aunque no lo estuviera haciendo, realmente sólo quería ser empático— o al menos eso pensaba en ese entonces.

Mi dolor venía de un sentimiento más profundo: la traición, y no una sino varias veces. Si había de estar enojado con alguien no debía de ser en contra de Walkiria sino conmigo. Ella misma lo dijo, aunque le resultaba "especial" no quería estar atada a nadie. Ese era su argumento para el cual yo resultaba como el más orgulloso de los ciegos en una tierra sin relieves. No quería aceptar la macabra realidad a pesar de todas las señales. Walkiria jamás estaría conmigo y, lo peor…

ella no era para mí ni yo para ella. Yo tenía la culpa al ilusionarme tanto por cualquier cosa.

Es como cuando un perro persigue un auto sin saber por qué lo hace. Así era yo, un can impresionable persiguiendo bólidos a toda velocidad en un mundo a blanco y negro. Todas esas revelaciones me fueron esclarecidas cual epifanía del Oráculo de Delfos mientras regurgitaba sin tregua y dolorosamente a un lado de Isauro que también hacía lo mismo.

Increíblemente, Usnavy volvió junto con Dimas, los demás habían optado por quedarse a dormir en casa de Masiosare, ya que no se encontraban sus padres aquel día. Les explicamos la historia y un sinfín de argumentos paternalistas salieron de la boca de Usnavy. Lo típico: "no vale la pena llorar por una morra, hay más peces en el río", pregonaba. Se notaba que era hermano de Masiosare.

Nadie notó nuestra partida y no era para menos, ¿para qué despedirse? Todos se encontraban perdidos en las redes de uno de los juegos más populares y letales del mundo.

Al llegar al barrio, nos tranquilizamos. Es esa plenitud que te da el sentirte más cerca del hogar. Cuando llegamos a casa de Masiosare, todos estaban bebiendo cerveza en la terraza. Ni Isauro ni yo los acompañamos en su juego, les llevábamos la delantera y por bastante. Después de un par de horas, la embriaguez se generalizó y comenzamos a jugar lucha isleña y demás estupideces dignas del comportamiento alcohólico.

Al lado del hogar de Masiosare y Usnavy había una casa abandonada con un techo inclinado al cual se podía acceder fácilmente por la terraza. Sin decidirlo, nos quedamos a dormir allí todos juntos y apretujados. Observábamos las estrellas y nos preguntábamos aquellos triviales cuestionamientos que se hace uno al contemplar el nocturnal firmamento: ¿estamos solos?, ¿de dónde salió el universo?, ¿será una bola de cristal?, la vida y la muerte. En fin, pláticas filosóficas de borrachos. Sólo nos faltó hablar de política y futbol porque algo de teología sí tuvo la conversación.

El sereno nos sacó de nuestro letargo, al igual que una prematura resaca, justo a tiempo para ver a la sensual vecina de enfrente de casa de Masiosare alistándose para el trabajo. Era un gran espectáculo a través de esa ventana. Nos empujábamos para tener un mejor lugar y verla cambiarse desde la terraza. Yo sentía que ella se sabía observada y que, aun así, para nuestro beneplácito, nos dejaba escudriñar cada uno de sus sugerentes movimientos. Desgraciadamente, hicimos demasiado ruido y mi teoría se vino abajo porque, sin pensarlo, cerró su persiana americana para ya no dejarnos ver más. Despuntó el alba y esa fue nuestra señal de retirada, cada quien para su casa.

Abrí la puerta de mi residencia y me encerré en mi cuarto. Me acosté en la cama y, aunque la somnolencia estaba presente, el repaso de los acontecimientos me alejaba cada vez más de los brazos de Morfeo. Caí en la conclusión de que todo era mi culpa, no podía recriminar a Walkiria su conducta bipolarmente atrayente, era su naturaleza ser así y, aunque tardó en decírmelo de manera directa, sí me dio señales sutiles con el pasar de los meses desde su llegada. Era su vida y la seguiría viviendo a su manera al igual que yo la mía. Sí, era más noble pensar así que el sentirme desahuciado por un amor no correspondido. En su defensa, puedo decir que sería hipócrita de mi parte concluir que aquello era amor y no un vago deseo, ambos éramos un par de interesados buscando satisfacción. Desgraciadamente yo era el que siempre salía lastimado, todo por andar de cachondo y avorazado y por tomarme las cosas demasiado a pecho. De todos modos, era tan pendejo que si ella hubiera vuelto a buscar mi compañía yo habría regresado presuroso para abrazarla y sentir sus pechos tocar mi cuerpo calenturiento. ¿Qué podía alegar en mi defensa? Era un puberto jarioso, y como buen puerto jarioso buscaba esa laguna en donde sumergirme para sosegar el ansia y la cosquilla punzante que en ocasiones se confunde con el sentimiento más peligroso de todos: el amor.

TRES HORAS DE NADA

Una tarde extrañamente calurosa para lo que se suponía el final de los calores de año, me encontraba como de costumbre tirando producto de gallina y leyendo un comic del Encapotado Caballero de la Noche mientras, de manera simultánea, miraba un programa de concursos un tanto soso en la televisión. Nunca supe cómo la gente podía pensar que se ganaría una sala con tan solo asistir para adivinar el precio de la misma, creía que al terminar la emisión les confiscaban los premios, total, nadie se enteraría. Escuché a mi madre llamarme. Mi camarada Dimas se encontraba a las afueras del domicilio clamando mí nombre.

—Atoleichon, yo nunca te pido nada —exclamó Dimas.

—¿Cómo que nunca me pides nada? Precisamente hoy me pediste dinero para comprar tacos de frijoles en el descanso.

—¡Y eso qué! Además, no me prestaste nada.

—El punto no es si te presté el dinero o no, el punto es que me lo pediste.

Dimas me miró con aire de desesperación, sabía que lo estaba jodiendo. Suspiró y continuó con su nada sutil requerimiento.

—Necesito que me acompañes a perforarme el labio.

—Qué falta de confianza, me extraña que le pidas esos favores a extraños cuando bien sabes que yo aquí estoy para perforarte... y gratis.

—Si supieras...

—¿Qué?

—Una prima me presentó a su amiga que se quiere dedicar a hacer tatuajes y perforaciones. Si la vieras. Ya tiene dos tatuajes, se perforó la lengua y la ceja y se ofreció a perforarme gratis, sólo tengo que llevarle el piercing.

—¿Y a dónde vamos a ir? ¡Porque siempre nos pierdes, pendejo!

—¡Y tú no, cabrón! Además, ese es el problema, su casa queda del otro lado de la ciudad.

El calor se sentía fulminante esa tarde. Veníamos bajando una calle empinada y vimos a unos policías de crucero que en vez de estar cumpliendo con su deber devoraban su almuerzo que consistía en unos sándwiches de aguacate que sus madres o sus consortes les habrían preparado con cariño en la mañana. Fumaban, nada les importaba. Tomamos el camión rojo que nos llevaría a la estación del metro elevado de la ciudad. Nos fuimos "parados de pie" —como diría Masiosare— todo el camino, presas de nuestra estúpidamente inusual caballerosidad que, para colmo, no fue retribuida ni agradecida por las octópodas a las cuales les otorgamos nuestros codiciados asientos.

El reloj grande de la estación marcaba las seis de la tarde. Tomamos el metro y ya después nos faltarían un autobús y dos cuadras más según los mochos cálculos de Dimas. "Pobres pubertos inocentes", ha de haber pensado el cruel destino que como siempre nos maneja a su antojo.

Bajamos en la estación Hospital y, para variar, mi uretra juguetona anhelaba e insistía en ser la protagonista de la tarde, estaba haciendo de las suyas en el peor lugar y en el peor momento. No se divisaba ningún wáter por ningún lado, ni siquiera un rincón olvidado, lo que fuera para liberar a mi cuerpo de la tortura que es retener la micción por un tiempo prolongado e indeterminado. Pasamos por la universidad de medicina que se encontraba a un lado del hospital de la ciudad y los malditos guardias prepotentes me negaron la entrada, pensaban que iba a andar por ahí revoloteando entre los pasillos robándome los órganos de los muertitos del anfiteatro.

Después del infortunado intento de conseguir el sanitario, vimos a un desdichado vagabundo tirado en la banqueta. Se parecía mucho al del barrio, pero sin su katana, a lo mejor era su hermano perdido. Gritaba ante la indiferencia ajena y la propia, yo creo que ni él sabía qué estaba balbuceando. Y lo mismo hablaba de enajenadas profecías del fin del mundo. Pero no del nuestro, sino de un mundo lejano con ríos de himen y selvas de plastilina, con suelo de ceniza, montañas de sangre negra y coagulada con un pareidólico cielo que asemejaba el rostro satánico de una perturbadora muñeca de porcelana del siglo diecinueve y que estaba habitado por dos razas.

En la superficie vivían unos seres que él llamaba los "pequeños gorgoroides fosforescentes", y en el subsuelo "los urututus magentosos cuánticos", y que un meteorito de poliuretano prensado le pondría fin a aquella raza de luminosos seres de esponja carbonatada y radioactiva. *Pobre tipo*, pensé.

Hubiera sido interesante poder conocer su historia. Pero el tiempo apremiaba, sí se veía cerca el final del mundo... al menos para él.

Llegamos a nuestro tercer y supuestamente último punto de partida. Una parada de camión repleta de gente y yo me moría de ganas de orinar. Juro que le hubiera vendido todo lo que soy a cualquiera tan sólo por un banal y simple cigarrillo, un antojo subyugante, había sido una larga, tediosa y calurosa travesía. Había un tipo muy rollizo y alto fumando placenteramente mientras esperaba el autobús, le pedí un cigarro y me lo negó el muy maldito hijo de puta. Abordamos el autobús ruta 23 Cumbres y hasta ahí todo iba bien, fuera de mis sobrehumanas ganas de orinar.

En los barrios de ese lado de la ciudad se respiraba otro ambiente. Eran acaudalados y muy limpios, esto, aunado a los negocios ostentosos que flanqueaban las resplandecientes y novedosas avenidas.

Dentro del autobús admirábamos a través de las ventanas uno de los cerros que rodeaban a la ciudad que desde nuestro barrio se miraba como una cima gris y distante y que más de cerca tomaba tonos azulados. Estábamos perplejos al notar la enormidad de las casas de aquellos barrios acaudalados de abolengo.

—Por aquí vivía Walkiria antes de mudarse al barrio. Cuando recién llegó a la ciudad —comentó Dimas.

Me relató que ella alguna vez le dio el santo y seña de su antiguo domicilio.

Al pasar los minutos, comenzamos a notar que las ornamentadas edificaciones familiares se fueron trasmutando lentamente en casas más pequeñas y sin color. Había más talleres mecánicos, vulcanizadoras y puestos de comida callejera, cada vez se parecía más a nuestro barrio, pero quitándole toda su candidez y verbena popular características, eso era señal de que el supuesto caché estaba desapareciendo paulatinamente para ir dando paso a lo populachón. Ahí fue cuando Dimas se dio cuenta de su grave error.

Caminamos y caminamos sin cesar buscando la calle indicada por la amiga tatuadora de Dimas. Enebro en la colonia Cedros. Finalmente nos topamos con un taxista y le pedimos santo y seña de la ubicación, sus palabras fueron las que cualquier persona en situación de extravió jamás desea escuchar.

—¡No, compadre, andan bien lejos de ahí! —y no era el hecho de la exclamación del taxista, sino el semblante de su cara que denotaba cierto júbilo, como si le hubiera dado gusto que estuviéramos perdidos.

El empleado del volante nos indicó nuestro error y nos rectificó la ruta. Dijo que existían dos rutas veintitrés, una veintitrés Cedros y otra veintitrés Valle Muerte. Tuvimos que tomar de nueva cuenta otro camión para rectificar el trayecto del viaje. Montados en el colectivo, escrutábamos todos los nombres de las calles para evitar volvernos a equivocar. Nombres como Hades, Poseidón, Géminis, Seiya, Yoga, Shiryu y hasta el ambiguo de Andrómeda, probablemente el barrio se llamaba "Unidad habitacional Caballeros del Zodiaco", o tal vez era una grata coincidencia.

Cansados de buscar sin derecho de réplica, bajamos del autobús para continuar la empresa a pie. Le preguntamos a una señora también rolliza y de cabello enmarañado:

—¿Dónde queda la calle Enebro?

Pinche vieja oxidada, muy a su pesar y con disgusto nos indicó que era la calle siguiente, como si tuviera mucha prisa o como si tuviera a dónde ir.

Por mi parte, yo sí tenía prisa de orinar —que no es lo mismo a "tenía prisa de orinar por mi parte"— y necesitaba encontrar un mingitorio urgentemente.

Sentía como si la punta de mí pene estuviera constreñida por una liga industrial y que la orina se aglutinaba formándome una gran burbuja en el tronco de mi miembro. Estaba a punto de estallar. Cuál fuera nuestra sorpresa al darnos cuenta que la calle que seguía no tenía letrero para identificarla, así que le preguntamos a una joven que venía acompañada por el fruto de su calentura si no habíamos errado la calle y nos dijo que no. Ningún número concordaba con el que Dimas alegaba que era. Al final, un señor rollizo —cuánta gente rolliza—, al ver nuestra desesperación, nos iluminó al decirnos que la calle se cortaba y que seguía después, al cruzar la avenida.

Cruzamos como perros la gran avenida que nos separaba de nuestro destino final.

—¡Esa es! —exclamó Dimas emocionado.

Finalmente arribamos a la chingada calle Enebro de la colonia Cedros con el número 616. Casi nos abrazamos de alegría, más porque ya anochecía y por el hecho de que muy seguramente me prestarían el sanitario para desaguar mi atormentada uretra al borde de la infección urinaria.

El domicilio se veía sereno, como si no hubiera nadie allí. Tocamos la puerta y, asomándose por la ventana, nos atendió una pequeña niña de no más de nueve años.

—¿Está Suzette? —preguntó Dimas a la niña.

—No, no está, llega como en media hora —respondió la niña con aire de insolencia.

En ese instante me hirvió la sangre.

—Dimas, con todo respeto, ¡chingas a tu madre! — ¡no podía creer nuestra suerte!

Para mí fortuna, cuando menos pude conseguir un cigarro, se lo pedí a un tipo que fumaba mientras regaba el jardín, de esos tipos geniales de treinta y tantos que viven con sus padres y lo único que hacen es recordar su adolescencia.

El tipo me escrutó mejor al notar mi edad y, después de pensarlo, accedió a darme el cilindro cancerígeno alegando.

—Si no te lo doy yo, de todos modos lo vas a conseguir.

Tenía razón, y qué tipo tan genial, por cierto.

Ahora sólo me faltaba orinar. Mientras le daba una bocanada al cigarrillo, iniciando al filtro en su fe católica apostólica y romana —lo bauticé—, recordaba la ahora irónica afirmación que le comenté a Dimas antes de comenzar la travesía, ¡puta madre! Como siempre, me encontraba en lo correcto, lo malo era que sólo tenía razón en las cosas en las que me iba peor. Dimas se desmoralizó por completo, no podía creer que a él lo habían dejado plantado.

Vimos llegar a una chica hermosa y alta de cabello negro que ostentaba varias perforaciones en el rostro y el pequeño tatuaje de una mariposa diseñado tribalmente en el brazo. A Dimas y a mí se nos salieron los ojos, más cuando se nos acercó y preguntó:

—¿Vienen con Suzette?

—¡Si! —le contestamos emocionados, al unísono.

—¿También van a ir a la fiesta? —preguntó extrañada.

Al parecer, las tres horas de nada se habían convertido en el preámbulo de algo que a la postre recordaríamos por el resto de nuestras vidas.

Una noche para recordar

¡Pero por supuesto que queríamos ir a la fiesta! No importaba en dónde fuera. Más aún al notar semejante monumento a la belleza femenina, no importaba si no estábamos invitados y que no nos atañera en lo más mínimo.

—¿Y cómo te llamas? —preguntó Dimas a nuestra nueva amiga.

—Landrina, pero mejor díganme Landi.

Landrina nos volvió a examinar para finalmente preguntar de manera desconfiada:

—¿De dónde conocen a Suzette?

—Es amiga de mi prima y se suponía que hoy me iba a perforar el labio.

No terminó Dimas de decir labio cuando un auto modelo Gremlin en color naranja quemado se estacionó a lado nuestro. En su interior había dos tipos con bigotes de manubrio de bicicleta, foulards en tonos discretamente obscuros, lentes de pasta dura, sombreros fedora y en camisas vistosas, con tirantes en sus skinny jeans y escuchando una música indescriptiblemente rara: los típicos hípsters.

Uno de ellos bajó del auto para ayudar a descender a la primorosamente bella de Suzette —y vaya que era hermosa. Cabello rubio y ojos azules con piel de porcelana y un estilo hippie que podría volver loco a cualquiera. Tenía una delgada banda de manta rondando su cabeza y una argolla dorada en una de las fosas nasales. Al bajar del auto, también nos miró extrañada.

—¡Dimas!, ¿qué haces aquí? —preguntó Suzette al vernos platicando con su amiga a las afueras de su casa.

—Vine a que me perforaras el labio. Habíamos quedado en que hoy lo íbamos a hacer.

Suzette puso una cara de molestia, como que no quería profanar el labio inferior de mi camarada.

—Yo te dije que a las siete y, como verás, ya son pasadas las siete.

—¿Entonces? —contraatacó Dimas.

—Hoy no se va a poder. Mi amiga y yo tenemos que ir a una fiesta y debemos llegar a tiempo. Lo siento.

Yo sabía que Dimas no se iba a quedar conforme con la negativa y que al final del día tendría su modificación corporal.

—Está bien, no hay problema, sólo que... ya vinimos hasta acá y se siente como un desperdicio.

—¿A qué te refieres? —preguntó Suzette.

Como era costumbre, Dimas no se anduvo con rodeos.

—¿Podemos ir a la fiesta con ustedes?

¿"Podemos ir a la fiesta con ustedes"? ¡A mi camarada no le importaba si yo quería ir o no! Desgraciadamente no tenía manera de regresar por mis medios, además la hormona siempre será la hormona y la premisa de acompañar a tan finas cortesanas no me desagradaba del todo.

Landrina puso un grito en el cielo alegando que iba a morir de vergüenza cuando toda la bola de hípsters pseudoartistas intelectualoides las vieran llegar con nosotros a la tertulia. Suzette nos miró maliciosamente. Ella quería que fuéramos a la fiesta, pero por las razones equivocadas, para molestar a todos con nuestra presencia. Convenció a Landrina que muy a regañadientes aceptó nuestra añadidura a su aventura.

—Suzette, una pregunta muy importante.

—¿Qué?

—¿Podrías prestarme el baño?

Esperamos alrededor de media hora cuando, al doblar la esquina, vimos una combi en color verde limón estacionarse .

—Ellos son —dijo Suzette en tono serio.

Otro par de hípsters de no más de veinte años abrieron las puertas y ayudaron a subir a las chicas. Al vernos, se quedaron un tanto extrañados.

—¿Y qué?, ¿traen al jardín de niños o qué? —dijo uno de ellos.

Dimas y yo les lanzamos una mirada de "ojalá se te prolapse el pene".

—Son unos primos de fuera —explicó Suzette algo apenada.

En el trayecto a la fiesta, Suzette explicó de qué se trataba el festejo y que era muy importante, que no fuéramos a sacar el cobre. Habría gente importante de la comunidad *underground* de la ciudad, todos ellos muy artísticos y sus derivados. Tatuadores, perforadores y hasta actores, músicos y pintores incipientes, todos buscando una oportunidad. Yo, como siempre, esperaba que la mentada fiesta terminara en una gran orgía.

Era una casa enorme y antigua en donde se llevaría a cabo la verbena y había una gran escalera para llegar a la puerta principal. Pasamos sin problema, por alguna extraña razón.

Dentro de la residencia todo estaba ornamentado de manera cuasi quirúrgica, con acabados de madera y estatuas realistas y marmoleas de funestos figurines espectrales así como también murales y relieves de creaturas grandes y abstractas como de pesadilla lovecraftiana. Grandes espejos uno frente al otro, dando una sensación onírica al que osara pasar por ahí. Resultaba obvio que ni Suzette ni Landrina querían estar con nosotros y, por más esfuerzo que pudimos hacer para parecerles encantadores, todo nuestro empeño resultó banal, ellas preferían estar con los de su calaña.

Malditos artistas conceptuales nos hacían ver la tortuosa realidad. No podíamos competir contra ellos y sus pláticas existencialistas. Hablaban de poetas malditos y artistas bizarros del inframundo con ninguna vocal en sus nombres, ¿qué podíamos hacer para entretenernos dado lo fútil de nuestros intentos por encajar?

La respuesta yacía ante nuestras narices. Había una gran mesa con alcoholes de todo tipo: vodka, tequila, ron, vino de todos colores, mezcal, brandy y hasta cocteles satánicos que consistían en la mezcla de todas las bebidas anteriores. Pastillas de caramelos de sabores y una que otra sustancia prohibida y de dudosa procedencia. Dada la naturaleza libertina de la reunión, a nadie le iba importar que tomáramos un poco de aquellos cocteles, nada más para probar y que no nos contaran —eran otros tiempos.

Vaya que eran satánicos los cocteles, porque nuestra realidad pasó de ser palpable y constante a etérea y chorreante, como flotar apaciblemente en un río de sangre de unicornio azulado y psicodélico. Deambulábamos tambaleantes por la mansión, inspeccionando uno a uno los recovecos más ocultos. Tenía grandes cuadros con imágenes perturbadoras de ángeles con caras demoníacas que te hipnotizaban con sus miradas que te seguían después de haberte marchado. Eran demasiados los pasillos y escondrijos, sólo esperaba no toparme con las gemelas de *El resplandor*, no quería que me invitaran a jugar en la eternidad con ellas.

Estuvimos ausentes por más de una hora. No podría hablar por Dimas pero, al menos yo, no recuerdo nada más de mi tour por la Mansión de las Bellas Artes Interdimensionales.

—¿En dónde estaban? —preguntó Suzette perdiendo por completo el glamur y con un tono maternal.

—Estábamos apreciando el arte de las "paderes" —contesté briagamente mientras reía en complicidad junto con Dimas.

—¿Se encuentran bien? —preguntó Landrina.

—Bien, ¡más que re-bien! —respondió Dimas arrastrando las palabras.

Las chicas se miraban contrariadas, como si quisieran estar enojadas sin poder estarlo. Se notaba algo de comprensión en su semblante. Ya habían estado en nuestra situación, en un mundo que no conocían y en el que no eran aceptadas. Tal vez por eso renovaron su idiosincrasia para con nosotros.

—Está bien, qué bueno que aprecien el arte, pero por favor no se separen, además, ya va llegar Yahairo.

—¿Yahairo? ¿Quién chingados es Yahairo? —pregunté de manera altanera y con genuina curiosidad.

—Yahairo Valente, ¿no saben quién es él? —preguntó Landrina visiblemente consternada ante nuestra falta de sapiencia para con el mundo artístico de la cloaca.

—Yahairo Valente no es uno sino el mejor artista pictórico, plástico, corporal y conceptual de esta parte del mundo. Es el Andy Warhol de su generación y más allá.

Dimas y yo nos miramos patidifusamente, tan sólo para echar más leña al fuego, preguntando:

—Y... ¿quién chingados es ese pastrano de Andy Warhol? —volví a preguntar más turulato que antes.

Las pobres de Suzette y Landrina no sabían si reír o llorar ante nuestra ignorancia —con todo y *facepalm* incluido—, por fortuna optaron por la siempre grata opción que es la hilaridad manifestada gracias a la pena ajena. Sabían que no era nuestra culpa el ser tan zafios. En la escuela, lo más artístico que nos enseñaban era pintar estrellitas raspando pintura de las cerdas de un cepillo dental o a soplar tinta china utilizando una pajilla sobre una superficie de papel con la técnica milenaria del *soplanding*.

—¡Ya llegó!, ¡ya está aquí! —decía emocionada la concurrencia al ver entrar por la puerta principal a Yahairo Valente acompañado por todo su sequito de subnormales pretenciosos y simbióticos.

Y vaya que don Yahairo era todo un personaje. En lo personal, lo imaginaba como un anciano milenario de tiempos arcaicamente sabios. Pero no, todo lo contrario. El tal Yahairo era un joven de entre veinticinco y treinta años. Su piel estaba completamente eclipsada por un manto de arte corporal, un tanto perturbador, no le quedaba un lugar sin pintura. Los tatuajes, muy parecidos a los del arte de la mansión, le cubrían hasta el cuello y sólo su rostro se encontraba desprovisto de tinta. Tenía *dreadlocks* color marca texto tan largas que casi se las podía pisar con los talones y su rostro estaba completamente cubierto por perforaciones varias: orejas, cejas, labios, nariz, expansiones y hasta lengua bífida modificada y cubierta de aros de metal y aretes de varios tamaños y colores. Vestía un pantalón de gabardina en color escarlata, una camisa roja de manga corta con estampados en color negro que extrañamente resplandecían. Botines de charol color verde limón fosforescente con tacón cubano y un pequeño chaleco a rayas entre negras y moradas, todo esto aunado a un tipo de abrigo largo de terciopelo azul rey sin mangas que asemejaba más bien a la capa de un monarca. Y, en el cuello y las solapas, detalles finamente manufacturados con plumas de pavo real combinadas con las de colibrí manco de los Andes. Sus ojos, grandes y magentosos, era evidente que traía lentes de contacto hechos a la medida, ya que lo magenta no dejaba ver absolutamente nada de la esclerótica en sus globos oculares. Para finalizar, unas doradas gafas sin cristal, redondas, muy grandes, con diseño de pentagrama invertido en el armazón y que dejaban ver su funesta mirada. Todo un personaje.

Había que ver para creer porque, si alguien me lo hubiera contado, ni en mis más burdas y abstractas fantasías oníricas lo hubiera podido imaginar, y eso ya es mucho decir.

—¡Amigos míos, el gran Yahairo ha arribado! —dijo uno de sus adeptos desatando una lluvia torrencial de aplausos ensordecedores.

Dimas y yo aplaudíamos en completo destiempo sin saber por qué y, ya más animados, hasta tronando los dedos para burla de los demás.

Mientras la concurrencia admiraba a Don Yahairo, Suzzete y Landrina desaparecieron de nuestro rango visual

—¿A dónde se fueron?

Al cabo de varios minutos de discurso filosófico y pseudointelectual, el fantoche Yahairo dio un anuncio un tanto extraño.

—Esta noche me siento dadivoso y todo será maravilloso. Plasmaré sobre alguien una muestra de mi genialidad, una muestra de lo eterno que puede ser el arte, tan eterno como el tiempo de vida y muerte. Será la perfecta demostración y amalgama de que lo pictórico se puede transportar a la inmensidad atemporal de los rincones del alma, y, aunque nadie ha podido conquistar las premuras de las Keres o Tánatos, un tatuaje mío es la viva esencia de que aunque la carne se corroe, así no el espíritu. Al final de la vida, el arte pictórico corporal, en el mejor de los casos, será devorado por los funestos anélidos gusanos a seis metros bajo tierra o esparcido como cenizas al viento o al mar y así el arte vuelve a la tierra y a los elementos, renovándose en el mismísimo ciclo de la vida.

Toda la bola de raros se deshizo en elogios para con Yahairo. *Malditos lame botas —huevos—*, pensaba.

—¡Es un genio! —se escuchaba decir por parte de todos—. ¡Un poeta deliciosamente trastornado!

Yo no entendía los elogios que para nada me resultaban estimulantes. Lo único que me sonó conocido de todo el discursito fue lo del ciclo de la vida, y eso solamente por el *Rey León*.

—Necesito un voluntario, alguien que quiera pervertir su tacto para la posteridad. Un lienzo perfecto para una obra perfecta.

Muchos se rasgaron las ropas, todos mostraban sus cuerpos en afán de ser utilizados como lienzos vivientes y perpetuos. Yahairo Valente no se asombró de la desnudez de la multitud enajenada que quería tener su arte plasmado, de hecho, ni siquiera se dignó a mirarlos.

—¡Corderos, simples corderos de un rebaño! Sin chistar saltarían al vacío si se los pidieran, no son almas iconoclastas, se encuentran atados a las órdenes de las potestades superiores. Patéticos —dijo molesto el fantoche de Yahairo.

Mi camarada y yo todavía seguíamos embelesados por el coctel del inframundo. Nunca nos percatamos de los tintes bizarros que estaba adquiriendo la fastuosa y excéntrica velada.

—¡Ustedes, los elijo a ustedes! —dijo Yahairo al vernos entre los invitados —. Serán lienzos perfectos, corrompidos para transmutar la esencia de lo etéreo. Son justo lo que estoy buscando.

Estaba pero si bien pendejo si pensaba que nos íbamos a dejar tatuar y menos delante de toda la gente, y ni qué decir del aire de perversidad. El tal Yahairo por completo omitió el hecho de nuestra obvia minoría de edad —los chingados otros tiempos.

¿En dónde nos habíamos metido? Para colmo de males, ni Suzette ni Landrina se veían por ningún lado.

—¿Y bien? ¿Quién será el honroso lienzo para plasmar mi arte?

Tanto Dimas como yo nos encontrábamos pasmados. Por mi parte, respondí a la petición con un indiferente y seco "NOP", pero Dimas se veía contrariado, como si le emocionara participar.

—Es que, quería hacerme algo hoy —me dijo, murmurando —, si no fue el labio, ¿por qué no un tatuaje?

—¡No es lo mismo un tatuaje que perforarte el labio! No seas pendejo. ¡Además, siempre andas en canelos en tu casa! ¿Cómo lo vas a esconder?

—Es tiempo de crecer, ya no debo andar en canelos en mi casa, y pues de todos modos pensaba hacerme uno después. ¿Por qué no hacerlo ahora y gratis? —dijo Dimas todavía bajo los efectos de la bebida mágica—. ¡Sí, yo mero, *Llajairus*!

Al Yahairo le brillaron los ojos al escuchar a Dimas.

—¿Y en dónde lo vas a querer? —le preguntó.

—Tiene que ser en un lugar donde lo pueda escor.der, ¡pónmelo en la espalda!

—¡Excélsior, albricias! Ya ven, bola de borregos, este es un perfecto ejemplo de cómo el arte trasciende la mente, deberían de aprender algo de este muchacho. Ven conmigo —finalizó llevándose a Dimas para una habitación contigua.

Todos alabaron a Dimas, ovacionándolo como si fuera único en el mundo. A mí, en cambio, me miraban con indiferencia, como un bicho raro, el cutre subnormal que se atrevió a desairar al famosísimo y superdotado Yahairo Valente.

La reunión continuó de lo más normal mientras le hacían el tatuaje a mi camarada. Nadie quería hablar conmigo así que, silente y a la expectativa, me fui a un rincón a esperar refunfuñando. Al pasar los minutos, se escucharon los gritos de Dimas. *Idiota, de seguro imaginaste que los tatuajes no dolían.*

Pasaron alrededor de tres horas y finalmente se abrió la puerta de la habitación y de ella salieron Yahairo y un Dimas sin playera, la cual sostenía con la mano derecha. Lo noté más pálido y tembloroso de lo normal.

Resultaba extraño que al Yahairo no le importaran las implicaciones legales que pudieran haber surgido de su fechoría, era como si nada ni nadie lo pudieran tocar. Había un trasfondo por demás maquiavélico en todo el asunto.

—¡Contemplad, una nueva obra de arte viviente ha nacido! —exclamó emocionado Yahairo al poner a Dimas de espalda para que todos admiraran el tatuaje que todavía escurría algo de sangre.

De nueva cuenta retornaron los elogios y ovaciones para con Yahairo Valente. Por mi parte, no supe qué decir. No creo que Dimas haya escogido lo que le iban a tatuar y mucho menos que supiera qué era lo que le habían rayado de por vida en la espalda ya que, al ponerse de frente nuevamente, también vitoreó, sonriendo, alzando sus brazos y uniendo sus manos en fanfarria, hasta tensó su escuálida musculatura cual fisicoculturista de petatiux para agradar a los presentes. Al asimilar la información, ya no pude más. Fue la bebida mágica o tal vez el más sincero afán de poner en evidencia lo que estaba pasando. Me partí de la risa con sonoras carcajadas produciendo la molestia de todos los invitados, incluyendo al mismísimo Yahairo que instó a Dimas a ponerse la camisa después de adherirle un plástico protector en la espalda. Dimas se reunió de nueva cuenta conmigo.

—¿De qué te ríes tanto? —preguntó.

—¿Es en serio? ¿No sabes lo que te pusieron?

—No, Yahairo me dijo que iba a ser sorpresa, que iba a valer la pena.

—¡No lo puedo creer!, no es posible que no hayas visto nada.

—Lo que pasa es que tienes envidia ahora que me convertí en una obra de arte viviente.

—De veras estás bien pendejo y te recuerdo que yo dije que no. Ven, acompáñame a los espejos para que veas tu obra de arte.

Fuimos al área de los espejos eternos para que Dimas pudiera ver lo artístico de su nuevo y flamante tatuaje. Se quitó la camisa para verse la espalda.

La cara que puso no tuvo precio.

Fue una fiesta de gesticulaciones que hasta el día de hoy recuerdo. Pasó de lo expectante, a lo boquiabierto, a lo sorprendido, a la negación, luego al enojo, para terminar con un profundo aire de tristeza. Sus ojos antes felices se comenzaron aguar y a enrojecer.

—¿Qué es eso? —me preguntó tratando de evadir la realidad, al borde del sollozo.

Yo me moría de la risa y no podía incorporarme para contestar.

—¿Es lo que creo que es?

—Sí, en efecto, te acabas de dejar tatuar *eso* en la espalda.

—¿Un... *aquello*? —preguntó, todavía un tanto incrédulo.

Visto de manera inocente, en realidad no era un *aquello* ni un *eso*, pero, visto de poca distancia, vaya que lo parecía. Como que Yahairo había intentado jugar con el surrealismo pero vaya que resultó funesta su interpretación de la mano del hombre en la naturaleza.

—Es como si fuera un campo y... el brazo de un bebé saliendo de la tierra, sosteniendo una manzana al revés, con dos grandes toronjas en su base y maleza obscura que las cubren, parecen pelos chinos o coco rallado quemado. ¡Es lo que te acabas de dejar tatuar! —le dije en tono definitivo y haciendo de lado por completo que la textura del brazo del bebé resultaba en exceso várica.

Después de reírme tanto, no pude evitar sentirme mal por él. En su rostro se dibujaba una profunda tristeza. Eso sí, no me quedaba duda de que Yahairo sí era un artista sumamente dotado, ya que con lujo de detalle imprimió una imagen por demás reveladora y realista en la espalda de Dimas. Además, estaba hecho con una técnica de tercera dimensión, lo que asemejaba que el aquello saldría de la espalda para picarle los ojos a cualquier curioso espectador que se atreviera a verlo de cerca.

Dimas se puso su camisa y, sin decir nada, se dirigió a confrontar al artista de tan reveladora obra. Yahairo Valente se encontraba rodeado de adeptos que todavía lo felicitaban por la supuesta magnificencia del tatuaje. Dimas quitó a todos del camino hasta que finalmente quedó de frente con Yahairo.

—¿Por qué lo hiciste? —preguntó a Yahairo con enojo.

—Porque me dejaste.

A Dimas se le inyectaron los ojos de furia mientras apretaba sus puños.

—Además, deberías sentirte orgulloso, te tatué una estampa de mi brazo cuando era bebé, no hay mayor honor que ese.

Esa fue la gota que rebalsó el vaso.

—¡Eres un gran hijo de puta! —exclamó Dimas como grito de batalla, abalanzándose sobre Yahairo y golpeándolc sin tregua en la cara.

—¡Quítenme a este cavernícola de encima! —exclamó Yahairo a sus adeptos.

Fue en vano. Nadie podía controlar a Dimas, estaba poseído por una fuerza vengativa de índole, yo diría, sobrenatural.

—¡Corre! —me gritó Dimas mientras se zafaba de sus captores.

Y así lo hicimos.

Corrimos como alma que lleva el diablo tirando y rompiendo todo a nuestro paso. De reojo alcanzamos a ver a Suzette y Landrina con los senos descubiertos frente a los espejos eternos, como si estuvieran buscando o comparando algo. Ellas, por supuesto, ni nos voltearon a ver y, por mucho que nos hubiéramos querido quedar a admirar sus senos, había prioridades más grandes como la de escapar y salir vivos de ahí. Porque si le tatuaron un aquello a Dimas, quién sabe de qué más serían capaces.

Bajamos la gran escalera dejando a todos atrás con algo de ventaja. Tomamos piedras decorativas del jardín y comenzamos a quebrar los ventanales de la mansión. Fue hasta que vimos a la gente salir en nuestra búsqueda que desistimos y corrimos rumbo al cobijo de la obscuridad de la noche.

Brincamos varias cercas y, después de correr hasta una distancia segura finalmente nos detuvimos completamente agitados. Siquiera antes de que pudiera recuperar el aliento vi a Dimas sentarse en la orilla de la banqueta al lado de un gran árbol cuyas ramas destrozaban la acera. Se encogió en hombros y se tapó el rostro sumergiéndolo en sus rodillas que detenía con las manos. Jamás creí ver tal imagen en mi vida. ¡Estaba llorando! Pero no era un llanto tranquilo, era más bien como un gimoteo de niño chiquito con un dolo exacerbado: mocos, espasmos con falta de aire y toda la cosa.

Aunque quería hacerlo, no me podía reír, sabía que eso sería demasiado, incluso para Dimas. Tenía que ser demasiado el dolor para lograr que un hijo de puta como él sollozara de tal manera. Me acerqué y me senté junto a él.

—Y ahora, ¿qué te pasa?

—¡Cómo que qué me pasa! ¿No te das cuenta? —contestó Dimas limpiándose los mocos con el brazo.

—Digo, sí sé, bueno… no sé. Nunca te había visto así.

—Piénsalo, pendejo, me acabo de tatuar algo que parece un enorme aquello en la espalda por puro gusto. Mi papá me va a matar. Si por el hecho de ponerme un tatuaje temporal de los que salen en las papas me mataría, ¡ahora imagina cuando vea que es un enorme aquello! —gritó con fuerza.

—Ya, ya, tranquilo, ya no llores, todo va a estar bien.

¿Qué más podía decirle?

—¿Va a estar bien? ¡Ya nada va estar bien! Cómo voy a vivir con un aquello tatuado en la espalda. Además, conociéndote, vas ir a decirles a todos.

Tenía razón. Cuando llegáramos al barrio, lo primero que tenía en mente hacer era decirle a todos, incluida toda la escuela de paso. Pero el sufrimiento de sus palabras me atormentó, no podía hacer leña de un árbol tan pero taaaan caído. Después de todo, era mi amigo, y si yo hubiera estado en su situación no me hubiera gustado que se supiera. Aun así, me hice el ofendido.

—¿Por quién me tomas? Somos amigos y a pesar de todo lo que nos pudiéramos decir para molestarnos, no haríamos nada para lastimarnos realmente. Si te afecta tanto, no se lo digo a nadie y ya, puedes creerme.

—¿En verdad? —preguntó ya más reconfortado y limpiándose los mocos con el brazo.

—En verdad, no se lo diré a nadie. Puedes confiar en mí.

Dimas me observó unos segundos para acto seguido abrazarme efusivamente —¡Gracias, gracias! —decía mientras me embarraba asquerosamente sus mocos en el hombro.

Yo no le correspondí el fraternal abrazo. No quería tocarle su ahora fálica espalda.

—Disculpa si te ofendí, pero ya sabes cómo son las cosas. Yo sé que eres mi camarada y sé que nunca haríamos algo para lastimarnos, perdóname.

—No pasa nada. Ahora hay que ver cómo regresamos a casa.

Dimas se tranquilizó un poco y finalmente se pudo incorporar. Fue un grato momento de fraternidad del cual nadie jamás se enteró.

Caminamos cautos por las obscuras calles de aquel barrio desconocido sin saber a dónde ir, nos habíamos perdido nuevamente. Al ver patrullas policiales pasar, nos escondimos, no fuera a ser que nos estuvieran buscando por los destrozos que hicimos en la mansión.

Ya era muy tarde y estábamos muy lejos de casa. Mientras caminábamos por una amplia calle, un auto negro y viejo muy similar al de Tago y sus secuaces nos cortó el camino. *Ya valió madre, ¡nos van a secuestrar!*, fue lo primero que pensé. Del auto salieron Suzette y Landrina. Y venían solas.

—¿Por qué se fueron tan pronto? —preguntaron a sabiendas de la respuesta—. De veras hicieron enojar a todos en la fiesta.

Nos empezamos a reír del hecho de haber sido tan pésimos invitados para nuestras sensuales amigas.

—Todos allá eran unos pendejos, parecían más como reclutas para una secta del fin del mundo que artistas —dijo Suzette.

—¿A dónde iban? —preguntó Landrina.

—No sabemos ni dónde estamos.

—¿Nos quisieran acompañar?

Aunque la hormona era la hormona, ya no teníamos humor de nada y sólo queríamos volver a casa. Pero cómo decirle que no a tamaños monumentos.

—¿A dónde? —les pregunté.

—¿Han ido al Peñón del Águila? —preguntó Suzette.

—No, nunca. ¿Qué es eso? —contestó Dimas.

—Pues ahora lo van a conocer —finalizó Landrina.

EL PEÑÓN DEL ÁGUILA

Íbamos en la parte trasera del automóvil. Suzette manejaba y Landrina estaba de copiloto. En el camino nos venían contando cómo perdieron la razón al beber de los cocteles satánicos que nosotros también habíamos ingerido. Según ellas, ya se sentían mejor. Dijeron que el auto se lo habían pedido prestado a uno de sus amigos hípsters al que, también estando en estado inconveniente, se le hizo fácil fiarles su coche con el motivo de ir a comprar cigarros a la tienda de conveniencia más cercana.

—¿Por qué nos buscaron? —pregunté.

—No nos pareció cómo los trataron, aunque después hayan quebrado todo —respondió Landrina.

—¡Me tatuaron algo que parece un aquello en la espalda! Creo que es la mínima reacción que se pudiera esperar —replicó Dimas provocando la carcajada de todos los pasajeros del coche para acto seguido una encogida de hombros y refunfuñada de su parte.

El vicio no nos iba a faltar, dado que las chicas habían sacado un par de botellas y cajetillas de contrabando de la fiesta. Escuchaban música muy extraña, música que jamás había oído antes y que si hubieran puesto en otro momento me habría resultado desagradable, era el contexto lo que me hacía disfrutarla. De una docena de canciones que pusieron, creo la única normal fue "Cryin'" de Aerosmith.

Llegamos a las afueras del norte de la ciudad. Sólo había monte y grandes cerros con enormes muros de piedras azuladas iluminadas por la luz de la luna.

—Llegamos —dijo Suzette.

Había una reja escueta que impedía el paso al Peñón del Águila. Era como si el que puso la reja, en lugar de impedir el paso, estuviera dando una invitación a lo desconocido. Pudimos cruzar la verja que solamente era sostenida por un pequeño clavo oxidado que quitamos con relativa facilidad. Recorrimos la brecha de terracería lo que habrá sido alrededor de cinco minutos para finalmente llegar a nuestro lugar de destino: el Peñón del Águila.

Ahí estaba la imponente y monolítica estructura natural como una plataforma con una gran pared de piedra que la rodeaba asemejando un improbable diseño artificial por parte de la naturaleza. Bajamos del auto y nos instalamos. Suzette nos instó a Dimas y a mí a mirar hacia arriba.

—¿Lo ven? —preguntó ella—. Es como un águila —y en verdad lo era.

Solamente a la hora adecuada de la noche y en el día idóneo se podía apreciar a la imponente águila haciendo su aparición triunfal sobre la pared de piedra del peñón. Esa era una de esas noches.

El paisaje se prestaba para abrir la puerta al romance y, si bien ellas eran mayores que nosotros, aunque fuera en mi perversa imaginación, cabía la posibilidad de que algo pudiera suceder. Reíamos sin parar. El incidente artístico de Dimas daba para eso y mucho más. Suzette se compadeció de mi camarada que, si bien no de manera directa, algo tenía de culpa o al menos eso pensaba ella

—Todavía no tengo mucha experiencia en cuanto a tatuar, lo mío son las perforaciones. Pero si te interesa, te puedo ayudar.

Dimas se entusiasmó al escuchar a Suzette, que extrañamente ya lo miraba con otra tonalidad de pensamiento, ¿sería el coctel satánico acaso? Seguramente algo se fumaron antes de encontrarse con nosotros. La verdad, era que la obscuridad y la adrenalina de hacer lo prohibido estaban cambiando a aquel par de prospectos atrayentes. ¿Me dejarías ver? Preguntó Suzette a Dimas. Como casi nunca, estaba algo retraído, hasta tímido, si me pudiera permitir la licencia de mencionarlo.

—Me da vergüenza, está muy pendejo el tatuaje la verdad.

—Entonces vamos a otro lugar —contestó Suzette tomándolo de la mano y ya con un tono muy definido.

La envidia se apoderó de todo mí ser. No podía creer la suerte que tenía Dimas que prácticamente sin hacer nada se fue a perder con Suzette en el monte. Por otra parte, instantáneamente volví a mis cabales y me acordé que le habían tatuado un aquello en su espalda.

Encaminándose al auto que estaba estacionado varios metros abajo del peñón, los dos se alejaron dejándonos a Landrina y a mí por nuestra cuenta.

El paisaje era desconcertantemente de ensueño. Las estrellas brillaban con un fulgor inusual a pesar de la luz de la luna. Un fulgor cuasi desconocido para mí, nunca las había visto brillar tanto, probablemente se debía a que nos encontrábamos a las afueras de la ciudad y en estados alterados de consciencia. La sensación de estar a tan altas horas de la noche y tan lejos de casa me evocó un leve sentimiento de nostalgia. Contemplé el paisaje del valle al pie del peñón mientras fumaba un cigarrillo.

—¿En qué piensas? —preguntó Landrina al acercarse ya un tanto aburrida por mi indiferencia.

—En nada —respondí parcamente.

—Debes de estar pensando en algo.

—Hace rato estaba en mi casa y ahora estoy en medio de la nada aquí contigo, es algo raro.

—¿Por qué es raro? —preguntó Landrina un tanto extrañada.

—Que me acabo de dar cuenta de cómo cambian las cosas en cuestión de horas. Dimas no tenía el tatuaje de un miembro cuando se despertó en la mañana y te aseguro que no imaginó que al final del día lo tendría.

Landrina sonrió y se acercó a mí, me tomó de la mano y me instó a sentarme junto a ella en el frío piso de piedra.

—Cada paso que damos es un instante al futuro, cada segundo que transcurre es una oportunidad de redención. Piensa que todo lo que has hecho te ha traído hasta dónde estás ahora y que todo lo que harás dependerá de cuantos pasos quieras dar. Si quieres ser alguien nuevo, debes hacer algo que nunca has hecho.

Landrina andaba pero si bien pachecota. Fuera de eso, su discursito hippie con tintes de orador embaucador motivacional me dio algo en qué reflexionar. Cuando uno es joven no cala tanto la incertidumbre en torno al futuro, se le admira como algo distante, como algo que no llegará. Lentamente, con los años, esa incertidumbre se transforma en una realidad presente que ya no se irá. Dejas de asistir a tus fiestas juveniles o a las quinceañeras para darle paso a las bodas y ya muy en delante a los funerales. Era esa la razón por la que no me gustaba pensar en el futuro, porque casi siempre tenía un velo nebuloso que no me dejaba ver cómo iba a ser realmente.

—Y… ¿desde cuándo conoces a Suzette? —pregunté para cambiar el tono que ya no me estaba gustando.

—¡No me vengas con eso! —dijo Landrina un tanto alterada.

—¿Con qué? —le pregunté preocupado y un tanto fastidiado al notar su repentino aspaviento.

—No me vengas con pláticas intrascendentes. Aquí no está Suzette, para qué hablar de ella. Mejor hablemos de ti o de mí.

Me le quedé viendo sin saber qué decir. Al ver sus ojos desorbitadamente preocupados me di cuenta de que Landrina estaba pasando por algo en su vida, tal vez algo muy importante y sin remedio, algo que nunca supe ni tendría por qué saber. Por lo que pude entender de su exabrupto, sólo quería despejarse y hablar con alguien de lo que fuera, pero… ¿de qué le podría hablar?

—¿Qué quieres saber?

—No sabes nada. Hice una pregunta simple, no te pedí la realidad de la vida o una respuesta de examen de física cuántica. Te pedí que me hablaras de ti.

Suspiré, nunca me habían exhortado con tanto ahínco para hablar de mi persona, y aunque siempre fui por demás egocéntrico, dentro de los estándares que la sanidad mental lo requiere, resulta difícil hablar de uno mismo con un completo extraño sin verse un tanto presuntuoso.

—No hay mucho. Me llamo Tolentino, hace poco cumplí quince años, a nadie le importó y yo no lo festejé y ni lo mencioné, no me fueran a huevear y empanizar a la salida de la escuela. Tampoco me importa mucho, para ser honesto. Es un año más que se agrega. Me gusta la música y salir con mis amigos, también el futbol. Y aunque yo no entiendo a casi nadie, creo que me doy a entender muy bien con casi todos.

Landrina me escrutó.

—¿Te llamas Tolentino?

—Bueno, no me llamo así. Así me dicen porque así me apellido.

—Entonces, ¿cuál es tu nombre?

—¡No, es horrible! No se lo digo nunca a nadie. Ni mis amigos lo saben.

—Estamos solos, yo no se lo voy a decir a nadie. Anda, dímelo.

—No —contesté tajantemente y ya con algo de molestia.

Landrina, al ver lo perturbador que resultaba el asunto de mi apelativo, optó por cambiar el curso de la conversación para que se centrase en ella.

—A mí también me gusta la música, de hecho, estoy en una banda.

—¡Yo también tenía una banda! —respondí con interés.

—¿Y qué pasó?

—Es una larga historia, pero te puedo decir que no creo tocar en otra banda en un largo tiempo. ¿Qué haces en tu banda?

—Toco el bajo.

En ese momento deseaba encarecidamente ser acústico —
para no ser enchufado— y tener cuatro cuerdas para poder
ser tocado por ella.

—También quiero viajar, que todo el mundo me conozca,
que conozcan mi nombre. Yo no me quiero perder en el ano-
nimato, quiero hacer algo con mi vida, y cuando termine la
prepa y termine unos asuntos pendientes que tengo me voy
a ir de gira con la banda y vamos a recorrer todo el país.

—Qué pinche envidia.

—Deberías acompañarnos.

—Eso estaría bien, aunque mis padres me matarían.

Yo sabía que su invitación era banal y que le daba igual mi
presencia en su gira nacional. Aun así, fue un bonito gesto de
su parte. Lo de los asuntos pendientes ni para qué preguntar,
por algo no los mencionó.

Landrina se puso de pie para exclamar:

—Voy a mear.

Definitivamente era una chica liberal y no como las moji-
gatas de la secundaria, con la clara excepción de Walkiria. El
sentimiento se acrecentó cuando sin decir agua va se bajó los
pantalones delante de mí. Se puso en cuclillas y comenzó a
hacer lo suyo. Yo volteé la mirada, no por pudor, ¡si vaya que
quería ver!, fue más por un inherente respeto que ignoraba

tener, además, no fuera que terminando me propinara una bofetada atómica y me tumbara el maxilar superior derecho.

—No te voltees, si quieres puedes mirar —dijo ella muy segura y de manera incitadora.

Aun así, no miré. Mentiría si dijera que no vi algo de reojo. A lo mejor era una prueba de honor.

Landrina se incorporó para acercarse a mí. Me abrazó.

—Estas calientito —dijo.

¿"Calientito"?, ¡súper caliente! Si tan solo lo hubiera sabido.... o mejor dicho, lo sabía.

Se acercó a mí y me comenzó a acariciar. ¡No lo podía creer! ¿Qué era eso? ¿Qué era lo que estaba pasando? Siempre escuché a amigos mayores contar historias acerca de fiestas en donde de la nada se desvirginaban sin ton ni son o terminaban todos manoseados, fajando y viceversa. Al escuchar aquellos relatos yo me preguntaba: ¿y dónde chingados son esas fiestas de deprave a las que nunca me invitan? Sabía que mentían, aun así, me preguntaba: ¿cómo es que ellos sí y yo no si me lo merezco más? Al parecer me encontraba de nuevo en la antesala de pertenecer a una de esas legendarias historias de dudosa veracidad.

—¿Nunca habías estado así con alguien?

—De hecho, sí. Aunque aquello no terminó bien —respondí muy nervioso aún y recordando que casi casi Walkiria me había dicho lo mismo.

Landrina sonrió.

—Esta vez va a terminar bien...

Yo sentí cómo mi cuerpo se volvía ligero, como una mota de polvo que vaga libre en la inmensidad del desierto y a contra luz selenita. Una serenidad total, seguida de una abrupta sensación de batalla lánguida e inestable. Estaba a punto de estallar de nuevo, *aguanta, no seas cobarde*, me decía a mí mismo, no la vayas a dejar bizca y ahora si se te arma el huateque.

Comenzó a ponerle énfasis a la cosa, como queriéndola arrancar de tajo. De hecho tenía toda la intención de corresponderle cuando terminara. Cerré los ojos y me dejé querer, cuál fuera mi sorpresa cuando al abrirlos vi a Dimas y Suzette observándonos, muy sonrientes y expectantes los dos.

—¡Amiga! ¿Qué estás haciendo? —dijo Suzette con hilaridad y con un falso tono sorpresivo.

Imágenes similares sus pupilas habían retratado antes.

Landrina me soltó instantáneamente, dejándome las marcas de sus dedos plasmadas ahí. Aquello se desplomó como la torre de Babel bajo la injusta y tiránica ira de Yahveh al notar a Dimas señalando y sonriendo maliciosamente.

—Tenemos que irnos —dijo Suzette—. Acabamos de ver pasar a una patrulla y no vaya a ser.

—Bien, vámonos —dijo Landrina acomodándose el cabello.

El camino de regreso a la sociedad transcurrió en silencio total. Suzette fue muy amable al dar el aventón hasta la entrada de nuestro barrio que, para ellas, resultaba muy lejano así como para nosotros lo fue el de ellas. Era un choque cultural, si se le pudiera ver de cierta manera. Uno pensaba que todos los barrios son iguales, pero no, nada más distanciado de la realidad. Lo que del lado sur es normal, para los del lado norte resulta totalmente descabellado. Si las chicas de un lado eran unas santurronas, tal vez por el otro lado eran más fáciles. En un barrio las chamoyadas son la sensación y, aunque similares, en algún otro los raspados resultan ambrosía.

Nos bajamos del auto con un deje de desgano, queríamos seguir la noche con ellas. Nos dejaron alegando que tenían que devolver el coche.

Antes de arrancar, Suzette le dijo a Dimas:

—Ya quedamos entonces.

Landrina se despidió de mí con un frío adiós un tanto bipolar, como arrepentida de sus actos, como reclamándose a sí misma por su falta de auto control a la hora de embriagarse.

Caminamos a nuestras casas, el alba comenzaba a despuntar aunque todavía estaba obscuro. Dimas se reía a carcajadas que rompían la serenidad nocturnal, no por el hecho de haberme visto mis enormes miserias o de que me interrumpió el inminente acto de placer, sino por el hecho de que Suzette le dijo, muy casualmente:

—Landrina es una puta cuando bebe. Seguramente tu amigo ha de estar gozando en este momento.

—Desearía haber estado en tu lugar —dijo Dimas y vaya que no se equivocaba.

Lo raro era que yo pensé lo mismo de él. Cuando le pregunté a Dimas qué había pasado con Suzette, muy sobriamente me dijo que sólo conversaron, más que nada del enorme miembro que tenía en la espalda y que se la pasaron buscando formas para taparlo.

Después de varias semanas y de sufridos intentos por que sus padres no se enteraran, Dimas fue, solo, a un mercado donde Suzette estaba de aprendiz. Ahí le tapó el tatuaje con uno mucho más simple, de hecho, demasiado simple. Constaba de un cuadro en un tono similar a su piel, él diría que era un lunar cancerígeno. Ya después, con el regalo de la tecnología, se desharía de la fálica marca de su espalda por medio de un doloroso remedio con láser que aun así le dejó marcas imborrables. Al menos resultó mejor que la idea de hacerse otro tatuaje, ahora de las casas de interés social en la aldea de los Pitufos o el honguito Toad con los Goombas de Mario Bros. para disimular.

Pero por ahora disfrutamos de caminar por el barrio, era increíble. Dimas se preocuparía por el tatuaje mañana y yo podría disfrutar del recuerdo de Landrina justo antes del amanecer, después de una larga noche de juerga. Se podía respirar la calma que se combinaba con el sereno de la madrugada y el ladrido constante de algún perro con ganas de iniciar conversación con otro par en una calle distante. Se sentía como si hubiera ganado la más encarnizada de las batallas.

Es curioso dónde te lleva la vida en cuestión de horas. Definitivamente Landrina tenía razón, con cada paso que das el futuro se convierte en un presente incierto. Esto viene a colación por el hecho de que al comenzar la tarde estaba leyendo un comic de Batman y al finalizar una chica muy especial me estaba realizando el siempre bienvenido acto del jalón de orejas exprés y sin final feliz.

EL MÁS ALLÁ

Si existía un tema que podía mantenerme quieto por más de diez segundos aparte del futbol, sin duda alguna era el terror. Fuera el horror, el misterio, el suspenso, zombis, demonios, vampiros, fantasmas o *gore*, cualquier cosa que me helara la sangre era válida para mí.

Ese gustillo por lo macabro era compartido por todos en la palomilla del barrio. Para tratar de congelarnos las plaquetas, constantemente ideábamos maneras de asustarnos, fuera creando círculos de historias de misterio alrededor de una fogata en las cercanías del panteón o metiéndonos a casas abandonadas "embrujadas".

En cierta ocasión Dimas, Masiosare y un servidor recorríamos las calles del vecindario como los vagos sin oficio ni beneficio que éramos. Vimos una casa, algo tenía que nos parecía lúgubre y misterioso, como si nos estuviera llamando. En la acera había un enorme árbol seco cuyas ramas parecían dedos largos y delgados como garras afiladas y despellejadas listas para lacerar la carne de cualquiera que se atreviera a profanar el inmueble que celosamente resguardaba. Tenía una gran puerta negra de madera vieja y un pasillo con una protección muy austera por la cual se podía traspasar sin ninguna dificultad.

Dimas y yo brincamos primero la reja del pasillo. Masiosare, asustado, estaba renuente, pero gracias a nuestros sabios métodos de persuasión —amenazarlo con un zape cósmico si no ingresaba y decirles a todos que se había mojado los pantalones de miedo— logramos convencerlo.

El pasillo daba acceso al patio de la residencia en el que se podía apreciar el pasto seco y con parches obscurecidos, como si alguien hubiera hecho varias fogatas en el lugar. Había también huesos de animales, cráneos como de cabras y varios símbolos raros y un tanto singulares pintados en las paredes. El candado de la protección que daba entrada a la casa estaba roto, así que fue fácil entrar.

En verdad daba miedo. Se sentía una pesadumbre inexplicable, todo estaba desordenado y lleno de basura, fuera biológica o de índole artificial, y, al igual que en el exterior, innumerables pintas de símbolos en las paredes y huesos tirados aunados a varias veladoras usadas. Cabello y fotografías a medio quemar.

Para cualquiera sería algo perturbador, para nosotros fue más que perturbador, un tanto emocionante. Recorrimos la casa habitación por habitación, todas ellas iguales y con los mismos despojos en su interior. Fue cuando entramos al último cuarto cuando realmente nos asustamos. La pieza se encontraba completamente sola en apariencia. Únicamente había una mecedora muy ajada por el tiempo, frente a una ventana. Debo decir que, aunque era de día, la pesadumbre se manifestaba fuerte, como si algo nos estuviera observando, cosa que provocaba que a cada sonido que escucháramos —fuera el caminar de una cucaracha o el estornudo de un ratón— nos cimbrábamos y volteábamos en alerta total. Lo más bizarro fue lo que a continuación vimos... una muñeca de trapo vieja, sentada en la mecedora y en una posición muy normal —si se le pudiera llamar de alguna forma—, como si fuera una persona, una vigía esperando a cualquier incauto que se atreviera a perturbarla. La muñeca estaba vestida con un atuendo a rayas rojas en un vestido azul con pequeños holanes blancos ya muy nejos en el cuello, y si la hubiéramos encontrado en cualquier otro contexto habría pasado hasta como algo común, pero la ocasión distaba de serlo.

Su rostro, aunque normal, emanaba una cierta maldad inexplicable, como si fuera portadora de una maldición y nos estuviera incitando a llevárnosla para hacer de nuestra vida un infierno miserable y mortal. Tenía ojos de botón negros y una quebrada sonrisa de estambre rojo al igual que su cabello largo enmarañado y con insectos muertos adheridos a este, una nariz roja proporcional al rostro en forma de triángulo. En mi imaginación veía a la muñeca voltear lentamente en nuestra dirección y señalarnos con su mano de algodón, pero con dedos humanos, descarnados y sangrantes, o tal vez caminando rápidamente en curso nuestro cargando un talismán maldito y demoníaco.

La mecedora en la que estaba sentada parecía moverse muy sutilmente, queríamos creer que se movía, ¿o en realidad estaba pasando? ¿Cómo saberlo? Dimas y yo nos hipnotizamos al ver al juguete meciéndose, como si tuviese vida. Expectantes sudábamos de nerviosismo. De pronto un grito nos sacó de nuestro macabro trance, volteamos la mirada y Masiosare ya no estaba, era él el que gritaba.

Se escuchó un fuerte portazo en el interior de la residencia, lo cual nos hizo correr como alma que lleva el diablo. Llegamos al pasillo y encontramos a Masiosare despavorido, tratando de brincar la reja infructuosamente dada la torpeza que le agregaba su mórbido sobrepeso.

Lo ayudamos a cruzar para después nosotros hacer lo mismo.

En la tiendita, ya más tranquilos y consolados por unas papitas y unas cocas *in bag*, le preguntamos a Masiosare qué fue lo que pasó.

—¡Yo sé lo que vi! —decía él todavía un poco alterado—. Ustedes estaban como idiotas viendo a la muñeca, yo miré para el corredor y claramente lo vi. ¡Se los juro! Una cosa. No sé qué, no sé qué era… era gris y parecía tener brazos y cuello muy alargados y no tenía cara, tenía algo que se le miraba aplastado pero no como una cara y donde deberían estar sus ojos había dos grandes hoyos negros —finalizó, casi al borde de las lágrimas.

—A lo mejor lo imaginaste —le comenté.

—¡No, yo sé que fue real! Y sé lo que vi.

* * *

Al pasar los días, Masiosare contaba que aquella cosa se le aparecía en sus sueños para atormentarlo. Era algo completamente normal, él siempre fue en extremo sensible, y aunque sí pasó algunas noches de pesadilla, definitivamente no fue algo que el tiempo no pudiera sanar.

Nuestro caso no fue diferente, ya que por un tiempo yo sentí que por las noches podía escuchar y ver a la muñeca en los rincones más obscuros de mi habitación haciendo sonidos entre la risa y el llanto, entre lamentos muy dolosos y una tenebrosa alegría que anticipaba un hecho macabro inminente. El caso de Dimas fue un poco parecido. Contó que, una noche en la que su familia había salido a cenar, veía la televisión con la luz del cuarto apagada, bajó la mano de uno los brazos del sillón y sintió como una pequeña mano de algodón le apretó el dedo índice para acto seguido escuchar una pequeña risa perversa como de niño que está a punto de hacer una travesura. Salió volando de su casa a buscarme y contarme lo sucedido, fue ese momento cuando yo le conté mi experiencia. Al final del día, sólo debían ser sugestiones, cosas de niños meados, pero… ¿y si no?

Nombramos a aquél lugar como la Casa del Diablo y cada que teníamos que pasar por ahí le sacábamos la vuelta, incluso si eso significaba caminar un poco más.

Para tener resistencia en cuanto a la materia del horror se refería, creamos nuestra propia noche de películas en la cochera de Masiosare. Las alquilábamos en el video club local. Sacábamos la tele, y a disfrutar.

Unas nos helaban la sangre por completo y algunas otras completamente risibles y de muy mala calidad, de esas de clase B. Lo que más recuerdo de esas noches fue en una ocasión cuando Usnavy se nos unió para ver una cinta. *Eso*, basada en una novela de Stephen King.

—¡Volteen, ahí está el payaso en la entrada de la cochera! — dijo Usnavy para asustarnos con el mal llamado Eso el Payaso, ya que su nombre en realidad era Pennywise, pa´ los compas.

Usnavy nos contó una historia acerca de una casa en los barrios de abolengo de la ciudad. Se trataba de la Casa de los Tubos, una vieja construcción que en el tiempo de vida de muchas personas siempre había permanecido abandonada. Le decían así porque en efecto su estructura, visible desde varios puntos de la ciudad, asemejaba una tríada de grandes cilindros muy contrastantes con la arquitectura de cualquiera de las edificaciones aledañas, algo así como el centro de mando de los Power Rangers en la primera temporada.

— Hay varias versiones de lo que allí sucedió. A simple vista es una casa muy rara. Tiene escaleras y rampas en su interior, así como cuartos cilíndricos y pasadizos de pesadilla, una gran ventana de donde puedes admirar toda la ciudad. Es impresionante.

"Cuentan las malas lenguas que las rampas de la casa están por una razón; dicen que la casa la construyó un matrimonio que tenía una hija pequeña con parálisis y que el diseño de la casa era así para que ella se desplazara con más facilidad. En una ocasión, el matrimonio fue con la niña a supervisar la construcción, y de manera inexplicable la niña cayó sin control por una de las rampas para salir volando por la gran ventana a encontrar su muerte.

"Hasta la fecha, los vecinos alegan ver niños jugando en el lugar, niños que parecen desvanecerse en el aire. Otros comentan que los obreros constantemente sufren accidentes y que hubo varios muertos, por eso ya nadie quiere trabajar ahí, por lo que la casa quedó inconclusa.

"También está la historia de un seminarista que vio algo que no debía ver, algo de otro mundo u otra dimensión. Dicen que perdió la cordura y se la pasaba rezando. Un buen día desapareció y semanas después lo encontraron muerto en uno de los rincones de esa casa."

La historia de Usnavy, aunque no era terrorífica del todo, sí incitaba a descubrir qué albergaba ese lugar maldito.

Al otro día en la escuela, durante todas las clases rondaba en mi mente la historia de la casa tubular. En el receso junté a todos los interesados en tener una aventura sobrenatural. Mis camaradas se incluyeron, incluso Masiosare, so pena de madriza inminente por parte de su consanguíneo. Desgraciadamente también se nos adhirieron algunos indeseables como Clodomiro y Pestalozzi y unos cuantos más como Tonatiuh y Tristán. A regañadientes los aceptamos, total: entre más mejor. Además, como eran lentos, si salía el asesino enmascarado de látex o el *ente*, ellos serían los primeros en caer. Sólo Isauro estaba renuente, siempre había sido un llorón en cuanto a lo paranormal se refería. De todas maneras lo obligamos a ir.

La cita sería a las tres de la tarde de ese mismo día en un supermercado cerca de la casa embrujada tubular en cuestión. Por cierto, era 31 de octubre.

En la Víspera de Todos los Santos

Después de encontrarnos en el súper, caminamos por la empinada pendiente que nos llevaría a la tan mencionada casa de los tubos.

Estaba en un barrio residencial muy ostentoso con grandes casas y parques, completamente contrastante a lo que habíamos imaginado que sería. Allí estaba la casa completamente en obra gris y magnánimamente intimidante, rodeada de maleza y estampada con múltiples grafitis dejados por los que alguna vez se habían aventurado a entrar.

La entrada principal nos anunciaba lo que habría de venir. Era circular, como un túnel rodeado de ladrillos o la entrada a un desagüe. Nunca había entrado a una casa por medio de un túnel. Probablemente a la única entidad que encontraríamos allí sería a Mario Bros. en una especie de sueño húmedo y cilíndrico. Los cuartos, como lo dijo Usnavy, eran por completo tubulares. No tengo la más mínima idea de cómo querían que alguien la habitara. Era en extremo difícil el andar, en efecto, el sitio estaba repleto de rampas y pozos, Isauro casi cayó en uno pero por fortuna lo pudimos detener de la camisa. Hubiera caído inevitablemente al vacío sufriendo un destino similar al de los protagonistas de las leyendas urbanas.

Si dijera que le dimos la vuelta a la casa diez veces, creo que sería poco. No vimos absolutamente nada ni escuchamos nada, habíamos sido engañados por el decir popular y nos dejamos llevar por la emoción de que encontraríamos algo demoníaco en la residencia. Brincamos la barda de regreso, decepcionados, ¿ahora qué? Era Halloween y no teníamos nada qué hacer ni a dónde ir, habíamos dimitido todos los compromisos por tener la idea de que pasaríamos horas desenterrando misterios en aquel perturbadoramente tubular fiasco.

—¿Y si vamos al panteón? Todavía es temprano —comentó Tristán al aire.

¿Al panteón? No era una mala idea y el contexto de la celebración pagana del día le daría un muy necesario aire de misterio, el aire de misterio que en ese momento necesitábamos urgentemente.

Tomamos el autobús de vuelta al barrio. Parecíamos niños chiquitos brincando y revoloteando dentro de la unidad y más aún cuando nos pusimos a cantar nuestro éxito musical, "Yo maté a Pancho Villa". El chofer estaba furioso, se le notaba a simple vista, pero no dijo nada, se aguantó como hombre. Al momento de indicarle la parada en el lugar que íbamos a bajar, el muy desconsiderado no la hizo, siguió de largo y nos dejó en la zona rural del barrio, la cual quedaba más o menos lejos del panteón. Maldito hijo de puta. Al bajarnos, nos deshicimos en insultos para el chofer y su progenitora, aunado a las patadas y pedradas que le perpetramos al autobús. El hecho de que nos dejara tan lejos no hubiera importado tanto, pero desgraciadamente el destino nunca era benévolo para conmigo y mis camaradas. Al doblar la esquina nos encontramos frente a frente nada más y nada menos que con Los Tonto Locos que cargaban grandes bolsas con objetos varios.

—¡Mira nada más a quienes nos vinimos a topar! —dijo Tagoberto en tono sarcástico—. ¡Bola de pipiluyos! —sentenció a risotadas.

No sabíamos si correr o ver lo que iba a pasar.

Tagoberto se acercó a Isauro con mucha seguridad y en un rápido y fulminante movimiento le reventó un huevo —en la cabeza—, ¡un huevo!, otra vez. Con y por sus pinches huevos. Estaba empezando a pensar que los muy desgraciados tenían una granja avícola.

Dimas y yo estábamos fúricos y al borde de comenzar una trifulca campal, y si bien no veníamos acompañados de las personas más preparadas para un conflicto que se pudieran conocer, al menos sí los rebasábamos en número. Cual fuera nuestra sorpresa al escuchar a Pestalozzi gritar:

—¡Corran! —y que acto seguido todos accedieran a la orden.

Por sapiencia, hicimos lo mismo, no tenía sentido empezar una batalla ya perdida.

Corrimos como saetas alteradas hasta perderlos por completo. Ni uno nos siguió. Parecía que el huevearnos no estaba en sus planes del todo. Llegamos al panteón al borde del colapso. Ya comenzaba a anochecer. ¿Ahora qué hacemos?, era el sentir popular.

—Vamos hasta donde se encuentran las criptas más viejas, hay que investigar —sentencié tomando la batuta de la situación.

Caminamos por entre las tumbas escudriñando todas aquellas lapidas. Tanta gente, tanto dolor. ¿Quiénes serían esos infortunados que se nos adelantaron en el camino? Tanto niños como adultos, nadie se escapa de las garras de la muerte, el destino final tal vez no es del mismo color pero, fuera de eso, siempre es igual para todos y agarra parejo sin importarle.

Masiosare estaba nervioso al igual que Tonatiuh y Tristán que, entre comentarios, lamentaban el haber asistido a tan macabra cita. Y ni qué decir de Clodomiro que a cada paso que daba gimoteaba que ya se quería ir. Pestalozzi se encontraba sereno, cosa que cuando mínimo le podía respetar.

—¡Ese lugar es perfecto, está mamastrófico! —exclamó Dimas.

El lugar en cuestión estaba bajo un árbol maquiavélicamente tenebroso que se asemejaba mucho al de la casa del diablo, rodeado de tumbas viejas ya casi anónimas, con fechas y nombres difuminados por el tiempo.

Nos sentamos en círculo, alumbrados por unas velas que habíamos llevado dizque para un ritual y nos pusimos a platicar con aire de misterio.

Dimas y yo encarecidamente queríamos asustar a la concurrencia, pero el que nos sorprendió a todos fue Isauro que empezó a relatar los sucesos extraños que habían ocurrido en su antigua casa antes de mudarse al barrio y que esa era la razón legítima de por qué se cambió de domicilio. Estábamos atónitos, nunca había escuchado a nadie contar que se hubiera mudado de casa porque está se encontrara repleta de espíritus malignos. Dimas y yo lo instamos a que contara su mórbida historia ante la mirada de terror de los demás que todo lo que querían era volver a sus casas con sus mamás.

Isauro habló claro y pausado. Si era verdad o era mentira, jamás nos enteramos. Pero de cierto es que la historia que nos relató me helaría la sangre hasta días postreros, especialmente al bajar las escaleras entrada ya la noche para ir a la cocina a tomar un vaso con agua.

—Mi mamá, cuando era niña, compró una tabla de ouija, decía que le encantaba jugar con ella hasta pasada la madrugada. Era muy solitaria así que cuando jugaba sentía que tenía muchos amigos porque a diario platicaba con diferentes personas o cosas a través de la tabla.

"Una noche se comunicó con alguien llamado Tommy, decía que se identificaba con él en su soledad y que tenían mucho en común. Un día Tommy le pidió a mi mamá que se matara para así poder estar juntos. Ella, sin saber qué hacer, tiró la ouija y no quiso saber nada más del asunto. Al pasar los años decía que miraba sombras en su habitación o en la calle, sentía que la seguían. En la última casa que viví antes de mudarme para acá fue donde ocurrió lo peor, porque no sólo eran sombras sino que también se movían las cosas de lugar.

"Recuerdo estar acostado en mi cama y mirar a la ventana y observar a un ser o un bulto viéndome fijamente a través del cristal, con los brazos arqueados y apoyándose sobre el vidrio. El colmo ocurrió cuando mamá me contó que un día en su habitación, casi al amanecer, abrió los ojos y vio una figura obscura en una de las esquinas de la recamara. Dijo que eso estaba de espaldas y que cuando la cosa percibió que la estaba viendo se volteó lentamente a mirarla también. Era como una anciana de piel muy blanca y arrugada, con un chal negro y el cabello gris y enmarañado. Lo peor era que no tocaba el suelo. Sé le acercó hasta la cama y se puso frente a frente con ella. No podía ni hablar, se le fue la voz, así que en su mente comenzó a maldecir a la criatura. La viejita le gritó y se retiró flotando de la habitación rápidamente.

"No pasó una semana antes de mudarnos de esa casa".

Se habría podido cortar la tensión con un cuchillo después de oír la historia. Si era mentira, no nos interesaba, cumplió su cometido y todos teníamos el chiclocentro prolapsado del miedo. Después, Aquiles sacó un artefacto de su mochila.

—Uuuh… apenas les iba a decir que si jugábamos con ella —era una tabla ouija de supermercado de marca Monte Carlos —la del conejillo.

Una fuerte voz muy ronca a la *Bene Gesserit* nos sacó de nuestro trance y nos hizo brincar.

—¡Qué están haciendo aquí! —se escuchó estrepitosamente.

De pronto una mano vieja y curtida tomó a Masiosare por el hombro. Todos gritamos de terror, posiblemente se trataba de la viejita de la historia que venía a cumplir con su macabro cometido o, peor aún, del "Viejo de la Plastilina."

No era ninguna viejecilla de ultratumba ni un viejo plastilinoso sino uno de los jardineros del panteón. Aun así, se miraba sumamente tétrico el pinche viejo feo: en su mano sostenía una guadaña. Gritamos histéricos y huimos del lugar sin querer enterarnos si era una entidad de ultratumba o un simple y vano mortal sin oficio ni beneficio. Brincamos la reja del panteón de un salto.

La verbena halloweenesca se manifestó como todos los años en el barrio mientras recorríamos las calles. Vimos a todos los niños pidiendo dulces acompañados de sus padres y exclamando incesantemente aquel grito de batalla tan antiguo, "Noche de Brujas Halloween", atravesándosele de manera nada prudente a todos los automóviles que se atrevían a cruzarse en su camino.

El panteón quedaba un poco lejos de nuestros aposentos, pero después de mucho caminar finalmente llegamos al parque de la secundaria. Nos sentamos en las bancas para descansar.

La breve tranquilidad en la que nos inmiscuimos se vio cortada de tajo cuando tres mozalbetes llorones se cruzaron en nuestro camino. Daba lástima verlos tan alterados en lo que debía ser una ocasión feliz. Traían puestos sus disfraces de HAL 9000, Alexander de Large y el último una túnica satinada oscura y una máscara veneciana blanca con detalles alentejuelados y plumas negras.

Los pobres venían todos manchados.

—¿Por qué lloran, morrillos? —preguntó Cruz.

—Es que unos vatos malos nos huevearon —contestó Alexander de Large escurriendo mocos y lágrimas y desarreglándose su pestaña prostética al enjugarse sus lágrimas negras.

Los niños se retiraron corriendo, dejándonos con cierta incertidumbre. *"Es que unos tipos malos nos huevearon"*, *¿quién era tan malvado como para huevear a niños indefensos en Halloween?* No terminé siquiera de acomodar mis ideas cuando escuché a alguien decir, con mucha felicidad:

—¡Mira nada más a quiénes nos volvimos a encontrar! Ha de ser el destino, pinches pipiluyos.

Se me heló la sangre, no podía creer nuestra mala suerte. Se trataba de Tagoberto y sus Tonto Locos intentando poner de moda la nueva palabra que habían descubierto durante el día y además acompañados de un gran número de vagos que me resultaban completamente desconocidos.

—¡Contra ellos, contra ellos! —gritó Universo dando la señal de ataque y sin querer recordándome a la caricatura de los Monkikis.

Ahora sí... patrullas para qué las quiero. De nueva cuenta éramos perseguidos por entidades, si bien no sobrenaturales y demoníacas, cuando menos subnormales y malévolas. Tomamos diferentes direcciones. Alcancé a ver, de reojo, caer a Isauro, quien de nueva cuenta fue abatido por una lluvia de blanquillos, quedando dilapidado en el suelo como si fuera un pañuelo nasal de gripiento.

Yo no me iba a detener por nada ni por nadie, no quería ser presa de la ira huevuda de Los Tonto Locos nuevamente. Al final, quedamos Masiosare y yo, de los demás no había quedado rastro. Nos pisaban los talones, escuchaba los huevos lanzados como proyectiles, rompiéndose en mis talones y zumbando pasándonos muy cerca de la cara también.

Al final, lo peor: habíamos dado con un callejón sin salida. ¡Pinche suerte mala! ¿Cómo era posible que termináramos allí sí conocíamos el barrio a la perfección? Por fortuna, la barda no era tan alta, así que, haciendo gala excepcional de mis conocimientos de *parkour,* salté el muro de una manera heroica y sobrehumana.

Ya a salvo, me percaté de que Masiosare se había quedado atrás de la barda. Del otro lado escuchaba las risotadas de los verdugos.

No podía dejarlo ahí para morir solo, en verdad juro que no hubiera regresado por nadie más, pero algo tenía Masiosare que me hacía sentir cierta responsabilidad por él, tal vez era su estupidez o su inherente inocencia. El punto es que volví, crucé la barda de nueva cuenta y vi a todos rodeándolo ya listos para desatar su furia. Me planté a su lado.

—¿Y tú qué? ¿También quieres tu correctivo? —pregunté Tago.

—Qué más puedo hacer —le contesté.

—¡Qué pendejo eres! Como tú quieras, pipiluyo —dijo sarcástico. Y dale con su nueva palabra que después se le olvidó y no volvió a usar—. Bien niños. Preparen. Apunten… ¡Fuego!

Aquella barda se convirtió sin quererlo en un paredón de fusilamiento de los tiempos de la revolución para Masiosare y para mí. Una intempestiva lluvia de huevos se desató con toda la furia que Los Tonto Locos tenían para con la sociedad y más específicamente para con nosotros. Nos hicieron pedazos entre risas indiferentes y muy certeros tiros. Me hicieron sentir como Alex Murphy el de BoboCop.

Nos desplomamos al piso casi casi en posición fetal, aguantando los blanquillos proyectiles. Al ver que ya no nos movíamos, los Tontos desistieron de su ataque.

—Ya vámonos, ya me dieron hueva estos cabrones —sentenció Tagoberto. Hueva la que nos dieron ellos, en realidad.

Masiosare se encontraba lagrimeando sutilmente y sumamente perturbado. Yo no, yo sabía lo que tenía que hacer, aunque debo decir que también me supe aguantar muy bien las de cocodrilo, porque debo admitir que, ahí sí, ganas no me faltaron.

Caminamos por el vecindario cubiertos de huevo, parecíamos milanesas a medio empanizar. Uno a uno nos fuimos topando entre los camaradas, al parecer su destino no había sido distinto al nuestro.

—Tenemos que vengarnos —dijo Dimas con aire de furia. Colérico, expresó— ¡Literal me huevearon los huevos! Hay que huevearle su casa ¡no!, mejor quemarla —finalizó ya diciendo incoherencias por la ira.

—¿Pero cómo? No sabemos dónde vive —preguntó Aquiles.

—Si supiéramos dónde vive el muy "pipiluyo"... —comenté.

—Yo sé dónde vive —contestó Tristán.

Todos lo volteamos a ver como diciéndole, "¿a qué hora planeabas decirnos pendejo?".

—Vive a dos cuadras de casa de mi abuelita.

—Bien, habrá que pagarle con la misma moneda —contesté.

Buscamos a Usnavy y le platicamos nuestra situación. Estaba más que complacido de vengarse: a él también lo habían hueveado en aquella ocasión antes del Show de Talentos de la escuela.

Nos dirigimos con Usnavy y su amigo Tano que tenía una camioneta. Nos subimos en la caja agachados y después de adquirir varias docenas de huevos fijamos el rumbo a casa del Tonto Loco mayor.

Pasamos lentamente por la casa de Tago, nos escondimos en la caja de la camioneta para que nadie nos viera. ¡Ahí estaban todos!, en la acera, bebiendo cerveza y contando la inconmensurable cantidad de dulces que le habían robado a punta de huevazos a los pobres e incautos niños del barrio.

Como no conocían la camioneta, nunca sospecharon la que se les avecinaba. A una cuadra vimos estacionado el carro negro en el cual se desplazaban, así que el auto también sufrió nuestra furia adolescente.

Lo hueveamos todo y después lo envolvimos en papel higiénico. Aunado a esto, también pusimos mierda de perro combinada con varios fluidos corporales de todos los inconformes en las manijas de las puertas. Teníamos mucha imaginación para lo maquiavélico, las ideas fluyeron como agua de grifo sin recortes por la tarde en tiempo de sequía para ayudarnos a concretar nuestra muy necesaria vendetta.

Volvimos a pasar lentamente en la camioneta y nos detuvimos frente a ellos en la acera. Todos los Tonto Locos se pusieron de pie instantáneamente. Como eran tan conflictivos —según ellos—, siempre tenían que mantenerse en estado de alerta.

—¡Pinches pipiluyos! —gritamos con fuerza.

Todos nos pusimos de pie y desplegamos una apocalíptica lluvia de justicia sobre sus ahora endebles cuerpos, sólo que la nuestra fue peor, ya que conseguimos varias tandas de huevos en estado de descomposición del gallinero que tenía la abuelita de Tano en su patio, puedo asegurar que no los extrañaría.

Los Tonto Locos no supieron qué hacer. Se quedaron petrificados como unos venadillos encandilados por las luces de un auto a punto de ser arrollados. En verdad que la venganza es la sensación más reconfortante que puede existir. Estaban pasmados y no lo podían creer, ver la expresión en sus rostros valía cualquier represalia futura.

—¡Vete al demonio, Tolentino! Ya les salió caro el numerito —gritó Tago encolerizado—. ¡Vamos por ellos!

Cuando llegaran al auto para intentar perseguirnos, se encontrarían con la otra majestuosa sorpresilla, embarrándose de todos los fluidos varios y la caca perruna al querer abrir el coche ya más por inercia y sin pensar.

Al final de la noche todos nos abrazamos en júbilo, casi casi quedándonos pegados por los huevos —los que nos aventaron— y, aunque tentados a celebrar, desistimos, los Tonto Locos nos podían pagar de nuevo con la misma moneda. Lo mejor sería recluirnos en nuestros domicilios a esperar lo inevitable o la absolución.

Esa noche no dormí. En mi mente rondaba la amenaza de Tago, era inminente nuestro reencuentro en la escuela. Ah, las ironías de la vida… esa noche salí con la esperanza de tener un encuentro sobrenatural y asustarme hasta hacerme del baño en los pantalones, cómo sería de enmarañado el destino ya que, en efecto, sí estaba asustado, y en demasía, pero no por algún espectro del bajo astral sino por un individuo de escasa moral, muy pero muy real y que era capaz de todo. Fue ahí cuando me di cuenta que la realidad siempre va a superar a la ficción y que los verdaderos monstruos siempre los vamos a encontrar en el mundo sustancial y nunca en las historias de fantasía. Había despertado al ente, sólo esperaba que no me devorara la próxima vez que nos viéramos en la escuela.

Tagoberto tenía dos semanas sin asistir a clases y sus esbirros nunca se atrevían a hacer nada si él no se los ordenaba. Conociéndolo, su atrofiada mente mariguana a esas instancias de seguro había olvidado el asunto de los huevos del terror y la palabra pipiluyo.

Pasó el otoño, pasó el invierno, y no hubo repercusión alguna.

Una Aventura Musical

Miraba el noticiero antes de partir a la prisión educativa y una noticia llamó mi atención, se trataba de un festival de música el sábado de esa semana. El grupo Los Hijos de la Perra de tu Jefa sería la banda estelar. Era una de mis bandas favoritas y tendrían una firma de autógrafos en el centro comercial el viernes al mediodía. Me encontraba fascinado con aquella premisa, el único problema era que a esas horas ya no tan rociadas por el sereno debía encontrarme en clases.

Planeé con Dimas la estrategia para irnos de pinta el viernes por la mañana, porque, si bien la firma era de doce a tres, si no alcanzábamos lugar, tampoco alcanzaríamos la mentada firma autógrafa. Portaríamos un cambio de ropa en la mochila por aquello de las archirrecontramalditas dudas.

Era la mañana perfecta, despejada y con un clima templado. El resto de los camaradas prefirieron evitarse el castigo si nos descubrían, así que éramos sólo Dimas y su humilde narrador.

Llegamos al centro comercial a eso de las nueve de la mañana y la masa humana ya le daba la vuelta a la manzana. El tedio y la desesperación hicieron mella en mi antes optimista estado anímico. No importaba, valía la pena. Se abrieron las puertas de la tienda de discos de la plaza comercial y salieron unos guardias más prepotentes que un policía judicial de poca monta entrenado por la Gestapo. Nos empujaban hacia atrás y demandaron la entrada de cinco en cinco para cuando empezara el evento —¡éramos más de mil personas y demandaban la entrada de cinco en cinco!—, *qué falta de criterio y abuso de autoridad*, pensé.

La variedad de personajes que estaban en la fila eran de un tono monocromáticamente distintivo: el negro. Dimas y yo resaltábamos con nuestras pueriles prendas de vestir.

—¿Faltará mucho? —le preguntamos a un amigo darketo delante nuestro.

—Falta un chingo —expresó coloquialmente—. ¿Cuántos años tienen? —preguntó, intrigado, al vernos.

—Diecisiete —le contesté en una obvia mentira.

—¿Y traen dinero? —preguntó el raro de forma sospechosa.

—No —contestamos verazmente—. ¿Por qué?

—Porque si no compras el disco no te dejan pasar.

Esas palabras darketas cayeron como un hielo que resbala incesante por la espina dorsal hasta llegar a donde la espalda pierde su nombre.

—Entonces, ¿se ocupa el disco? —preguntó Dimas.

—Sí, si no no pasan.

Un encolerizado ¡puta madre! pasó por mi mente. ¿Qué hacer ante tal momento de desesperación? Nos salimos de la fila para pensar en la posible solución de nuestro problema. Lo mejor sería pedirle dinero a los transeúntes, esperar a que alguien se apiadara y nos regalara unos centavos. Nos introdujimos a la plaza comercial a mendigar cambio a diestra y siniestra como viles pordioseros meados, pero nada. Indiferentes a nuestra situación ajena a sus necesidades mundanas, los transeúntes uno a uno nos voltearon la cara o sencillamente alegaron que no portaban el tan deseado efectivo.

Malditos mentirosos, ¿qué hacían en el centro comercial entonces? Yo no me creía el cuento de que andaban de paso caminando, escrutando los locales de la plaza sin ningún afán del más puro consumismo. Según nuestros cálculos, si les pedíamos un peso a trescientas personas estaríamos fuera del apuro y con capital suficiente para conocer a nuestros ídolos musicales.

Pasaban y pasaban los minutos y nada. Miraba hacia afuera y veía que la fila cada vez se hacía más larga. Un señor de escasa estatura y una evidente calvicie se apiadó de nosotros al proporcionarnos cincuenta pesos, para después decirnos aquella frase tan esclarecedora y casi casi mesiánica:

—Hoy por ti, mañana por mí.

La arisca concurrencia del centro comercial puso una barrera para con nosotros, se empecinaron en no darnos ni un peso siquiera y para colmo de males el guardia de la misma nos persiguió para hacernos desistir a nuestra titánica auto encomienda.

Salimos un momento para organizar nuestras ideas después de haber esquivado al guardia. Las cosas no se podían quedar así. Nos sentamos en los escalones de la plaza, los cuales apuntaban hacia la avenida. Tal vez el vaivén de los autos nos relajaría. *¿A dónde irán? ¿De dónde vienen?* Tantas y tantas historias —unas más complejas que otras— se encerraban dentro de los ataúdes de metal incautos de los silentes espectadores que buscaban inspiración en su siempre cinemático desplazamiento neumático y motorizado. Fue ahí cuando se me ocurrió la más brillante idea de todas.

—¿Y si cantamos en los camiones?

—¿En los camiones? —preguntó Dimas un tanto extrañado.

—¡Sí, en los camiones! Digo, no vamos a estar peor de lo que estamos ahora.

—Pero no traemos instrumentos.

—Así braveado, además, con unos botes se hace. ¿Qué tal?

—A darle —sentenció Dimas entusiasmado.

Encontramos nuestros plásticos instrumentos, de manera un tanto irónica, en los botes de basura.

Pasó primero el ruta cuatro y lo detuvimos. Preguntamos amablemente al chofer si de favor nos dejaba exponer nuestro arte lírico y popular ante su público de rústicos y oligofrénicos pasajeros pajeros, a lo que él contestó con un contundente y barbárico:

—¡Bájenseme a la chingada!

Un tipo total, debo decir. Accedimos a la petición del amable y honesto chofer y procedimos a bajarnos a la chingada.

Después pasó el ruta uno, lo detuvimos extendiendo nuestros brazos y alzando el dedo índice en una pantomima a la John Travolta en *Fiebre de sábado por la noche*. En esa ocasión, el conductor de la unidad fue más benevolente al dejarnos exponer nuestro arte. Nos echamos el discursito de que tratábamos de ganarnos la vida y que éramos niños de la calle además de que nuestra madre estaba enferma y que era mejor cantar en los camiones que andar robando en las calles. Fue del todo un hecho que nadie se enterneció con nuestra lacrimógena historia digna del argumento de alguna película de la época de oro del cine mexicano.

Cantamos dos melodías como lo establecía el protocolo del cántico de transporte público: "No dejes que" de los Caifanes y "Camino a ninguna parte" de los Estrambóticos. A pesar de que no éramos los mejores cantantes de la ciudad y probablemente del camión tampoco, considero que no lo hicimos del todo mal.

Desgraciadamente, los pasajeros del autobús no pensaron lo mismo, ya que sólo conseguimos recaudar la nada honrosa cantidad de cinco pesos. A ese paso tendríamos el dinero dentro de varios días.

Bajamos cabizbajos de la unidad sin percatarnos en dónde nos había dejado. Parecía un barrio residencial y de abolengc. Las casas se miraban grandes y muy acicaladas, las calles limpias y, en las banquetas grandes, árboles verdes que creaban un ambiente de nostalgia por un tiempo mejor.

El barrio parecía fantasma, no había gente en las calles, una que otra servidora doméstica adecentando la cochera de sus acaudalados empleadores. Caminamos sin rumbo e infructuosamente, viendo nuestras esperanzas perdidas.

Ya eran horas de comer y ya nos rugía la tripa, así que fuimos a la primera tienda que vimos y nos despachamos unos fritos preparados con sus respectivos refrescos cólicos con los cincuenta pesos que el viejo pelón nos regaló en el centro comercial.

—Al demonio —ya no importaba gastar lo que teníamos que al fin y al cabo nunca íbamos a juntar el dinero completo.

Nos encontrábamos relajados y bien placeados bajo la sombra de un árbol y recargados en la banqueta cuandc nos llamó la atención que de pronto aparecieron una gran cantidad de chicas enfundadas en uniformes de colegio católico. Las veíamos ir y venir, embobados con sus faldas a cuadros. No nos habíamos dado cuenta, pero la tienda efectivamente estaba frente a una escuela de monjas anorgásmicas. <Colegio Labastida para señoritas> pregonaba el letrero de la institución. Las hormonas nos sacaron del letargo y más aún cuando vimos a un trío de chicas acercarse sigilosamente en nuestra dirección, tal vez por curiosidad y no por genuino interés.

—¿Cómo se llaman? —preguntó una de las chicas en tono coqueto ante la risa nerviosa de sus otras dos acompañantes.

—Yo soy Tolentino y él es Dimas.

—Y, ¿qué hacen ahí?

—Es una larga historia —respondió Dimas.

—¿Qué pasó? —preguntó otra de las chicas.

Decidí contar mi historia cual trama de telenovela barata del horario estelar para enajenados, tratando de enternecer a nuestras inquisidoras. No me esperaba mucho, menos cuando les conté acerca de nuestra aventura musical a bordo del transporte colectivo para conseguir dinero para el disco, cosa rara, extrañamente sonrieron en la parte más álgida del relato y más extraña aún fue su petición.

—A ver, canten.

—¿Cantar? No, qué pena —les respondí tímidamente a las chavalas, no porqué me diera pena cantar ante un público (cosa que no me era desconocida), sino por el hecho de que eran ellas.

—¡Vamos! Cómo no les dio pena en el camión que eran más personas y aquí con nosotras sí.

Dimas y yo nos miramos en complicidad, como si pensáramos lo mismo, algo tramaban aquellas chicas. ¿Para qué querían escucharnos cantar? Ni siquiera nos conocían, había algo raro en todo ese asunto.

Después de darle vueltas a la situación, decidimos cantar la canción de aquella gran agrupación Control Machete, "Comprendes, Mendes?". Nos pusimos de pie frente a ellas y como si fuésemos los más inspirados juglares recitando madrigales en las plazoletas medievales le dimos rienda suelta a nuestra interpretación, hasta con coreografía, taconazo y todo lo demás.

Las chicas quedaron boquiabiertas con nuestra exposición de aquel tema.

—¡Qué bonita canción! —repetían sin cesar. A lo que nosotros les respondíamos— ¡Y eso que ni la ensayamos!

Al finalizar nuestra presentación, las chicas nos aplaudían. A mí se me hacía demasiado bombo y platillo para tan austera ocasión pero al final me percaté de qué se trataba el asunto.

—¿Ustedes viven cerca? —le pregunté a las chicas.

—Sí. Y ustedes, ¿de dónde son? No se ven de por aquí.

—¿Qué barrio es este? —preguntó Dimas.

—Lomas de San Julián.

Lomas de San Julián era uno de los barrios cotizados al poniente de la ciudad, nosotros vivíamos también en Lomas, Lomás jodido, pero como rara vez salíamos de nuestro rancho, no teníamos idea de en qué lugar nos encontrábamos.

—A riesgo de sonar pesado, y no lo tomen a mal, pero... ¿por qué se nos acercaron? —pregunté sin miramientos y arriesgándome a ahuyentarlas.

Las chicas se sonrojaron al momento de escuchar mi pregunta. Dimas me veía como diciendo, "¡pendejo, nos las vas a espantar!", pero mi naturaleza escrutadora no me permitía dejar las cosas con ningún velo de misteriosa duda.

—Ya teníamos rato viéndolos y la verdad es que no conocemos muchos chicos, queríamos conocerlos.

—¿Y qué tal? —preguntó Dimas en un tono alabancioso y haciendo gala de su pendejez.

—Pues cantan medio feo, ¡pero nos cayeron bien! Además queremos proponerles algo.

—¿Qué? —preguntamos mi camarada y yo casi al unísono un tanto intrigados.

—Va a haber un baile de primavera mañana como a las siete aquí en el colegio y nos preguntábamos... ¿quisieran venir con nosotras?

El codearnos con la alta sociedad de élite abriría algunas puertas de beneficio para nuestro incipiente futuro, ¿y por qué no?, tal vez otras cosas también.

—¿Podrían invitar a otro amigo?

—Pero claro —contesté mañosamente traicionado por el subconsciente—. Mañana nos vemos aquí a las siete. Sólo una cosa...

—¿Qué cosa?

—Ahorita todavía tenemos el problema del disco, ¿sería mucha molestia si nos prestaran algo de dinero para comprarlo y mañana les pagamos? —me arriesgué y lancé la bomba en una movida audaz.

Si decían que no, no pasaba nada, me quedaba igual que como estaba, pero si decían que sí, tendría no sólo el disco sino el autógrafo de Los Hijos de la Perra de tu Jefa. Las señoritas católicas nos miraban con desconfianza y, después de pensarlo un poco, respondieron:

—¿Cuánto ocupan?

—Como trescientos pesos —les respondí.

—No traemos tanto, les completamos ciento cincuenta.

Era perfecto, con ciento cincuenta nos alcanzaba bien sobrado para un disco, la idea era el autógrafo.

—Excelente —dije avariciosamente.

—Entonces, ¿nos vemos mañana? —preguntó una de las chicas al entregarme la plata en la mano, asemejando que en vez de prestarme el dinero para el disco estuviera pagando por mis servicios como acompañante cogelón de lujo.

—¡Claro que sí! A las siete en punto debajo de este árbol, sin falta —dijo Dimas.

Nos despedimos de beso y abrazo, y hasta arrimón de callo, de nuestras salvadoras musicales. Si íbamos a cumplir nuestra promesa de ir al baile y pagarles el dinero, no me quedaba del todo claro, pero bien valía la pena, aquellas damiselas estaban de muy buen ver y, con ese uniforme a cuadros entallado fielmente a las curvas de su anatomía, me hubiera tornado en todo un creyente sólo para volverlas a ver.

Dimas interrumpió mis pensamientos lascivos mientras nos dirigíamos de vuelta a la plaza comercial.

—¡Eh!, pendejo, el concierto es mañana.

—¿Y?

—El baile también es mañana.

—No importa, ya calculé todo: primero que nada no pienso pagarles, segundo, vamos con ellas al baile y tanteamos las aguas, si vemos que aflojan, nos quedamos un rato, y si no, decimos que vamos al baño y desaparecemos para ir más temprano al concierto. Al fin y al cabo la banda que queremos ver es la que va a cerrar el festival, ¿qué te parece?

—Pinche plan ojete.

—Va a funcionar. No tenemos nada que perder, ni boletos tenemos.

Avanzó la tarde y así como la tarde nosotros avanzábamos rápidamente al centro comercial.

Todavía se miraba una fila que le daba la vuelta a la manzana, había una esperanza de alcanzar autógrafo y comprar el disco. Estábamos a unos cuantos pasos de la fila cuando de repente un chango rasurado de los del prepotente cuerpo de seguridad balbuceó:

—¡Hasta aquí! —señalando al último de la fila.

Uno siempre se queja de ser el último en muchas cosas triviales, pero en esa ocasión deseaba casi al borde de lo orgásmico ser el último de esa fila, me había quedado corto por segundos.

—¡Por favor!, déjenos pasar, no sea hiperlactante —supliqué diplomáticamente al guardia sin obtener respuesta.

Maldito cutre subnormal, ojalá te empalen vivo a ti y a toda tu familia en estacas llameantes y sin vaselina. Con todo respeto, ¡chingue usté' a su madre!, todo eso pensé en su honor. No iba a pasar nada, nuestra suerte estaba echada y parecía estar escrito que ese día no tendríamos nuestro autógrafo.

Vimos a los artistas salir por la puerta principal rodeados por un gran operativo de seguridad y cobijados por el alarido de la masa fluctuante e impresionable que éramos sus admiradores.

De regreso en el camión y sentado junto a la ventanilla, me quedó un sentimiento de resignación porque a pesar de todo algo bueno salió de la desventura autografística. Miraba el sol de media tarde y a los autos pasar y me envolvieron en mis pensamientos siempre divagantes que terminaron perdiéndose en el espacio y en el tiempo. Dimas hablaba y hablaba y yo no lo escuchaba, asentía como si le estuviera poniendo atención, pero en realidad no había nadie ahí.

Hay algo en el trayecto a casa por la tarde que evoca un místico aire de retrospectiva. El saber que alguien te espera, esa es una sensación reconfortante. El cavilar el bamboleo de todas las pequeñas historias que se van gestando durante el día, las cuales a su vez, como ladrillos apilados, van conformando cada una de las secciones de la existencia. Unas se quedan para toda la vida y otras, como las desinteresadas acciones de algún buen samaritano anónimo, se van perdiendo, perdiendo en el olvido.

Una canción de verano

Llegué a casa y cuando abrí la puerta vi a mi madre fúrica.

—¿Por qué llegas tan tarde? ¿En dónde estabas?

—En la escuela y después me fui al parque a jugar futbol —contesté audazmente.

—No mientas, dime la verdad.

—Es la verdad, mírame, ¡vengo sudado! —respondí a sabiendas de que uno nunca puede engañar a su madre.

—Muy bien. ¡Y cómo explicas que tu tía Concha te vio cantando en un camión a la hora en la que debías estar en la escuela! ¡Te fuiste de pinta!

Pinche tía Concha chismosa, la concha de mi abuela —refiriéndome a la concha de su madre—, maldita vieja chirinolera y metiche. *¡Ojalá que a ella también la empalen sin vaselina!*, pensé.

—¡Estas castigado! —gritó mi madre cual sargento entrenador de película de Stanley Kubrick

—Pero…

—Nada de peros, no vas a salir el fin de semana —sentenció tajantemente, imponiendo toda la furia que puede brindar la prepotencia maternal—. Vete a tu cuarto.

Ahora sí la había embarrado toda, ¿qué demonios haría para lograr mis cometidos sociales del fin de semana?

Mi madre ingenua, pobre de ella, pensaba que le iba a hacer caso. Al momento que se descuidara saldría del enclaustro, por nada del mundo me iba a perder el baile con aquellas chicas de Colegio Católico Apostólico y Romano. Y así lo fue. Ese día mis padres trabajarían en el turno de la noche, lo cual me daría el tiempo para salir libremente, además siempre pensé que es mejor pedir perdón que pedir permiso.

Mis padres salieron muy puntuales a las seis de la tarde, dándome un lapsus para bañarme y emperifollarme con el tiempo justo para reunirme con mis camaradas afuera de casa de Masiosare.

Usnavy, Masiosare, Dimas y un servidor planeábamos la estrategia en el porche. Usnavy nos esperaría en el Volkswagen afuera del colegio, como era su costumbre estaría ingiriendo bebidas embriagantes para empezar a carburar antes del concierto, todo en favor del ahorro de su bolsillo, como es bien sabido, en cualquier evento masivo los precios son siempre inflados de manera exorbitante. Mientras tanto, nosotros iríamos con las chicas misteriosas y creyentes. Al dar las nueve nos daríamos a la fuga dependiendo de la situación: cada uno era libre de elegir si se quedaba o partía rumbo al concierto.

—¿Todavía tienes el dinero que nos dieron, verdad? —me preguntó Dimas.

—Aquí lo tengo en mi bolsillo. Si aflojan, les pagamos, y si no, ni madres.

Todavía era de día cuando llegamos al lugar de la cita tan anticipada. Nos estacionamos en la tienda de enfrente. Aquel lugar antes desolado había cobrado nuevo ímpetu con la verbena popular y casi casi pueblerina de Santo Patrono de Petatiux. Vendedores en la calle, muchas luces de colores, adornos de papel picado y por supuesto cientos de personas, todas ellas muy entregadas a la algarabía y al ambiente festivo que se respiraba.

Ver la estampa de folclor nacional desde la ventanilla del Volkswagen de Usnavy me hizo sentir feliz y algo ansioso. Me imaginé cómo podía ser el resto de la tarde-noche como si fuera el tráiler de una película veraniega altamente esperada, anunciando lo que sería una noche épica para mí persona.

Carburamos alcohólicamente para agarrar valor en el automóvil modelo sedan del pueblo vetusto y antediluviano de Usnavy. Ya en la puerta principal, nerviosos y expectantes, las vimos llegar. Tres finísimas imágenes de lo que a mi parecer debía de ser la perfección: cada cosa en su tiempo y lugar. Obviamente no portaban el uniforme escolar que provocaba la acción y efecto de meter las manos en los bolsillos, en vez de eso traían ropa de marca y muy a la moda que también podría echar andar un motor de vocho desvielado.

—¡Sí vinieron! —dijo una de ellas, emocionada de vernos.

—Por qué no habríamos de venir, nosotros somos de palabra, lo prometimos —les contesté.

—El otro día ni siquiera se nos ocurrió presentarnos, pensábamos que no iban a venir. Yo soy Bianca, ella es Cesia y ella se llama Iris.

Cuando Bianca pronuncio el nombre de Iris, mi atención se centró en la chica con el apelativo tan ocular. Era muy bella y en su rostro había cierto aire de inocencia, algo que me era favorable, ya estaba cansado de impresionar siempre a la promiscuidad de mis intereses amorosos. No había por qué fingir y ser alguien que no era, porque la verdad, aunque siempre quise aparentar genialidad en el exterior, en mis adentros había una visceral y sangrienta pendejez.

Después de la presentación nos dieron unos boletitos para entrar y nunca mencionaron el dinero que les debíamos. Pasamos por el umbral de las puertas arqueadas del colegio hacia la explanada principal, vaya si me impresioné: era enorme, no tan enorme como el Colegio Anglo Germano Celta Franco Español y Las Granadinas, pero grande al fin. Fácilmente cabrían como siete Secundarias Públicas Número 18 Gilles de Rais en el recinto del magnánimo colegio Labastida. Había juegos mecánicos y puestos de comida, ¡y cómo no!, las pinches monjas metiches cuidando el orden como perros entrenados policiales de la unidad K9.

Caminamos juntos los seis, platicando con toda normalidad, como si nos conociésemos de siempre. *Es la seguridad que da el estar rodeado de gente conocida que te sigue la corriente en todo lo que haces, se torna todo más fácil para romper el hielo.*

Dimas y yo las hacíamos reír con nuestras estupideces recurrentes y hasta Masioisare se daba el lujo de decir uno que otro chascarrillo atinadamente. También había una pista de baile en la explanada. La música sonaba y las parejas bailaban, algunos tímidamente y otros haciendo gala de pasos que no correspondían a su edad. A leguas se notaba que eran verdaderos expertos en la materia.

Aquel baile fue la oportunidad para que las chicas de esa escuela reprimida despejaran sus frustraciones invitando a la pareja de su predilección. Amigos y amigas en una convivencia forzada pero necesaria para la paz del plantel educativo. A mí sólo me interesaba Iris y de inmediato me apoderé de su atención. Platicamos de cualquier cosa mientras yo aparentaba poner interés en lo que ella balbuceaba. A pesar de que la acababa de conocer, me gustaba a plenitud. Me exalté más aún cuando comenzó a sonar una canción, una canción lenta que cambiaba todo el paradigma del jolgorio y del desmadre organizado. Una bella introducción de piano seguida de una suave melodía de saxofón para continuar con la entonación de una letra surrealista: "Te caíste de la luna yo te vi caer de ahí". Iris me tomó de la mano y me arrastró a la pista para bailar lento y pegado.

—¿Habías escuchado alguna vez esa canción? —preguntó mientras bailaba lentamente y muy pegadita a mí.

—No, nunca.

—Es mi canción favorita.

—¿Cómo se llama?

—"Sobrenatural", es de Los Perros.

—¿Y por qué es tu canción favorita? —pregunté algo des-interesado realmente.

—Porque era la canción favorita de mi hermana.

—¿Y por eso es tu canción favorita?

—Ella se murió en un accidente hace más de un año. Escu-char la canción me trae muchos recuerdos. De hecho, mi mamá dejó su cuarto tal como estaba desde el día del accidente. A veces entro allí, sin tocar nada más que el estéreo, me acuesto en el piso y escucho sus discos viejos. Si vieras esa habitación, es como si el tiempo se hubiera detenido, como si ella no estu-viera muerta. En ocasiones creo que voy a abrir la puerta y la voy a ver ahí, recostada en su cama leyendo. Le gustaba mucho la poesía —sentenció ya con la voz entrecortada.

¡Eres un pendejo! ¿Para qué chingados preguntas? Ahora ya se te puso toda sentimental y no va a querer aflojar nada, pensé. Cuál fuera mi sorpresa cuando sentí que Iris me abrazaba con fuerza, como si genuinamente creyera que su historia me había importado. Me miró a los ojos y me dijo:

—Esa, esa es mi canción de verano.

—¿Canción de verano? No te entiendo.

—Para algunos es una cosa, para otros otra, pero para mí significa el hecho que es la canción que te hace recordar los buenos momentos que has pasado con alguien o tú solo. Es esa canción que te reconforta y te hace sentir triste y nostálgico, feliz, todo a la vez. Tú ya conoces mi canción de verano, ¿cuál es la tuya?

—No lo sé, nunca lo había pensado de esa manera, podría ser la canción que les cantamos el otro día, esa canción me suena así, me hace sentir así.

Iris me miró extrañada con cara de "yo hablándote de hermanas muertas, nostalgia, melancolía, poesía, y tú me sales con 'Comprendes, Mendes?'". Qué muchachilla tan complicada me agarré, muy profunda de pensamiento y con una sensibilidad que no concordaba con su rostro dulce y apacible. Sonaba un tanto atormentada por sus demonios figurados del pasado, de esos que de cuando en cuando vuelven para recordarnos lo miserable que pude llegar a ser la vida, siempre en el momento idóneo, sutiles para deprimir, pero no tan agresivos como para hacer que te cortes las venas. No, te dejan difuminarte lentamente de la existencia.

Aquella música que evocaba una tortuosa nostalgia para con mi momentánea pareja de baile fue abruptamente interrumpida por otra con un tono más alegre y para bailar separado. "De los pies a la cabeza", pregonaba el estribillo de la canción. Iris sonrió y bailó alegremente conmigo, me tomó de las manos y comenzamos a dar vueltas como en el juego del volantín. Fue acertada la selección musical del pinchadiscos en turno.

Al terminar la música volvimos con nuestros camaradas que también se encontraban medio acaramelados. Dimas con Bianca y Masiosare con Cesia. Deambulamos por ahí, subiéndonos a los juegos y comprando chucherías como elotes asados o churros rellenos. *El tiempo no nos va alcanzar,* pensé mientras me daba cuenta que ya casi era hora de irse. *¿Por qué el baile no fue un día antes o un día después?* Tenía que ser esa fecha en especial, era una lástima, porque vaya que estaba disfrutando de la velada, una velada fortuita e imprevista, pero disfrutable al fin.

Noté que alguien nos seguía. Un tipo posiblemente un año o dos mayor que yo. Miraba con recelo entre la gente, no sabía si su mirada era para con nosotros, así que decidí no darle importancia.

—¿Quieren ver algo impresionante? —preguntaron las chicas.

—¿Impresionante?, ¿como qué? —preguntó Dimas.

—Es una leyenda urbana de aquí de la escuela. Vengan, vamos —finalizó Bianca.

Nos dirigimos a la parte trasera del colegio. Era de noche y le faltaba iluminación, parecía hecho a propósito, como si se quisiera preservar el ambiente lúgubre del lugar. Finalmente llegamos a un viejo gimnasio olvidado por el tiempo y resguardado por una cadena demasiado holgada en la puerta: cualquiera podía pasar.

Dentro del gimnasio había mucha humedad y suciedad, pero lo más raro era un gran Cristo viejo y crucificado recargado sobre una tarima.

—¿Eso es lo impresionante? —preguntó Dimas.

—No—contestó Iris—, lo impresionante es lo que cuentan de él.

—¿Qué cuentan? —preguntó Masiosare visiblemente consternado y al borde de orinarse en los pantalones, tal vez recordando al ser que vio en la Casa del Diablo.

—Que sangra si le dices las palabras correctas —dijo Bianca sonriendo.

—Así que ahora tenemos a un Cristo que le baja… eso no es impresionante —balbuceó Dimas ante la notable incomodidad por su comentario para con nuestras nuevas amigas.

El muy pendejo había olvidado que el lugar en el que estábamos era en efecto religioso.

—¿Cuáles son las palabras? —preguntó de nuevo Masiosare.

—"En nombre de Satán, sangra, Cristo viejo. Cristo viejo, sangra", y hay que repetirlo dos veces —respondió Cesia en un tono más serio.

—No creo, no mames. No puede ser —comenté un poco perturbado por el satánico cambio de modalidad.

—¿Tienen miedo? —preguntó, desafiante, Bianca.

—Claro que no —contestó Dimas con tono perturbado.

—Hay un pequeño detalle más, tenemos que poner al Cristo de cabeza —finalizó Iris con un aire de misterio.

Eran reveladoras las palabras liberales de nuestras acompañantes dada la obvia naturaleza clerical de su educación. Ni hablar, probablemente despertamos un fuego en su interior.

Mis camaradas y yo, haciendo gala de nuestra descomunal fuerza hormonal, pusimos al Cristo de cabeza en una postal herética un tanto perturbadora para acto seguido pronunciar las palabras paganas para que el hechizo funcionara.

—"En nombre de Satán, sangra, Cristo viejo. Cristo viejo, sangra, sangra, Cristo viejo, Cristo viejo, sangra".

No quería ver porque, aunque sabía muy bien que no debía pasar nada, algo de incertidumbre tenía cabida. De pronto se escuchó un estruendo en el interior del gimnasio que casi provoca la polución de la ropa interior de todos los allí presentes.

—¿Qué chingados fue eso? —gritó Masiosare al borde de la micción y generalizando el sentir colectivo.

—Sonó como una pedrada —contesté.

—A lo mejor Dios se enojó con nosotros —comentó Bianca.

—¡Oh castigo divino! —dijo sarcásticamente Dimas—. Además al Cristo no le bajó la *ruler* ni nada, para mí que es puro cuento.

No terminó de decir Dimas "cuento" cuando el sonido de otro fuerte golpe nos cimbró hasta los nervios más recónditos. Cesia se percató de algo.

—El sonido viene del techo de lámina.

Efectivamente, después de una segunda apreciación, sonaba algo como piedras estrellándose contra el techo de lámina, así que sin más ni más salimos para averiguar de qué se trataba tanto barullo.

Había seis pastranos esperándonos a las afueras del gimnasio, bien cobijados por la obscuridad de aquella ala olvidada de la escuela.

—¿Y esos pendejos quiénes son? —preguntó Dimas.

—Es mi hermano Acacio y sus amigos —respondió Iris.

—¿Y qué es lo que cuieren? —pregunté para acto seguido escuchar gritar a Acacio.

—¿Qué haces con ellos Iris? ¿No habías quedado de venir con Benito? —un amigo de él, que por cierto se encontraba parado a su diestra.

—Ya te dije que no me cae bien —respondió Iris.

—A mis papás les cae bien y va a nuestra iglesia. No te entiendo, ¿por qué preferiste venir con esos a venir con él?

—Sí, ¿por qué? —preguntó un Benito envalentonado.

—¡Cállate el hocico, Benito!, estoy hablando —sugirió respetuosamente Acacio a su camarada, el cual sumisamente bajó la mirada, un tanto avergonzado.

—¡Ya déjala, ella no quiere estar con el pendejo de Benito! —le grité de vuelta al tal Acacio, motivado por el hecho de saber que al confrontar a su hermano la impresionaría y ya a sabiendas de que el tal Benito era en efecto un pendejo.

—¿Y a ti quién te preguntó? Benito no es ningún pendejo, es sólo lento nada más. ¡Vete a la mierda, con Benito no te metas! —me contestó el subnormal de Acacio mientras lanzaba una roca que ineludiblemente me golpeó en un lado de la frente y me doblegó al piso.

—Ahora sí cabrones, ya les cargó la voladora. Y con todo respeto, ¡chinguen a su madre! —fue el nada prudente grito de guerra de Dimas al abalanzarse sobre la pandillita de Acacio.

Si algo tenía Dimas era que le encantaba el desmadre y una buena pelea injustificada, muy probablemente para sacar su furia interna. Mientras tanto, yo yacía todavía en el piso. Al levantarme alcancé a ver de reojo cómo le hacían calzón chino a Masiosare y a Dimas peleando como todo un Bruce Lee renacido y mejorado —o al menos eso pensaba él porque la verdad también lo estaban madreando gacho.

Tomé la misma piedra que me hirió la frente —de la cual, por cierto, ya escurría un hilito de sangre— y corrí hasta Acacio. Él no se dio cuenta ni lo vio venir, estaba ocupado con Dimas. Le troné la piedra en la nariz con una fuerza desconocida y una furia bestial, con un deseo de la más primitiva venganza y de hacerle verdadero daño.

—¡Me rompiste la nariz! ¡Benitoooo, en dónde estás! —fue el grito que esgrimió después de mi devastador y directo golpe con la piedra.

Los amigos de Acacio se paralizaron al ver lo que había pasado —incluso Benito. Lo único que se nos ocurrió fue correr junto con las sensuales doncellas como si el Cristo sangrante invertido nos viniera persiguiendo en su cruz voladora.

Regresamos a la explanada y nos mezclamos con la multitud. Yo buscaba una aclaración: ¿por qué nos odiaban esos tipos si ni siquiera nos conocían? Le demandé una explicación a Iris.

Más calmados y mezclados con la multitud, ella me explicó todo.

—A mi hermano lo quieren matar unos tipos porque embarazó a una chica, hija de alguien peligroso. Benito le prometió que junto con sus amigos malandros de la iglesia lo defendería del peligroso ese si yo accedía a salir con él. Siempre le gusté a Benito, pero él a mí nunca me interesó. Ya llevan rato molestándome con eso, me hizo prometer que no le diría a mis papás nada de lo que está sucediendo porque si no me iba ir mal. Ya no sé qué hacer, están locos todos.

Vaya chica complicada que me fui a agarrar. *Me extraña tanto de Benito, no se ve que él sea así*, fue lo que pensé. En menos de dos horas ya conocía a su hermano el psicópata, a su hermana la muertita musical y al pendejo de Benito, ¿con qué me iba a salir después, ¿que sus padres se conocieron con los Davidianos o los de la Puerta del Cielo.

—¿Qué hora es? —preguntó Bianca interrumpiendo mis pensamientos.

—Pasadas las nueve —respondió Masiosare al ver su reloj de Mickey al que realmente nunca le entendía a las manecillas. En esa ocasión su apuesta horaria le resultó atinada.

—¡Ya tenemos que irnos! —dijo Iris visiblemente consternada.

Nos tomaron de la mano y juntos salimos corriendo del colegio. Teníamos que esperar afuera a los padres de Iris que las iban a recoger —y para colmo de males ya íbamos tarde al concierto. Iris me alejó de los demás, quienes se quedaron sentados en una banca a las afueras del recinto escolar. Quería hablar conmigo, se le notaba a leguas.

—Me encantó cómo me defendiste.

—Ah chingá, ¿te defendí? —Recapacité—. ¡Ah sí! Tenía que hacerlo —respondí en tono engreído y acomodando el resbalón.

—Te lastimaron —me miró preocupada, *tan linda ella*.

—Qué tanto es tantito —dije petulante.

Me tocó la herida en la frente, cuya sangre ya estaba seca. Fuera de hacerme sentir bien, creo que la tonta me lastimó más.

—Te quisiera volver a ver, fue por eso que los invitamos a ustedes, queríamos venir con gente que no conociéramos, que pasara desapercibida. Ya estamos hartas de que siempre nos digan que hacer o con quién salir, no sabíamos que iba a resultar así, perdóname.

—Nos vamos a volver a ver, ya sé dónde encontrarte, por eso no te preocupes. Nosotros tampoco sabíamos qué pensar, fue bajo nuestro propio riesgo. Toma —le dije mientras le extendía mi mano con el dinero—, al final no lo necesitamos.

La muy avara lo tomó haciendo caso omiso al noble gesto que le hice para ver si me besaba o algo.

Me miró a los ojos, se sentía un tipo de electricidad en el ambiente y cual cliché de la película romántica más barata me tomó de la camisa y me besó de lengua y toda la cosa mientras en el trasfondo se escuchaban los fuegos artificiales que daban por finalizada la celebración en el colegio —es muy probable que lo de los fuegos artificiales estuviera en mi imaginación, pero me gusta pensar que realmente ocurrió así.

Sentí que el beso me fue arrebatado bruscamente y que ella era separada de mí, y en efecto, su padre presenció todo y la tomó por el brazo, la metió en el asiento del copiloto de la minivan familiar y cerró la puerta bruscamente. Ella miró a través del cristal sonriendo, sonriendo como si no le importara el castigo. Se despidió de mí haciendo señas probablemente obscenas mientras sus amigas se introducían en la parte trasera del vehículo. Escuché a su papá gritar, encolerizado:

—¡Jamás volverás a ver a ese muchacho! ¿No has pensado en Benito y sus sentimientos?

Me encantó escucharlo decir eso, me hizo sentir malvado y rebelde, aunque yo bien sabía que era un enclenque oportunista. La minivan aceleró y ella se alejó de mí para siempre.

Mentiría si dijera que no volví al colegio a buscarla. Nunca me dejaron verla, a lo mejor después tuvo hijos con Benito o algo así. Mis camaradas se acercaron y se rieron de mi cara que todavía mantenía su semblante de pendejez.

—¿Qué tal? —me preguntó Dimas.

—Lo mejor, sabía a fresa.

—¿Te vas a pajear llegando a tu casa verdad, atascado?

—Antes de llegar al carro.

No terminé de decir "carro" cuando escuché el grito que casi nadie quiere escuchar:

—¡Ahí están!

Eran Acacio y compañía que venían decididos a ultrajarnos.

Ya no había a quién impresionar, así que corrimos como gallinas decapitadas hacia el coche de Usnavy. Pinche Usnavy se carburó de más, salía humo verde por las rendijas. Nos metimos por las ventanas al Volkswagen, sacándolo de su letargo y obnubiles y huimos como alma que lleva el diablo, cobijados por una turbulenta lluvia de pedradas.

—¿Qué les pasó? —preguntó Usnavy al vernos todos golpeados y que nos perseguían.

—Es una larga historia, carnal —respondió Masiosare.

Ya habíamos logrado una clara ventaja y una distancia segura.

—Y a ti, ¿qué te pasó? —pregunté a Usnavy.

—¿Por qué?

—Porque el carro huele a congal barato y demás sustancias.

—Creo que me carburé de más, ¿se me ven los ojos rojos?

—No tanto.

—Bien, ¡vamos al concierto!

—¿De cuál fumaste?

—De la paranormal, ¿por qué?

—Porque vamos en sentido contrario en la avenida más transitada de la ciudad.

—Va a ser un graaan concierto —finalizó suavemente Usnavy, sonriendo relajadamente y un tanto perdido de los sentidos.

Un gran concierto

Retomamos el buen camino por la avenida principal con rumbo al concierto. Por fortuna, no nos vio ninguna autoridad correspondiente.

Salimos del auto y caminamos al auditorio del gran concierto masivo. Esperábamos que todavía hubiera boletos. Corrimos a la taquilla al escuchar que los primeros acordes de la música onírica de Los Hijos de la Perra de tu Jefa comenzaban a sonar en la lejanía. Cuando llegamos a la taquilla no había fila —al fin, algo de suerte. Fuimos con la encargada y preguntamos el precio de los boletos.

—Sólo quedan los de doscientos cincuenta —dijo ella.

Un silencio aterrador e incómodo se manifestó. No todos traíamos esa cantidad.

Hicimos cuentas: Usnavy tenía trescientos cincuenta, yo tenía cien, Dimas también tenía cien y Masiosare, trescientos. Estábamos cortos de efectivo y no alcanzaba para que entráramos todos. Ya nos estábamos lamentando cuando Dimas recordó algo que yo honestamente esperaba que se le hubiera olvidado.

—¿Y los ciento cincuenta que nos dieron las morras ayer? Hace rato dijiste que los traías.

—Eh, este... —me aclaré la garganta—, ya no los tengo —respondí casi perdiendo la voz.

—¡Cómo que ya no los tienes! ¿Qué les hiciste? —gritó Dimas encolerizado.

—Se los devolví a Iris.

—¿Por qué?, ¿porque te besó? ¡Después de que nos golpeó su hermano y sus amigos raros, y Benito! Todavía tres abierta la jeta, ¡ningún beso vale ciento cincuenta pesos! De veras que estas bien pendejo, además... ese dinero era de los dos, por favor dime que no le diste el dinero por el beso.

—De hecho se lo di antes y creo que por eso me besó.

Dimas, que nunca se guardaba nada, gritó:

—¡Noooooooo! ¡No puede ser que estés tan puñetas! —casi eclipsando la música del concierto.

Sus gritos no me importaron, para mí había valido la pena, sólo me acomodé para verlo fijamente y sin decir nada para hacerlo perder los estorbos. Hasta ese momento me percaté de que la había embarrado toda de nueva cuenta, todo por andar de cachondo.

Nos sentimos frustrados. La tensión impregnó nuestro círculo: por culpa mía no íbamos a entrar. Usnavy y Masiosare no lo harían sin nosotros, de hecho estábamos a punto de darnos por vencidos cuando a Usnavy se le ocurrió una de las más grandes ideas que alguna vez escuché.

—Hay una opción —dijo Usnavy.

—¿Cuál? —le preguntamos todos casi al unísono.

—Lo aplicamos en un concierto del Tri hace algunos años y funcionó. Es muy simple. Juntamos una parte del dinero que tenemos y se la damos al que rompe los boletos para sobornarlo y que nos deje pasar sin boleto, ¿qué les parece?

¿Que qué me parecía? ¡Era una de las mejores ideas que había escuchado en toda mi vida!, o al menos así me pareció en ese momento.

—A darle —sentenció Masiosare en tono optimista poniendo su mano al centro.

Nadie le siguió la corriente, como ya era costumbre.

Como el concierto estaba empezado, casi no había gente cuidando la entrada. Usnavy fue a hablar con uno de los encargados de romper los boletos para poder entrar. Lo observamos desde la lejanía, expectantes de lo que podría suceder. Usnavy hacía ademanes al aire, ademanes que no correspondían a dicha situación, sin embargo, los hacía, manoteaba exaltado. Finalmente Usnavy regresó con un rostro desangelado y triste.

—¿Y bien, qué te dijo? —le preguntó Dimas.

—Me dijo… —cambió su rostro por uno feliz —que sí.

El muy culero nos quería engañar pero no le salió. Yo ya sabía qué tramaba.

—Agarremos algunos papeles para disimular y él los va a romper como si fueran los boletos y en uno de los papeles le metemos el dinero.

Eran otros tiempos.

—¿Cuánto quiere? —pregunté.

—Doscientos cincuenta.

—Nada más, ¿está pendejo o qué? —preguntó Dimas.

—No, le dije que sólo traíamos doscientos cincuenta.

Nos acercamos al rompeboletos de índole trinquetera y le dimos los papeles que nos encontramos en el piso aunados al capital. Asintió en complicidad y nos dejó pasar.

No lo podía creer, estábamos adentro y era como un sueño surrealista, los malos momentos habían pasado y, como casi nunca ocurría, todos mis esfuerzos habían valido la pena. Los cuatro corrimos hacia el talud enzacatado rezagando un poco a Masiosare dada su rolliza humanidad.

Al llegar al talud, la música sonaba y había un ambiente de anarquía. Allá a lo lejos, en lo planito, arriba del escenario, tocaban los músicos… inalcanzables.

Los melómanos y la selecta concurrencia encendían fogatas enormes y aspiraban el humo negro que subía como vapor venenoso para perderse en la inmensidad astral del cielo nocturnal. Se desprendían de sus sentidos para involucionar a lo más primordial del razonamiento. El dulce olor de la mariguana saturaba el lugar, todos reían, aunque no fumaran, en un ambiente mágico, justo como me lo había imaginado y que con creces superó mis expectativas. La mayoría de cabello largo, libres, era aquella una alabanza al egoísmo y a su vez a la hedónica colectividad masiva. Todos éramos uno y al mismo tiempo uno se podía perder en la música. Me deleitaba al escuchar grandes fragmentos de la banda sonora de mi vida en vivo y a todo color. Usnavy sacó los cigarros y nos dio uno a cada uno. Fumamos para disfrutar más el momento.

Algo tienen los vapores mortales de un buen cigarrillo que en el momento indicado te serenan, te ponen reflexivo; aprendes a disfrutar los bellos e imborrables momentos que a veces suelen ofrecer las nimiedades triviales de la vida.

Algunos greñudos volaban, y no por mariguanos, ¡no, qué va!, sino porque salían desprendidos por una cobija que sujetaban el resto de los invitados a la fiesta musical, subías y te lanzaban por los aires.

Había una confianza inherente, de esa que proporciona la alteración de los sentidos. Alborotados uno a uno volamos por los aires catapultados por la fuerza colectiva inducida por los greñudos en la cobija. Era indescriptible el volar varios metros y ver todo desde arriba, *la ventaja que da estar en las alturas*, pensé, *porque es verdad que desde las alturas se pueden ver las cosas con más claridad, como son realmente.* Al único de nosotros que no pudieron lanzar a voluntad por los aires fue al pobre de Masiosare, por su corpulencia les era difícil a los demás elevarlo. Al final, ya muy cansados, los greñudos, nada tercos, desistieron de su empresa.

Usnavy nos compró algunas cervezas con parte de lo que había sobrado de dinero. El alcohol fluyó como si fuera un río de placer etílico y de fantasía multicolor. Así que, después de la carburación en el sedán y la carburación en el concierto, estábamos a punto de perder ciertas habilidades motrices y de pensamiento y no había problema. La idea era disfrutar y ser feliz. *Carpe diem*, toma el día, disfruta el momento y a la mierda todo lo demás.

Corrimos en el talud de arriba a abajo y de regreso y al ritmo de las melodías junto con toda la gente. La mayoría era de puro y auténtico desmadre —algunas de mis canciones de verano. Brincamos y entonamos las melodías a todo pulmón, hermanados entre nosotros y el resto de la humanidad que ahí se encontraba. En una de las fogatas algunos neo-hippies estaban quemando sus camisas en señal de protesta. Decidimos hacerlo también. Nos quitamos las camisas y tomamos del fuego para encender nuestras prendas para después ondearlas en llamas por el aire.

Había llegado el momento más álgido de la vorágine musical: la hora de los éxitos legendarios.

Primero fue una canción movida que incitaba a brincar sin mesura. Así lo hicimos, abrazados en círculo cantando y disfrutando aunque los senos rebotantes de Masiosare nos golpearan a cada brinco. El ambiente y la fiesta eran lo predominante. Después siguió una balada épica, de esas en las que uno quiere desgarrarse las cuerdas vocales cantado y escuchar cómo la propia voz se amalgama a la de miles de gargantas que corean uno a uno los himnos de sus ídolos musicales. Mucha gente no comprende eso, creen que es perder el tiempo cuando realmente no saben de lo que se pierden. Mis padres dirían "esa no es la vida"; la vida es todo lo que uno puede ver, sentir y disfrutar, ¡pero claro que eso era también la vida! Conforme creces se atrofian los mecanismos internos para apreciar lo que en realidad importa, ¿o será al revés?

De momento, Dimas se nos perdió, no lo veíamos por ningún lado. Después de un rato regresó ¡sangrando de la nariz! La sangre le escurría por el pecho hasta el estómago.

—¿Qué te pasó, pendejo? —le pregunté amablemente y un tanto preocupado.

—Nada, nada —se rio de una manera un tanto extraña—, es que un cabrón me golpeó porque intenté besar a su novia —confesó ante nuestra mirada de extrañez.

—Te ves raro —le dijo Masiosare.

—Es que… también un hippie me ofreció un toque y pues, me dije a mí mismo, "ya estás aquí, ¿por qué no?". Además ando bien jarioso —afirmó de manera honesta y estrepitosa por culpa de tanta carburación sustanciativa—, necesito sexo, mínimo besar alguien.

—Tranquilo, viejo, no nos vayan a sacar por tu culpa. Además puedes besar esta cuando quieras —dije pizpiretamente al agarrar mi entrepierna.

—¿Por mi culpa? Si por tu culpa ya casi no entrábamos. Además, para ti es fácil decirlo, tú ya tuviste algo de acción, ahora es mí turno. ¡Yo quiero acción! —finalizó gritando para acto seguido desplomarse en el piso partiéndose de la risa.

A todos nos pegó el intoxicante ambiente que se respiraba tan verde y feliz, reímos y reímos. Las autoridades correspondientes no pudieron contener la algarabía de los asistentes del evento y todo se estaba saliendo de control. Vi a Dimas sangrado y riendo, tirado en el piso, *es buena bestia*, pensé.

La canción bandera del grupo comenzó a sonar, cimbrando cada centímetro cuadrado del lugar. Pusimos a Dimas de pie para que disfrutara de la aparente última melodía. Fue en ese momento cuando puso cara de pánico. Al notar su careta de temor le preguntamos qué le pasaba. A lo que él dijo:

—Ahí viene.

—¿Ahí viene quién? —preguntó Usnavy.

—El pendejo que me golpeó. ¡Y no viene solo!

Miramos aterrorizados. No sabría decir si venía con el cuerpo de seguridad o con un montón de gorilas amaestrados. No había tiempo de hacer preguntas, menos cuando escuchamos un grito que enmudeció la música por un instante.

—¡Ese es! ¡Y los que están con él también!

Nos embarraron sin deberla ni temerla. Lo único que se nos ocurrió fue correr tambaleantes pero seguros.

Salimos del recinto subiendo por el talud y escalando una reja. Caímos del otro lado al suelo lodoso y por supuesto que nos lastimamos más de lo que ya estábamos, pero no había de otra. Y yo no podía creer que era la segunda vez que me perseguían en la misma noche y todo por la falta de criterio del pendejo de Dimas. Para nuestra suerte, los individuos no pudieron brincar la reja, por lo que les gritamos varios improperios verbales.

—Nos la pelan.

O el siempre atinado:

—Se la comen.

Caminamos descamisados, golpeados, rasguñados y sangrados hacia el auto, todavía algo torpes, como un Bambi recién nacido.

Se me bajó todo el pedo que traía con ver a los tipos aquellos detrás nuestro. También estaba el sentimiento de que la euforia de la canción bandera nos había sido arrebatada abruptamente. Ya sin ganas, subimos al auto.

—¿Y ahora qué hacemos? —preguntó Usnavy.

—Yo quiero una puta, ¡quiero sexo! —gritó Dimas.

—Tranquilo, viejo —le dijo ahora Masiosare a Dimas.

—¿Cuál pinche tranquilo? Ando bien cachondo y quiero sexo. Usnavy, llévame con una puta por favor.

—¡A chingá! Y tú crees que la puta te va a desquintear de a gratis, no señor, así no son las cosas. Ni las putas.

—Bueno, ¿cuánto nos sobró?

—A ti nada, a mí como cien pesos.

—No seas mamón, mañana te los pago.

—Bien, nada más que no te esperes a una Miss Universo, ni siquiera a una Belleza de Cantina —dijo Usnavy mientras volteaba al asiento de atrás donde estábamos Masiosare y yo. Sonrió maquiavélicamente, como si tramara algo ilícito y desagradable.

—No me importa, vamos.

—Que conste... yo te lo advertí.

Nos alejamos del lugar del concierto. A lo lejos todavía se escuchaban los cánticos europeos, la raza quería más música:

—¡Culeeero! ¡Culeeero!

Putas en la oscuridad

Recorrimos un buen tramo hasta llegar a las afueras de la ciudad, pero del lado opuesto a nuestro barrio. Usnavy nos llevó a un área indeseable y promiscua que parecía el viejo oeste combinado con alguna fantasía distópica hecha nudo con Apocalipsis zombi y contaminación nuclear. Vagabundos gritándole al aire y a las palomillas que les estorbaban en su andar. Entidades meretrices de la vida galante, también vagones de tren oxidados y el ruido de las industrias metalúrgicas aledañas a aquel barrio bien llamado Barrio Trece —de la mala suerte— o conocido vulgarmente como La Mojonera, quién sabe por qué.

Usnavy se estacionó al lado de un tejabán de madera que tenía la puerta abierta. Al interior se miraba una cama manchada en tonalidades rojizas y amarillentas con algo de café y mostaza —colores, no alimentos— junto con un par de seres que, al notar el auto, salieron.

Una matrona inmensamente gorda de cabello oscuro rizado y vestido negro como de terciopelo genérico y a su lado alguien que bien pudo ser un gran fisicoculturista, ya que ostentaba una poderosa espalada, claro, con su vestido de minifalda y su peluca bien puesta. No era mi intención ponerme a investigar, además, para mí que se trataba de las Poquianchis vengadoras. Ni loco me bajaba del auto.

—Hola —dijo Usnavy mientras bajaba la ventanilla—, disculpe señorita, aquí mi amigo —dijo en tono sarcástico y señalando a Dimas— quiere saber cuánto le cobra por un rato de placer.

Yo pensé que Dimas se iba a hundir profundamente en el asiento del copiloto, cuál fuera mi sorpresa cuando, de tan elevado que andaba, le daba igual.

—Por lo general cobro trescientos por hora corazón, pero él está muy shulo —otros tiempos— y de esos casi no vienen para acá. Te lo dejo en doscientos —dijo visiblemente emocionada la gorda rizada.

—No traemos esa cantidad, señorita, ¿qué servicio nos proporcionaría por, digamos, cien pesos?

—¡Ay, mi vida!, con eso te alcanza nada más un beso.

—Y una picada —interrumpió jadeante Dimas.

—¡Ah qué goloso! Está bien, y una picada.

De pronto el fisicoculturista enfaldado se asomó al asiento de atrás y con su voz grave de Darth Vader nos preguntó a mí y a Masiosare.

—¿Está todo bien?, ¿ustedes no van a querer nada? —dijo el fisicoculturista con algo de femineidad al hablar y dejando ver lo que no era una manzana sino una sandía de Adán.

—Todo bien, gracias —le respondí asustado y tragando saliva.

—Bien, ahí está, Dimas, ¡bésala! —dijo Usnavy en un tono muy sarcástico.

Dimas paró las trompillas esperando un beso en la boca, cuando la gorda meretriz lo interrumpió y le dijo:

—Mejor bésale acá, corazón.

La sebosa casquivana se sacó un seno, un seno deforme cuneiforme, estriado y lleno de cicatrices y creo que hasta con pelos chinos. De manera inverosímil lo alargó casi hasta el asiento del copiloto, todo para que Dimas lo succionara cual niño de brazos, y el así lo hizo. Tomó el "seno" con sus manos y mamó emitiendo un gruñido como de puerco en corral, después la gorda levantó la cara de Dimas por el mentón y lo besó profusa y desagradablemente, destruyendo así cualquier rastro de bondad e inocencia que quedara en él. Después del beso, Dimas insistió en la picada así que la gorda se levantó el vestido sin dejar ver nada y solamente le dijo – mete la mano —ahí fue cuando Usnavy los interrumpió.

—¡Un momento! Para mí, señorita, con todo respeto, pero para mí que usted es damiselo.

—Si quieres vamos al cuarto y te compruebo lo contrario.
O mejor mete la mano tú.

—Vamos a ver.

Usnavy metió la mano y la sacó instantáneamente. Se puso
pálido, como si acabara de ver algún espectro de ultratumba,
le aventó el billete de cien a la gorda y arrancó el auto patinando llanta. A lo lejos se escuchaban a las entidades de aquel
barrio reír a carcajadas escalofriantes. Habían hechizado a
una nueva víctima.

De camino a casa, Dimas poco a poco fue recobrando el
semblante, desembriagándose cada vez más. Nos detuvimos
a cenar en un puesto de tacos de un amigo de Usnavy que se
encontraba en nuestro barrio, los pedimos fiados como favor.
Necesitábamos el picor de su salsa casera para bajarnos el
cuete, lo bueno era que teníamos cuenta. Mientras esperábamos
nuestra orden, Dimas se jactaba de que él ya había mamado
un seno y que nosotros no. Todos sonreíamos en complicidad:
¿quién se lo diría? Finalmente, Usnavy tomó la batuta.

—Así que ya te sientes niño grande porque mamaste una
chichi.

—Claro, me vale madre si fue comprado, valió la pena.

—¿Seguro? —le pregunté.

—Por supuesto.

—Porque si tú le besaste la boca y le mamaste una chichi...
Usnavy le agarró los huevos.

—Está bien, no soy envidioso —dijo Dimas sin comprender
por completo lo que había ocurrido.

—No, todavía no me entiendes. ¿Qué parte de la ecuación
boca, tetas y huevos no entiendes?

—No, ¡están jugando!

—Nop, no estamos jugando. Ningún beso vale ciento cincuenta pesos y en tu caso fueron cien.

Dimas se puso rojo cual hierro incandescente, y ya se iba a
abalanzar sobre mi cuando lo interrumpí.

—El que te llevó allá fue Usnavy, no yo.

—¡Eres un gran hijo de puta! —gritó Dimas abalanzándose
sobre Usnavy, tirándolo de la silla y tratando de golpearlo.

Usnavy se carcajeaba, no le importaban los golpecillos de
Dimas. Después del incidente, la cena transcurrió en relativo
silencio. Dimas se deshizo en amenazas para el que se atreviera a contar su desventura. A lo que nosotros le dijimos que
todo el mundo se iba a enterar que a él le gustaban los besos
de hombre, haciéndolo enojar aún más.

Dejamos primero a Dimas en su casa y yo fui el siguiente.
Al bajarme del auto Usnavy me detuvo y me dijo:

—Si alguien se entera de esto sí te va a cargar la chingada, porque a mí también me embarrarías en la historia. Nadie, y escúchame bien lo que te digo, *nadie* lo debe de saber. ¿Entendiste?

—Más claro ni el agua —respondí genuinamente asustado, nunca lo había visto tan serio en mi vida.

—Bien, nos vemos luego.

Entré a mi casa para acto seguido escuchar el ruido del Volkswagen de Usnavy alejarse. Vi el reloj de la cocina y marcaba las cuatro de la mañana. Me metí a bañar y después me lavé los dientes como tres veces, perfumé toda mi ropa y la eché al canasto de las prendas indeseables. Faltaban unas horas para que llegaran mis padres y no quería dejar ninguna evidencia, no debían enterarse de que había ido a un gran, pero gran concierto.

EL LABERINTO
DE LA SUCIEDAD

Siempre odié acompañar a mis padres a visitar a los familiares del rancho. Si se quedaron en tierra de nadie, esa fue *su* decisión, por eso yo me preguntaba, ¿para qué visitarlos? Ellos jamás se dignaban a corresponder la cortesía, y, si lo hacían, era en el peor momento posible. Nunca valía la pena, siempre criticaban todo lo que uno hacía, como si quisieran hacerte sentir que eras un citadino torpe y maleable cuando en realidad los de poca sapiencia eran ellos. Para colmo de males y como era de esperarse, allá en su ejido nunca tenían las comodidades que cualquier metrópolis provee, fuera agua corriente o hasta luz eléctrica. Tenías que hacer tus necesidades en cuclillas y a la intemperie. Cuando preguntabas por la tele no hacían más que recordar cómo en sus tiempos de la época de las cavernas precámbricas nadie poseía una tele y que tenían que caminar miles de kilómetros sólo para poder ver una distorsionada imagen a través de la ventana de algún ricachón indiferente, y que debería estar agradecido por tener todas las comodidades y no andar de remilgoso. Nos obligaban a dormir en catres incómodos junto con nuestros primos. No está por demás decir que sus costumbres y rituales nocturnos distaban mucho de los míos. Rezaban en lugar de "autodescubrirse" hasta la inconsciencia y te obligaban a dar las gracias también, ¿gracias de qué? De estar enclaustrado con un montón de piojosos aburridos y marginales. Tanto me fastidiaban con sus costumbres agrarias que prefería haber sido prisionero en un campo de concentración de alguna de esas guerras sin sentido —es decir, cualquiera. Era molesto que uno llegaba como invitado, cansado y con ganas de relajarse, y que el tío prepotente ranchero bigotón te dijera sonriente, como si lo disfrutara:

— No, mijo, usté' aquí viene a trabajar.

Chingas a tu madre si piensas que voy a trabajar. Desgraciadamente ahí era cuando mi padre hacia su aparición triunfal al instarme a sufrir las penurias que sufre un peón o de lo contrario me daría un amable correctivo sorpresa.

Eran días de pesadilla allá en el rancho, más porque, como no había nada que hacer, todos los oriundos sólo se ponían a leer la biblia y hablar de lo genial que es Dios, no tenía problema con eso, el problema era cuando nos invitaban a su congregación. Eran sermones de cinco horas que hacían ver a la infernal rutina escolar como una visita a un parque de diversiones embrujado, no como su contraparte de iglesia bautista sureña en donde todo es música y diversión.

En la tan anhelada despedida se tardaban horas abrazándose y haciendo planes a futuro y algo tan simple como decir adiós se convertía en una pesadilla que podía prolongarse por horas.

Lo mejor era la hipocresía adulta, ya que mis padres se la pasaban criticando todos los hábitos de mis tíos en el camino de regreso.

—¡Qué gorda está tu tía Burgundofora!

—¿Viste lo calvo que está tu tío Sindulfo?

Se la pasaban hablando de lo horrible que era su casa o de lo feos que eran sus hijos. Ahí era donde me preguntaba: si no les caen bien, entonces ¿para qué demonios los visitan? Me prometí no volver jamás allá, la sola idea me causaba espasmos vomitivos.

Una ola de robos azotó el barrio y la inseguridad casi se podía palpar. Nadie sabía la razón, de repente asaltaban tiendas o cualquier negocio e incluso domicilios. Mi padre recibió la invitación de parte de mi tío Sindulfo para asistir a una reunión familiar en el ejido donde él habitaba; los Tolentino de todo el país asistirían. Mis padres se encontraban indecisos, los hurtos estaban a la orden del día.

Las oportunidades siempre llegan a uno de las formas más misteriosas y ésta era una de ellas, tenía que aprovecharla a como diera lugar. Después de mucho diálogo, los convencí de asistir a la reunión, era algo único, si no asistían, se arrepentirían por un largo tiempo. ¿Cómo arriesgarse a dejar la casa sola? Muy simple, yo sería el celoso guardián de nuestra morada.

Se veían contrariados, y ni cómo culparlos, ¿cómo podrían dejarme por mi cuenta tanto tiempo? Más con mi récord perfecto de estupideces. Aun así y después de pensarlo mucho, llegaron a la conclusión de que ya tenía edad para quedarme solo un fin de semana —otros tiempos.

No cabía la emoción en mi pecho, la casa sería mía durante dos días, dos días sin supervisión adulta para poder hacer absolutamente lo que yo quisiera.

Llegó la mañana del sábado y mis padres se dispusieron a emprender la huida a aquella ranchería olvidada por el progreso. Se deshicieron en recomendaciones y amenazas para mi persona.

—¡No vayas a andar haciendo pendejadas y ni se te ocurra dejar la casa sola —dijo mi padre, como siempre demostrándome su absoluta confianza.

Al verlos arrancar en el auto y alejarse ondeé mi mano en señal de despedida, saboreándome el momento de la soledad total. Finalmente el coche desapareció de mi vista y la casa fue totalmente mía por fin. Podía hacer lo que yo quisiera.

Cuando entré de vuelta a mi domicilio, se veía diferente, como si fuera un lugar completamente desconocido. Recorrí las habitaciones casi brincando de alegría, presa de la emoción ante la infinidad de posibilidades que me habría de encontrar.

Surgió la pregunta del millón: ¿y ahora qué? En efecto, el abrasivo sentimiento de ansiedad subyugó por completo mi ser al estar frente a un mundo de posibilidades y no saber cuál escoger.

Salí de casa para aclarar mis pensamientos y dirigirme a casa de mi camarada Dimas, con su retorcida mente, tendría alguna opción más mórbida de entretenimiento. Cavilamos durante horas acerca de la mejor opción para utilizar la casa sola. Fue tanto lo que nos tardamos que en el transcurso de las horas se fue completando el resto de la palomilla.

—¿Y si hacemos una fiesta? —sugirió Aquiles.

—¡Estas pendejo! Mis papás llegan mañana por la tarde, no me daría tiempo de limpiar. No, tiene que ser algo fácil e indetectable —contesté apaciblemente.

—Es que juntarnos a embriagarnos también parece demasiado simple, tiene que ser algo que nunca hagamos —replicó Isauro.

Dimas se encontraba con un semblante serio, un semblante que se fue transmutando de taciturno hasta asemejar un maquiavélica sonrisa.

—Y... ¿qué tal si contratamos unas putas? —propuso.

—¿No tuviste suficiente? —respondí en tono de burla.

—¡Cállate! —esgrimió Dimas sudando frío y lanzándome una mirada de los mil demonios.

Sólo Masiosare parecía querer reír, los demás se quedaron extrañados al desconocer el incidente de las putas andróginas mutantes. Aun así, tenía un punto. ¿Unas putas? Se le dio vueltas al asunto y, a pesar de que era algo arriesgado y de que Dimas no tuvo suficiente con sus "amigas" de La Mojonera, no podíamos verle el lado negativo. Total, se trataba de una sana diversión a final de cuentas, y que en apariencia no crearía ningún tipo de desorden que en un par de horas no se pudiera limpiar. Sí, contratar putas se vislumbraba como la opción más acertada.

Compramos un periódico, de esos de índole amarillista y de chicas encueradas en la página 2 o en los anuncios de la contraportada. Buscamos en las últimas páginas en donde estaban los anuncios clasificados y en efecto, una docena de estos ornamentaban el papel noticioso haciendo gala de un falso erotismo y paupérrima mercadotecnia. Era por demás evidente que las chicas de las fotos no podían ser las *escorts* internacionales que estábamos esperando. Nadie se atrevía a marcar, eran todos unos miedosos, alegaban no saber qué decir al momento de hacer la llamada. Era tanta mi cachondez que finalmente fui yo quien decidió por cuenta propia perpetrar el llamado del amor.

El tono de espera sonó tres veces, después de unos segundos una voz masculina contestó del otro lado de la línea.

—Bueno.

—Sí, este, queremos unas putas por favor —dije pedestremente.

Se escuchó una risotada del otro lado de la línea y, después de reincorporarse, la voz preguntó:

—¿A qué dirección?

Le di el santo y seña de la manera más exacta posible para que no fueran a perder el rumbo en su erótico trayecto a mi domicilio. Iban a tardar alrededor de una hora y nos iban a mandar tres para que escogiéramos a la de nuestra preferencia.

La expectación se acrecentaba minuto a minuto, ¿cómo serían las casquivanas y de qué placeres nos harían acreedores? Después de hora y media se escuchó el claxon de un auto a las afueras de mi lujosa residencia. Abrí la puerta y vi un taxi estacionado en la entrada, a bordo de este se miraban las chicas. Aparte del chofer y de las putas venía otro individuo en el taxi. Era el bien denominado padrote pastrano, su proxeneta, celoso vigilante y mentor. Tal vez no quería que se le escaparan de sus garras.

—Son unos mocosos —exclamó el *pimp*.

—Y eso qué tiene que ver, también tenemos necesidades —dijo Dimas.

El proxeneta rio levemente —eran otros tiempos—, y al *pimp* le valió madre por completo.

—Bien, ¿a cuál van a querer?

Como es sabido, en la vida uno nunca obtiene lo que espera, de nada sirve hacerse falsas ilusiones en la antesala de lo incierto. De que eran mujeres, hasta tenía mis dudas.

—Ella es Rubí, la de en medio es Sherry y la última Zafiro —dijo el *pimp* señalando a cada una de las chicas de izquierda a derecha.

Nos miramos entre nosotros como diciendo: "¡están de la chingada las tres!". Ni modo, había que utilizar el criterio de la flor más bella del ejido y escoger a la menos fea y que por comparación la más agraciada, o en otras palabras, la no tan pinche.

Con un leve escrutinio llegamos a la conclusión de que Sherry era la menos desfigurada, ya que Zafiro tenía enyesado un brazo y en el yeso había pequeñas motas tanto amarillentas como sanguinolentas, cosa que nos dio demasiado asco. Y Rubí, qué decir de Rubitch... parecía que se había tragado todo el buffet de algún incauto restaurante, aunado a que asemejaba traer una cangurera debajo de la blusa.

—Queremos a Sherry —le dije al *pimp* en una mezcla contradictoria de emoción y desgano.

—Bien, se paga la mitad al principio y la otra al final —respondió el *pimp* extendiendo la mano para que le diéramos el dinero—. Son quinientos ahora y quinientos después.

Un aire de preocupación envolvió a todos ¡Cobraban mil pesos! *Mil pesos, mierda*, entre todos muy apenas habíamos juntado los quinientos, pero la hormona era la hormona así que teníamos que llegar a la meta. *Ya veremos qué hacer al final*, pensamos ilusamente.

—Está bien —contesté—, aquí está la mitad.

—¡Sherry! Vas a acompañar a los caballeros.

Sherry bajó del taxi, se veía joven e ingenua —o al menos eso pensamos— y después de una segunda apreciación no se miraba tan pinche. Delgada y destetada, de cabello obscuro, minifalda negra, su pequeño top rojo con chaquiras alentejueladas y sus grandes tacones rosas que la hacían parecer mucho más alta de lo que en realidad era.

—La cuidan bien. Y no vayan a andar haciendo pendejadas, yo voy a esperar aquí afuera. Tienen una hora —sentenció el padrote.

Pasé a Sherry a mi humilde morada y acto seguido a mis camaradas que entraron todos en bola, presurosos por apreciar el show.

No había espacio en el interior de la casa como para perpetrar el espectáculo erótico. Salimos al patio. Saqué la grabadora y Sherry puso un casete de música electrónica. Nos sentamos rodeándola como perros.

—¡Quítate ya la ropa! —dijimos.

—Antes de empezar les voy a decir en qué consiste: me pueden tocar pero nada más, no me gusta que me picoteen, les voy a bailar y al final una relación, pero sólo con uno, ¿está bien?

¿Cómo que con uno? ¡Estaba pero si bien pendeja!, ¡cómo nos iba a dejar así al resto de los desafortunados! Al final, nos resignamos, no nos podíamos alterar demasiado, el taxista y el proxeneta estaban afuera y es poco decir que la menor de mis intenciones era tener a un par de pelafustanes destruyendo mi casa por culpa de una puta y un montón de pubertos calientes.

Sherry se miraba algo tímida al comienzo, pero al cabo de un par de melodías se empezó a soltar y a quitarse una a una las prendas que traía puestas. A todos se nos salieron los ojos, más cuando se quitó la tanga lanzándola por los aires. Entre aplausos y la gestada algarabía, Sherry se soltó a bailar como si fuera la más experimentada cortesana babilónica de los tiempos antiguos o de Sodoma y Gonorrea. Se acercaba y nos ponía la cara en sus pequeños senos, nos jalaba del cabello y hasta nos pellizcaba. Nos frotaba de todo sugerentemente en las narices, hasta cachetadas hubo y nosotros felices de la vida con el espectáculo. La tocamos, pero con sumo cuidado de no caer en el mal gusto so pena de asesinato por parte sus centinelas a las afueras de mi domicilio. Una fuerza abrumadoramente erótica se apoderó de todos, incluida Sherry, que nos empezó a acariciar nuestros aquellos por encima de la ropa y a apretarlos en un afán más de lastimar que de complacer.

Dimas estaba al borde un colapso precoz —al igual que todos—, gritaba y jadeaba exacerbadamente:

—¡Ven a mí, puta, yo soy el más guapo de todos! —casi arrancándose la playera.

Sherry volteó a mirarlo con molestia, sonrió diabólicamente, como si le quisiera dar una lección por cachondo y por grosero. Cabe destacar también que aquella frase que Dimas exclamó lo persiguió durante muchos años postreros para nuestra diversión.

Sherry se acercó a Dimas y lo empezó a acariciar por todo el cuerpo, parecía derretirse entre sus manos. Acto seguido, Sherry le rompió la playera por completo y lo puso de pie a bailar con ella, él se prestó al juego sin sospechar lo que habría de venir. Sherry, haciendo gala de una fuerza sobrenatural o una experiencia notable y sobresaliente, lo tomó fuertemente y comenzó a arañarlo.

—¿Te gusta duro, verdad? —preguntó Dimas.

—Ni te imaginas.

Fue con un rápido movimiento y una coordinación admirable que Sherry lo golpeó en los bajos. Dimas se tapó de dolor sus miserias con la mano; a Sherry no le importó nada y lo pateó para hacerlo caer en una imagen por demás patética. Dimas se metió a la casa, avergonzado, el pobre ya había sufrido demasiado. Finalmente, había llegado la hora que todos estábamos esperando, el sorteo para sacar al ganador de la relación: el triunfador sería el primero de todos en tener sexo en la vida. Era de suma importancia que la suerte se manifestara en mi favor, así podría alardear durante mucho tiempo.

Fue con una servilleta hecha pedazos y una gorra que hicimos el sorteo. En uno de los papelitos de la servilleta venía escrita la palabra "sexo", el que sacara aquel papelito se llevaría el premio de la noche. Por mi parte, alegué que lo justo era que a mí me tocara la relación por ser el anfitrión, pero no, nadie quiso ceder, ya que todos habíamos pagado por igual. Isauro, como siempre, sacó el comentario enfermo de la noche al preguntar si lo podíamos dejar ver al ganador hacerlo con Sherry. Lo miramos extrañados y un tanto asustados.

—¿Por qué querrías ver a cualquiera de nosotros hacerlo? —preguntó Cruz.

—¿Curiosidad? —contestó contrariado.

Sacamos los papelitos de la gorra y uno a uno los fuimos abriendo para darnos cuenta de quién sería el ganador. Cuál fuera mi decepción al darme cuenta que el mío estaba en blanco y, más aún, al escuchar gritar de emoción a Isauro. Cuando desenmarañó su papelito, vio la palabra <SECSO> escrita en resplandecientes letras negras plagadas de sugerente erotismo y faltas de ortografía. Sobra decir que Masiosare fue el encargado de escribir la palabra.

—¿En dónde podemos hacerlo? —preguntó Sherry.

Ninguno de los dos cuartos de la casa era una opción.

—En el sillón de la entrada, ya está todo manchado como quiera. Los demás nos quedamos en el patio —le dije.

Sherry tomó de la mano a Isauro y juntos se dispusieron a comenzar el tan ansiado acto. Mientras caminaba al interior de la casa, Isauro se volteó hacia nosotros para hacernos señas en alusión a que él iba a fornicar y nosotros no.

—¡Ojalá te de sida! —le gritamos.

Saqué del gabinete de la cocina una botella de brandy que mis padres tenían escondida y comenzamos a embriagarnos en el patio mientras esperamos a que terminara. Cuál fuera nuestra sorpresa al ver salir a Isauro a los dos minutos de haber entrado, en su semblante se notaba que algo no andaba bien.

—¿Qué, ya acabaste? Está bien que sí, pero no exageres, ¿dos minutos? —le dije en tono de burla.

No contestó nada y se acercó lentamente a nosotros.

—¡Está loca, está enferma! —dijo.

—¿Cómo que está enferma?, ¿tendrá gripa? —preguntó Masiosare inocentemente.

—Me dijo que me recostara en el sillón, que me iba a dar primero un masaje…

—¿Y después? —preguntamos todos al unísono.

Isauro hizo una pausa como si quisiera escoger muy bien sus palabras, como si no quisiera decirnos. Desgraciadamente para su causa, era demasiado bonachón así que su honestidad no tardó en manifestarse.

—Empezó a hacer cosas muy extrañas, muy, muy extrañas —dijo en tono serio, sigiloso y triste.

—¿En ella? —preguntó Cruz.

—No — sentenció solemnemente.

Todos nos hicimos para atrás al escucharlo. Nos tuvimos que aguantar para no estallar en carcajadas, el semblante triste de Isauro nos conmovió, parecía muy afectado y ni cómo culparlo, le había sido saboteada su primera y muy probablemente única vez.

—¿Cosas raras?, ¿te metió el dedo a la nariz? —preguntó inocente y estúpidamente Masiosare.

Lo miramos como diciéndole ¡pendejo!

¿Qué debíamos hacer? Era una situación por demás incómoda, aunada a lo poco convencional de lo ocurrido. Nadie se hubiera imaginado que así terminaría, la velada. Entramos a confrontar a Sherry, la meretriz que se encontraba en el sillón de la entrada, fumando. ¡Fumando! Ni yo fumé jamás adentro de mi casa, con tan sólo un pequeño despojo de ceniza que vieran mis padres seguramente me mataban.

—¿Qué pasa? Te fuiste. ¿Vienes a terminar? —le dijo Sherry a un por demás contrariado Isauro.

—Te tienes que ir —le dije a Sherry.

—Claro, páguenme el resto del dinero y me voy.

—No te vamos a pagar nada, pinche show de locos que diste —reclamó Dimas.

—Así es el show, así es como debe de ser. ¿No leyeron bien el anuncio o qué? El show tiene tintes sadomasoquistas.

—¿Sado menso qué? —preguntó Masiosare.

El velo que teníamos en los ojos se cayó por completo. Por jariosos y pendejos no habíamos visto el tipo de servicio que habíamos contratado.

—¡Pues si no me pagan, no me voy! —sentenció mientras le abría la puerta a los centinelas proxenetas del taxi.

—¿Qué está pasando? —preguntó uno de ellos al entrar.

—Nada, que los niños no quieren pagar —otros *times*.

—Ah, ¡conque no quieren pagar! Ya se sienten muy grandecitos para contratar nuestro servicio pero no para pagar, bien, si no pagan no nos vamos.

—¡Háganle como quieran! —exclamó Dimas tomando desatinadamente la batuta del álgido momento.

¿Cómo que háganle como quieran? ¡Estaban pendejos todos! Por supuesto que no se podían quedar, ¿qué tal si mis padres llegaban antes?, o peor aún, en ese momento. Esa no era una opción, además, para qué nos hacíamos, no era el hecho de que le hubieran *picado la nariz* a Isauro por lo que no queríamos pagar, bien sabíamos que no teníamos dinero. Como estábamos chavos, se nos hizo fácil.

—¿Y bien? ¿Van a pagar o no? —preguntó el proxeneta.

Nos quedamos helados y sin saber qué contestar, ya que no teníamos el dinero.

—Si no pagan nos vamos a cobrar a lo chino —dijo el taxista haciendo alusión a que iban a pepenar las posesiones terrenales de mí domicilio por la fuerza como unos viles y vulgares ladrones de poca monta.

Instamos a los trabajadores de lo erótico a que nos dieran unos minutos para pensar. Finalmente, llegamos a una decisión colegiada.

—¿Qué les parece un reloj de oro en lugar de los otros quinientos?

Se quedaron pasmados con nuestra propuesta. Hasta les cambió la cara, pasaron de simios epilépticos a angelicales querubines en cuestión de segundos.

—¿Y en dónde está? Tenemos que verlo.

—Isauro, ¿qué estás esperando?, tú nos metiste en este problema. Ve por tu reloj de oro —dije culpándolo injustamente, más por nervios que por maldad.

Semanas antes Isauro había estado alardeando acerca de un regalo que su abuelo le había mandado y que se trataba de nada más y nada menos que de un reloj de oro muy caro y fino. Yo no estaba en posición de negociar ninguna de mis pertenencias y, como Isauro era el más pendejo, esa era la mejor opción. Además, no sé cómo lo convencimos de que todo era culpa suya.

—¿Pero por qué mi reloj?

—Porque por tu culpa estamos en este problema —respondió Dimas con un evidente y fingido enfado.

Isauro se encogió en hombros y cabizbajo accedió a nuestra petición. Definitivamente no sabría si llamarlo noble o pendejo, por lo general siempre terminan siendo lo mismo. Aquiles y Masiosare lo acompañaron a su casa, aunque no era probable, quedaba la opción de que no regresara y nos dejara con la enmarañada situación a huestes. Al cabo de quince minutos regresó triste pero aliviado porque al parecer ya todo se iba a arreglar.

—Aquí está el reloj —dijo Isauro entregándoselo al proxeneta.

El *pimp* escrutó el reloj hasta el cansancio y no le encontró ningún pero. Le brillaban los ojos, el artefacto en cuestión valía mucho más de lo que nos estaban cobrando, pero mucho más, después nos enteramos que el precio oscilaba entre los tres mil pesos. Jamás se lo dijimos a Isauro, no era prudente enterarlo de la estafa en la cual fue la única y triste víctima.

Los trabajadores de la noche se fueron entre amenazas y balbuceos.

—Con que el reloj sea falso voy a volver por ustedes, sé dónde viven —amenazó el *pimp*.

Esa sentencia me heló la sangre, mentiría si dijera que cada taxi que miraba pasar por la calle no me volvía presa del pánico, pero no, por suerte el proxeneta asesino jamás volvió. El artefacto era legítimo.

Nos quedamos como novias de rancho: vestidos y albo-rotados. La experiencia no fue tan reveladora como lo esperábamos, aunque debo admitir que el transcurso de esta fue bueno hasta la situación de Isauro y la monetaria.

Dimas y Masiosare se quedaron a pasar la noche en mi casa, el resto se fue. Pobre de Isauro, mientras se alejaba repetía constantemente las palabras:

—¿Por qué a mí?

Mis camaradas partieron rumbo a sus hogares en la mañana mientras yo alistaba la casa para el arribo paternal. Y en efecto, al cabo de unas horas, llegaron. Hablaron de cómo odiaban a todos, que eran una bola de presumidos codiciosos o, por otra parte, unos mantenidos y huevones. Todo transcurrió normal por lo cual exhalé de alivio.

Desgraciadamente, ese no fue el final de mi putesca aventura.

Al pasar los días, una de las vecinas, doña Pantanosa o doña Coralillo o doña Pelos, cómo se prefiera, le chismeó a mis padres que vio un taxi estacionado afuera de la casa en la noche del sábado y que en su interior se encontraban varias señoritas de reputación dudosa. Pinche vieja chismosa. Para colmo de males, se llamaba Alicia, por su mote llevaría yo mi penitencia.

Cómo odio a las viejas chirinoleras sin oficio ni beneficio que se asoman por la ventana nada más para ver a quién chingan. Mis padres, iracundos, demandaron una explicación. Haciendo gala de una labia digna de un maestro de física teó-rica de la universidad de Harvard Oaxaca, les expliqué que el taxi se había perdido y que se detuvo para pedirnos una dirección. Se serenaron un poco, aunque no del todo. Parecía que querían creerme, y como nada para mi resultaba fácil, todo se fue al demonio al otro día cuando mi mamá encontró una tanga satinada colgando de la rama de un árbol en el patio. Ahí sí no supe qué inventar y tuve que pagar la deuda para con mis padres.

El regaño fue apocalíptico, del fin de los tiempos, en pocas palabras, no vería la luz del sol en más de un mes.

—¡De la escuela a la casa y de la casa a la escuela! —sentenció mi padre.

Fueron días difíciles, perdí por completo su confianza. Por fortuna tenían que dejarme sólo dados sus empleos a contra turno. Esos eran los momentos en los que podía disfrutar algo de libertad. ¿Si valió la pena? Tendría que decir que no, la puta nos quedó a deber, no hay nada peor que pagar por un espectáculo sobrevalorado. Esperas filete y te dan milanesa, y para colmo, sin empanizar.

La canción de Isauro

¿Cómo funciona la amistad? Nadie parece tener una formula segura. Si hasta lo inmutable se puede dar el lujo de cambiar, no veo la razón por la cual nosotros no. Entonces, ¿qué pasa con los amigos?

Uno empieza con amistades simples, compartiendo el lonche en el kínder, después se complica a caricaturas en común, luego música y finalmente puede llegar hasta el extremo de las ideologías. Sería muy aburrida la vida si todos compartiéramos los mismos ideales, desgraciadamente eso es lo que causa también los desacuerdos, ya sean grandes o pequeños, aun así es preferible a no tener de dónde elegir, a ser igual al resto. Todos acaban finalmente distanciándose, y esto ocurre en cualquier etapa de la vida. Es raro conocer a alguien que afirme que todavía se va de parranda con las amistades que cultivó en la primaria o en la secundaria. ¿Puedes estar seguro de una amistad? ¡Jamás! Porque a diferencia de la familia, uno sí escoge a sus amigos y está en la libertad de alejarse para conseguir otros y cambiar de aires si es que los anteriores no eran de su total satisfacción. La vida da vueltas y te tienes que alejar por razones ajenas a tu poder para buscar el nicho en el que te puedas sentir más confortable y apreciado, necesitado y respetado, es por eso que jamás podremos hablar de totalidad en cuanto a amistades se refiere.

Toda esta verborrea de cátedra de filosofía universitaria de segunda viene a colación dados los acontecimientos en los que mis camaradas y yo nos habíamos visto involucrados durante esos días primaverales. Nuestra relación amistosa siempre se había caracterizado por la particularidad de que de amistosa no tenía nada. Era más un vaivén de sarcasmo y burlas entre nosotros y pobre del que se dejara o se lo tomara personal. No me imaginaba otra forma en la que se pudiera manifestar la amistad. Todos estábamos contentos con ese pacto tácito, el que quería estar ahí se tenía que aguantar y, como no había tantas opciones más que Los Tonto Locos o los ñoños, era mejor seguirnos el cuento y tratar de soportarnos. Al fin y al cabo estábamos bien así. O al menos eso pensábamos.

A casi dos meses del tan esperado fin de cursos, los maestros sindicalizados nos dieron la salida temprano alegando que iban a celebrar una de sus famosas juntas, que más que juntas yo pienso que se embriagaban y terminaban realizando una orgía de sangre o que se congregaban para despotricar contra nosotros, sus pupilos, que tanto los queríamos y respetábamos.

Llegó el maestro Cara de Sapo para decirnos que nos podíamos ir después del receso de media mañana y el júbilo no se hizo esperar. No era sorpresa, ya que un día antes nos habían dado el famoso recadito para informar a los padres de familia, al cual le falsificabas la firma alegremente y sin remordimientos.

Todos gritamos de alegría, tendríamos dos horas libres en nuestra ya de por si apretada agenda, era perfecto. ¿Qué habríamos de hacer en tanto tiempo? Aunque no lo queríamos aceptar, lo mejor era ir al parque que estaba al lado de la escuela, ese era el mejor templo de esparcimiento y se sentía como nuestro aunque fuera propiedad del municipio.

Salimos por la puerta grande como si fuésemos los más tenaces y laureados toreros enfundados en sus trajes luminosos y nos dirigimos ahí. Todos corrían como si no supieran qué hacer con el tiempo que gratuitamente se les había otorgado. Algunos fueron al Osiris frente a la escuela. Devoraron los más dulces placeres para después de una jornada escolar: la nieve de limón con chile en polvo servida en su vasito quirúrgico celeste de dentista y su pequeña paleta de madera astillada a manera de cuchara o ¿por qué no? los fritos y gusanitos con su crema y salsa verde o roja —había quien les echaba frijoles. Por supuesto, no podían faltar algunos vendedores ambulantes. Era como si hubieran sabido con antelación que íbamos a salir temprano, tenían toda clase de cosas que en otros tiempos los marchantes hubieran pensado que se trataba de brujerías. Uno de ellos traía en una caja un montón de pollitos, todos ellos de varios colores, el amarillo no era suficiente. Verdes, morados, azules y hasta violetas, en alguna ocasión me hice acreedor de uno color tornasol. Pereció al cabo de unos días, víctima de la indiferencia juvenil. Había posters de los animes, programas y artistas de moda, allí mirabas a todos los escolapios en aquel mercado ambulante improvisado, saciando sus ansias consumistas hasta el grado de terminar comprando unas tiras de plástico que en un futuro se convertirían en llaveros que se colgarían coquetamente y a manera de trofeo en la lengüeta de arrastre de la cremallera de la mochila. Jamás pude hacerlos, se requería la concentración de un monje Shaolin tibetano castrado Farinelli para lograr la hazaña. Sin duda alguna, era una gran variedad de sensaciones la que evocaba el ambiente generado a las afueras de la escuela, exacerbado y magnificado por el hecho de haber salido temprano.

Mientras caminamos al parque, empujándonos y golpeándonos como simios con ataques, los zapes hacia la persona de Isauro no se hicieron esperar. En nuestro andar venía relatando que allá en su pueblo de procedencia también vendían los tan mentados pollitos de colores, sólo que el suyo sí creció para convertirse en una gran gallina azul. Nadie le creyó. ¿Cómo podía atreverse a decir tal mentira? Era necesario aplicarle algo de pueril justicia por su bien y a manera de que desistiera en aquello de andar mintiendo a diestra y siniestra.

Masiosare traía a cuestas una pelota, y no me refiero a su abultado abdomen, sino a un balón bien atrincherado en una bolsa de supermercado. <Señor Despensa>, ostentaba la plasticidad que resguardaba el esférico. Nosotros le llamábamos Señor Vergüenza, en ese supermercado nunca había nada y lo que tenía de súper lo tenía Masiosare de flaco. Como nadie de los que nos encontrábamos ahí teníamos pareja sentimental en ese momento, lo mejor era jugar futbol en la canchita del parque. Cuál fuera nuestra sorpresa al darnos cuenta que la cancha ya estaba ocupada, y nada más y nada menos que por Tagoberto con todos sus secuaces y demás adeptos. Como siempre pasaba, la cancha por lo general se encontraba sola y la pasabas de largo, pero cuando tenías ganas de jugar, ahí está, llena de homínidos.

Nos acercamos para pedir amablemente chance de jugar con la siempre popular frase de "la reta, la reta" pero no hubo respuesta. Dimas insistió de nueva cuenta, en esa ocasión con un tono un poco más imperativo a lo que Tago detuvo el balón con cara de enojado.

—Esta es nuestra cancha y la vamos a desocupar cuando queramos. Nosotros llegamos primero, no hay retas —dijo Tago.

—A chingá chinga, ¿y a ti quién te hizo dueño del parque? —repliqué.

—Yo no soy el dueño del parque, sólo de la cancha, ya sabes que el dueño del parque es el Cone —dijo sarcásticamente Tagoberto al señalar a uno de los adeptos sentado en una de las bancas de cemento a un lado de la cancha—. Él es el dueño del parque.

Cone se puso de pie, dejando ver su imponente humanidad. Era un tipo alto y musculoso con el cabello rubio a rape, cara de cóndor desfigurado y dientes de conejo, más o menos como de dieciocho años y con un ligero trastorno mental. Decían las malas lenguas viperinas que había pasado un tiempo en prisión —o tutelar, dependiendo las temporalidades— por golpear a unos niños indiscriminadamente. También corría otro rumor de que él era el Tonto Loco mayor por el hecho de que en realidad estaba tonto y loco. Vivía con su madre en una de las casas frente al parque, el cual, pensaba, era de su propiedad, alejando al que no le caía bien siempre y cuando lo reconociera.

—Bueno, entonces déjanos jugar en la cancha —dijo Cruz.

—No, así estamos muy a gusto.

Aquiles trató de abalanzarse para desplomar a Tagoberto, pero fue detenido por su hermano que alcanzó a notar cómo Tago se sacaba su cuchillito de mantequilla —hijo de Rambo— del pantalón nejo del uniforme.

—¿Vamos a tener problemas? —preguntó Tago mientras sostenía la imponente arma blanca cerca de su rostro.

—Pinche dramático. No, no vale la pena, además no desayunamos, no nos vayas a agarrar de bajada. El día de hoy no se te hará jugar en contra de los legendarios Karas Zucias —le dije valientemente y a sabiendas de lo que él era capaz de hacer y deshacer.

—Entonces, niños, se pueden retirar, ya no estén chingando o si no sí les va a cargar la voladora —sentenció Tago ante la hilaridad de sus compinches.

Con razón no había nadie más que ellos jugando, repelieron a todos a placer.

Nos sentamos en otras bancas un poco más alejadas de la cancha bajo la sombra de un árbol. Por suerte, Masiosare traía consigo algunos cigarros que audazmente sustrajo de la bolsa de su progenitora. Ahí nos tenías a todos viendo el espectáculo futbolero a lo lejos mientras secábamos nuestros pulmones y acortábamos nuestros días.

—¡Aquí traigo un plumón! —comentó emocionado Cruz.

No habiendo otra cosa mejor, sólo nos quedaba el vandalismo de bajo impacto que resultaba cuasi patético. Rayamos las bancas, pero no con las iniciales de una pandilla peligrosa o con el nombre de nuestras amadas platónicas, no, eran más incitaciones un tanto burdas pero sí necesarias, como por ejemplo: <El Cone se la come toda, Cone, con todo respeto, ¡chingas a tu madre!>, o <Al Tago le gusta la chistorra (la moronga) doblada> y demás improperios a la bien nombrada asociación civil Los Tonto Locos S.A. De C.V. El único problema fue que, estando sumergidos en nuestra actividad artística y urbana, nunca nos percatamos que el Cone se encontraba detrás nuestro con los brazos cruzados y listo para el ataque cual toro embravecido.

—¡Este es mi parque! No pueden rayar las bancas —gritó enfurecido el cara de cóndor.

Lo peor fue cuando miró un retrato muy realista de su persona plasmado en la banca devorando una estructura fálica y cabezona, aunado a la leyenda que tenía debajo: <El Cone se la come>. A mí me encantaba que hasta sonaba poético y rimaba, era lo mejor porque funcionaba en todos los sentidos. Desgraciadamente, a Cone no le pareció nada jocosa nuestra intervención artística ya que, dejando fuera que habíamos realizado una gran obra de arte con su retrato, el lienzo que equivocadamente escogimos era una de las bancas de su parque.

Nos persiguió como loco. Por suerte casi todos pudimos escapar, todos menos Isauro que fue tomado de uno de los tirantes de su mochila y expeditamente inmovilizado por un fulminante calzón chino. Lo escuchamos gritar a la lejanía. Era él o nosotros, así que la mejor decisión que pudimos tomar fue ver por el bienestar individual. Corrimos poco más de dos cuadras hasta llegar al canalón del barrio, el cual era muy amplio y alto, lo suficiente como para contener los fuertes embates de las lluvias en el verano.

Bajamos a explorar, no había mucho que ver: perros muertos, jeringas y condones usados y abajo del puente el viejito loco que siempre aparecía para molestarnos. Allí tenía su morada, su lujosa mansión de cartón debajo de un puente, sentado y hablando solo. Nos encantaba tirarle piedras para que nos persiguiera, siempre lo hacíamos, total, nunca llegaba muy lejos gracias a su evidente mal estado físico. El problema era cuando sacaba la katana.

Estaba postrado lánguidamente en su cama, que era un colchón viejo y lleno de distintos fluidos. Le lanzamos algunas piedras, a lo que él instantáneamente reaccionó gritándonos una sarta de improperios e incoherencias que harían sonrojar hasta el más curtido albañil aficionado a los burdeles más candentes y a la rutinaria lectura del libro vaquero. Corrimos como locos rumbo a las escaleras que llevaban a una cloaca que se encontraba en lo alto del canalón. Vimos al pobre viejo rancio regresar, hablando solo:

—Todos estamos muertos, el mundo pronto se va acabar —decía.

Nos introdujimos a las cloacas sintiéndonos exploradores amazónicos desentrañando algún misterio ancestral. No duramos ni cinco minutos, al parecer hubo alguna epidemia de diarrea por el vecindario y, aunque sabíamos que estábamos dentro de una cloaca y que había malos olores en esta, el hedor sobrepasó nuestras expectativas. No lo soportamos, así que añoramos el exterior.

De nueva cuenta, en el fondo del canalón, vislumbramos lo que parecía ser la figura de Isauro en lo alto con un aspecto demacrado y sangrante, una víctima más del Cone. Como las buenas amistades que éramos, le lanzamos algunas piedras para llamar su atención, a lo que él, visiblemente enojado y algo alterado, nos respondió con la misma moneda. Amenazó con bajar a donde nos encontrábamos, así que corrimos y subimos las escaleras mientras él bajaba por otro lado. Habíamos invertido los papeles sin querer.

Ahora veíamos desde arriba del canalón al pobre de Isauro buscándonos como loco y con sed de venganza, qué mejor momento para agravar la situación y seguirle lanzando piedras, pero ahora con ventaja. Isauro repelió la agresión. Pobre, la mala suerte parecía ser su inseparable compañera de andanzas desafortunadas, ya que justo en el momento que lanzó la piedra más grande iba pasando la patrulla de policía del barrio que se detuvo instantáneamente al sentir el impacto propinado por nuestro desafortunado camarada.

El mal llamado defensor de la ley bajó del auto y con movimiento torpe se acercó a nosotros. Tenía un evidente aliento alcohólico —era bien sabido por todos que los policías de nuestro barrio se paseaban por las calles en sus Volkswagens embriagándose en vez de establecer y perpetuar el orden, era por eso que siempre nos salíamos con la nuestra, pero esta vez no. El hombre de uniforme azul nos inquirió con voz imperativa y prepotente.

—¿Quién golpeó mi unidad? —preguntó el defensor de la justicia.

Pinche vocho jodido y ni siquiera era de él.

—Es un niño allá abajo, en el canalón, de hecho nos está aventando piedras —respondió Dimas esgrimiendo su diabólica sonrisa hacia nosotros.

El policía recibió otra pedrada, esta vez en un pie, lo que lo hizo pegar un brinco y gritar un notable y sobresaliente:

—¡Puta madre!

Se asomó al canalón y en efecto descubrió al pobre de Isauro lanzando piedras a diestra y siniestra, que, para su mala fortuna, no estaba al tanto de los acontecimientos allá en la superficie.

—¡Ven para acá cabrón! —gritó de nueva cuenta el policía.

Isauro se petrificó ante la imponente y briaga voz del defensor de la ley, a lo que acto seguido, y cegado por su estúpida e inherente nobleza, subió las escaleras para su inminente confrontación con la justicia. Pudo huir, pero no lo hizo, algo que era de respetarse, al menos.

—¡Yo no fui! —dijo Isauro en tono nervioso.

—Si te acabo de ver, vas a venir conmigo —le dijo el policía a Isauro casi casi escupiéndolo en la cara mientras lo tomaba bruscamente por el brazo para introducirlo en la patrulla.

—¡Yo no fui, fueron ellos, no me lleve! —suplicó Isauro con la voz entrecortada y al borde de las lágrimas, todas y cada una de ellas de la más pura y triste impotencia.

—Yo te vi a ti, vas pa' arriba —sentenció el hombre con el uniforme azul.

Miramos a la pequeña patrulla alejarse al final de la calle abajo, que era donde estaba la caseta de policía. Reímos y reímos como locos al ver a lo lejos la estampa de Isauro siendo sometido por el injusto y regordete brazo de la ley vecinal. Todos reímos menos Masiosare. Estaba visiblemente trastornado por el acontecimiento, nos preguntó:

—¿Y qué le van a hacer?

—¡Nada! —le contesté, lo más seguro era que iba a ser regañado y después dejado en libertad al cabo de algunas horas.

Caminamos a nuestros domicilios todavía sardónicos por la jugarreta que le habíamos propinado a nuestro camarada. Todos estábamos felices menos Masiosare, a quien se le miraba un tanto pensativo, quizás preocupado en sus cavilaciones de que probablemente él sería el siguiente. Realmente no había qué temer, no era lo mismo, había algo en Isauro que provocaba propinarle tragedia tras tragedia, algo que a Masiosare le faltaba.

Pasaron semanas e Isauro todavía no se dignaba a dirigirnos la palabra, nos pasaba de largo y se hacía el ofendido.

—¡Ahí va la diva! —le gritábamos al verlo pasar.

Ni se inmutaba, era como si no existiéramos. Cosa rara. Comenzó a juntarse con Los Tonto Locos, por lo que yo me preguntaba, *¿por qué está tan ofendido?*, *tanto como para irse con ellos*, además, le habíamos hecho cosas peores. Todas mis dudas fueron esclarecidas por Masiosare mientras caminábamos de regreso de la escuela hacia nuestras casas.

— Después de lo del Canelón, Isauro fue a mi casa y me contó todo, se desahogó como nunca, estaba muy enojado con ustedes, hasta lloró. Me dijo que en la caseta de policía vio como traían a Tago, lo treparon a la patrulla porque estaba peleándose con Cone. Parece que a él también lo cachó rayando en el parque. Dijo que al ver una cara conocida, Tago se sentó al lado de él y se pusieron a platicar, que fue etzraño, que tenían mucho en común, los mismos gustos en programas de T.V. y ese tipo de cosas, que ese día Tago lo invitó a su casa y que en la tarde se la pasó con Los Tonto Locos, se sintió muy cómodo, cosa que ya no sentía con nosotros. Le pusieron sus canciones nuevas de rap y que le gustaron. Después se fue a una fiesta con ellos y que le presentaron a una de sus amigas las putas. Me contó que fue su primera vez, que, después de pensarlo todo, le convenía más estar con ellos que con nosotros —definitivamente, Masiosare pintaba con las palabras.

¡Pinche Isauro!, era increíble lo que acababa de escuchar, no podía creer que él había tenido su *first time* antes que yo, no podía ser, de seguro estaba mintiendo. Desgraciadamente, la envidia era una de mis cualidades más recurrentes. Ya me estaba haciendo a la idea de por dónde iba la cosa, pero no, estaba equivocado y el relato de Masiosare continuó:

— Dijo que lo aceptaron, que hasta se ponían a hacer sus canciones de rap propias, hacían rimas. Lo del Canelón y lo de Cone no fue lo que lo molestó tanto, hay algo de lo que tú no te enteraste. Un día estábamos en casa de los cuates Dimas y yo, no sé dónde andarías tú. De repente Isauro llegó, se puso a platicar y todo iba muy bien hasta que empezó a rapear una canción suya y a presumir que salía con Tago y sus amigos, que cogía con putas y muchas cosas más. Todos lo miramos raro, no le creíamos y además era molesto escucharlo hablar así, como que no era él. Dimas se empezó a reír y le dijo lo que todos estábamos pensando, que no le quedaba ser así y que sus rimas estaban horribles y bien pendejas. Isauro le dijo a Dimas que por eso ya no se juntaba con nosotros, que siempre lo andábamos haciendo menos, que Los Tonto Locos eran mejores. Empezaron a empujarse y casi llegan a los golpes. Nada más porque los cuates los alcanzaron a separar, si no sí se hubieran madreado. Isauro se fue gritando que éramos unos pendejos y que no valíamos madre. Ya por eso de plano no nos habla a ninguno de nosotros.

Méndigo Isauro llorón, no aguantaba nada, nos había cambiado por sexo fácil y fraternidad. Digo, yo en su situación hubiera hecho lo mismo, pero la verdad era que, para mí desgracia, estaba muy lejos de encontrarme en esa circunstancia. Aun así, no tenía excusa, además, ¿por qué cuando pasaba algo interesante era cuando tenía que ir a casa de la abuela a regañadientes?

Pasaron más días y no tardé en notar el nombre de Isauro pintado cual mural universitario en las paredes de las casas de los barrios aledaños, debajo del nombre las iniciales T.L. Pobre Isauro, ya se creía un malandrín de poca monta, ni limpiarse la cola sabía pero ahí andaba, rodeado de ratas e infectándose de su enfermedad bubónica y mortal. No está por demás decir que cambió de sobremanera. Se le veía más delgado y ojeroso, sustituyó gradualmente de forma increíble el metal satánico por el rap. Su manera de vestir ahora era a la moda más urbana, dejando atrás la indumentaria de meta-lerito de cuarta ejidal. Al pasar las semanas, se decía que ya vendía de la misma que Tagoberto. Era notable la influencia de Tago y sus compinches. Tenía problemas con los maestros, nosotros siempre los teníamos, pero él no, era más serio, más centrado. Fue un sábado en la tarde cuando traté de hablar con él, pero todo salió mal y ya no me quiso escuchar.

Frío como el hielo

En alguna ocasión escuché la frase "La vida es un sueño y morir el despertar". Es curiosa esa frase, todo el mundo pseudointelectual cree haberla inventado cuando subconscientemente la vieron en la película *La Bamba*. Podría ser como decía el viejito del canalón: "Todos estamos muertos" y así el fin del mundo sólo ocurre cuando te mueres, el resto sigue sin ti, como un Apocalipsis personal y el vivir es la antesala del final y no al revés. Tal vez es así, somos fantasmas y nacemos para empezar a morir, esperando para disiparnos en el eterno olvido. Qué bonito.

Era una fresca mañana de lunes y todos entraban como siempre tan animados al recinto escolar. Entre esa multitud desangelada y desvelada me encontraba yo justo en la misma situación, bostezando sin tregua al atravesar la puerta. Sentí que alguien me tomó del brazo, me detuve consternado, ¿quién era el autor del atrevimiento de detenerme en mi presuroso andar hacia el conocimiento que da la educación básica, laica y gratuita? Voltee y vi un rostro un tanto familiar, pero sobre todo, muy triste. Se trataba de Karla Gusana que ahora era amiga de Tago y sus compinches. Como siempre, trataba de colarse a algún grupo social para ser aceptada.

Había estado saliendo con Isauro desde hacía tiempo. Lo quería en secreto, al igual que él a ella. De hecho, la última vez que traté de hablar con él, ella estaba acompañándolo y denotaba una actitud altanera y de mucho garbo para con mi persona. Ahora era todo lo contrario, me miraba con humildad y temor.

—¿Has visto a Isauro? —preguntó preocupada.

—Lo vi el sábado y lo sabes, después ya no supe.

—¿Y a Tago?

—A ese pendejo no me lo recuerdes.

—Es que… Isauro no aparece por ningún lado, y Tago estaba con él.

—¿Y? Isauro tiene ya varias semanas que no nos dirige la palabra, no sé dónde podrá estar.

—Ese no es el problema. Antes de venir a la escuela vi en las noticias que ayer encontraron un auto estrellado contra un muro y que dentro había dos chavos, dijeron que como de quince años, que uno estaba muy grave y el otro había muerto.

—No pueden ser ellos —le respondí a la Gusana serenamente, aunque casi tragando saliva—, cualquier par de quinceañeros puede llenar esa descripción.

—¿Y si son ellos?

—No pueden ser ellos, ahorita llegan, no han de tardar —sentencié para acto seguido alejarme y aclarar mis pensamientos.

Afuera del aula estaban el resto de mis camaradas platicando estupideces, como era costumbre y tradición. Me acerqué a Dimas y le comenté lo sucedido, a lo que él me respondió lo mismo que yo le contesté a la Gusana:

—No puede ser, a lo mejor ahorita llegan.

Me tranquilizó saber que posiblemente Karla estuviera exagerando en uno de sus típicos episodios de trastorno histriónico de la personalidad.

Toda la mañana me mantuve dubitativo y expectante, más al notar que ni Isauro ni Tago habían llegado a clases. Si nunca ponía atención a las materias, ahora menos. Se sentía algo en el ambiente, algo que no andaba bien.

El timbre del receso sonó intempestivamente y sin piedad para los distraídos. Todos salieron corriendo del aula para alcanzar el mejor lugar en la cooperativa. Mi paso fue lento al salir del salón, no podía continuar tan meditativo y distante, la incertidumbre me estaba matando. A lo lejos vi a Karla que apresuradamente se acercó para preguntarme si sabía algo. ¿Cómo iba saber?

Hasta que al fin se me prendió el foco.

Me dirigí a la dirección de la escuela y pedí el teléfono alegando que era un asunto de vida o muerte. Como la secretaria era joven y, dentro de lo que cabe, muy buena onda, accedió a mi humilde petición. Marqué tembloroso, tenía miedo de lo que podría llegar a escuchar del otro lado de la línea. El tono sonó cinco veces, después escuché una voz de mujer, con sólo oírla decir una palabra ya sabía que algo andaba mal.

—¿Bueno? —preguntó la voz con un timbre un tanto preocupado.

—¿Se encuentra Isauro?

Se escuchó un suspiro y una pausa considerable, como si la mujer estuviera escogiendo bien sus palabras. Denotaba que lo que seguía no era fácil de decir.

—¿Todavía no lo sabes?

—¿Qué? —respondí genuinamente preocupado.

Otro suspiro.

—Isauro murió anoche.

Una sensación de incredulidad y pesadumbre se apoderaron de mi persona. Me quedé pasmado y no sabía qué decir ni qué pensar, los segundos pasaron lento, como si fueran un millón de eternidades encerradas en una nano burbuja de plomo sobre una mota de polvo estelar. Del otro lado de la línea la mujer repetía la palabra "bueno", sin tregua, pensando que la llamada se había cortado. Pero no. Aunque no lo pareciera, yo todavía estaba ahí.

—Sigo aquí —le contesté a la mujer.

—Es terrible lo que acaba de pasar, ¿eres algún amiguito de él?

—Este... sí, un amiguito.

—Lo van a velar en las capillas Santa María. Sería bueno que fueras, su madre está inconsolable.

—¿Con quién hablas? —preguntó El Palermo interrumpiendo de tajo mi concentración.

Cuando miré atrás me di cuenta de la magnitud de mi llamada. Más de media secundaria estaba detrás de mí, la mayoría por el chisme y sólo un veinte por ciento por genuino interés. Mis camaradas, Karla Gusana y el resto de Los Tonto Locos justo a mis espaldas, expectantes de la noticia. Definitivamente esa Karla era una mosca muerta, una mustia chirinolera de programa de variedades de cualquier televisora local e internacional. No tenía ni un minuto hablando y ya todo el mundo se había enterado del suceso.

—Creo que con algún familiar de Isauro—respondí a Palermo tapando la bocina del teléfono.

—Pregúntale por Tago —comentó Universo.

Presuroso y a regañadientes, volví a la llamada.

—¿Son las capillas que están en el centro?

—Sí —respondió la mujer.

—¿Sabrá algo de Tago?

—Sólo sé que está muy delicado y que lo mandaron al hospital.

Me despedí con un decaído "muchas gracias" de aquella misteriosa mujer que, pensándolo bien, podría haber sido alguna tía, o amiga de la mamá de Isauro.

Cuando di la noticia a mis compañeritos, el sollozo generalizado no se hizo esperar, hasta Los Tonto Locos lloraban la muerte de Isauro. Los cuates, Masiosare, todos tenían lágrimas en sus ojos. Karla me abrazó con una fuerza desmedida e increíble para alguien de su delicada complexión, era la más argüendera y llorona de toda la concurrencia. *Bola de hipócritas*, la mayoría nunca cruzó más de dos líneas con Isauro y en especial La Gusana que era la más hipócrita de todos, aunque debo decir que sus protuberantes senos apretados con mi anatomía no era algo que me molestara, de hecho, ahí yo también pequé de hipócrita al abrazarla fuertemente de vuelta.

Dimas no lloraba, yo lo quería ver llorar y desplomarse y sabía que él pensaba lo mismo, era como un reto macabro para ver quién aguantaba más dolor.

Sonó de nueva cuenta la campana, anunciando el fin del receso, pero nadie podía contenerse ni formarse para entrar a su aula. Los maestros, siempre tan comprensivos, alegaron que estábamos poniendo de excusa lo acontecido para perder clases. Al final, lograron someter y reprimir los sentimientos del estudiantado y como borreguitos nos metieron al salón.

Ya era una costumbre la de no poner atención a las clases, esta vez era silencio total, nada más se escuchaba el constante moqueo de algunos que todavía no se resignaban. No tenía idea de que Isauro fuera tan querido, eso fue lo peor de todo, mi mente comenzó a reflexionar como una loca trastornada.

Sonó la campana de la salida, había sido un día muy difícil. Todos nos juntamos en el Osiris para ponernos de acuerdo, unos para ir a ver a Tago al hospital y otros para el velorio de Isauro. Quedamos de vernos en ese mismo lugar pero ahora a las cuatro de la tarde —las gloriosas cuatro de la tarde— para después dirigirnos a las capillas de Santa María, llena eres de gracia y el señor es contigo.

Llegué a la casa y me encerré en mi cuarto, no quería saber nada. *Uno no debe perder a un amigo a esta edad.* No deberían perderse a ninguna edad. Había demasiados pensamientos rondando mi mente, pero el más extraño y el que más me apesadumbraba era si, cuando fuera mi turno, cuando me tocara pasar al otro lado, alguien iba a llorar. El pensamiento no era tan nefasto como sonaba inicialmente, de hecho exaltaba mi personalidad megalomaníaca, yo quería que cuando me tocara estirar la pata hubiera un desfile en mi honor y que toda la ciudad se pusiera de rodillas a lamentar mi pérdida. Mil y un juicios rondaban mi cabeza. Uno de los peores: la última vez que hablé con Isauro, algo mejor pudo haber salido de aquella conversación.

Me había dirigido hacia su casa el sábado por la tarde, lo encontré en la cochera sentado y acurrucado con una Karla Gusana de cascos ya muy ligeros, más ligeros que una pluma anoréxica de ave que se jacta de llevar una dieta balanceada y rica en fibra. Ahí me percaté que tal vez sus historias de que era un mujeriego empedernido no eran del todo mitológicas y algo de verdad había en el meollo del asunto. Isauro se puso de pie y a la defensiva casi instantáneamente al verme afuera de su domicilio. Le pregunté si podíamos hablar a solas a lo que él me contestó que sí, mandando a una Karla visiblemente molesta a los adentros de su residencia.

—¿De qué quieres hablar? —preguntó, a lo que le contesté que quería disculparme, que todos lo extrañábamos.

Para mí era un esfuerzo sobre humano reconocer un error y doblegarme a calzón quitado ante alguien más, por lo que Isauro debía comprender que lo que le decía era realmente sincero.

—Ya no eres el de antes, has cambiado.

—¿Y eso es malo?

—Es que extrañamos al viejo Isauro —dije pendejamente porque no sabía, a esa edad, que las cosas realmente cambiaban, o al menos no así.

—¿Y por qué no les gusto ahora? Extrañan al viejo Isauro, del que se burlaban, al que hacían como querían.

—Lo voy a replantear. No es que extrañemos al viejo Isauro, tampoco va por ahí, es que en lo personal pienso que no te queda ser así, ya no eres tú.

—¿Y quién eres tú para decirme quién soy o cómo debo ser? —respondió con enojo—. Entonces no me conoces, además yo tengo derecho a ser quien se me pegue la gana.

—Tampoco es tanto eso, lo que me preocupa es que te juntes con Los Tonto Locos, ya sabes cómo son. Y en especial Tago, está medio trastornado.

—Tú no conoces a Tago, ¿Crees que porque fuiste a vender con él lo conoces? O porque casi mata al viejo que te trató de agarrar, estás muy mal.

—¿Tú cómo sabes eso?

—Me contó todo, no te preocupes, no le voy a decir a nadie, yo no soy así, de hecho hoy nos vamos a ver en la noche. Vamos a ir a una fiesta después de dejar a Karla y a lo mejor vendemos mierda, no sé, además a ti eso ya no debería de interesarte.

—No te puedo hacer cambiar de opinión, tú sabes qué haces y por qué lo haces. Sólo quiero saber una cosa.

—¿Qué cosa?

—¿Si estamos bien?

—No, no estamos bien —dijo después de hacer una leve pausa—. Siempre me dejan morir, me abandonan, y todo lo que hago les parece estúpido. ¿Para qué estar con ustedes? De perdido con Los Tontos me siento más aceptado, más seguro y, además, sacan muchas morras.

—¿Va a haber morras en la fiesta? —pregunté pizpiretamente.

—Sí, y muchas.

—¿Puedo ir? —digo, si iba a haber morras, valía la pena preguntar.

—Sabes que Tago y los demás van a estar ahí, no pasarías de la entrada.

—¿Entonces?

—No estamos bien, de nada me sirve estar con ustedes… sólo Masiosare, él era el único que se portaba bien conmigo.

Me di la media vuelta para irme cuando repentinamente escuche mi nombre, era Isauro.

—Atole.

—Sí, dime Isauro —dije respetuosa y solemnemente.

—Con todo respeto, ¡chingas a tu madre!

Chingas a la tuya, fue mi monólogo interno, pero me lo aguanté. Me entristeció escucharlo hablar de una manera tan total. Bajé la mirada y di la vuelta, me alejé sin despedirme, estaba apenado realmente, no sabía que esa iba a ser la última vez que iba a hablar con él y de esa conversación nadie se enteró más que Karla, que no se la mencionó a nadie más.

Aquella funesta tarde, y ya reunidos todos en el Osiris, nos dirigimos a las capillas. Tomamos el ruta cincuenta que habría de llevarnos a nuestro mórbido destino. Cuando llegamos, no sabíamos ni a dónde dirigirnos, era un lugar grande en verdad. Después de deambular y equivocarnos de muertito varias veces, finalmente llegamos a la capilla de Isauro. Todos entraron casi corriendo, motivados por el morbo de la situación. Yo me tardé en pasar, no quería ver ni escuchar, era una sensación abrumadora, no tanto por lo de Isauro sino por el hecho de saber que era el primer velorio al que yo asistía como invitado en el aspecto de que era una persona que veía todos los días, que convivía conmigo y que ahora ya no estaba, que se encontraba convertido en carne de ataúd y confinado a un cajón de madera para después ser engullido por la incesante naturaleza. No era la misma sensación de cuando uno asistía a velorios de terceros, la tátara tía bisabuela segunda Nena, por ejemplo. En mi puta vida crucé palabra alguna con ella, así que me era indiferente si vivía o no, por más trastornado que esto sonara para mí en ese momento.

Me decidí a entrar y era como me lo esperaba, un paisaje desolador en todos los sentidos. Mucha gente desconocida llorando, la madre de Isauro se encontraba extrañamente resignada, muy seria y con sus ojos hinchados, rodeada por mis camaradas. Me les uní de manera discreta. La señora nos dijo:

—Qué bueno que vinieron —a lo que asentimos y bajábamos nuestras cabezas en señal de respeto.

Me dirigí junto con mis camaradas a donde estaba el ataúd que se encontraba cerrado. ¿Cómo habrá sido el accidente que tuvo que ser con ataúd cerrado? Encima de él había una foto reciente de Isauro sonriendo, contrastando con la mística del lugar.

Varios amigos y amigas de la secundaria también se encontraban allí. La mayoría ni le hablaban y no sabían quién era Isauro en realidad, pero ahí estaban, llorando, exaltándolo. Por mi parte solamente me encontraba serio y distante, pensaba, *¿cómo pueden llorar por él si ni siquiera le dirigían la palabra?* Me parecía demasiado hipócrita, más hipócrita el hecho de que todos hablaran de él como si fuera un santo, como si fuera la mejor persona que hubieran conocido, a lo que me pregunté, *¿por qué cuando alguien muere se convierte en una entidad intachable y redentora repentinamente?*

Todo eso estaba fuera de mi entendimiento. Después comprendí que no hay nada más triste que cuando muere alguien tan joven y con toda la vida por delante. Me tomó por sorpresa el notar que no había ningún Tonto Loco presente. *Ahí están tus amigos por los que nos cambiaste*, pero estaba equivocado, al término de mi soliloquio se abrió la puerta principal de las capillas y se manifestaron todos con caras muy largas. Nunca en mi tiempo de conocerlos los había visto así de serios. Venían del hospital, de ver a Tago, aún no se sabía a ciencia cierta qué había pasado con él.

Había un teléfono en el lobby de las capillas, en lo personal, aunque me dolía lo que había pasado, ya me encontraba un tanto fastidiado por tanto lloriqueo. De hecho, el escuchar al hipócrita de Pestalozzi decir:

—Vamos a cooperar todos para una corona —me fastidió aún más.

Era bien sabido que no se podían ver ni en pintura, menos después de lo del beso en la casa de Walkiria, quien por cierto brilló por su ausencia. Ahora el despojo humano ese de Nemesio andaba pidiendo dinero para una corona, todos le dieron algo, nosotros no, no teníamos nada que demostrar, ni dinero tampoco realmente.

Dimas —que por cierto también estaba al borde del colapso— me exhortó para ir hacia el teléfono para realizar algunas bromillas, una de ellas a Walkiria, precisamente. Le dije que sí, cualquier cosa para alejarme del llanto desmedido y telenovelero.

Las bromas salían a pedir de boca, lo cual nos causaba risa. Desgraciadamente la mayoría de la lacrimógena concurrencia nos estaba viendo, todos ellos con ojos de desaprobación absoluta. Nos lanzaban miradas y muecas de "¿cómo se atreven?". Era algo completamente normal, dada la situación. Todos se empecinaban en estar tristes, al menos yo buscaba lo contrario, no me importaba verme frío ante los demás, yo sabía muy bien cómo me sentía en el interior, y aunque sé que era libre de irme en el momento que quisiera, buscaba respuestas, el morbo me mantenía adherido al lugar como el vello púbico al jabón.

Cansados del constante escrutinio desaprobador, decidimos salir por un momento a tomar aire fresco en los escalones afuera de las capillas. Masiosare, como era costumbre, proporcionó los cigarrillos mentolados y aplastados de siempre.

LA REDENCIÓN DE
TAGOBERTO ITURRIAGA

—¿No traerán uno para mí? —se escuchó por sobre nuestras cabezas.

Se trataba de Universo, detrás nuestro, buscando con ansias el preciado y humeante cilindro de la muerte.

—Ten el mío, yo ya no quiero —dijo Dimas entregándole el cigarro a Uni —. Voy adentro con los cuates.

Dimas se introdujo de nueva cuenta al festival de lágrimas de la capilla de la risa dejándonos a Masiosare y a mí fumando con Universo.

—¿Y Tago? —pregunté a Universo mientras le daba una sabrosa pitada a aquel tabaco añejo y mentolado.

—Y Tago... ¿qué? —respondió Uni a la típica manera neandertal de un Tonto Loco cualquiera, siempre enojado y sin saber por qué.

—¿Cómo se encuentra?

Universo me miró fijamente, sabía que quería contarle el jugoso chisme a alguien, pero no estaba seguro si ese alguien debía ser yo. Al cabo de unos segundos, decidió hablar.

—No está bien, ya nada va ser igual, él no será igual.

—¿Por qué? ¿Qué pasó?

—Perdió las piernas —dijo en tono serio y tajante ante el asombro de Masiosare y el de su humilde narrador—. Además, se dio un golpe muy fuerte en la cabeza y parece que le afectó el cerebro.

—¿Cómo lo sabes?

—Venimos llegando del hospital, nos dejaron verlo unos minutos. Su tía estaba como loca, la tuvieron que sedar.

Nos impactó lo que acabábamos de escuchar: Tagoberto, el mejor jugador de futbol que había conocido, había perdido las piernas cual rumor mal infundado de cierto anime de índole deportiva a cuyo protagonista —Oliver Atom Tsubasa, o como se llame— le había ocurrido lo mismo de manera completamente incomprobable, porque lo había salvado la Virgen de Guadalupe.

No lo podía creer, además quedó idiota, mentiría al decir que una pequeña y maquiavélica sonrisa no se alcanzó a esbozar en mi rostro. Universo lo notó y me confrontó.

—¿Te da risa lo de Tago?

—No —dije de manera un tanto irónica y contraproducente, ya que la sonrisa no se borraba de mi boca.

—¿Crees que se lo merece?

—Podría ser —contesté sin tapujos.

—¿Por qué?

—Siempre fue un asco de persona, doble cara, cuando pensabas que estaba de tu lado, llegaba y te apuñalaba por la espalda, abusaba de todos. No sé si merecía lo que le pasó, pero sin duda para mí al menos es un buen castigo.

—Tú… no sabes nada.

—¿Nada de qué?

Universo se dedicó apasionadamente a contarme varios aspectos que no sabía de la vida de Tago. No era mi culpa, no tenía por qué saberlo. Me contó que su forma de ser se debía a múltiples factores, el primero y el único que conocía fue la pérdida de sus padres hacía unos años. Otro ejemplo muy claro era su abuelo, que bien pudo haber tenido la edad de su padre, ya que su madre se embarazó muy joven de él. El abuelo lo crio junto con su tía, quien lo adoptó como suyo. Su abuelo era un hombre muy severo y constantemente lo golpeaba y humillaba. Universo me relató con lujo de detalles toda la historia con una elocuencia que me era por completo desconocida para con su persona, parecía que era el más cercano a Tago, su más íntimo confidente o algo parecido. Contó que el abuelo lo golpeaba más por diversión que por castigo, sólo para verlo llorar. Era un hombre frustrado y se desquitaba con el más débil de la casa en ese momento. Su tía trataba de defenderlo, pero le resultaba imposible, las heridas estaban ahí, latentes como un corazón abierto y lleno de sangre.

Era por eso que Tago, al crecer, se había tornado agresivo y hasta bipolar, nunca sabían con qué tontería nueva iba a salir. Poco a poco se fue codeando con las drogas, las consumía, después comenzó a venderlas, pero tenía una razón: su abuelo había enfermado de cáncer y, aunque Tago lo odiaba, no podía ver a su tía sufrir por él. El único oficio que tenía la tía de Tago era lavar ajeno y la pensión del señor no alcanzaba a cubrir los gastos, no tenían seguro médico tan extenso, era por eso que empezó a vender las drogas, para ayudar a su tía a pagar los gastos de la enfermedad del abuelo. No lo hacía por el viejo, lo hacía por ella, quien por cierto se enteró de lo de las drogas hasta lo del accidente.

Universo contó el relato álgidamente, como si él mismo hubiera sido una parte importante de la historia, como si hubiera presenciado todo. Trataba de excusar a Tago en sus maneras tan poco ortodoxas de sobrellevar la vida. Si iba a ser de esa manera, entonces todos teníamos una excusa para volvernos locos.

Universo nos miró fijamente a Masiosare y a mí, quería genuinamente saber qué era lo que pensábamos al respecto. Tomé la tangente y respondí con otra pregunta.

—Y, ¿cómo fue el accidente?

Universo sabía que yo quería desviar la atención, que la pregunta era el más patético subterfugio para cambiar de tema, se le notaba en la mirada. No nos había convencido en tenerle lástima a Tago ni por un segundo, aun así continuó para relatarnos el accidente.

—Fue en la noche del sábado que salimos a una fiesta. Todo iba bien, andábamos algo locos pero nada grave, nada fuera de lo normal, de hecho, la fiesta era lo de menos, a nadie parecía importarle. Yo estaba con él y con Isauro platicando cuando de pronto llegó un tipo preguntando por Tago. Tago no se escondió, todo lo contrario, volvió el tipo a preguntar quién era Tagoberto, a lo que Tago contestó que era él. El tipo le dijo que si podían salir para hablar. Después de unos minutos le hizo una seña a Isauro y ambos se fueron con él en mi carro.

"Resulta que el individuo en cuestión era un amigo del Jeringas de la Franja y le pusieron un cuatro. Al parecer tenía la idea de que Tago le había vendido droga demasiado rebajada y se sintió estafado. No sabemos cómo lo encontró o cómo supo quién era Tago. Los amigos del Jeringas los persiguieron en auto después de que Tago e Isauro navajearon a uno de ellos, desgraciadamente se estrellaron de frente contra una barda.

"La cara de Tago quedó aplastada contra el volante y parece que perdió casi todos los dientes, sus piernas quedaron prensadas contra el tablero y el asiento y quién sabe qué más. Tan fuerte estuvo el golpe que nada más le quedaron colgando de un pequeño trozo de carne. Y el pobre de Isauro, que no tenía nada que ver, salió expulsado por el parabrisas chocando su cabeza directamente contra la barda, se podría decir que perdió la cara en el impacto. Lo más escalofriante es que pudo ser cualquiera de nosotros el que pudo compartir el destino de Isauro, pero Tago le hizo la seña a él. Pensar en eso es lo que me va a quitar el sueño por un largo tiempo.

"Esa fue la versión que nos dieron en el hospital los conocidos de Tago, lo que cuentan las malas lenguas, en realidad a mí no me consta nada a partir de que se fueron de la fiesta. Qué les puedo decir, me quedé sin carro, pero eso es lo de menos".

Como martillo hidráulico desvielado penetró en mi mente el relato que Universo dejó salir de sus fauces. ¿Posiblemente fue mi culpa? Yo le di el nombre de Tago al Jeringas para salvar el pellejo, yo quería incriminarlo, desgraciadamente parecía que al mismo tiempo puse el último clavo en el ya muy maltratado ataúd de Isauro, aunque después de una segunda apreciación tomé en cuenta todos los factores: los conocidos del Jeringas ya sabían quién era Tago, si Isauro no se hubiera convertido en una diva prepotente y reina del drama no habría tenido ni vela en el entierro —en el suyo tampoco— ya que nunca se hubiera visto inmiscuido en las actividades poco licitas del Tago y su mal encarada palomilla.

Fue su culpa, no me quedaba duda, yo no lo obligué a ir a la fiesta y mucho menos a subirse al auto con Tago. Todas sus decisiones lo orillaron a fenecer, a brincar las trancas más grandes del rancho más pequeño. Si Tago existía o dejaba de ser, la verdad es que me era indiferente, cabía la pequeña posibilidad de que mis acciones sí hubieran repercutido directamente en el trágico destino de su persona, la venganza es dulce, a él no le importó si a mí me ocurría algo o si a mí me agujeraban, así que el talión se hacía presente e inamovible como una de las leyes más eternas e inherentes de la humanidad.

—Deberían ir a visitarlo al hospital —mencionó Uni al ver nuestros rostros fríos e inexpresivos.

—¿Por qué habríamos de visitarlo? Él nunca se compadeció de nadie —le contesté.

—Su tía necesita consuelo, las únicas personas que tiene en el mundo se encuentran en el hospital y están a punto de morir.

Hice una morisqueta, como si me hubiera comido el más agrio de los limones sin jugo, de taquería del centro, manchado de algún fluido orgánico de dudosa procedencia y echado a perder. ¿Qué acaso la señora no tenía más familiares? O los mismos amigos. No entendía a qué teníamos que ir, no quería ser hipócrita, aunque por otro lado, si la tía de Tago necesitaba consuelo, yo se lo podía dar, siempre y cuando estuviera de buen ver.

Regresamos a casa, nadie quería decir nada. Muy en el fondo sabía que nadie sabía qué decir. Esa noche no pude dormir.

* * *

Al otro día Dimas, Masiosare y su humilde narrador nos trepamos al ruta cincuenta para ir al hospital a visitar a Tago, más por morbo que por empatía o compasión. Queríamos observar cómo se veía sin piernas y sin dientes.

Llegamos después de media hora al lugar antes mencionado. <Hospital Metropolitano Santa Rosa Cruz de Lima Limón de Todos los Santos>, todo eso decía la fachada en letras grandes. Y yo me pregunté, *¿por qué a los lugares donde hay tanto dolor y sufrimiento siempre les ponen nombres de santos?*, *¿no sería mejor ponerles nombres más* ad hoc *como Hospital A Ver Si Sale, Capillas Antesala de la Muerte, Ahí Los Vidrios o cosas por el estilo'*

Entramos al inmueble sorteando a los vendedores ambulantes que se encontraban ofreciendo su mercancía a precios inflados: chicles y semillas a las afueras del lugar. Sólo Dimas se retrasó para poder comprar algunos cigarros sueltos — eran otros tiempos.

Resultaba intoxicante. Los hospitales tienen una vibra muy excepcional, un lugar de dolor y esperanza, de muerte y de vida, de condena y redención, aunado a su inconfundible aroma tan indescifrable y que a su vez resulta muy familiar. Todas las enfermeras nos miraron como si fuéramos unos pequeños delincuentes, posiblemente por el hecho de que nos partíamos de risa a la par de nuestras estrepitosas carreritas en los pasillos.

Finalmente terminamos por colmarle la paciencia a un enfermero con las cejas delineadas y toda la cosa.

—¿Qué hacen aquí? —preguntó la entidad enfermérica.

—Venimos a ver a Tagoberto Iturriaga —contestó Masiosare.

Después de un leve regaño y algunas indicaciones finalmente nos dieron la ubicación de la habitación de Tago. Lo
que encontramos al abrir la puerta era algo para lo que no
estábamos preparados.

Se encontraba postrado en una cama, con un respirador
y la intravenosa, demasiadas vendas que inequívocamente
lo hacían parecer algo así como algún monstruo o faraón
egipcio preparado para su aventura en el más allá. A simple
vista se notaba la falta de extremidades inferiores y su cara
estaba hinchada y multicolor, bien matizada por las pig-
mentaciones tan variadas que da la sangre molida bajo la
piel. Nos serenamos instantáneamente para presenciar tan
notable evento, ver a Tago derrotado, y al menos por ese
momento poder decirle todo lo que queríamos decir desde
hacía mucho tiempo.

Pero, extrañamente, nadie se atrevió. Verlo así tocó, al
menos en mi persona, una fibra que se estaba convirtiendo
en algo recurrente. Me puse en su lugar y me di cuenta de
que aunque todo lo que le pasó fue su culpa, algo de lástima
debía sentir por él. Su justificado amor por las drogas y la
violencia injustificada truncó sus otros amores en la vida: el
futbol junto con una oportunidad única en la vida, entrenar
con las fuerzas básicas del equipo de la ciudad, aunado a la
beca de estudios que le iban a patrocinar. ¿Qué habría sido
de él si no hubiera tomado todas las decisiones equivocadas?
Es lo que hace a uno preguntarse a veces: ¿existirán las realidades alternativas o los universos paralelos?

Probablemente, en otra realidad, Tago sí salió de la secundaria, no perdió las piernas, estudió para convertirse en dentista a la par de ser un gran jugador de futbol internacional con el Real Madrid o el Barcelona, nunca lo sabremos. También perdió a sus novias y en pocas palabras lo que le quedaba de ilusiones, todo por su atrabancado sino. Sólo por eso pude sentir algo de lástima por él, porque me vi acostado en esa cama, sin piernas, con el suero y el respirador, un posible traumatismo y pérdida de algunas funciones básicas corporales. Pudo haber sido el peor dictador o empalador de la historia y aun así no pude evitar esa sensación de malestar por él. Se me hizo un nudo en la garganta, no tanto por Tago sino por mí. *Nunca jamás me veré en esa situación.*

Pasaron unos minutos que parecieron horas. Queríamos percibir cada detalle de la dantesca imagen de decadencia juvenil y de sueños desgarrados por el cruel e incesante destino. Decidimos partir, ya no había nada que hacer, Tago no iba a hablar y no se iba a mover, no había remedio. Lo único que podía pensar era que había una amenaza menos y que sin esa amenaza la vida se había tornado, al menos mientras nos acostumbrábamos, en algo un poco más aburrido.

Al momento de abrir la puerta nos topamos con una mujer joven aunque un tanto canosa. Se veía unos quince años mayor, según mis cálculos milimétricos.

—¿Son amigos de Tago? —preguntó la mujer que obviamente era la tía de Tagoberto.

No supimos qué contestar, decirle que solo veníamos por morbo hubiera sido algo cruel… en fin, una pequeña mentira

blanca a veces es mejor que decir la más obscura de las realidades, nos hace a todos más felices o, cuando menos, sensatos.

—¡Si! —le contesté a la señora, a la que, después de una
segunda apreciación, ¡pero claro que le hacía el favor de
consolarla! con la condición de ponerle una bolsa de supermercado en la cabeza para después darle todo mi amor en la
siempre bien ponderada posición canina.

—Qué bueno que vinieron, él los necesita en este momento
y a mí me da mucho gusto ver que lo visitan —dijo con la voz
quebrada y desanimada.

Acto seguido, la señora rompió a llorar. La incomodidad
que se sentía en el ambiente no se podría haber cortado ni con
un cuchillo cebollero. Lo más estúpido fue cuando Masiosare,
siendo una masa amorfa y sentimental, abrazó a la señora
sollozando como niño chiquito, olvidando todos los calzones
chinos, tubo tubo, huevazos y demás peripecias que le había
hecho pasar Tagoberto a lo largo de la encrucijada de sus
caminos vitales.

La verdad, Dimas y yo no pudimos aguantarnos la risa
ante tan patética y nada alentadora imagen, pero así era
nuestro camarada, tenía un corazón de pollo echado a
perder. La señora se enjuagó las lágrimas y acarició la cabeza
de Masiosare para decirnos con una voz muy tenue y agradecida, casi susurrando:

—Gracias por venir —cerró la puerta y se encerró en la
habitación junto a su moribundo vástago adoptivo.

Pesada losa era la que tenía que cargar aquella damisela en apuros emocionales.

Ya estaba anocheciendo cuando salimos del hospital, y el barullo de las calles mojadas del centro de la ciudad se estaba comenzando a menguar por el sonido leve del caminar de las personas, *millones de historias caminan hacia su hogar*, pensé como siempre. *¿Quién sabe si llegarán a su destino?*

En el camino de regreso Dimas y yo veníamos burlándonos de Masiosare por su abrasivo episodio familiar. Dijo que le nació hacerlo y que, aunque Tago era malvado, nadie merece terminar así. Días después nos enteramos que Tago ya se encontraba estable y que, como era de esperarse, no quedó del todo bien. Nunca volvería a ser el mismo de antes, no podría caminar y casi casi ni pensar, estaría confinado a una silla y restringido en sus movimientos y funciones. Al final su mente terminó podrida y consumida por las bacterias de la sociedad, encontró su redención y su condena en el tormento de su provenir. Su abuelo murió días después, la venta de drogas no sirvió de nada, por el contrario, dejó a su atribulada tía sola y con un sinfín de deudas, todas ellas para poder ver un día más con vida a su caído sobrino.

Qué más podía decirse. La suerte ya estaba echada en la más grande de las ironías. Como dirían en ese programa de *Daria*, "Es un mundo enfermo y triste". Lo de Tago, aunque merecido, seguía siendo una cosa lamentable. Más lamentables son las cosas que no tienen remedio; Isauro ya no estaba y nunca más iba a estar, jamás lo volveríamos a ver y él jamás nos volvería a buscar —o eso espero. Ya no iba a jugar en las retas del parque con nosotros o ir al río en bicicleta, todos sus planes se esfumaron como se esfuman los pensamientos racionales en una mente trastornada.

Al cabo de unos días se empezó a sentir tajantemente su ausencia. No era como si estuviera de viaje o como cuando estuvo enojado con nosotros, esas veces al menos sabías que en algún momento podías volverlo a ver, que cabía la posibilidad de contentarse, había opciones. Él se embarcó en el único destino tan definitivo que nunca nos da opciones o posibilidades, ni derecho de réplica. La muerte.

Un paréntesis
de realidad

Se terminó el efecto alucinante y forzosamente tuve que volver a mi triste y treintona realidad. A mi lado también, regresando del trance, se encontraba el cuate con unos ojos por demás enrojecidos. Ese maldito resonar de la armónica a lo lejos no me dejaba tranquilo.

Me sentía incomodo y algo perturbado dado lo lúcido del viaje, ¿de dónde demonios había sacado Aquiles aquella mierda que estaba tan buena? Definitivamente era de la paranormal, como en aquellos buenos tiempos.

—¡Estuvo bueno el viaje, eh! ¿Verdad que hizo su chamba? —dijo Aquiles.

—Sí, definitivamente hizo su chamba, pero me quedé con ganas de más.

—Pensé que tenías trabajo.

—¡Al demonio! —parecía que habían pasado eones desde que había utilizado aquella expresión que tanto escuchábamos en *Los Simpsons*—. Me dijiste hace rato que traías de la "otra", ¿qué tan adimensional te pone?

—¡Uff!, si supieras. Te llevará muy lejos, sólo que dura más el efecto.

—¿Cuánto tiempo pasó?

—Unos quince minutos

—¡Quince minutos! Vaya, todavía alcanzo a llegar al trabajo.

—Anímate, Tolentino, sólo se vive una vez. Vamos, por nuestro camarada caído.

—¡A darle! —exclamé.

Encendimos el nuevo carrujo más potente que el anterior. A cada bocanada me alejaba más y más de la realidad. En esta ocasión, la lucidez resultó impresionante, casi como si estuviera viendo la tele, medio pinche, pero tele al fin.

Compartimos el vicio y aspiramos por turnos una y otra vez hasta que finalmente se consumió. No terminó de extinguirse el rescoldo sobre la hierba cuando su efecto por fin nos hizo presa de sus virtudes regresivas.

Aquiles en ningún momento mencionó lo que había visto. Yo sí sé lo que vi... y quería continuar. Revivir los tiempos mejores que en mi mente estarían tatuados para siempre, las historias que siempre repetiría y que volvería a contar una y otra vez hasta la muerte. Tal vez a oídos sordos o tal vez para algún escucha genuino que en realidad se embelesaría con ellas.

Me quedaba la interrogante sobre la identidad de aquel sonido de armónica que me resultaba perturbadoramente familiar. Desgraciadamente, en ese momento no lo descubriría, ahora tenía que volver a martirizarme por lo que había sido, por lo que no sería, develar un tiempo mejor: regresar al dolor después de la pausa. Después de la calma.